권 은(權垠/Kwon, Eun)

1976년 서울에서 태어났다. 서강대 영어영문학과와 동 대학원 국어국문학과를 졸업하고 현재 한국교통대학교 한국어문학과 조교수로 재직 중이다. 전공은 한국 근현대소설이며, 주요 연구 주제는 식민지 모더니즘과 지리학적 비평 등이다. 현재는 식민지 교양소설과 동경텍스트, 재조선 일본 인문학에 관한 연구를 진행 중이다. 저서로는 『한국 근대문학과 동아시아 1 : 일본』(공저, 2017), 『근대문화유산과 서울사람들』(공저, 2017) 등이 있으며, 역서로는 『소설의 기교』(공역, 2010)가 있다.

경성 모더니즘
식민지 도시 경성과 박태원 문학

서강대학교
인문과학연구소
인문연구전간
55

경성 모더니즘

식민지 도시 경성과 박태원 문학

권 은
지음

일조각

Humanities Monographs No. 55
Research Institute for Humanities
Sogang University

Kyŏngsŏng modernism

by

Kwon, Eun

ILCHOKAK
Seoul, 2018

머리말

'경성 모더니즘'은 식민지 도시 경성을 중심으로 형성된 한국의 모더니즘 문학을 지칭하는 개념이다. 비슷한 용어로는 '한국 모더니즘'이나 '구인회 모더니즘' 등이 있지만, 경성 모더니즘은 물질적 토대로서의 '경성'의 중요성을 한층 강조한다는 점에서 이들과 차별화된다. 서울은 한양, 한성, 경성 등 다양한 명칭으로 불리어 오면서, 조선시대부터 지금에 이르기까지 우리나라의 중심도시로서 기능해 왔다. 이 중에서 '경성'은 일제가 강제로 부여한 이름이었다는 점에서 다른 명칭들과는 차이가 난다. 경성의 지리적·공간적 특성을 파악하기 위해서는 오늘날의 '국민국가'보다는 더 큰 범주를 상정할 필요가 있다. 그래서 이 책에서는 한국이 일본의 식민지로 전락하면서 형성된 '제국체제 속의 식민지'를 분석 단위로 상정했다. 경성 모더니즘은 일제에 의해 식민 지배를 받으면서 근대화 과정을 겪은 우리의 '식민지 근대화'의 산물이다. 35년의 일제 식민지 기간 동안 경성을 중심으로 형성된 한국 모더니즘 문학의 특성을 살피고자 하는 것이 이 책의 주된 의도이다.

모더니즘은 20세기 초 서구의 선진국인 프랑스, 영국, 미국 등에서 주도한 문학 양식이다. 이러한 문학이 발전하게 된 원인으로는 자본주의의 발달과 대도시의 형성, 물질적 풍요로움 등이 거론된다. 1930~1940년대의 경성은 파리, 런던, 뉴욕 등의 대도시들과 비교가 되지 않을 정도로 낙후되어 있었다. 그럼에도 불구하고 경성에서도 '모더니즘'이라고 간주될 수 있는 혁신적인 문학 작품들이 등장했다. 이 책은 이러한 작품들이 등장할 수 있었던 역사적·사회적 배경이 무엇이고, 이러한 작품들이 다른 나라의 모더니즘 문학과는 어떠한 점에서 차별화되는지 등을 탐색하고자 한다. 경성 모더니즘은 또한 식민지 도시 경성을 주 무대로 한 '식민지 모더니즘'의 한 형태라는 점에서도 주목할 만하다. 중국의 상해나 아일랜드의 더블린 등 '반(半)식민지' 도시에서 발생한 모더니즘 문학에 대한 논의는 종종 있어 왔지만, 경성과 같은 식민지 도시를 배경으로 모더니즘 문학이 등장한 것은 상당히 이례적이다.

경성 모더니즘은 경성이라는 근대적 식민지 도시가 형성 및 발전하면서 문학 텍스트를 형성하는 데 어떠한 역할과 기능을 담당했는지에 대한 탐색이다. 프랑코 모레티는 "특정 장소가 특정한 이야기를 가능하게 한다."고 주장한다.[1] 단순해 보이는 이 주장이 이 책을 쓰게 된 결정적인 계기가 되었다. 소설 속 장소는 이야기의 단순한 배경이 아니다. 특정한 장소가 있기에 거기에 적합한 이야기가 펼쳐지는 것이다. 그렇다면 경성은 우리에게 어떠한 이야기를 가능하게 한 공간이었을까. 북촌, 남촌, 서촌 등은 각각 어떠한 이야기를 품고 있었을까.

1 Franco Moretti, *Atlas of the European Novel 1800–1900*, Verso, 1998, p. 70 참조.

경성 모더니즘은 경성이라는 도시 공간을 구역별, 시기별로 구분하여 문학작품들과의 관련 양상을 살피려는 시도이다. 경성의 구역적인 분화와 시기적인 변화가 문학 텍스트에 어떠한 영향을 미쳤는지를 살피기 위해서는 문학 텍스트가 일종의 '상수(常數)'로 기능해야 한다고 본다. 한 명의 작가의 문학 세계를 대상으로 하여 경성의 구역별, 시기별 변화를 탐색해야 도시 공간과 문학 텍스트 간의 관련성을 충분히 고찰할 수 있을 것이다. 그래서 이 책에서는 '구보 박태원'을 중심으로 논의를 전개하고자 한다.

박태원은 '경성'의 구석구석을 균형 있게 그리고 정밀하게 재현해낸 대표적 작가이다. 그의 작품은 경성이라는 도시 공간 안에서 대부분의 이야기가 펼쳐지는 '도시소설'의 성격이 강하다. 그는 청계천 주변의 서민들의 생활상을 『천변풍경』에 담았고, 「소설가 구보씨의 일일」에서는 경성의 구석구석을 배회하는 자신을 닮은 주인공 '구보'의 하루를 그렸으며, 서대문형무소 근처를 오고 가는 '최노인'과 정동을 산책하는 '하웅' 등의 인물들을 통해 경성의 다양한 면모를 소설에 담고자 했다. 그는 소설을 통해 경성의 온전한 지도를 그려 내고자 했던 작가이다.

이 책이 나오기까지 많은 분의 값진 도움을 받았다. 지도교수이신 김경수 선생님에 대한 믿음이 없었다면 나는 학자로서의 길에 들어서지 못했을 것이다. 석사과정부터 지금까지 늘 격려와 조언을 아끼지 않으시고 이끌어 주신 것에 대해 이 글을 통해 깊은 감사의 마음을 전하고 싶다. '구보학회'를 이끌어 주시고 내가 박태원에 대한 연구를 지속할 수 있도록 큰 도움을 주신 정호웅 선생님께도 감사의 마음을 전하고 싶다. 또한 거친 생각과 투박한 논리가 가득했던 박사논문을 애정 어린

눈으로 읽어 주시고 꼼꼼하게 조언해 주신 최시한 선생님과 미처 접하지 못한 다양한 외국 자료를 소개하여 논문의 완성도를 높일 수 있도록 도와주신 이재선 선생님, 수사학적 관점에서 조언해 주신 우찬제 선생님께도 감사드린다.

이 책은 처음 기획하고 10여 년의 시간이 흐른 후에 세상에 나올 수 있었다. 기본적인 틀은 2013년에 쓴 박사논문인 「경성 모더니즘 소설 연구」에 기반하지만, 석사논문과 여러 편의 학술논문, 잡지 기고글 등을 반영하여 수정, 보완한 결과물이다. 『경성 모더니즘』은 2014년 서강대학교 인문과학연구소의 지원을 받아 '인문연구전간' 시리즈에 포함되어 세상에 나올 수 있었다. 서강대학교의 존경하는 선생님들과 선배님들의 빛나는 저작들이 가득한 시리즈에 이 책이 포함될 수 있어 영광이다. 편집과 출판을 맡아 준 일조각 출판사에도 감사의 말을 전하고 싶다. 저자의 게으름으로 인해 한 권의 책으로 완성되기까지 오랜 시간이 걸렸는데, 긴 시간을 불평 없이 기다려 주고 꼼꼼하게 편집작업을 수행해 준 안경순 편집장님과 황인아 선생님께 감사드린다.

이 책을 가장 기대하신 분은 아버지셨다. 당신께서는 내가 '경성 모더니즘'을 기획하고 관련 논문을 쓰기 시작했을 때부터 거의 모든 원고를 일일이 읽고 조언해 주셨다. 박사논문의 초고를 읽어 보시고는 "박태원의 작품들을 제대로 읽어 보고 싶다."고 말씀하셨던 기억이 난다. 이 책의 구석구석에는 아버지와 나눈 대화가 스며 있다. 아버지가 돌아가신 지도 벌써 5년이 흘렀다. 이제 슬픔과 상실감보다는 그리움으로 아버지를 떠올릴 수 있게 되었다. 이 책은 아버지에게 미처 전하지 못한 '마지막 인사'이다.

마지막으로 언제나 내 곁에서 학문적 조언과 응원을 아끼지 않는 사랑하는 아내와 5년의 기다림 끝에 우리 곁에 찾아온 아기에게 이 책이 작은 선물이 되면 좋겠다.

2018년 4월

권은

차례

일러두기

- 이 글은 저자의 박사학위 논문인 「경성 모더니즘 소설 연구: 박태원 소설을 중심으로」 및 후속 연구를 바탕으로 수정, 보완한 것이다.
- 문학 작품을 인용할 때에는 원문을 그대로 수록하는 것을 원칙으로 했다. 그러나 본문에서 언급하는 경우에는 표기 일부, 띄어쓰기, 문장부호 등을 현행 맞춤법에 맞게 수정했다.
- 들여쓰기와 줄바꾸기는 원문에 충실하되, 오류가 있는 경우에는 바로잡아 표기했다.
- 한자는 괄호를 사용하여 한글과 병기했다. 한글의 음과 동일한 경우는 ( )로, 다를 경우는 [ ]로 표기했다.
- 지명을 표기할 때에는 서구식 지명은 외래어 표기법을 따랐으며(로마, 뉴욕 등), 한자식 지명은 한자음을 발음대로 표기하는 방식(동경, 상해 등)을 대체로 취했다.
- 각주, 그림, 표 번호는 각 장별로 구분하여 부여했다.

1 경성 모더니즘론

1. 경성과 모더니즘의 이율배반

한국 모더니즘 문학

모더니즘(modernism)은 20세기 초 서구의 주요 대도시인 파리, 런던, 뉴욕 등을 중심으로 발생한 실험적이고 전위적인 예술 사조를 의미한다. 따라서 식민지 조선의 '경성'과 서구의 '모더니즘'은 쉽게 결합될 수 있는 개념이 아니다. 이 둘이 결합되었다는 것은 이들이 만날 수 있었던 특별한 역사적 계기, 즉 한국의 '식민지 근대화' 과정 속에서 우리만의 독특한 예술적 형식이 발생했음을 의미한다. 경성 모더니즘은 좀처럼 어울릴 것 같지 않은 식민치하의 상황에서 꽃피운 한국의 모더니즘 문학을 경성의 도시 공간과의 관계 속에서 살피려는 시도이다.

한국 문학사에서 1930년대 한국 모더니즘 문학에 관한 연구는 매우 활발하게 진행되어 왔으며, 여러 연구자에 의해 다양하고 심층적인 분석이 이루어졌다. 그럼에도 불구하고 이 책에서 식민지 시기의 문학을 다시 살피고자 하는 이유는, '모더니즘 문학'의 개념 자체에 내포된 서구중심적 성격과 식민지 도시 '경성'을 배경으로 한 텍스트 사이에서 발생하는 이율배반적인 간극 때문이다. 모더니즘 문학은 20세기 초 서구 주요 대도시의 자본주의적 발달과 근대 도시화의 물질적 토대를 기반으로 발생한 문학 사조로, 미학적 혁신과 비선형적 서술(공간적 형식)을 주요 특징으로 한다. 여기서 서구의 '대도시'는 단순히 규모가 큰 도시를 의미하는 것이 아니다. 대도시는 영어로 '메트로폴리스(metropolis)'로 표기된다. 20세기 중반까지만 하더라도 메트로폴리스는 제국의 중심지, 즉 제도(帝都: 제국의 수도)를 의미했다. 다시 말해, 모더니즘 문학은 서구 제국주의 국가들의 중심도시인 '메트로폴리스'(파리, 런던, 뉴욕 등)에서 발생한 문예사조를 의미하는 것이다. 서구적 관점에서 보면, 세계 체제의 주변부인 비서구 식민지 도시(colonial city) 경성을 배경으로 한 일련의 작품들은 원론적으로 '모더니즘 문학'의 범주에 속할 수 없다. 그럼에도 불구하고 지금껏 한국 문학사에서 '1930년대 한국 모더니즘 문학'의 성립은 자명한 사실처럼 받아들여져 왔다.

서구 모더니즘 문학 담론을 차용하여 한국 문학에 '날 것' 그대로 적용하면서 나타난 폐해는 이루 헤아리기 어렵다. 서구 대도시를 모델로 형성된 발터 벤야민과 게오르크 지멜 등의 '대도시 이론들'이 식민지 도시 경성을 설명하는 준거로 무분별하게 사용되기도 했다. 가장 큰 문제점은 이상(李箱)과 박태원(朴泰遠) 등의 한국 모더니즘 작가들을 동시대의 역사적 맥락과는 별다른 관련이 없는 '비역사적인' 존재로 여기거나,

식민지 도시 경성을 마치 파리와 런던과 같이 풍요롭고 낭만적인 장소로 간주하려는 논의들이 쏟아지고 있다는 점이다. 예를 들어, '천재 시인' 이상은 동시대 현실을 초월한 코스모폴리탄적 지식인으로 간주되어 왔다. 그래서 '이상과 보들레르', '이상과 랭보', '이상과 졸라', '이상과 니체', '이상과 칸딘스키', '이상과 류노스케' 등 수없이 다양한 비교문학적 논의가 쏟아지고 이상 문학은 건축학, 물리학, 광학, 기하학 등 수많은 학문분과와의 연계 속에서 논의되어 왔다. 이러한 논의들 속에서 '천재 시인' 이상은 동시대의 역사적 자장(磁場)을 벗어나 허공을 둥둥 떠다니는 존재에 가깝다.

> 一層우에있는二層우에있는三層우에있는屋上庭園에올라서南쪽을보아도아무것도없고北쪽을보아도아무것도없고해서屋上庭園밑에있는三層밑에있는二層밑에있는一層으로내려간즉東쪽에서솟아오른太陽이西쪽에떨어지고東쪽에서솟아올라西쪽에떨어지고東쪽에서솟아올라西쪽에떨어지고東쪽에서솟아올라하늘한복판에와있기때문에時計를꺼내본즉서기는했으나時間은맞는것이지만時計는나보담도젊지않으냐하는것보담은나는時計보다는늙지아니하였다고아무리해도믿어지는것은필시그럴것임에틀림없는고로나는時計를내동댕이쳐버리고말았다.[1]

이상이 1931년에 발표한 「運動」이라는 시의 전문이다. 이 작품에서 주목할 것은 '3층 위에 있는 옥상정원'의 존재이다. 「오감도」 연작에서 13인의 아해들이 질주했던 것처럼, 이상은 왜 이 시에서 10층이고 20

1 이상, 「運動」, 《朝鮮と建築》, 1931년 8월. 발표 당시에는 일문(日文)으로 쓰였다.

층이고 거침없이 하늘을 향해 상승하지 않는 것인가. 왜 그는 고작 "三層우에있는屋上庭園"에 올라가서 "南쪽을보아도아무것도없고北쪽을보아도아무것도" 없다고 말하면서 다시 지상으로 내려오고 마는 것인가. 그것은 당시 식민지 도시 경성의 건물 대부분의 높이가 3층을 넘어서지 않았기 때문이다. 또한 시적 화자는 '시계'의 시간과 자신이 속한 시간 사이의 불일치의 감각을 토로하고 있다. 다시 말해, 이상의 「運動」은 근대의 상승적 이미지를 보여 주는 동시에 시인의 상상력을 한계 짓는 경성의 빈약한 물질적 토대를 드러내고 있다. 우리는 경성 모더니즘 문학이 식민지의 역사적 현실에 견고하게 발을 딛고 있었음을 기억해야 한다.

식민지 도시 경성의 지정학적 특수성과 물질적 토대가 식민지 시기 '한국 모더니즘 문학'의 형성 과정에 미친 영향과 그에 따른 한계를 살펴볼 필요가 있다. 흔히 소설의 세 가지 요소는 인물, 사건, 배경이라고 한다. 그동안 문학연구에서 중요하게 다루어진 것은 인물과 사건이다. 즉, 중심인물은 누구이며 그에게 어떠한 사건이 발생했는가가 중요한 문제로 간주되어 온 것이다. 반면에 그 어감에서도 알 수 있듯 '배경(背景)'은 그리 중요하게 다루어지지 않았다. 그렇지만 소설의 '배경'은 단순한 배경이 아니다. 대부분의 소설은 실제 세계의 특정 공간을 사실적으로 재현하고자 한다. 따라서 소설은 실제 공간의 지리적 혹은 지정학적 특성에 의해 제약받는다. 특정 공간은 고유한 이야기 형식을 발생시키고, 소설의 특정 스타일과 플롯은 특정한 공간을 필요로 한다. 또한 지명(地名)은 소설 속 허구 공간(fictional space)과 그 물질적 토대인 실제 공간(real space)을 끊임없이 연결 지으며 텍스트를 역사적 맥락 속에 위치시킨다.

'한국 모더니즘'에 관한 앞선 연구들에서 '한국'이라는 국가적 시공간은 모더니즘 문학을 다루기에는 지나치게 광범위하고 추상적이라는 한계가 지적되어 왔다. 본래부터 모더니즘은 도시의 문학이기 때문이다. 한국의 경우 근대화 과정의 중심은 전통적 수도인 '서울'을 중심으로 펼쳐졌다. 그렇기 때문에 이 책에서는 그 누구보다도 경성의 도시 공간을 정밀하게 재현해 낸 소설가인 박태원에 주목할 것이다. 그는 '천재 시인' 이상과 더불어 한국의 대표적인 모더니즘 작가로 알려져 있다. 박태원은「소설가 구보씨의 일일」과『천변풍경』등을 통해 동시대 식민지 도시 경성(京城)의 구석구석을 정밀하게 재현해 낸 작가다. '고현학적 방법론', '산책자 텍스트', '동기화 장치', '이중 텍스트', '삽화를 통한 암시' 등 그의 독특한 창작 방법은 경성 모더니즘 문학의 독특한 산물이라 할 수 있다. 거칠게 말해, 경성 지도를 펼쳐 놓고 박태원의 작품들을 망라해 보면, 식민지 시기의 경성을 거의 완벽한 형태로 재현해 낼 수 있다.

한국문학사와 모더니즘 담론의 문제

한국 문학 담론에서 '모더니즘론'을 최초로 제시한 사람은 김기림으로 알려져 있다.「모더니즘의 역사적 위치」(1939)에서 김기림은 "조선에서는 모더니스트들에 이르러 비로소 20세기의 문학은 시작되었다."[2]고 주장하며 정지용을 '최초의 모더니스트', 이상을 '최후의 모더니스트'로 간주했다. 그는 이들이 "문명 속에서 나선 신선한 감각으로써 문명이

2 김기림,「모더니즘의 역사적 위치」, 김윤식 편,『한국현대모더니즘 비평선집』, 1991, 199면 참조.

던지는 인상을 붙잡았다."고 평했다. 한편 최재서는 한국 문학과 관련하여 '모더니즘'이라는 용어를 사용하지는 않았다. 다만 그는 서구 문학을 소개하면서 '모더니즘'을 언급했다. 「구라파 현대소설의 이념 (二): 모더니즘 편」(1939)에서 '현대주의적 작가'로 제임스 조이스, 새뮤얼 리처드슨, D.H. 로런스, E.M. 포스터 등을 언급하고 있다. 그렇지만 이때의 '모더니즘'은 문학 사조라기보다 동시대 서구 작가들의 특정한 경향을 설명하기 위한 용어에 가깝다.[3]

여기서 주목할 것은 김기림 등이 주창한 '모더니즘론'은 오늘날 보편적으로 통용되는 '모더니즘 문학' 개념이 아니라는 사실이다. 김기림이 논하는 '모더니즘 문학'은 조선의 전통 문학에 대비되는 '20세기 근대문학'에 가까웠으며 '서정시'에 관한 논의에 한정되어 '소설'은 포함하지 않는 개념이었다. 그럼에도 불구하고 김기림이 오늘날의 '모더니즘'과 우연히 동일한 용어를 사용함으로써 일종의 착시현상이 나타나게 되었다.[4] 이와 유사한 현상은 다른 나라에서도 나타났다. 20세기 초 독일에서도 우연히 '모더니즘'이라는 표현이 나타났는데, 이는 '영미 모더니즘'과는 완전히 다른 개념으로 우연히 '유사한 표지(cognate label)'가 붙여진 것에 불과했다.[5] 일본에서도 1920년대 후반부터 1930년대에 걸친 시

3 최재서, 「구라파 현대소설의 이념 (二): 모더니즘 편」, 《비판》 110, 1939년 6월, 80면 참조.

4 조동일은 김기림의 '모더니즘'이 서구가 아닌 동시대 일본의 모더니즘 논의에서 영향을 받은 것이라 주장했다. "[김기림이] 설명한 모더니즘은 서구시의 새로운 경향을 받아들여서 동시대 문명의 인상을 서구에서와 같은 방식으로 잡자는 것이었다. 그런데 서구에는 모더니즘이라는 특정의 시운동이 없었다. 감각적인 심상을 중요시하는 이미지즘을 위시해 그 비슷한 경향을 한꺼번에 지칭하는 모더니즘이라는 용어는 일본에서 정착시켰다. 모더니즘 시를 일으킨다는 구호를 내걸고 서구화된 감각으로 기교를 찾는 풍조가 일본에서 건너왔다." 조동일, 『한국문학통사 5』(제2판), 지식산업사, 1989, 398면 참조.

5 '영미 모더니즘'에 대응하는 독일의 문학 사조는 '모더니즘'보다는 오히려 '표현주의'라

기를 '쇼와 모더니즘(昭和 モダニズム)'의 시대라 불렀다.[6] 그렇지만 류탄지 유(龍膽寺雄) 등이 주목한 일본의 근대적 특성은 "에로·그로·난센스"의 세계로, 오늘날의 모더니즘 담론과는 상당한 차이를 보인다.

정작 서구에서 모더니즘 문학 담론이 본격화된 것은 적어도 1940년 중반 이후의 일이다.[7] I.A. 리처즈의 『문학비평의 원리』(1924)나 프랭크 리비스의 『영시(英詩)에 있어서의 새로운 방향』(1932) 등에서는 '모더니즘'이라는 용어가 아직 등장하지 않는다.[8] 서구 모더니즘 소설에 관한 최초의 본격 비평서로 손꼽히는 것은 에드먼드 윌슨의 『악셀의 성』(1931)이다. 그렇지만 그가 사용한 용어는 '모더니즘'이 아니라 '상징주의'였다.[9] 물론 이러한 현상이 그리 놀라운 것은 아니다. "우리가 사용하는 역사적 요소를 지닌 비평용어의 대부분은 소급해서 적용된 것들"[10]이기 때문이다. 김기림이 1939년에 「모더니즘의 역사적 위치」를 발

고 할 수 있다. Malcolm Bradbury et al.(EDT), *Modernism: A Guide to European Literature 1890–1930*, Penguin Books, 1991 p. 45 참조.

6 이 시기 세누마 시게키(瀨沼茂樹)의 「모더니즘과 그 제상」, 히라바야시 하쓰노스케(平林初之輔)의 「모더니즘 전성」, 류탄지 유(龍膽寺雄)의 「모더니즘 문학론」 등 '모더니즘 문학'에 관한 글이 다수 발표되었다. 나미가타 쓰요시, 「흔적으로서의 상해」, 식민지 일본어문학 문화연구회, 『제국일본의 이동과 동아시아 식민지문학』 2, 문, 2011, 244면 참조.

7 Philip Tew et al.(EDT), *The Modernism Handbook*, Continuum International Publishing Group, 2009, p. 152 참조.

8 피터 포크너/황동규 역, 『모던이즘』, 서울대출판부, 1980, v 참조.

9 이와 유사하게, 조셉 프랭크의 「근대 문학에서의 공간적 형식」 연재물은 1945년에 처음 출판되었는데, 그도 '공간적 형식'으로의 역사적이고 미학적 전환을 표현하기 위한 틀로 '모더니즘' 대신 '근대 문학'이라는 용어를 사용했다. 게오르크 루카치는 1950년대 중반까지도 '모더니즘' 대신 '아방가르드'라는 표현을 사용했으며 1957년에서야 「모더니즘의 이데올로기」를 발표한다. 레나토 포지올리도 「아방가르드 이론」(1962)에서 오늘날의 모더니즘 문학을 지칭하는 개념으로 '아방가르드'를 사용했다. A. 아이스테인손/임옥희 역, 『모더니즘 문학론』, 현대미학사, 1996, 188면 참조.

10 피터 포크너, 황동규 역, 『모던이즘』, 서울대출판부, 1980, v 참조.

표했을 때, 그가 서구보다 앞서 '모더니즘 문학'을 주창한 것이 아니다. 한국 모더니즘 문학은 동시대의 문학 운동이 아니었고, 운동의 일환으로 주창된 적도 없었으며, 김기림이 말하는 '모더니즘'도 오늘날의 그것을 의미하는 것이 아니었기 때문이다.

1970년대 후반에서 1980년대 중반까지만 해도 문학 담론에서 '모더니즘 문학' 개념은 본격적으로 쓰이지 않았다. 한국문학과 모더니즘의 관련성을 본격적으로 다룬 최초의 논의는 김윤식·정호웅의 『한국문학의 리얼리즘과 모더니즘』(1989)이다. 서문을 살펴보면, 저자들이 모더니즘 담론을 한국문학사에 도입하여 새로운 시각을 확보하고자 했음을 알 수 있다.

> 한국 근대문학사의 골격을 민족주의 문학과 경향문학의 대립적 전개로 파악하는 것이 일반화되어 있지만, 자세히 따져보면, 이는 일종의 이데올로기적 소재주의에 지나지 않는다. 이념의 유무로써 편을 가르는 이 같은 파악은 편리하지만, 구체적 현실에서 비롯하며 그것을 통해 검증받는, 따라서 특정 이념의 틀로써 재단될 수 없는 문학의 특수성을 고려하지 않거나 소홀히 한 것이다. 뿐만 아니라 그것은 또한 냉전적 분단 논리와도 암암리에 연결되어 있다. (…) 우리 근대문학사를 리얼리즘과 모더니즘을 두 축으로 한 전개로 파악하고, 그 각각의 문학사적 위상을 밝히고자 하였다. 이같은 작업은 종래의 이데올로기적 소재주의를 넘어 우리 문학사의 진정한 골격을 밝히는 데 한 유력한 돌파구를 마련해 줄 수 있을 뿐더러, 이항대립의 분단논리를 극복하는 데 한 계기를 이룰 수도 있을 것이다. 또한 자본주의화 과정의 쌍생아인 리얼리즘과 모더니즘이 지금의 한국문학을 구성하는 두 축이기도 하기에 우리의 작업은 과거와 현재를

포괄하는 문학사의 체계화에 한 발판이 될 수도 있을 것이다.[11]

저자들은 기존의 '민족주의 문학'과 '경향 문학'의 이데올로기적인 이분법적 대립 구도의 한계를 극복할 "유력한 돌파구"로 '리얼리즘 문학'과 '모더니즘 문학'의 대안적 구도를 도입했다. 이를 통해 오늘날 일반적으로 통용되는 문학사적 시각이 형성되기 시작한 것이다. '리얼리즘–모더니즘'의 분석틀은 같은 저자들이 지은 『한국소설사』(1993)를 통해서 문학사에 본격적으로 도입된다. 이 책은 한국 근대 소설사를 리얼리즘과 모더니즘이라는 두 큰 축으로 살핀다는 점에서 이전의 소설사와는 변별된다. 저자들은 "경향소설과 염상섭, 채만식 등의 소설을 리얼리즘이라는 범주로 함께 묶을 때, 이 시기 소설사는 그 반대편에 놓이는 이상, 박태원 등의 모더니즘 소설과의 대립 구도로 파악"할 수 있을 것이라고 주장했다.[12] 이 책에서 모더니즘 작가로 분류한 사람들은 이상, 박태원, '3·4문학' 동인, '단층파' 동인, 허준, 최명익 등이다. 이로써 한국 모더니즘 작가군이 본격적으로 거론되기 시작한 것이다.

문제는 소설사를 리얼리즘과 모더니즘의 양대 축으로 설명하는 방식이 영문학사의 전형적인 서술 방식이라는 점이다. 영문학사에서 이 두 개념은 문학연구에서의 이론적·비판적 논쟁에서 핵심적인 위치를 차지해 왔다.[13] 소설사의 서술 방식 자체가 영문학적 틀을 모방한 것은 비

11 김윤식·정호웅, 「서문」, 『한국문학의 리얼리즘과 모더니즘』, 민음사, 1989 참조.

12 그러면서도 "리얼리즘과 모더니즘이란 큰 범주의 두 개념항이 구성하는 틀로써 한 시대 소설사의 전개를 개괄하려는 시도는 골격의 체계적 파악이라는 점에서 유용한 것이지만 동시에 이것으로 포괄할 수 없는 많은 의미를 놓친다는 문제점을 지닌다."고 밝혔다. 김윤식·정호웅, 『한국소설사』(개정증보판), 문학동네, 2000, 174면 참조.

13 A, 아이스테인손, 임옥희 역, 『모더니즘 문학론』, 현대미학사, 1996, 240면 참조.

단 우리나라만의 현상은 아니었다. 대부분의 비서구 국가의 문학사는 유럽에서 형성된 '단 하나의 문학 발전 모델 경로'를 상정해 왔다.[14] 한국 문학사 서술 자체가 서구적 모델을 차용함으로써 인식적인 종속 상황에 놓이게 된 것이다. 임화는 "[조선의] 신문학사는 근대 서구적인 의미의 문학의 역사"[15]라고 했다. 김남천은 "구라파의 근대를 수입한 이래 학문방법이 구라파적으로 되어"[16] 간다고 지적하기도 했다. 서구에서 시작된 모더니즘 문학이 일본을 경유한 후, 식민지 조선에는 '일본식으로 변질된 모더니즘'이 받아들여졌다는 시각이 대표적이다.[17] 그렇지만 러시아의 '라프(RAPP)', 일본의 '나프(NAPF)'에 상응하여 식민지 조선에서 '카프(KAPF)'라는 프롤레타리아 문학단체가 결성된 것과 같은 의식적이고 명시적인 수용 과정이 모더니즘 문학에서는 나타나지 않았다. 동시대에 규정된 프로문학이나 대중문학과는 달리 모더니즘 문학은 사후에 회귀적으로 규정된 개념에 가깝다.[18]

서구의 근대 소설은 리얼리즘을 기반으로 하여 자연주의, 모더니즘, 포스트모더니즘 등의 사조로 순차적으로 발전되어 왔다. 그렇지만 비서구 국가들에서는 서구와는 다른 방식으로 전개되어 왔다. 일본, 한국, 중국 등 아시아 국가들에서 소설은 자생적으로 발생한 것이 아니라 외부에서 유입된 낯선 문학형식이었다. 또한 순차적인 발전 단계를 거친

14 Diana Brydonm, 'The White Inuit Speaks: Contamination as Literary Strategy', *The Postcolonial Studies Reader*(2nd Edition), Routledge, 2005, p. 185 참조.

15 임화, 「개설 신문학사」, 《조선일보》, 1939. 9. 7.

16 김남천, 「맥」, 『한국소설문학대계』 13, 동아출판사, 1995, 434면

17 강인숙, 『일본 모더니즘 소설 연구』, 생각의나무, 2006, 38면 참조.

18 William Gardner, *Advertising Tower: Japanese Modernism And Modernity in the 1920s*, Harvard University Press, 2007, p. 34 참조.

것이 아니라, 몇백 년에 걸쳐 발전해 온 서구 소설의 다양한 문학사조가 동시다발적으로 유입되었다. 일본의 소설가 기쿠치 칸(菊池寬)은 "톨스토이도 도스토옙스키도 모파상도 발자크도 일본문학에 모두 한꺼번에 들어왔다."[19]고 술회한 바 있다. 식민지 조선의 상황도 이와 다르지 않았으며, 오히려 일본보다도 더 짧은 기간에 압축적으로 서구 문학을 받아들여야 했다.

식민지 조선의 작가들은 소설의 고전적 형식인 리얼리즘 소설, 과학적 방식을 도입한 자연주의 소설과 낯선 실험적 기법이 두드러진 모더니즘 소설 등을 거의 동시적으로 수용했다. 그러므로 서구적 기준에 의해 한국 근대소설의 범주를 구분하는 것은 큰 의미가 없을 수도 있다. 임화는 근대적 문학형식인 소설이 식민지 조선에 정착하여 발전되어 온 "논리의 순서로 보면 당연히 한 사람의 프루스트, 한 사람의 조이스가 있어야 할 것이나 어쩐 일인지 이렇다 할 사람은 없었다."[20]고 했다. 서구의 모더니즘 작가에 해당할 만한 작가를 식민지 조선에서는 찾기가 수월치 않다는 것이다. 임화는 그나마 이에 근접한 식민지 조선의 작가가 박태원과 이상이라는 말도 덧붙였다.

대부분의 한국 근대작가는 리얼리즘과 모더니즘적 요소가 혼재된 형태의 작품을 창작했다고 볼 수 있다. 흔히 한국 근대소설의 출발을 1917년에 발표된 이광수의 『무정』으로 간주해 왔다. 그렇지만 이 시기는 서구에서 모더니즘 문학이 꽃을 피운 시기이기도 하다. 한국의 근대 작가들은 소설 자체를 매우 낯선 형태의 문학형식으로 받아들였으

19 김사량, 「조선의 작가를 말한다」, 『모던일본(モダン日本)』, 문예춘추, 1939년 11월; 윤소영 외, 『일본잡지 모던일본과 조선 1939』, 어문학사, 2007, 304면

20 임화, 「본격소설론」, 《조선일보》, 1938. 5. 24~28.

며, 리얼리즘과 모더니즘 등의 사조를 명확하게 구분하지 않은 상태에서 다양한 작품을 접했다. 경성의 작가들은 서구 모더니즘 문학을 대표하는 작가들인 조이스, 버지니아 울프, 마르셀 프루스트, 헨리 제임스, 프란츠 카프카 등을 충분히 잘 알고 있었다. 그렇지만 이들 못지않게 리얼리즘 계열의 작가들에서도 많은 영감을 받았다. 그럼에도 불구하고 이들의 문학을 '경성 모더니즘'이라고 부르고자 하는 이유는 이 시기가 전 세계적으로 '모더니즘'의 시대였기 때문이다. 작가는 자국의 문학사적 전통과 세계문학의 전통을 동시에 계승한다.[21]

임화는 20세기를 대표하는 서양 작가로 프루스트, 조이스, 울프, 로런스 등을 꼽은 바 있다.[22] 김남천도 토마스 만, 프루스트, 앙드레 지드, 조이스 등이 무시할 수 없는 독자적인 세계를 통해 "세계문학사의 가운데 커다란 자리를 차지할 것"[23]이라고 예견했다. 이러한 언급들을 고려하면, 당대의 작가와 비평가들은 비록 '모더니즘'이라는 용어를 사용하지 않았고 그 구체적인 범주도 상정하지는 않았지만, 모더니즘 문학의 경향이 20세기의 세계문학을 주도적으로 이끌 것이라는 사실을 잘 알고 있었던 것으로 보인다. 박태원, 이상, 김유정, 이효석 등 다양한 작가도 서구 모더니즘 작가들의 새로운 경향과 실험적 혁신에 많은 관심을 기울이고 있었다.

임화는 "조이스가 프루스트와 더불어 서구의 가장 신선한 문학적 요소인 것처럼 김남천·채만식·이상·박태원 씨 등은 현대 우리 문단에 있

---

21 Pascale Casanova/M.B. Debevoise(TRN), *The World Republic of Letters*, Harvard University Press, 2007, p. 41

22 임화, 「본격소설론」, 《조선일보》, 1938. 5. 24~28.

23 김남천, 「고리끼의 세계문학적 지위」, 《현대일보》, 1946. 6. 18.

어서 가장 프레시(fresh)한 소설을 제작하는 이들"[24]이라고 평가했다. 그가 서구 모더니즘 문학에 비견될 만한 한국 작가로 거론한 사람들을 보면 이상, 박태원 등의 구인회(九人會) 작가들뿐만 아니라 카프의 김남천, 동반자 작가인 채만식 등도 포함되어 있음을 알 수 있다. 오늘날에는 카프와 구인회 작가들이 대립적인 위치에 있는 작가들로 간주되지만, 당시에는 그러한 구분이 그리 분명하지 않았다. 그러므로 경성 모더니즘에는 구인회 작가들뿐만 아니라 카프와 동반자 작가들 중 일부도 포함될 수 있을 것이다. 또한 리얼리즘과 모더니즘의 대립적 구도도 이 시기에는 존재하지 않았다. 김남천은 「아메리칸 리얼리즘의 교훈」에서 미국의 리얼리즘 작가로 제임스, 어니스트 헤밍웨이, 윌리엄 포크너 등을 거론하고 있는데,[25] 이들은 오늘날 미국의 대표적인 모더니즘 작가로 간주된다.

한국 모더니즘 문학 담론에 관한 기존 논의는 다음과 같은 문제점을 안고 있다. 첫째, 김기림의 모더니즘론이 서구 모더니즘 담론보다 역사적으로 선행한다. 둘째, 한국 모더니즘 소설 텍스트는 사소설, 세태소설 등 리얼리즘 계열로도 분류되는 작품들이다. 셋째, 리얼리즘과 모더니즘의 양대 축을 기반으로 한 한국 문학사 서술은 영문학의 문학사 모델을 그대로 모방한 것이다. 넷째, 서구 모더니즘 문학 담론의 중심인 미국 신비평은 텍스트를 비역사적·비정치적인 것으로 간주한다. 다섯째, 한국 모더니즘 문학은 1930년대와 1950년대에 두 차례에 걸쳐 전개된 것으로 간주된다.

24 임화, 「세태소설론」, 《동아일보》, 1938. 4. 1~6.
25 김남천, 「아메리칸 리얼리즘의 교훈」, 《조선일보》, 1940. 7. 27~31.

이러한 문제점이 발생하는 원인은 모더니즘 문학 이론의 서구중심적 성격 때문이다. 기존의 모더니즘 문학 담론은 서구의 주요 국가를 기반으로 한 것으로, 식민지 도시 경성을 주요 배경으로 하는 한국문학 텍스트의 특수한 성격을 읽어 낼 수 없다. 식민지 현실은 서구와는 다른 고유의 문학 이론을 필요로 한다.

경성 모더니즘 문학의 성격

게오르크 루카치는 비서구 국가들의 예외적인 사회발전이 예외적인 형태의 문학발전을 이끌게 될 것이라고 예견했다. 식민지 조선의 작가들도 자신들이 서구와는 전혀 다른 문학 전통의 장(場)에서 창작해야 한다는 사실을 잘 알고 있었다. 임화는 근대 조선문학을 "20세기적인 서구문학 정신의 조선적인 제약"[26]의 산물로 간주했다. 이효석은 조선의 문학이 서구의 것과 다른 것은 위도와 지리가 다르기 때문이라고도 했다. "풍토와 기후는 생활을 규정하고 그 생활을 비추이는 것이 문학"[27]이기 때문이라는 것이다. 김남천은 "[서구] 부르주아 사실주의에서 조선문학이 기대할 아무것도 없음을 뚜렷하게 알아야 할 시기"[28]가 도래했다고 주장하며, 조선의 독자적인 문학의 필요성을 역설하기도 했다. 이들의 견해에 어느 정도 동의할 수 있다면, 한국의 특수한 식민지 근대화 과정 속에서 발생한 예외적 형태의 문학 형식을 설명할 고유한 문학 이론을 정립할 필요가 있다. 마르크스주의적 맥락에서 보면, 식민지 시기 한국 문학 텍스트를 동시대의 물질적 토대인 식민지 도시 경성에 대

26 임화, 「본격소설론」, 《조선일보》, 1938. 5. 24~28.
27 이효석, 「북위 42도」, 《매일신보》, 1933. 6. 3.
28 김남천, 「건전한 사실주의의 길」, 『김남천 전집』 1, 박이정, 2000, 150면

한 면밀한 분석 없이 서구 모더니즘 이론의 틀에 기대어 해석하려는 시도는 자체의 하부구조를 고려하지 않은 채 외부의 사례에 빗대어 상부구조를 해석하려는 것과 같다.

조선 문단의 중심은 단연 문화의 중심지인 경성이었다. 그렇지만 식민지 도시 경성의 특수한 면모는 조선 작가들이 작품을 창작하는 데에 적지 않은 난점을 안겼다. 김남천은 "이야기의 주인공을 [경성의] 거리로 끌고 나오면 그를 가장 현대적인 풍경 속에 산보시키고 싶은 충동을 느낀다. 대체 어디로 그를 끌고 갈 것인가?"[29]라는 질문을 던지면서 소설 주인공을 경성의 실제 공간에 위치시킬 때 생겨나는 문제점을 지적한 바 있다. 그나마 근대적인 건물인 "경성역 앞에다 주인공을 세워 놓고 그로 하여금 사방을 한 번 돌아보게 한다면 그의 눈에 비치는 풍경이 옹졸스럽기 짝이 없음을 느낄 것"[30]이라고도 했다. 당시의 작가들의 눈에도 식민지 도시 경성은 근대소설이 펼쳐지기에는 그리 적절한 장소가 아니었던 것이다.

이처럼 서구에서 발생하여 발전해 온 근대적 문학 장르로서의 '근대소설'은 이질적 공간에서도 여전히 형식적인 규준으로 기능했다. 조선의 소설가들은 서구 소설의 장르적 특성을 지키면서도 식민지 조선이라는 특수한 공간을 무대로 창작에 임해야만 했다. 김남천은 조선의 소설가들이 '외래의 신창작 이론'을 왜곡하여 수용함으로써, "비정치주의 세계관의 확대, 주제의 적극성에 대한 배척 등등의 그릇된 경향"[31]이 나타난다고 비판한 바 있다. 작가들은 현실 공간에서 자신들이 필요

29 김남천, 「가로」, 『김남천 전집』 2, 박이정, 2000, 65면
30 김남천, 위의 책, 65면
31 김남천, 「건전한 사실주의의 길」, 『김남천 전집』 1, 박이정, 2000, 151면

로 하는 대상을 찾을 수 없을 때, 불가피하게 독서나 여행 등의 체험이나 상상에 의지하여 작품을 전개시킬 수밖에 없다. 조선을 무대로 펼쳐지는 작품이라도 서구 소설의 형식적 특성에서 완전히 자유로울 수는 없는 것이다. 그로 인해 소설 속 인물들이 조선어를 사용하고 조선 의복을 입고 있기는 하지만 그들의 삶은 전혀 조선적인 느낌이 나지 않는 이국적인 작품이 등장하기도 했다. 이처럼 비서구 세계의 소설은 서구의 소설적 형식과 비서구의 실제 현실이 불완전하게 결합한다는 점에서 '반쯤 구워진 문학(half-baked literature)'으로 불리기도 한다.[32]

이데올로기적인 메시지는 내용의 층위뿐만 아니라 작품의 형식에 의해서도 알레고리의 형태로 전달될 수 있다. 프레드릭 제임슨은 이를 '형식의 이데올로기'라고 명명했다.[33] 식민지 시기의 문학 텍스트에는 제국주의와 관련된 내용이 노골적으로 드러나지 않으며, 때로는 어떠한 정치적인 내용도 담고 있지 않은 것처럼 보이기도 한다. 그로 인해 모더니즘 소설로 간주되는 작품들은 기법과 형식의 미학적 관점에서 주로 분석되어 왔다. 그렇지만 한 작품의 역사성과 당대의 사회적 맥락의 심층적 관계는 내용보다는 오히려 텍스트의 형식, 그리고 그것의 혁신적 변화와 밀접한 관련을 맺는다는 점에서 모더니즘 소설들은 정치적 성격을 갖는다.

서구의 문학 형식인 '소설'은 식민지 도시 경성의 물질적 특수성을 담기에는 본질적으로 부적절하며, 새로운 물질적 토대는 새로운 형식, 즉 변형된 형태의 소설 형식을 필요로 한다. 이 책에서 본격적으로 살피고

32 Roberto Schwarz, *Misplaced Ideas*, W W Norton & Co Inc, 2007, p. 65 참조.
33 Fredric Jameson, *Modernist Papers*, W W Norton & Co Inc, 2007, p. 114 참조.

자 하는 것은, 서구 주요 도시들의 자본주의적 발전과 물질적 토대에 기반을 두고 발생한 서구 모더니즘 문학과는 다른, 조선의 특수성이 드러나는 경성 모더니즘 특유의 문학적 성격이다. 물론 서구 소설의 형식 속에 조선의 특수한 내용을 담는 것은 그리 쉽지 않았다. 소설 형식을 받아들인다는 것은 그 형식이 기초하는 이데올로기의 방식을 수용한다는 것을 의미한다. 아무리 조선의 작가가 조선을 무대로 삼고 조선 사람들이 등장하는 소설을 쓴다고 해도, 한국 근대소설에는 서구적 형식과 조선적 내용 간의 불일치와 불안정이 불가피하게 나타나게 된다. 서구 모더니즘 문학이 자본주의의 발달과 근대 도시의 형성 등의 물질적 토대에서 촉발된 것이라면, 경성 모더니즘은 '식민 지배', '불균등 발전'과 '이중도시화', '서구적 형식과 조선적 내용 간의 간극', 그리고 '문명화된 국가로부터의 직간접적인 체험' 등에서 파생된 특수한 성격의 문학이라 할 수 있다.

식민지 도시로서의 경성의 특성

경성 모더니즘의 특성을 살피기 위해서는 무엇보다 물질적 토대로서의 경성의 특성을 알아야 한다. 경성은 서구의 대도시와는 확연히 다른 성격의 도시였다. 경성은 다음과 같은 주요한 특징을 갖는다.

첫째, 경성은 도시 면적과 인구 규모의 측면에서 어느 대도시와 비견할 수 있을 정도로는 발전하지 못했다. 서울시의 통계자료에 따르면, 1915년 경성부의 인구는 약 24만 명이었으며, 1925년에는 30만 명으로 증가했고, 1936년 대경성 확장 후에는 70만 명을 넘어섰다. 그리고 1940년대에 접어들어 경성부의 인구는 100만 명에 육박했다. 그렇지만 1930년대 동경의 인구가 550만 명, 런던이 800만 명 정도였던 것에 비하면 경성은 여전히 '소도시'에 불과했다. 인구 규모 면에서 보면, 1930년대 경성은 동시대의 콜카타, 더블린, 페테르부르크, 리우데자네이루 등에도 미치지 못했다. 프리드리히 엥겔스가 주장했듯, 대도시의 인구 집중화 현상은 단순히 인구가 증가하는 것을 의미하는 것이 아니라 공간 자체의 성격이 변화하는 것을 의미한다.[34] 그렇지만 당시 경성에서는 서구 대도시에서 발생한 도시화 문제가 본격적으로 발생하지 않았다.

더욱이 경성의 대다수 조선인은 절대 빈곤층이었다. 따라서 이 시기 경성에는 '서구 모더니즘 문학 담론'이 전제하는 사회적·물질적 여건이 충분히 마련되어 있었다고 보기 어렵다. 낙후된 소도시 경성은 서구 모더니즘 문학을 촉발시킨 '첨단', '신식' 내지는 '입체'의 이미지와는 거리가 먼 공간이었다. 서구의 대도시들이 정치·경제·문화의 중심지였던 것과는 달리, 식민지 도시 경성의 중심성은 그리 강하지 않았다. 대다수의 조선인 엘리트층이 경성에 만족하지 못하고 '동경 유학'을 떠난 것도 그러한 사정 때문이었다. 이렇듯 경성 모더니즘은 일본 제국의 중심인 동경을 함께 고려하지 않고서는 온전히 파악하기 어렵다.

둘째, 경성에서는 세계 체제의 주변부에서 흔히 발생하는 '불균등 발전'이 일어났다. 경성의 근대적 면모로 흔히 거론되는 것은 전차와 미츠코시 백화점 등 근대 문물의 등장이다. 그렇지만 그것은 이를테면 "주름 잡힌 얼굴 위에 가장(假裝)하고 나타난 근대의 메이크업 화장"[35]에 불과한 것이었다. 경성에서는 전차와 함께 우마차와 인력거가 다녔으며,

34 프리드리히 엥겔스/박준식 역, 『영국 노동자계급의 상태』, 세계, 1988, 57면

35 김기림, 「도시풍경」, 《조선일보》, 1931. 2. 21.

전신, 전보, 전화 등이 등장했지만 '전령(메신저)'이 사람들 간의 소식을 직접 전하기도 했다. 비슷한 시기 콜카타, 더블린, 리우데자네이루 등의 식민지 도시에서도 전차가 등장했다. 그동안 경성의 근대화의 근거로 제시되어 온 전차와 백화점 등은 다른 식민지에서도 발견되는 보편화된 문물이었다. 당시 대도시 런던, 파리, 동경 등에서는 이미 '지하차(지하철)'가 등장한 이후였다. 다양한 공간을 빠르고 자유롭게 이동할 수 있는 자가용 승용차의 등장이 서구 모더니즘 문학의 서사 형식 변화에 근본적인 영향을 미친 것으로 알려져 있지만, 식민지 조선의 가난한 작가들은 여전히 전차나 버스 등 대중교통을 이용하거나 도보로 이동했다.

세계 체제의 주변부에 머물러 있던 식민지에서는 "낡은 시대가 새로운 현대와 동거를 하는"[36] '불균등 발전' 혹은 '복합 발전'이 일어났다. 이러한 발전 형태를 취하는 사회에서는 근대적인 것과 전근대적인 것이 공존하는 시대착오적인 현상이 나타난다. 철학자 에른스트 블로흐는 서로 다른 발전단계에 등장하는 문물들이 동시적으로 존재하는 이러한 특이한 현상을 '비동시성의 동시성'이라는 개념으로 설명한 바 있다. 식민지 국가의 복합 발전은 제국에 의해 기형적으로 이루어진 식민지 근대화의 산물이라 할 수 있다. 이러한 현상은 소설 속에 다양한 시간성이 한 텍스트에 공존하는 형태로 나타난다. 심훈은 식민지 조선 사회를 "몸뚱이는 18세기의 환경 속에 갇혀 있으면서 모가지만 20세기로 내어밀려는"[37] 형상이라고 했고, 최서해는 "[사회에서는] 이십 세기의 사람이나 집으로 돌아가면 십칠팔 세기 사람의 기분과 감정의 지배를 받

36 채만식, 「냉동어」, 『채만식 전집』 5, 창작과비평사, 1989, 400면

37 심훈, 『영원의 미소』, 한성도서주식회사, 1935, 116면

는다."[38]고 고백하기도 했다. 이처럼 당시의 조선 사람들은 선진 국가들에서 몇 세기에 걸쳐 경험한 근대화 과정을 압축적이면서도 혼란스럽게 받아들였다.

셋째, 경성은 고층 건물이 거의 없는 '평면적 도시'였다. 1930년 지상 4층 규모의 미츠코시 백화점이 경성에 등장했을 무렵, 동경에는 이미 지상 9층, 지하 1층의 연건평 6만여m^2(1만 8천 평)에 이르는 동양 최대의 오피스 빌딩인 '마루노우치 빌딩'이 있었으며, 상해에는 24층의 초고층 빌딩인 '파크 호텔'이 들어서 있었다. 1931년 뉴욕에서는 기존의 71층 맨해튼 빌딩과 77층 크라이슬러 빌딩을 압도하는 102층짜리 세계 최고층의 마천루인 '엠파이어 스테이트 빌딩'이 등장했다. 뉴욕의 마천루는 대도시의 미학적 혁신의 상징이었다. 이태준은 동양의 소설가들은 창작을 할 때 서양에서처럼 고층 건축과 같은 입체적 설계를 구상하는 것이 어렵다고 토로한 바 있다. "생활형식이 저들은 동적인데 우리는 정적이요 저들은 입체적인데 우리는 평면적"이기 때문이라는 것이다.[39] 예컨대, 스탕달의 소설에서 결정적 사건들은 대부분 첨탑 위나 산 정상 등 높은 곳에서 발생할 정도로, 서구 소설에서 '높이'는 매우 중요한 서사적 역할을 담당한다. 그렇지만 '평면적 도시'인 경성을 무대로 한 작품에서 서사의 중요 사건은 수평적 이동을 통해 주로 발생한다. 식민지 시기의 한국 소설은 한반도를 벗어나 제국의 중심부인 동경이나 중국 상해, 만주 일대 등 광범위한 공간을 배경으로 펼쳐진다.

넷째, 20세기 초 통신기술과 운송수단의 발명으로 전 세계의 시공간

---

38 최서해, 「갈등」, 『최서해 전집』 하, 문학과지성사, 2007, 51면

39 이태준, 「명제 기타」, 『이태준문학전집』 15, 깊은샘, 1994, 62면

은 압축되었으며, 경성도 이러한 시대적 흐름 속에 놓여 있었다. 심훈은 "1초 동안에 지구 일곱 바퀴나 도는 전파에 음파를 실어, 동반구와 서반구의 거리를 단칸방 속같이 졸라매는 라디오가 한참 행세를 하고, 동경 사람과 뉴욕 사람이 제자리에 앉아서 여보시오 한 번이면 숨 쉬는 소리까지"[40] 들을 수 있는 시대가 되었다고 했다. 식민지 조선의 지식인들은 유학이나 여행을 통해 유럽과 일본 등의 선진국을 체험하거나, 영화, 신문, 잡지 등의 매체를 통해 세계의 근대적 변모 과정을 간접적으로 접했다. 그러므로 경성 모더니즘 문학은 단순히 경성의 물질적 토대뿐만 아니라 전 세계의 다양한 근대적 변모 과정에 대한 직간접적인 체험을 자양분 삼아 성장했다고 할 수 있다.

마지막으로, 경성에는 식민지 도시 특유의 '이중도시화(dual city)' 현상이 발생했다. 경성은 일본인 거류민들의 대규모 집단 주거지역인 '남촌(南村)'이 형성되었다는 점에서 특수하다. 경성 전체 인구의 삼분의 일 이상이 일본 이주민들이었으며, 경성 전체 면적의 약 절반의 토지가 일본인 소유였다. 일본인을 제외한 기타 외국인은 불과 2퍼센트 정도에 지나지 않았다. 경성 근대화의 구심점은 "대경성에서도 심장이라고 할 만한 명치정(明治町, 현재의 명동)의 십자로"[41]였지만, 그곳은 재경(在京) 일본인들만을 위한 공간이었다. 이와 달리 조선인들의 구심점은 "서울의 한복판이요 우리들의 심장지인 종로 네거리"[42]였다. 요컨대, 식민지 도시 경성에는 두 개의 '심장'이 존재했던 셈이다. 식민지 사회에서는 '이

40 심훈, 『영원의 미소』, 한성도서주식회사, 1935, 314면
41 「대경성 60만 부민을 부르는 영화예술전당」, 《삼천리》 제8권 제6호, 1936. 6, 102면
42 박상희, 「2대 재벌의 빌딩쟁패전, 한청·영보의 양대진영」, 《삼천리》 제7권 제6호, 1935. 7, 170면

중도시'와 흡사한 이분법적 세계관과 '이중 의식(double consciousness)'이 나타났다. 조선인들은 피식민인이면서 동시에 제국의 신민(臣民)이었으며, 제국의 이데올로기를 수용하면서도 동시에 그것에서 소외되는 경험을 하면서 '이중 의식'을 갖게 되었다. 경성을 포함한 대부분의 식민지 도시는 식민지배자와 피식민인이 공간적으로 격리된 '이중도시'의 형태를 취했으며, 이는 특유의 문학적 형식과 재현 양상으로 나타났다. 특이한 점은 경성 내 이주민의 다수를 차지하던 재경 일본인들과 그들의 거주지역인 '남촌'이 식민지 조선 작가들의 소설 속에서 좀처럼 구체적으로 재현되지 않았다는 사실이다. 경성 모더니즘 텍스트는 근대화가 집중적으로 이루어진 '남촌'을 충분히 대상화하지 못했다는 점에서 여느 서구 모더니즘 문학과는 근본적인 차이를 보인다.

2. 제국 공간과 식민지 소설의 지형도

제국의 축도 경성

현대적인 문학 장르인 소설은 근대의 국민국가(nation-state) 형성 및 자본주의 발전, 민주주의 성립 등과 불가분의 관계에 있는 장르로 인식되어 왔다. 또한 소설은 국민들이 국가라는 '상상적 공동체'를 형상화할 수 있는 가장 강력한 상징 형식(symbolic form)으로 알려져 왔다. 독자들은 자국어 소설을 통해 언어의 장(場)에 있는 수많은 사람을 의식하게 되고 자신이 그들과 같은 언어권에 속한다는 것을 깨닫게 된다. 또한 독자들은 소설의 공간적 지평을 통해 국경(國境)을 체감하고 육안으로 파악할 수 없는 국민국가라는 거대한 공동체에 소속된 공통의 운명임을 깨닫게 된다.[43]

대다수의 소설 작품은 국민국가의 영토 안에서 펼쳐지며, 경계를 뛰어넘는 '월경(越境)'의 순간에는 서사의 성격이 급변함으로써 독자들로 하여금 영토의 외부로 나아가고 있음을 느끼게 한다. 이러한 일련의 과정을 통해 독자들은 자신이 속한 국민국가의 '내부/외부'의 경계를 자연스럽게 인식하며 국가의 일원인 '국민'으로 성장하게 된다. 소설은 국가 내부의 다양한 구역을 '하나의 이야기'로 전환시킨다. 국민국가의 각 구역은 특유의 정서를 불러일으키는 '심상지리적 공간'이 되며, 이러한 구역들은 소설을 통해 '하나'로 통합된다. 국민국가 내의 물리적·언어적 장벽(경계, 사투리 등)은 간소화되거나 사라진다. 예를 들어, 도시와 시

43 Franco Moretti, *Atlas of European Novel 1800-1900*, Verso, 1998, p. 17 참조.

골은 서로 구분되는 공간이지만, 시골 출신의 등장인물이 중심지(도시)로 이동함으로써 하나의 통합된 지평, 즉 국민국가의 공간 속에서 재현될 수 있게 된다.

그렇지만 식민지 조선에서는 소설이 펼쳐지는 지평과 국민국가의 '상상적 공동체'는 일치하지 않으며, 피식민 조선인들에게 '상상적 공동체'는 이중적인 의미를 갖는다. 식민지 조선이 고유한 영토를 상실하고 제국 일본의 일부로 편입되었기 때문이다. 당시 조선은 제국의 일부 지역으로 전락하게 되었지만, 대다수의 조선인은 한민족으로만 구성된 비공식적인 '상상적 공동체'를 그렸다. 제국 일본이 제국 전역을 아우르는 '상상적 공동체'를 형성하려 했다면, 식민지 조선의 작가들은 그러한 기획에 균열을 일으켜 조선을 분리해 내려는 상상적 투쟁을 전개했다. '상상적 공동체'의 재현을 둘러싼 이러한 투쟁은, 일본인과 조선인이 공간적으로 대립하는 식민지 도시 경성에서 가장 첨예하게 전개되었다. 경성은 제국과 식민지의 위계 구도가 '이중도시'의 형태로 내재화되었다는 점에서 '제국의 축도'라 할 수 있다.

대부분의 문학사 서술은 국민국가를 기반으로 한다. 서양에서 꽃피운 '국민국가'라는 정치형태가 자명하고 바람직한 것으로 받아들여지게 됨에 따라, 우리의 문학적 무의식은 전반적으로 국민국가적 특성을 갖게 되었다. 또한 문학 분석 및 평가 도구 역시 국민국가적 틀 안에서 작동한다. 오늘날과 같이 국경이 분명해진 상황에서, 일국(一國)중심의 문학사 서술은 자명한 것처럼 보이기도 한다. 그렇지만 한국 근대소설이 처음으로 형성되기 시작한 100여 년 전으로 거슬러 올라가 보면, 당시의 시공간적 지평이 오늘날과는 확연히 달랐음을 알 수 있다. 한국은 제국 일본의 식민지로 전락했기 때문에 온전한 형태의 국민국가를 형성하지 못했다. 식민지 시기 한국 문학은 '국민국가'가 아닌 '제국체제 속의 식민지'를 상정할 때 좀 더 명확하게 파악될 수 있다. 식민지 조선과 제국 일본의 본토 사이에는 '국경'이 사라졌고, 중국과 북만주 일대의 지역도 제국 일본의 직간접적인 영향권 아래 놓이게 되었다. 말하자면, 조선, 중국, 만주, 사할린 일부 지역까지가 모두 제국 일본의 시공간으로 통합되었던 것이다.

식민지 시기 한국 근대소설은 '식민지 조선'의 영역이 아니라 제국 일본의 영역을 무대로 펼쳐지며, 식민지 도시 경성은 '제국의 축도'로 변모했다. 그러므로 소설이 국민국가라는 '상상적 공동체'를 그릴 수 있게 하는 문학 형식이라는 베네딕트 앤더슨의 주장은 식민지 국가에는 딱 들어맞지 않는다. 식민지에서는 '인쇄 자본주의'와 '근대적 언문일치' 과정도 제국주의 국가들과는 상이한 형태로 나타났다. 소설 속 중심인물들은 조선을 벗어나 동경으로 유학을 다녀오거나 상해로 망명을 하며, '서구적 근대'를 간접 체험하기 위해 하얼빈으로 향하거나 식민지의 궁핍한 현실을 벗어나기 위해 만주로 이주하기도 한다. 예를 들어, 이광수의 초기 작품인 「어린 벗에게」(1917)의 임보형은 상해에서 사경을 헤매다가 동경 유학 시절 자신이 사모했던 김일련의 도움을 받는다. 이후 그는 블라디보스토크로 향하는데, 이 모든 과정은 편지를 통해 경성의 지인에게 알려진다. 이로써 동경-경성-상해-블라디보스토크가 하나로 통합된다. 이러한 공간적 통합은 근대적 통신제도와 운송수단의 발달에 의해 가능해진 것이다. 이광수의 또 다른 작품 「사랑에 주렸던 이들」(1925)의 중심인물은 7년 동안 오사카, 규슈, 부산, 목포, 군산, 인천 등을 전전하며 노동을 하는 것으로 설정된다. 이상의 『12월 12일』(1930)은 중심인물이 빈곤을 해결하기 위해 고베, 나고야, 사할린 남부

(樺太), 동경 등 제국 일본의 여러 지역을 전전하다 식민지 조선으로 회귀하는 구조를 취하고 있다.

제국 공간 속의 근대소설

오늘날의 문학사 서술은 현재의 한반도를 중심으로 한 영역을 다룬 작품들을 정전화함으로써 일국중심적 문학 개념을 강화시켜 왔다. 지금까지 동경, 상해, 하얼빈 등을 대상으로 한 작품들은 주변부적 작품들로 간주될 뿐 문학사에서는 중요하게 다루어지지 않았다. 오늘날 정전화된 근대 작가들은 대부분 해방 후 독립국가가 된 한국의 주요 영토를 작품 속 재현공간으로 그려 낸 작가들이다. 이효석의 '봉평', 김유정의 '강원도', 박태원의 '서울(경성)', 채만식의 '군산', 나도향의 '안동', 김남천의 '평양' 등이 대표적인 예이다. 그렇지만 박태원은 '경성' 못지않게 '동경'을 주요 배경으로 삼았고, 이효석은 「메밀꽃 필 무렵」(1936), 「산협」(1941) 등 소수의 작품에서만 '봉평'을 다루었을 뿐이다. '군산'의 경우도, 채만식을 제외하면 근대소설 속에서 거의 다루어지지 않아 근대소설의 주요 무대로 간주하기 어렵다.

식민지 시기의 소설들은 '제국체제 속의 식민지'를 공간적 지평으로 삼았기 때문에 '제국'을 하나의 통합된 분석 단위로 설정하여 살필 필요가 있다. 이 영역은 오늘날 '동아시아'로 불리는 공간과 상당 부분 중첩된다. 동일한 지리적 현상도 어떠한 스케일(지평)에서 해석하느냐에 따라 다른 분석과 설명이 가능해진다. 세계의 문제들은 전 지구적, 대륙적, 국가적, 지역적, 구역적, 개인적 등 어떠한 범주로 바라보느냐에 따라 각각 다르게 인식되기 때문이다. 경성을 국가적 차원에서 살피는 것과 제국적 차원에서 살피는 것은 근본적으로 다르다. 식민지 시기 제국의 틀 안에서 한국의 근대소설을 살필 경우, 기존 연구에서는 충분히 살필 수 없었던 제국과 식민지 간의 역학 관계를 보다 세밀하게 들여다볼 수 있게 된다.

기존의 선형적·발전론적인 연대기적 문학사는 한 국가 내에서 하나의 사조(思潮)가 탄생하고 소멸하면 다른 사조가 뒤이어 등장하는 지속적인 과정이라는 전제 위에 서 있다. 연대기적 문학사 서술은 전체가 개별적 사건들의 선형적 계열체를 형성한다는 환상을 불러일으킨다.[44] 그렇지만 문학은 자국의 문학적 전통뿐만 아니라 외국의 문학 기법 및 혁신도 수입, 이식, 복제, 전이, 번역, 번안, 각색 등의 굴절과 변용의 과정을 통해 자신의 문학적 자산으로 흡수하면서 상호대화적으로 발전한다. 소설은 통시적인 인과성에 의해 발전하는 것이 아니라, 엄청난 규모의 공시적 상호 관계, 즉 '중층결정의 그물망' 속에서 입체적으로 발전한다.[45]

인간의 모든 발언은 서로 연결되어 있으며, 인간은 일차 언어만을 계보학적으로 따르지 않는다. 각각의 소설은 현실을 모방할 뿐만 아니라 다른 나라의 소설들을 광범위하게 모방한다. 예를 들어, 러시아의 대문호 레프 톨스토이는 프랑스의 스탕달을 자신의 문학적 출발점으로 간주했고, 소설의 전통을 갖고 있지 않았던 아랍권의 작가 나기브 마푸즈는 스스로 자국의 빅토르 위고, 찰스 디킨스, 에밀 졸라, 심지어는 쥘 로맹이 되어야만 했다.[46] 한국 근대문학도 외국 작가의 문학 세계로부터 많은 영향을 받았다. 임화는 박태원, 이상, 김남천 등이 "조선소

44 로버트 영/김용규 역, 『백색신화』, 경성대학교출판부, 2008, 164면 참조.
45 Fredric Jameson, *Archaeologies of the Future*, Verso, 2007, p. 88 참조.
46 Edward W. Said, 'After Mahfouz'. *Reflections on Exile*, 2001, p. 318 참조.

설의 낡은 전통과 관계하고 있는 것보다는 차라리 20세기 서구문학과 가까이 하고 있다."[47]고 했다. 20세기 전반기까지만 하더라도 주요 소설 이론은 대부분 '세계문학'을 대상으로 이루어져 왔다. 근대 최초의 본격 소설이론서인 러시아의 빅토르 시클롭스키의『산문의 이론』(1925)은 자국의 톨스토이, 안드레이 벨리, 바실리 로자노프뿐만 아니라 스페인의 미겔 데 세르반테스, 영국의 디킨스, 아서 코넌 도일, 로렌스 스턴, 프랑스의 기 드 모파상 등의 작품들을 분석대상으로 삼는다. 루카치는『역사소설론』(1937)에서 역사소설의 발전 양상을 '세계문학'의 차원에서 논했다. 미하일 바흐친의 경우도 마찬가지다. 그러므로 우리는 '한반도'를 넘어서는 좀 더 거시적인 차원에서 한국 근대문학을 바라볼 필요가 있다.

시클롭스키의 유명한 비유처럼, 문학은 '체스판의 기사'처럼 국경을 횡단하여 비선형적으로 나아간다.[48] 따라서 소설의 선형적 문학사는 그 자체로 '허구적 서사'로, '소설에 관한 또 하나의 소설'에 불과하다.[49] 설명 가능한 시작과 계시적 결말이 있는 것처럼 설명되는 문학사는 매혹적인 만큼이나 인위적이다. 한국 소설사의 '허구적 성격'은, 주변의 일본, 중국, 대만 등의 근대소설사들과 놀라울 정도로 흡사한 방식으로 서술된다는 점에서도 확인할 수 있다. 식민지 체험, 해방, 한국전쟁, 남북분단, 그리고 군부독재 및 민주화운동 등의 특수한 역사적 발전 과정을 거쳤음에도 불구하고, 한국 소설사는 주변 아시아 국가들의 근대

---

47 임화,「본격소설론」,《조선일보》, 1938. 5. 24~28.

48 Viktor Shklovsky/Richard Sheldon(TRN), *Knight's Move*, Dalkey Archive Press, 2005, p. 4 참조.

49 Marina Mackay, *Cambridge Introduction to the Novel*, Cambridge, 2010, p. 33 참조.

소설사와 거의 같은 방식으로 서술된다. 제3세계의 근대소설사는 서구 소설사를 보편적 준거로 상정하고 구성된 일종의 '픽션'에 가깝다. 예를 들어, "나이지리아 현대 소설은 영국 소설의 주요 역사적 발전 과정을 따른다."와 같은 명제가 비서구 국가들에서도 자명한 것으로 광범위하게 받아들여지게 된 것이다.[50] 제3세계 문학사의 장르 및 시기 구분 등은 서구 문학사를 모방한 것으로, 그 식민주의적 영향과 부작용을 결코 무시할 수 없다.

한 국가의 지평을 넘어서는 사유를 위해서는 시간 단위도 좀 더 거시적 차원에서 다루어져야 한다. 그러므로 시간도 '장기 지속(longue duree)'적 관점에서 '좀 더 느리고' '좀 더 비연속적인' 문학사를 상정해야 한다.[51] 이를 위해서는 역사의 시간축과 지리의 공간축을 하나로 통합하여 사유할 필요가 있다. 바흐친의 '크로노토프(chronotope)', 페르낭 브로델의 '시공간(timespace)', 폴 카터의 '공간적 역사(spatial history)', 크리스틴 로스의 '공시적 역사(synchronic history)' 등은 모두 시공간을 하나의 통합된 범주로 사유하기 위한 개념들이다. 이 책에서는 이러한 개념들을 동원하여 한국의 식민지 시기(1910~1945)의 시간축과 '제국 체제 속의 식민지'의 공간축을 하나의 통합된 범주로 상정하고 경성을 배경으로 한 일련의 작품들을 중점적으로 다룰 것이다.

---

50 제임스 스니드/류승구 역, 「유럽의 계보-아프리카의 전염-투투올라, 아체베, 리드에 있어서의 국민, 내러티브, 그리고 공동체」, 『국민과 서사』, 후마니타스, 2011, 373면 참조.

51 Mario J. Valdés, 'Rethinking the History of Literary History', *Rethinking Literary History*, Oxford University Press, 2002, p. 96 참조.

3. 식민지 근대화와 경성 모더니즘

모더니즘과 지오-모더니즘

기존의 모더니즘 담론은 서구를 보편적 중심으로 가정한 서구중심적인 위계적 담론으로, 제3세계 문학을 모방 혹은 결여된 상태로 간주함으로써 주체적인 해석의 가능성을 차단해 왔다. 따라서 서구 모더니즘 담론은 제2세계와 제3세계의 다양한 근대화 경험을 포함하여 전체적으로 재평가되어야 한다. 모더니즘은 근대성(modernity), 근대화(modernization)와 불가분의 관계에 있다. 그렇지만 기존의 한국 모더니즘 문학 담론은 서구 모더니즘 문학이론을 토대로 삼았기 때문에, 식민지 조선의 '식민지 근대성'과 '식민지 근대화' 과정을 온전히 반영하지 못했다. 따라서 서구 모더니즘 문학과는 차별화되면서도 서로 영향 관계에 있는 '식민지 모더니즘'의 범주를 설정할 필요가 있다. 서구적 사유에서 벗어나 비서구 국가의 특수한 성격을 규명하기 위해서는 무엇보다 서구가 세계를 보편적으로 대변할 수 없음을 인식해야 한다. 서구를 지구의 한 지역으로 한정 짓고 그에 대비되는 비서구의 특성을 탐색해야 한다. 이는 곧 '유럽을 지방화하기' 전략이라 할 수 있다.[52] 이는 '근대'가 서구만으로 이룩될 수 없다는 점을 인정하는 것이며, 제3세계의 식민지 국가들도 서구의 국가들과 동등하게 근대화 과정에 참여하고 있었음을 인식하는 것이다.

서구적 시각에 기초한 모더니즘 문학 이론에 따라 한국 근대 도시소

52 디페시 차크라바르티/김택현·안준범 역, 『유럽을 지방화하기』, 그린비, 2014

설을 보편적인 '모더니즘 문학'으로 간주할 경우, 불가피하게 비역사적이고 시대착오적인 해석으로 나아가게 된다. 경성은 파리나 런던과 유사한 근대화 과정을 겪은 근대 도시로 간주되고, 이상과 박태원 등의 '모더니즘 작가'들은 전통적 문학 관습에 반기를 든 실험적 작가로 고착화된다. 수 세기 동안 '리얼리즘–자연주의–모더니즘'의 순으로 발전되어 온 서구의 소설 발달 과정이 한국에서는 20여 년 사이에 압축적인 형태로 유사하게 나타난 것으로 인식된다. 이러한 선형적 문학사의 틀에서 보면, 한국 리얼리즘 문학과 자연주의 문학은 '5~10년' 사이에 발생과 침체의 과정을 겪은 것이 된다. 그렇지만 문학사는 일시적 순간들의 연속으로 구성될 수 없으며 브로델이 말한 장기 지속적 시각에서 쓰여야 한다.

리얼리즘과 모더니즘의 대립적 구도는 소설 텍스트 분석과 관련한 뿌리 깊은 편견을 만들어 냈다. 리얼리즘이 예술의 주요 기능으로 강조되어 온 미메시스(mimesis)와 불가분의 관계에 있는 것으로 간주되는 반면, 모더니즘은 '추상적', '비재현적', '비객관적', '비정치적', '비역사적'인 성격을 가진 것으로 간주되어 왔다. 이로 인해 소설 텍스트를 '리얼리즘'과 '모더니즘' 중 어느 사조에 속하는 것으로 보느냐에 따라 텍스트의 독법이 달라질 수 있으며, 한국 모더니즘 소설은 한국의 특수한 성격과는 무관한 '비재현적 텍스트'로 간주될 위험이 있다.

앞서 언급했듯, 모더니즘 문학은 서구의 '대도시(metropolis)'를 전제한 개념이다. 따라서 서구에서는 오랫동안 '비서구 모더니즘'이라는 것은 인식론적으로 불가능한 개념으로 간주되어 왔다.[53] 왜냐하면 오직

53 Andreas Huyssen, 'Geographies of Modernism in a Globalising World', *Geographies*

서구 세계만이 진정한 모더니즘을 발생시킬 만큼 경제적·문화적으로 발전되었고 비서구 세계는 서구의 단순한 모방이거나 불구적 형태에 불과한 것으로 여겨졌기 때문이다. 또한 정치적·경제적으로 착취당하는 제3세계 식민지 국가의 피식민인들은 제국의 식민지배자들에 대비하여 상대적인 의미의 '프롤레타리아 계층'으로 간주되었다. 따라서 제3세계 문학은 서구 부르주아 모더니즘 문학과는 상통하지 않는 것으로 인식되었다.

식민지 경험을 공유한다는 점에서 경성은 파리나 런던 같은 서구의 대도시보다는 콜카타나 뉴델리 같은 식민지 도시들과 좀 더 유사한 성격을 갖고 있었다. 그렇지만 이러한 식민지 도시들을 기반으로 한 모더니즘 문학 논의는 전 세계적으로 거의 찾아볼 수 없고, 그러한 도시들의 경우 모더니즘보다는 탈식민주의적인 관점의 논의가 많다. '식민지 도시 경성'을 기반으로 한 '경성 모더니즘' 문학 논의는 비교 대상을 쉽게 찾을 수 없을 정도로 독특한 성격을 갖는다.

경성 모더니즘을 전개할 때 참조할 만한 외국 사례로는, 프랑스 식민지 알제리를 대상으로 한 프란츠 파농의 탈식민주의 논의와 반식민지 도시였던 아일랜드 더블린과 중국 상해와 관련한 논의 등이 있다. 파농에 따르면, 식민지 도시는 식민지배자와 피식민인의 공간적 격리가 분명하게 드러나는 이중도시적 성격을 갖는다.[54] 북촌과 남촌으로 격리 발전된 경성의 공간 구조는 파리나 런던보다는 알제리의 수도 알제와 유사한 성격을 갖고 있다. 그렇지만 파농의 이론을 경성에 직접적으로 적

of Modernism, Routledge, 2005, p. 11 참조.

54 프란츠 파농/남경태 역, 『대지의 저주받은 사람들』, 그린비, 2004, 58면 참조.

용시키기는 어렵다. 경성은 서구 제국주의 국가들의 지배를 받은 알제, 콜카타, 나이로비 등의 식민지 도시들과는 또 다른 점을 갖고 있었기 때문이다. 그 도시들에서 식민지배자 백인들과 피식민인들인 흑인들은 공간적으로 격리된 채 제한적으로 접촉했던 것에 비해, 경성 내의 일본인들은 조선인들과 완전히 분리된 것은 아니었으며 외양도 쉽게 구분되지 않았다. 따라서 유럽의 식민지 도시에서는 좀처럼 일어나지 않았던 '문화횡단적 조우'가 경성에서는 종종 나타났다. 조선인과 일본인의 조우는 경성 모더니즘의 주요한 문학적 특성으로 나타난다.

한편 제국 일본의 식민지 도시들이 모두 동일한 성격을 갖는 것은 아니었다. 하시야 히로시(橋谷弘)의 논의에 따르면, 제국 일본의 식민지 도시들은 적어도 세 유형으로 분류될 수 있다.[55] 첫 번째로 일본의 식민지 지배와 함께 완전히 새롭게 도시가 형성된 경우로 부산, 인천 등이 있다. 두 번째로 재래 사회의 전통적 도시 위에 겹쳐지면서 식민지 도시가 형성된 경성, 평양 등이 있다. 마지막으로 기존 대도시의 근교에 일본이 신시가를 건설하여 형성된 도시들로 만주 일대의 봉천과 하얼빈 등을 들 수 있다. 이처럼 식민지 도시도 형성 과정과 성격이 상이하므로 하나의 범주로 통칭하여 간주할 때에는 좀 더 세심한 주의가 요구된다.

식민지 도시는 아니었지만 실질적으로는 종속적 상황에 놓였던 '반(半)식민지 도시'에 관한 논의도 참조할 수 있다. 대표적인 도시가 더블린과 상해이다. 이 도시들과 관련해서는 기존 모더니즘 문학 논의에 대한 재평가가 최근 활발하게 이루어지고 있다. 이들의 사례는 경성 모더

55 하시야 히로시/김제정 역, 『일본제국주의, 식민지 도시를 건설하다』, 모티브북, 2005, 17~19면 참조.

니즘을 이해하는 데 적지 않은 참조점을 제시해 준다. 앞서 모더니즘 문학은 대도시의 물질적 토대에서 발생한 문학이라고 했다. 그렇지만 대영제국의 실질적인 식민지였던 아일랜드의 수도 더블린은 대도시도 아니었으며 자본주의적 번영을 누리지도 못했다. 그럼에도 불구하고 조이스는 더블린을 무대로 하여 20세기 모더니즘 문학의 최고봉으로 평가받는 작품들을 발표했다. 반식민지 도시였던 상해에서도 '상하이 모더니즘' 문학이 발생했다. 이 두 도시는 대도시라는 물질적 토대 없이도 모더니즘 문학이 발생한 특이한 사례를 보여 준다. 그렇지만 여기서 유념할 것은 조이스가 일생의 대부분을 파리와 런던 등에서 보냈으며 상하이 모더니즘 작가들도 대부분 동경 유학생 출신이었다는 점이다. 그들은 문명화된 장소에서의 체험을 토양 삼아 자국의 모더니즘 문학을 발전시킨 것이다. 이러한 반식민지 도시들과 관련된 모더니즘 문학 논의는 한국 모더니즘 문학 논의의 전제를 근본적으로 재검토할 기반을 마련해 준다. 경성 모더니즘 작가들도 대부분 동경 유학생이거나 동경을 강하게 지향했다는 점에서 더블린과 상해의 사례와 일맥상통하는 부분이 많다.

그동안 모더니즘 문학을 구분하기 위한 다양한 시도가 있었다. 예를 들어, '제1세계/제3세계 모더니즘', '서구/비서구 모더니즘', '제국적/탈식민주의적 모더니즘', '남성/여성 모더니즘', '백인/흑인 모더니즘' 등의 논의가 있었다. 특히 식민지 경험을 공유한 제3세계 국가들의 모더니즘 문학을 지칭하기 위한 '주변부 모더니즘', '지체된 모더니즘', '제3세계 모더니즘', '저발전의 모더니즘', '대안적 모더니즘', '복수(複數)의 모더니즘', '서발턴 모더니즘' 등의 개념도 있다. 그러나 이러한 개념들은 세계를 특정 기준에 의해 인위적으로 구분 짓는 논의라는 점에서 근본적인 한계가 있다.

반면 지오-모더니즘(geomodernisms) 논의는 지리적 특수성에 기초하여 각 나라별 모더니즘 문학의 특성을 살피고 그러한 개별적 모더니즘들의 가족 유사성의 관계를 토대로 거대한 집합적 개념의 '모더니즘'을 상정한다는 점에서 주목할 만하다.[56] 그동안 한국 문학사에서 중요하게 다루어 온 것은 '근대의 기점(起點)'에 관한 논의였다. 한국의 근대가 언제 시작되었는가라는 질문을 가장 중요하게 다루어 온 것이다. 그렇지만 이러한 질문보다 더 중요한 것은 우리의 근대가 어떠한 특수한 역사적 성격을 갖고 있었는가 하는 점이다. 각국의 근대화 과정은 단일하지도 않았고 일관되지도 않았다. 일찍이 마샬 버만이 프랑스, 미국, 러시아의 모더니즘을 각각 '파리 모더니즘', '뉴욕 모더니즘', '페테르부르크 모더니즘'이라 명명한 바 있고,[57] 중국에서 '상하이 모더니즘' 논의가 활발하게 이루어지고 있는 것 등을 염두에 둘 필요가 있다.[58] 각 나라는 저마다의 근대화 과정을 거쳤으며 저마다의 독특한 '모더니즘 문학'을 발전시켰다. 이 책의 주요한 개념인 경성 모더니즘도 이러한 지오-모더니즘의 문제의식에서 출발한다. 더블린을 고려하지 않고 조이스의 문학을 이해할 수 없고, 파리에 대해 이해하지 않고서 샤를 보들레르의 문학을 말할 수 없는 것처럼, 경성을 이해하지 않고서는 대표적인 한국 모더니즘 작가로 일컬어지는 박태원과 이상의 문학을 논할 수 없다.

지오-모더니즘은 20세기에 전 세계적으로 동시다발적으로 발생한 모

56 Laura Doyle and Laura Winkiel, 'The Global Horizons of Modernism', *Geomodernisms*, Indiana University Press, 2006, p. 1

57 마샬 버만/윤호병 역, 『현대성의 경험』, 현대미학사, 2004, 46면

58 리어우판/장동천 역, 『상하이 모던』, 고려대학교출판부, 2007, 253면

더니즘 문학을 아우르면서도 그 지역적 특수성을 입체적으로 강조하기 위한 개념이다. 이는 모더니즘 문학 작품을 공간화하여 각각의 지역적 전통과 근대성의 상호 작용 속에서 경계, 접촉 지대, 연결 등을 전면화하는 것이다. 모더니즘은 단순히 미학적 스타일의 차원에 한정되는 것이 아니라, 20세기 초의 '문화적 지배소'였다. 제국주의에 의한 전 지구적 공간재편은 새로운 형태의 지도제작법, 새로운 재현 형식, '장소'를 바라보는 새로운 방법 등을 필요로 했다. 각국의 모더니즘 문학은 자국의 중심도시를 기반으로 형성되었으며, 다른 도시들의 모더니즘 문학들과 유사하면서도 이질적인 '가족 유사성'의 형태로 나타났다. 따라서 파리, 런던, 상해, 동경, 경성 등의 도시를 기반으로 한 모더니즘을 파리 모더니즘, 런던 모더니즘, 상하이 모더니즘, 동경 모더니즘, 경성 모더니즘 등으로 구별하되 하나의 통합된 시각에서 살필 수 있는 가능성이 열려 있다고 할 수 있다. 개별 국가의 모더니즘을 상호 비교함으로써 대문자 '모더니즘 문학(Modernism)'을 상정하고 각각의 모더니즘의 특수한 성격을 비교·대조할 수 있다.

2 경성의 도시구역 분화와 소설의 재현양상

박태원 소설의 대부분은 '경성'을 무대로 한다. 그의 소설에서 경성의 도시 공간은 단순히 서사의 배경으로 기능하는 것이 아니라 작품의 중요한 주제적 역할을 담당한다. 물론 경성을 배경으로 한 동시대의 작품들은 차고 넘친다. 그렇지만 당시의 많은 작품에서 그려지는 경성의 이미지는 실제와는 많은 차이가 난다. 예를 들어, 김말봉의 『밀림』(1938)에서 화려한 가장무도회가 열리는 본정 '오로라' 댄스홀이나 김내성의 『마인』(1939)에 등장하는 명수대(明水臺)의 대저택 등은 당시의 경성에는 존재하지 않았던 허구적 설정에 불과하다. 그렇지만 박태원의 작품들은 철저하게 실재하는 물질적 토대를 기반으로 경성을 세밀하게 재현했다. 그것이 가능했던 것은 박태원이 '고현학(考現學)적 방법론'에 입각해서 창작을 했기 때문이다. 그의 작품에는 당시 경성의 주요 장소인 경성형무소, 조선총독부, 덕수궁, 탑골공원, 경성지방법원, 경성방송국, 이화학당, 경성역, 부민관, 한강철교, 남대문 등이 두루 재현되며, 대부분의 경우 현실 세계에서 대응하는 장소를 찾을 수 있다. 경성의 풍경에 대한 정밀한 재현은 박태원 모더니즘 문학의 중요한 특징 중 하나라고 할 수 있다.

박태원은 동경 유학 시절에 곤 와지로(今和次郎)의 '고현학적 방법론'을 접하고 이후 그것을 자신의 창작방법으로 발전시켜 나갔다. "대한문(大漢門) 아페서 덕수궁(德壽宮) 돌담을 끼고 정동 골목을 쑤욱 들어가느라면 아니 경성지방법원 마즌편짝에 잇는 것은 용강문(用康門), 거기까지 가지 말고 발은편에는 전등 달린 전신주, 올흔편에는 전등 안 달린 전신주 그 사이에 음침하게 울적하게 다처잇는 문이 바로 건극문"[1]이라는 「애욕」(1934)의 한 대목과 같은 정밀한 묘사는 이러한 방법론에 기반을 둔 것이다. 그렇지만 「소설가 구보씨의 일일」에 나오는 "'모데로노로지오'를 게을리 하기 이미 오래"[2]라는 표현에서 알 수 있듯, 박태원이 '고현학'을 창작방법으로 활용한 시기는 그리 길지 않았다. 흥미로운 점은 박태원이 '고현학적 방법론'을 처음 접한 장소가 동경이었으며, 그것을 작품 창작에 본격적으로 도입한 것 역시 동경을 주 무대로 한 『반년간』(1933)이었다는 사실이다. 동경에서의 근대적 체험이 고현학적 방법론을 형성하는 데 결정적인 역할을 했다고 볼 수 있다.

고현학의 의미와 특징

김남천은 「현대 조선소설의 이념」에서 "고현학이 생각하고 있는 풍

---

1 박태원, 「애욕」 제1회, 《조선일보》, 1934. 10. 6.
2 박태원, 「소설가 구보씨의 일일」, 『소설가 구보씨의 일일』, 문장사, 1938, 246면

속이란 대단히 통속적인 것이어서 사회 기구에 있어서 물질적 구조상의 질서를 제일의적인 분석의 기준으로 삼지 아니하고 눈에 보이는 이것저것을 두루두루 살펴서 일반 공통한 징후나 현상을 잡아, 이것이 마치 사회의 어떠한 본질적인 제 요소처럼 생각하는 데서 생겨난 물건"[3]이라고 비판했다. 김문집도 「의상의 고현학」에서 '고현학'이라는 말이 신기해서 한때 세인의 흥미가 컸지만 얼마 되지 않아 종적을 감춘 듯하다고 했다.[4] 고고학과 비교하여 시간적으로만 대립할 뿐 정의와 방법론적 원리에 있어서는 별반 차이가 없기 때문이라는 것이다.

고현학은 최첨단의 문화학이니만큼 연구의 대상을 문화도시에 두는 것이 원칙이다. 즉, 고현학은 '가두(街頭)의 문화과학'이다.

> 考現學者들은 鉛筆, 노-트, 스켓치뿍, 卷尺, 그람秤, 오페라그라스, 스톱윗치, 計數器其他를 가지고 街頭로 나간다. 近代文學家들은 잇는 그대로의 맑은 눈 하나만을갖고 硏究室인 거리로 걸어간다. 같은 考現學者이지마는 後者 文學者는 統計를 일삼지 안는 代身에 直感이란 武器를 가지고 統計學을 代用한다. 考現學者로서는 小說家 빨자크가 아마 斯界의 泰斗일 것이다. 더구나 유-지닐그란테 從妹페트 等에서 보는 그 妙하고도 깊은 考現學, 驚嘆에 값한다.[5]

고현학자들은 연필, 노트, 스케치북, 줄자, 저울, 스톱워치, 계수기 등 다양한 도구를 활용하여 정확한 정보를 수집한다. 김문집에 따르면

3 김남천, 「현대 조선소설의 이념」, 《조선일보》, 1938. 9. 17.
4 김문집, 「의상의 고현학(3): 고현학은 가두의 문화과학」, 《동아일보》, 1936. 6. 5.
5 김문집, 「의상의 고현학(4): 시정에서 본 식민지형청년」, 《동아일보》, 1936. 6. 6.

작가는 그 자체로 '일류의 고현학자'이며, 대표적인 작가는 오노레 드 발자크이다. 세밀한 자료 수집을 통해 정밀하게 세상을 재현하고자 한다는 점에서 고현학적 방법론은 모더니즘보다는 리얼리즘, 특히 서구 자연주의 문학의 '과학적 방법론'과 일맥상통한다. "호적부와 경쟁한다"는 모토로 유명한 발자크의 소설에는 도시, 주거, 의복, 사회환경에 대한 길고 장황한 묘사가 가득하고, 졸라는 환경과 유전이 인간 운명에 미치는 직접적이고 확정적인 영향 속에서 현존재 일반의 가장 중요하고 결정적인 법칙을 발견할 수 있다고 믿었다.[6] 이러한 서구 자연주의 작가들의 작업 방식은 박태원의 고현학적 방법과 매우 흡사하다. 임화도 박태원이 자연주의의 전통을 그대로 계승하여 주로 소시민의 생활 감정 묘사에 치중했다고 평가한 바 있다.[7]

고현학은 일본의 민속학자이자 건축가인 곤 와지로가 제안한 개념으로 알려진다. 고고학이 과거의 편린 속에서 과거의 삶을 규명하는 것이라면, 고현학은 동시대의 풍속을 통해 당대인들의 일상적 삶 속에서 의미를 찾으려는 학문이다.[8] 이 학문은 긴자 거리를 중심으로 1923년 관동대지진 이후 급속히 도래한 서구화 경향을 문명사적 관점에서 고찰하려는 목적에서 출발했다. 이 시기 안도 고세이(安藤更生)의 「긴자 안내(銀座細見)」, 이시즈미 하루노스케(石角春之助)의 「아사쿠사 경제학(浅草経済学)」, 「긴자 해부도(銀座解剖図)」, 마쓰자키 덴민(松崎天民)의 「긴자(銀座)」, 소에다 아젠보(添田唖蝉坊)의 「아사쿠사 저류기(浅草底流記)」

6 게오르크 루카치/이영욱 역, 『역사소설론』, 거름, 1987, 283면
7 임화, 「조선 소설에 관한 보고」, 『건설기의 조선문학』, 조선문학가동맹, 1946, 6.
8 해리 하르투니언/윤영실·서정은 역, 『역사의 요동』, 휴머니스트, 2006, 259면

를 비롯하여 수많은 번화가론이 나온다.[9] 곤 와지로가 요시다 켄이치(吉田健一)와 함께 발표한 「동경 긴자 거리 풍속 기록(東京銀座街風俗記録)」(1925)에는 긴자에 산책 나온 사람들의 성별, 직업별, 연령별 행동양식과 복장 등에 대한 소묘(素描)가 포함되어 있다. 곤 와지로는 사람들의 옷차림, 머리모양, 장식품 등에서부터 '걷는 속도와 걸음걸이', '신체적 특성' 등을 수집하고 분류했다.

곤 와지로는 1912년 동경미술대학 도안과(디자인 전공)를 졸업한 후 1915년 와세다대학 건축학과 교수가 되었다. 그는 디자인에 뛰어난 재능을 보였으며 민속학 분야에서도 많은 업적을 남겼다. 1922년 발표한 『일본의 민가(日本の民家)』는 '농가와 민가에 관한 일본 최초의 근대적 민속학 연구'로 평가받고 있다. 같은 해 그는 조선총독부의 의뢰로 9월부터 10월까지 1개월 동안 조선의 경성, 평양, 함흥, 전주, 김천, 대구, 경주 등에서 민가를 조사한 후 「조선부락조사특별보고 제1책(민가)」이라는 조사보고서를 제출했다. 이것 역시 한국 근대 최초의 민가 조사 성과로 평가받고 있다. 요컨대, 곤 와지로는 제국 일본과 식민지 조선의 민가들을 두루 살피며 '고현학'의 토대가 되는 민속학적 연구를 선구적으로 실행하고 있었던 셈이다. 그는 1922~1924년, 1944년 등 총 네 차례에 걸쳐 식민지 조선을 방문했다.[10]

곤 와지로는 민가를 사진 촬영하고 내부와 외부를 스케치했다. 그는 사진으로는 표현할 수 없는 민간의 생활문화 전반을 스케치하여 자세하게 관찰·묘사했다. 고현학의 특징은 도시 공간을 상공에서 조감하는

9 나리타 류이치/서민교 역, 『근대 도시공간의 문화경험』, 뿌리와이파리, 2011, 234면
10 김용하·김윤미·도미이 마사노리, 「콘 와지로와 일제강점기 조선」, 서울역사박물관, 『콘 와지로 필드 노트』, 서울역사박물관, 2016, 236면

방식이 아니라, 길거리에서 사람들의 행동이나 복장을 눈으로 관찰하고 스케치하는 방식이라는 점이다. 특정 장소에 대한 풍부한 밑그림과 스케치를 곁들인 자세한 보고서 형식을 취한다는 점에서 고현학은 도시의 공간 재현과 밀접한 관련을 맺는다. 이는 "도시를 발품을 팔아 직접 돌아다녀야 하고 그러한 경험을 직접 실천하는 당사자 입장에서 기술해야 한다."[11]라고 주장했던 미셸 드 세르토의 도시 분석 논의를 떠올리게 한다. 곤 와지로는 시간보다는 공간에 대한 경험을 더 중시했으며 역사지리학적 요인을 중요하게 여겼다. 이러한 기법은 그가 새롭게 개척한 민가조사연구 방법 가운데 하나였으며, 고현학의 방법론으로 고스란히 수용되었다.

박태원 문학과 고현학

박태원이 자신의 창작방법으로 '고현학'을 수용한 것은 틀림없지만 구체적으로 어떠한 방식을 통해 '고현학'을 작품 창작에 활용했는지는 그리 분명하지 않다. 그가 '낡은 대학노트'를 들고 다니며 기록과 스케치를 했을 것이라는 정도를 추측할 수 있을 뿐이다. 여기서 주목할 것은 '지도(地圖)'의 활용과 박태원이 직접 그린 '신문 삽화'이다. 보들레르는 「현대의 삶을 그리는 화가(Le peintre de la vie moderne)」에서 '근대성'의 특성을 가장 잘 포착한 화가로 콩스탕탱 기스에 주목했다. 콩스탕탱 기스는 크로키를 통해 "미완성, 파편화, 그리고 총체성과 감각의 부재, 비판적 속성과 같은 모더니티의 특성들"[12]을 순발력 있게 포착했다는

11 롤란트 리푸너, 「피에르 부르디외와 미셸 드 세르토의 사회과학적 위상학」, 슈테판 귄첼/이기흥 역, 『토폴로지』, 에코리브르, 2010, 359면

12 앙투안 콩파뇽/이재룡 역, 『모더니티의 다섯개 역설』, 현대문학, 2008, 44면

평가를 받았다. 그의 그림은 특정 사건의 순간적 특성을 담아냈기에 신문 삽화로 활용되었다. 이러한 측면을 고려하면, 박태원이 직접 그린 신문 삽화는 '근대성'을 포착하기 위한 작업의 일환으로 평가할 수 있으며 고현학의 '스케치'에 해당하는 것이라 할 수 있다.

그림 2-1 『반년간』 제20회 삽화
(동아일보, 1933년 7월 7일 자)
박태원이 직접 그렸다.

박태원은 소설 창작뿐만 아니라 그림에서도 뛰어난 재능을 보였고, 「적멸」, 『반년간』 등에서는 삽화를 직접 그리기도 했다(그림 2-1). 특히 『반년간』은 고현학에서 자주 활용되는 통계수치 등이 제시되었을 뿐만 아니라, 신주쿠와 긴자 등 동경 신시가지의 거리 풍경이 삽화로 정밀하게 묘사되었다는 점에서, 소설 자체가 '고현학'의 창작 원리에 의해 구성된 작품이라 할 수 있다. 이와 더불어 박태원은 '지도'를 적극적으로 활용하여 도시 공간을 재현했다. 조이스가 『율리시즈』에서 더블린을 정교하게 재현하기 위해 1904년의 '더블린 지도'를 사용했듯이, 박태원도 지도를 참조하여 도시 공간을 재현했다. 실제로 그는 『군상』과 『갑오농민전쟁』 등을 집필할 때 '대동여지도'를 펼쳐 놓고 거리를 재며 작품 구상을 했다.[13]

박태원은 『반년간』 연재를 시작하면서 「작가의 말」에서 "1930년 10월부터 1931년 3월까지의 동경의 '반년간' 그러니까 근린군부를 편입하

13 정태은, 「나의 아버지 박태원」, 『문학사상』 통권 제382호, 2008, 35면

여 이룬 '새로운 동경' 이전의 '동경'이 이 소설의 무대가 될 것"이라고 밝히고 있다.[14] 동경이 근대 메트로폴리스인 '대동경'으로 거듭나기 직전의 시기가 시간적 배경임을 알 수 있다. 식민지 시기 한국 소설에서 동경이 등장하는 작품은 셀 수 없을 정도로 많지만, 이 작품처럼 동경이 구체적이고 세밀하게 묘사된 작품은 거의 찾을 수 없다. 또한 이 작품에는 '고현학'에서 자주 활용되는 통계 자료가 삽입되어 있다. 동경의 '가구라자카'의 통행인이 "학생이 48%, 청년이 9%, 점원이 8%, 중년이 7%, 계집하인이 6%" 등으로 구성되어 있다는 대목과 같은 직접적인 통계 수치는 경성을 배경으로 하는 작품들에서는 좀처럼 등장하지 않는다. 경성을 배경으로 한 박태원의 작품에 "통계를 보면 성년 이상의 남자 세 사람에 하나는 성병환자"(「악마」)라거나 "최주사의 '경험의 통계표'에 의하면 매번 감기 드는 사람은 배탈 나는 사람의 절반 수효도 못 되었다."(『낙조』)라는 표현이 등장하기는 하지만, 고현학적 방법이 본격적으로 사용된 것이라 보기는 어렵다.

박태원의 '경성'은 구역에 따라 다른 방식으로 재현되었다. 이는 경성의 도시구역이 변화하면서 각각의 구역만의 특성이 강화되며 나타난 현상이었다. 조선인들이 모여 살던 '북촌'에 대해서는 리얼리즘적 성격이 두드러지며, 궁궐과 형무소 등이 위치하던 '서촌' 일대에는 역사적 알레고리의 특성이 나타났으며, 일본인들이 집단으로 거주하던 '남촌'은 충분히 재현될 수 없었다. 일본 군부대와 사창가가 위치하던 '용산' 일대와 관련해서는 군국주의적 분위기가 암시적으로 제시되었다.

---

14 박태원, 「연재예고」, 《동아일보》, 1933. 6. 14.

경성의 도시 공간과 박태원의 작품

이 책에서는 경성의 도시 공간 구석구석을 누구보다도 정밀하게 그린 소설가 박태원의 문학을 중심으로 '경성 모더니즘'의 특징들을 구체적으로 살펴볼 것이다. 박태원은 작품에서 북촌, 서촌, 남촌 등 경성의 거의 모든 지역을 균형 있게 그려 냈으며, '고현학'을 토대로 한 창작방법론을 통해 동시대 경성의 도시 공간을 정밀하게 재현해 냈다. 이 책에서는 경성을 〈표 2-1〉과 같이 여섯 개의 구역으로 세분하여 분석하고자

〈표 2-1〉 경성 6대 구역의 특성과 박태원의 작품

지역		구분	지역 특성	색채	위치	해당 작품
북촌(Ⓐ)	Ⓐ-1	중앙부: 종로, 청계천 일대	거주: 서민층	조선	성 안	『적멸』, 「오월의 훈풍」, 「소설가 구보씨의 일일」, 「보고」, 『천변풍경』, 「미녀도」
	Ⓐ-2	동북부: 성북동, 돈암동, 혜화동	거주: 중산층	조선/일본	성 밖	「음우(淫雨)」, 「채가」, 「투도」, 「재운」, 『사계와 남매』, 『여인성장』, 「이발소」
서촌(Ⓑ)	Ⓑ-1	서남부: 정동, 덕수궁, 남대문, 경성역	비거주	조선	성 안	「애욕」, 「명랑한 전망」, 「윤초시의 상경」
	Ⓑ-2	서부: 관동정, 서대문형무소, 독립문	거주: 빈민층	조선	성 밖	『낙조』, 「구흔」, 「최노인전 초록」, 『골목 안』, 「음우(陰雨)」
남촌 및 용산(Ⓒ)	Ⓒ-1	남촌: 본정, 명치정, 황금정	거주: 부유층	일본	성 안	『청춘송』, 「전말」, 『금은탑』, 「염천」
	Ⓒ-2	용산 일대: 용산역, 군부대, 미생정, 한강철교	비거주	일본	성 밖	「피로」, 「길은 어둡고」
기타	–	공간지표가 거의 드러나지 않는 작품	–	–	–	「무명지」, 「최후의 모욕」, 「행인」, 「수염」, 「누이」, 「거리」, 「비량」, 「악마」, 「수풍금」, 「성탄제」

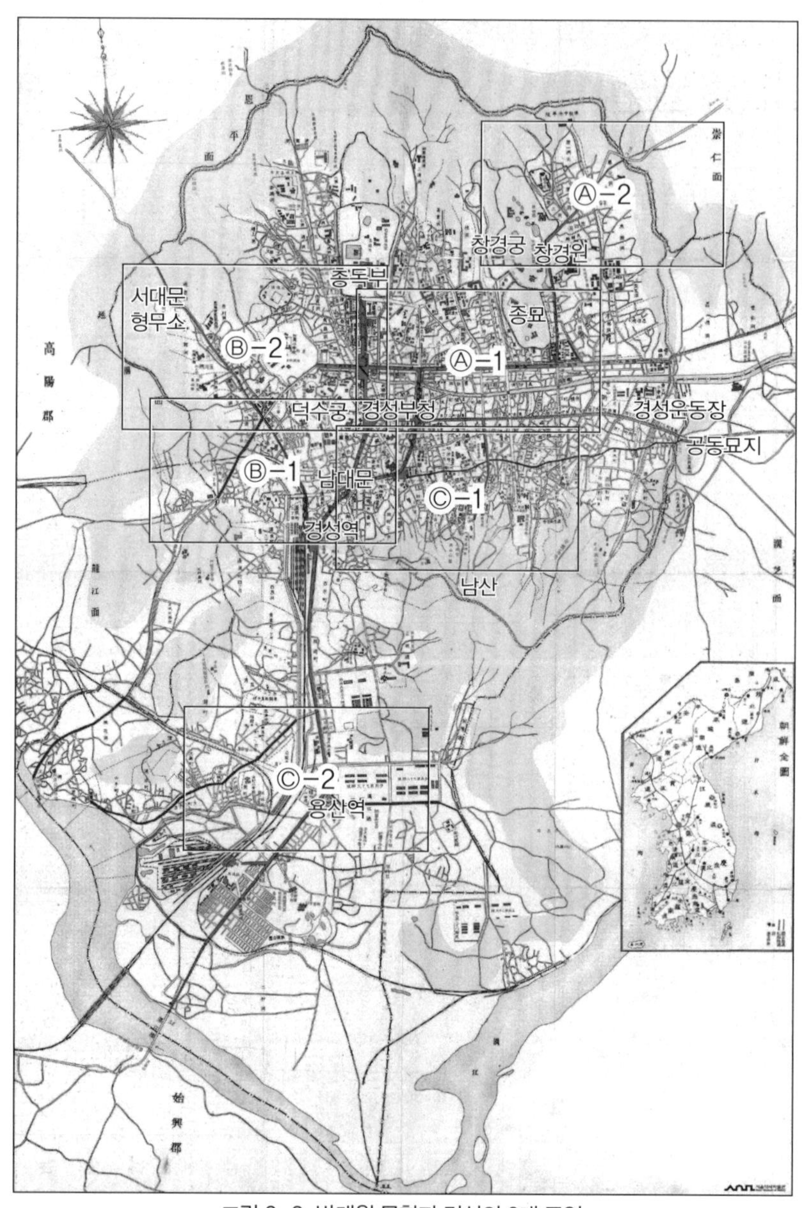

그림 2-2 박태원 문학과 경성의 6대 구역
(출처: 서울지도 홈페이지http://gis.seoul.go.kr/)

한다(그림 2-2). 기존 박태원 연구는 북촌의 중앙부 지역을 기반으로 한 작품들에 집중되는 경향이 있었다. 그렇지만 〈표 2-1〉에서 알 수 있듯, 박태원 소설은 경성의 여러 지역을 다채롭게 재현했다. 박태원 작품 속의 중심인물들은 주로 중앙부 지역, 동북부 지역, 서부 지역에 거주하는 것으로 설정되어 있다. 작가는 '다옥정(茶屋町, 현재의 다동) 7번지'에 오랫동안 살았고, 결혼 이후 1937년에 '관동정(館洞町, 현재의 영천동) 12번지 4호'로, 1940년에는 '돈암동 487번지 22호'로 이사했다. 해방 후 '성북동 39번지'로 이사한 후 한국전쟁 중에 월북했다. 박태원은 경성의 여러 도시구역으로 수시로 이사를 다녔는데, 이러한 사실은 그의 창작에도 많은 영향을 미친 것으로 보인다. 관동정으로 이사한 이후부터 서부 지역을 배경으로 한 작품이 늘었으며, 돈암동으로 이사한 이후에는 동북부 지역을 배경으로 한 작품들이 집중적으로 발표되었다.

작가가 자주 이사를 다닌 것은 물론 개인적 사정에 기인하는 것이었지만, 경성의 근대화 과정, 특히 '대경성'으로 확장되면서 '문 밖'의 지역이 새롭게 경성의 일부로 포함된 역사적·사회적 맥락과도 맞닿아 있다. 같은 주거지역이었지만 소설 속에서 Ⓐ구역과 Ⓒ구역은 서로 다른 역할을 담당한다. 또한 박태원의 대표작들로 꼽히는 사소설적 경향이 강한 「소설가 구보씨의 일일」(Ⓐ-1), 『천변풍경』(Ⓐ-1), 자화상 3부작(「음우(淫雨)」, 「채가」, 「투도」)(Ⓐ-2) 등은 모두 '북촌'을 배경으로 한다. 반면 '서촌'을 중심으로 한 『낙조』(Ⓑ-2)와 『골목 안』(Ⓑ-2) 등은 알레고리적 성격이 강하며 동시대의 정치적·역사적 맥락을 환기하는 특성이 나타난다.

그렇다면 경성 6대 구역의 특성과 각각의 구역을 배경으로 한 작품들은 어떠한 성격을 지니고 있는지 알아보자. 우선 조선인들의 '일상 공간'인 '북촌'을 살펴보기로 한다. 중앙부 지역(Ⓐ-1)은 경성의 오랜 중심지로, 조선인 서민층이 주로 모여 살던 곳이다. 자연스럽게 이곳은 근대 소설에서도 중심지의 역할을 맡았다. 중심인물들은 대부분 종로 일대에서 거주하며, 경성역에서 동대문 사이의 종로 거리를 활보했으며, 화신상회나 탑골공원 등에 들르기도 했다. 조선 색채가 강하게 남아 있는 곳이기에 일본인의 모습은 찾기 어렵다. 박태원의 작품 중에서는 대표작으로 거론되는 『천변풍경』과 「소설가 구보씨의 일일」 등이 이곳을 중심으로 한 작품들이다. 박태원은 청계천 변의 관철동에서 성장했다. 다른 도시구역을 주 무대로 하는 작품의 경우에도, 중심인물은 이 구역에 거주하는 것으로 설정되는 경우가 많다.

동북부 지역(Ⓐ-2)은 도시 확장 이후 새롭게 경성의 일부로 편입된 지역이다. 동소문 밖의 성북동과 돈암동 일대에는 주택난을 해소하기 위해 대규모의 '문화주택' 단지가 조성되었다. 중앙부가 조선인들의 공간이었다면, 동북부 지역은 조선과 일본의 생활양식이 절충된 형태가 나타난 공간이었다. 중심부와는 다소 거리가 떨어져 있고 도로망과 대중교통 등의 기반시설이 충분히 갖추어지지 않았기 때문에, 이 지역을 다룬 작품들은 공간적 이동이 빈번하게 나타나지 않는 특징이 있다. 동소문을 기준으로 '문 안'에는 부유층을 대상으로 한 명륜정(明倫町, 현재의 명륜동) 일대의 문화주택 단지가 개발되었으며, '문 밖'에는 중산층을 대상으로 한 돈암동과 성북동 일대가 개발되었다. 동소문을 사이에 둔 두 지역 간의 경제적 격차를 배경으로 한 작품들도 있다. 박태원의 1940년대 초반 작품들은 대부분 이 지역을 배경으로 하며 식민지 현실과의 '타협'을 주로 다룬다.

두 번째는 '공적 공간'인 '서촌' 일대이다. 서남부 지역(Ⓑ-1)은 정동, 덕수궁, 남대문 등 '대한제국'과 관련된 전통 건물들이 모여 있던 곳이다. 덕수궁은 고종 황제가 머물던 곳으로, 대한제국의 좌절된 꿈을 환기하는 곳이었다. 각국의 대사관들이 모여 있고 근대적인 시설이 갖추어져 있어 산책하기에 적합한 공간이기도 했다. 전통적인 흔적이 많이 남아 있기 때문에 이곳을 배경으로 한 작품들은 동시대의 역사적 맥락과 깊은 관련을 갖는다.

서부 지역(Ⓑ-2)은 독립문 근처의 빈민 지역이다. 대부분의 주택이 초가집이었을 정도로 전근대적인 면모가 많이 남아 있던 지역으로, 이곳을 배경으로 한 작품들의 전체적인 분위기도 상당히 어둡다. 서대문형무소, 화장장, 도살장 등이 몰려 있어 음산한 분위기를 자아내는 곳이기도 했다. 이 지역을 대상으로 한 작품에는 중심인물과 주변 환경 간의 '거리감'이 두드러지게 나타난다. 결혼 후 경제적으로 넉넉하지 못했던 박태원은 1937년 이곳으로 이사를 온 후 이 일대를 배경으로 한 작품들을 발표했다.

세 번째는 조선의 내부에 위치하지만 정작 조선인은 소외감을 느끼게 되는 '이역 공간'으로서의 '남촌 및 용산'이다. 남촌 지역(Ⓒ-1)은 일본인들이 주로 모여 살던 주거지역과 상업지역이 밀집한 곳이다. 미츠코시 백화점 등 화려한 근대적 문물이 들어선 곳이기에 조선인들도 자주 이곳으로 '산책(혼부라)'을 나왔다. 본정(本町, 현재의 충무로)과 황금정(黃金町, 현재의 을지로) 등의 상업지구는 전차를 통해 쉽게 접근할 수 있었다. 그렇지만 몇몇 경우를 제외하면 이곳에 거주하는 조선인은 그리 많지 않았다. 상업지구를 제외한 일본인 주거지역에는 조선인들이 쉽게 접근하지 못했으며, 이곳을 배경으로 한 작품은 극소수에 불과하다. 사람들이 '남촌'에 진입할 때에는 '본정 입구'나 '명치정 입구' 등 공간적 성격의 변화를 느낄 수 있는 표지가 설치되어 있었다. 이 지역을 대상으로 한 박태원의 작품들에서는 '김철수'와 '리남수'라는 새로운 작가적 페르소나 쌍이 등장하는데, 북촌의 페르소나인 '구보'와 '하웅' 쌍과 대조를 이룬다.

용산 지역(Ⓒ-2)은 용산역, 일본군 주둔지, 한강철교 등이 있던 곳이다. '남촌 지역' 못지않게 일본 색채가 강한 지역이었기에, 조선인 작가들의 작품에는 거의 등장하지 않으며 주된 배경으로 설정되지도 않았다. 그렇지만 일부 작품에서는 일본 군부대와 유곽 지대 등에 대한 비판적 시각이 나타나기도 하며, 사람들이 자살하기 위해 '한강철교'를 찾는 장면이 나오기도 한다.

박태원의 작품은 이 여섯 개의 구역과 맞물려 펼쳐지지만 반드시 한 장소에만 국한되지는 않는다. 일부 작품은 등장인물과 플롯 전개의 특성에 따라 두 개 이상의 구역에서 이야기가 진행되기도 하며 복수의 인물이 각각 특정 구역을 대변하기도 한다. 이러한 경우에도 실제 공간의 특성으로 인한 제약이 뒤따른다. 예를 들어, 성 밖의 구역(Ⓐ-2, Ⓑ-2, Ⓒ-2)에서 다른 장소로 이동하기 위해서는 성 안의 구역(Ⓐ-1, Ⓑ-1, Ⓒ-1)을 경유해야만 한다. 또한 조선인의 일상생활은 '북촌'(Ⓐ)에 기반을 두고 있으므로, 대부분의 소설은 이 지역에서 시작된다. 또한 경제적으로 궁핍한 서부 지역(Ⓑ-2)을 배경으로 한 작품은 일본인 및 부유층이 몰린 '남촌'(Ⓒ-1)이나 거리상으로 멀리 떨어진 '동북부 지역'(Ⓐ-2)으로는 좀처럼 향하지 않는다.

1. 일상공간(북촌)과 리얼리즘: 『천변풍경』

일상공간으로서의 청계천과 『천변풍경』

청계천은 조선 시대부터 도성의 남북을 가로지르고 있는 하천이다. 식민지 시기에는 청계천을 중심으로 북쪽에는 조선인들이 집단으로 거주했고 남쪽에는 일본인들이 모여 살았다. 청계천을 사이에 둔 북촌과 남촌의 이중도시 구조는 경성 모더니즘을 이해하는 가장 중요한 역사적 요인이다. 청계천은 경성의 내부경계였다. 청계천 이남의 본정과 명치정을 중심으로 일본인 상권이 형성되었고, 북쪽의 종로를 중심으로는 조선인 상권이 형성되었다. 당연히 남촌과 북촌 사이에는 여러 측면에서 격차가 발생하게 되었다. 1920년대 중반 이후부터는 경성의 일본인 인구가 증가하면서, 일본인들이 점차 청계천을 넘어 북쪽으로 밀고 올라오기 시작했으며, 일본인과 조선인이 함께 거주하는 혼주(混住) 지역이 나타나게 되었다(그림 2-3).

청계천이 북촌과 남촌의 경계 지역이기는 했지만, 천변 일대에 거주하는 사람들은 대부분 조선인 빈민층이었다. 이 지역은 여름마다 물이 범람했고, 남산과 북악산 등에서 흘러내리는 토사로 강바닥이 얕아지고 분뇨와 쓰레기가 쌓여 악취가 진동하는 시궁창이 되기 일쑤였다. 또한 이곳은 수시로 변사체가 발견되는 우범 지대여서 당국의 오랜 골칫거리이기도 했다. 이러한 청계천 일대를 다룬 대표적인 작품이 박태원의 『천변풍경』이다. 당시 개천 빨래터에는 세금이 부과되었으며, 상하수도 정비를 비롯한 위생 문제를 해결하기 위해 청계천 개수공사가 시급한 현안이자 부회의원 선거의 주요 공약으로 떠오르기도 했는데, 『천

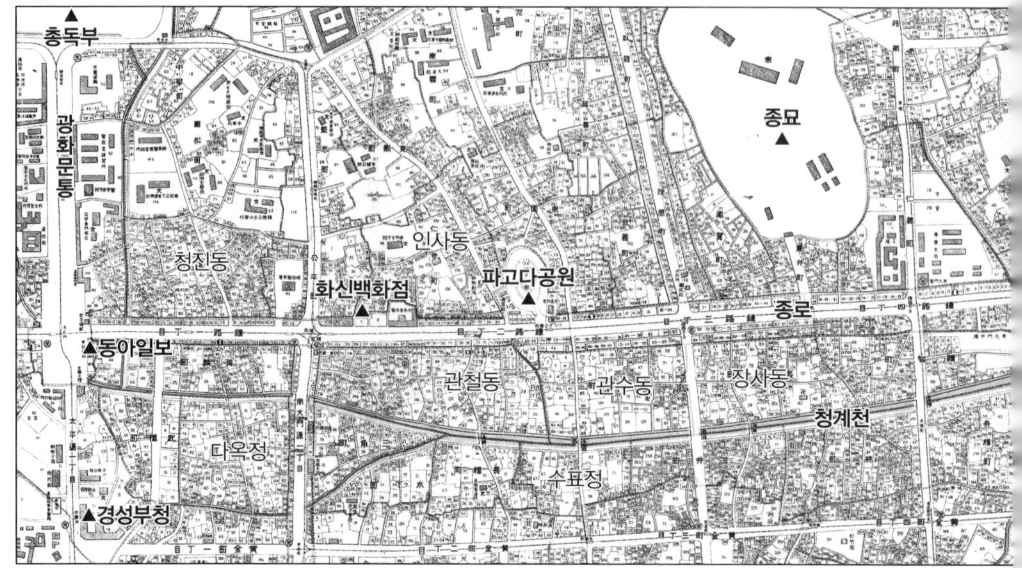

그림 2-3 경성 중앙부(Ⓐ-1) 지도 종로, 청계천 일대
(출처: 서울지도 홈페이지http://gis.seoul.go.kr/)

변풍경』은 이러한 시대적 현실을 다루고 있다.

『천변풍경』은 「소설가 구보씨의 일일」과 더불어 발표 당시부터 다양한 논의가 이루어진 작품이다. 최재서는 선명하고 다각적인 도회묘사의 성과를 이룩한 이 작품이 이상의 『날개』와 더불어 한국 리얼리즘 문학의 지평을 '확대·심화'시켰다고 평했다.[15] 임화는 "작자 박태원 씨에 있어 일대의 역작일 뿐 아니라 최근 조선문학을 이해하는 데 불가결한 중심거점의 하나"라고 극찬했다.[16] 이들의 논의를 종합해 보면, 『천변풍경』은 인물의 내면보다는 외부 현실에 관심을 기울인 작품으로, 여러

15 최재서, 「리아리즘의 擴大와 深化—'川邊風景'과 '날개'에 關하야」, 《조선일보》, 1936. 10. 31~11. 7.

16 임화, 「박태원 저 '천변풍경' 평」, 《조선일보》, 1939. 2. 17.

인물의 다양한 삶이 '모자이크'식으로 구성되는 형식적 특성을 지니고 있다.

『천변풍경』은 1936년 《조광》에 3회 연재된 후, 이듬해 '속 천변풍경'이라는 제목으로 9회에 걸쳐 연재되었고, 1938년에 수정·합본되어 단행본으로 출간된 작품이다. 이 작품은 식민지 도시 경성의 중심을 가로지르는 '청계천' 일대를 주된 배경으로 삼고 있는데, 동시대 조선 서민층의 세태 풍속과 생동감 넘치는 '서울 방언'이 세세하게 묘사되어 있다. 모더니스트인 줄만 알았던 박태원에게 눈곱만치도 '빠터 냄새'나 '사시미 냄새'가 안 나서 기뻤다고 박종화가 술회했을 만큼,[17] 『천변풍경』은 식민지 시기의 작품임에도 조선적 색채가 두드러진 작품이다.

이언 와트에 따르면, 서구 근대소설이 기존 문학 장르와 구별되는 점은 인물의 개인적 특성이나 그를 둘러싼 환경을 세세하게 묘사하는 데 있다.[18] 소설은 근대적 개인의 탄생과 밀접한 관련을 맺으며, 이는 '근대적 개인'에 대한 개념이 널리 퍼져 있는 사회를 전제한다. 말하자면, 서구 근대소설은 부르주아 사회의 문화적 산물이다. 이러한 맥락에서 보면, 『천변풍경』에서 다루는 청계천 일대 서민들의 삶은 근대소설의 소재로는 그리 적합하지 않았음을 알 수 있다. 이 지역은 전통적인 가부장적 질서에 기반을 둔 공동체가 여전히 건재하며, 대부분의 등장인물 역시 정치적·경제적 차원의 근대적 개인이 아니었다. 서구 소설의 주인공들이 개인화한 인간의 특정한 정체성을 드러내는 고유한 이름으로 명명되는 것과는 달리, 이 작품 속 인물들은 점룡이 어머니, 민주사, 한약방

17 박종화, 「'천변풍경'을 읽고」, 《매일신보》, 1939. 1. 26.

18 이언 와트/강유나·고경하 역, 『소설의 발생』, 강, 2009, 26면

주인, 귀돌어멈, 필원이네, 김첨지, 칠성어멈, 빨래터 주인, 은방 주인 등 공동체 내의 지위와 역할에 걸맞은 명칭으로 불린다. 『천변풍경』의 독특한 형식적 특성은 이 지역 공동체 특유의 성격에 기인한다.

『천변풍경』의 형식적 특성

경성의 다른 도시구역으로 빈번하게 이동하는 박태원의 다른 작품들과는 달리, 『천변풍경』의 이야기는 공간적으로 청계천 일대를 거의 벗어나지 않는다. 서술은 시종일관 청계천 일대에 고정되고 1년 동안의 시간이 변화하는 구성을 취한다. 전통 사회는 순환운동을 통해 계속해서 그 자신을 갱신하는 동질적인 시간에 기초하는데, 『천변풍경』에도 이러한 시간의식이 나타나고 있다. 종로 및 청계천 일대가 작품의 중심축을 이루며 다양한 인물이 이곳에 모여드는 집중화 현상이 나타난다.

> 한번 기울어진 기운은 다시 어쩌는 수 없어, 온 집안 사람은, 언제든 당장이라도 서울을 떠날 수 있는 준비아래, 오직 주인영감의 명령만을 기다리고 있었던 것이므로, 동리 사람들도 그것을 단지 시일문제로 알고 있었던 것이나, 그래도 이 신전집의 몰락은, 역시 그들의 마음을 한 때, 어둡게 하여 주었다.
>
> 그러나 오직 그뿐이다. 이 도회에서의 패잔자는 좀더 남의 마음에 애닯흠을 주는 일 없이 무심한 이의 눈에는, 참말 어데 볼일이라도 보러 가는 사람 같이, 그곳에서 얼마 안 되는 작은광교 차부에서 강화행 자동차를 탔다. 천변에 일어나는 온갖 일에 관찰을 게을리 하지 않는 이발소 소년이, 용하게도 마악, 그들의 이미 오래 전에 팔린 집을 나오는 일행을 발견하고 그래 이발소 안의 모든 사람이 그것을 알았을 뿐으로, 그들이 남부

끄럽다 해서, 고개나마 변변히 못 들고 빠른 걸음걸이로 천변을 걸어나가, 그대로 큰 길로 사라지는 뒷모양이라도 흘낏 본 이는 몇 명이 못 된다. 얼마 있다, 원래의 신전은 술집으로 변하고, 또 그들의 살던 집에는 좀더 있다, 하숙옥 간판이 걸렸다.[19]

도회의 패잔자인 신전집 가족이 강화로 낙향할 때에도, 서술자는 경성을 벗어나는 그들의 모습을 더 이상 쫓지 않는다. 금순이가 '뿌로카' 를 따라 처음 경성에 올라왔을 때에도, 그녀가 청계천 일대로 진입한 이후에야 서술자는 그녀의 과거 행적을 서술하기 시작한다. 한편 창수 아버지는 아들을 데리고 가평에서 상경한다. 시골뜨기인 창수의 눈에는 서울이 아름답고도 신기하게 느껴진다. 이들은 경성을 대한제국 시기의 명칭인 '한성(漢城)'으로 부르고 있다. "마소 새끼는 시골로, 사람 새끼는 서울로"[20]라는 속담이 등장하고 있듯, 시골 사람들에게는 여전히 전통적인 서울 지향의식이 나타난다. 이는 작가의 다른 작품 『청춘송』과 『금은탑』 등에서 경성 출신의 인물들이 경성에 만족하지 못하고 좀 더 발전된 제국의 수도 동경(東京)으로 가고자 하는 지향의식을 나타내는 것과는 큰 차이가 난다.

『천변풍경』의 인물들의 삶은 일본인 집단 거주구역인 남촌과는 거의 무관할뿐더러, 그들은 일본어도 거의 사용하지 않는다. 북촌과 남촌의 실제 거리는 멀지 않지만, 작품 속의 거리감은 크게 느껴진다. 하숙집 주인이 금순이에게 "진고개라나 하는 곳"에 같이 갈 것을 제안하는 대

19 박태원, 『천변풍경』, 박문서관, 1938, 78면
20 박태원, 『천변풍경』, 박문서관, 1938, 47면

목이 나오지만, 이때에도 남촌의 모습은 구체적으로 재현되지 않는다. 하나꼬가 결혼 준비를 하며 기미꼬, 금순이 등과 함께 경성 시내의 네 군데 백화점을 돌았다고 서술되지만, 백화점들이 밀집한 남촌의 풍경 역시 묘사되지 않는다. 남촌이 간헐적으로 언급만 될 뿐 묘사되지 않음으로써, 경성은 마치 북촌, 특히 종로와 청계천 일대로만 이루어진 듯한 폐쇄적인 느낌을 준다.

또한 작품 속 청계천 일대는 소문과 풍문이 끊이질 않는 공간이다. 청계천을 덮어 버린다든지, 곰보 미장이의 누이가 얼굴값을 하느라 행실이 단정하지 못하다든지, 이쁜이 남편이 주색에 빠졌다든지 하는 등의 소문은 청계천 일대에 쉽게 퍼져 나간다. 민주사와 관철동댁 등은 주변 사람들 사이의 소문이 두려워 자신들이 실행하고자 했던 행동을 포기하거나 변경하기도 한다. 이렇듯 이웃 간의 소식은 공동체 전체에 삽시간에 퍼져 나가고, '금광 뿌로카' 등과 같은 외지인이 공동체 내에 들어올 때에도 현지 사람들의 시야에 쉽게 포착된다. 근대 대도시에서 나타나는 익명성이나 공동체 내·외부의 경계가 허물어지는 현상 등은 이 일대에서 거의 나타나지 않는 것이다. 특히 이 일대를 언제나 유심히 관찰하는 이발소 소년 재봉이의 눈에는 깍정이나 포목전 주인의 평소와 다른 행위도 금세 포착된다.

소설 속 인물들이 우연처럼 만나는 경우도 빈번하다. 수년간 연락이 끊어졌던 금순이와 순동이 남매는 백화점 앞에서 우연히 만나고, 근화식당을 찾아 상경한 시골 신사는 야시장 군중 틈에서 식당 주인을 우연처럼 만나기도 한다. 이는 수백만의 인구가 모여 있는 서구 대도시에서는 더 이상 찾아보기 어려운 특성으로, 인구 70만 명(1936년 기준)이 모여 사는 경성의 '지체된 근대'의 일면을 보여 주는 것이다. 대도시를 배경으로 한 서구 소설에서는 등장인물들을 우연히 만나게 하기 위해 다양한 문학적 장치가 활용되는데, 『천변풍경』에서는 그러한 장치 없이도 인물들이 자신이 원하는 사람과 우연한 기회를 통해 쉽게 만난다. 경성은 규모가 아주 작기 때문에 시대착오적이게도 여전히 전통적인 삶이 가능한 곳이었다. 서술자도 "참말 뜻 밖에도 백화점 문깐에서 순동이와 마주 쳤드라도 그것은 무어 그렇게 있기 어려운 일로 돌릴 것이 못된다."[21]고 첨언한다.

경성은 재래 사회의 전통적 도시 위에 겹쳐지면서 근대 식민지 도시가 형성된 경우로, 기존 사회의 독자적 성격이 잔존했다. 청계천 일대는 전통적 공동체의 면모가 특히 잘 유지되던 곳이었다. 오래전부터 지속되어 온 뿌리 깊은 반상의식(班常意識)과 가부장제도 여전히 남아 있었다. 포목전 주인은 이발소의 '어른'인 주인에게만 자신의 머리를 맡긴다. 이곳에는 주인, 마님, 아씨, 안잠자기, 여급, 상노, 뽀이, 께임도리, 깍정이 등 다양한 계층의 사람들이 모여 산다. 여급 하나꼬는 일생의 단 한 번뿐인 성스러운 결혼식에 친부모를 모시지 못한다. 구루마꾼인 아버지와 안잠자기인 어머니는 '신분이 다르다'는 이유로 딸의 결혼식에 참석할 수 없었던 것이다. 또한 이 지역은 남성 중심의 가부장제가 여전히 건재하는 곳으로 대부분의 사람이 남아선호 사상을 가지고 있다.

근대적 변화가 나타나는 공간은 백화점, 카페, 당구장 등 일부 소비공간에 국한된다. 이러한 공간은 "원래, 그리 불행하다거나, 슬프다거나 그러한 사람들이 오는 곳이 아니다."[22] 작품 속 인물들 중 극소수만

---

21 박태원, 『천변풍경』, 박문서관, 1938, 323면
22 박태원, 『천변풍경』, 박문서관, 1938, 326면

이 이 장소들에 출입한다. 이곳에서 사람들은 "코쿄오와, 오마에, 오까네와 이꾸라데모 못도루소! 아마리 빠가니 스루나! 고노야로!"[23]나 "오도-산니, 나니까 갓떼 앙에나사이"[24]와 같이 일본어로 종종 대화를 나눈다. 그렇지만 서술자는 굳이 이러한 일본어의 의미를 '번역'하여 독자에게 알려 주지는 않는다. 조선적 색채가 강한 이 일대에서 일본의 흔적을 거의 찾을 수 없듯, 조선어로 쓰인 텍스트에서 일본어는 이질감을 드러낼 뿐 서사에 동화되지 못한다. 한편 작품 속에서 경제적으로는 여유가 있지만 부정적인 성격의 인물들은 대부분 일본('남촌') 지향적인 경향을 드러낸다. 카페에 자주 들르는 이쁜이 남편 강서방은 총독부의 전매국 직공이고, 하나꼬의 남편 최서방은 남촌 구리개에서 양약국을 경영하는 약제사이다. 민주사는 아들을 데리고 종종 본정으로 향하고 아침마다 남산으로 운동을 다닌다.

경성 부회의원 선거

임화는『천변풍경』에서 사라져 가는 낡은 경성의 자태와 시민들의 생활이 잘 드러난다고 했다.[25] 그렇지만 한국 근대소설에서 청계천 지역은 그리 자주 다루어지지 않았다. 예를 들어, 이익상의「광란」은 청계천 일대를 다룬 예외적인 텍스트인데, 이 작품에서 청계천 일대의 모습은 그리 긍정적으로 묘사되지 않는다.

> 청계천! 청계천! 경성의 한 가운데를 동서로 꿰어 흐르는 청계천!

---

23 박태원,『천변풍경』, 박문서관, 1938, 123면

24 박태원,『천변풍경』, 박문서관, 1938, 128면

25 임화,「현대소설의 귀추」,《조선일보》, 1939. 7. 19~28.

이 청계란 이름이 어떻게 아름다운 것이냐. 그러나 이 이름 좋은 청계천은 淸溪가 아니오 濁溪이다. 汚溪이다. 검고도 붉으시럼한 진흙 모래밧 가운데로 더러워진 끈나풀같이 검으충충하게 길게 흘너가는 그 혼탁한 물을 보고야 누가 청계라 말하겠느냐!?

이름 좋은 청계천은 경성 300만 생령이 더러펴 놓은 꼬장물이란 꼬장물을 다 바더내는 길이다. 약을대로 약어바린 도회인의 때ㅅ국은 다 그리로 흘러 들어간다. 대변, 소변, 생선 썩은 물 채소 썩은 물 곡식 썩은 물 더럽다 하여 사람이 바리는 모든 汚穢는 다 그리로 흘러 들어간다. 그래도 도회인은 이것을 청계천이라 한다. 신경이 예민할대로 예민해진 도회인은 오히려 청계라 한다. 청계라 부르면서 아무 모순도 부조화도 느끼지 않는다.[26]

당시 청계천은 경성 전역의 오수가 모여드는 하수구에 가까웠다. 『천변풍경』에서 재봉이가 쓰레기를 개천에 무심히 버릴 정도로 청계천에는 더러운 물이 흘렀다. 작품 결말부에서는 포목전 주인의 중산모가 바람에 날려 개천물에 빠졌을 때 다리 밑에 있던 깍정이가 얼른 그것을 건졌으나 "시커먼 똥물이 뚝뚝 떨어지는 것이, 코에다 갖다 대보지 않드라도 우선 냄새가 대단할 듯싶다."[27]고 서술되고 있다. 이렇게 청계천 일대는 심각하게 오염되어 일상생활을 영위하기에 그리 적합하지 않았다. 당시 일부 중상위 계층에서는 수도를 사용하기도 했지만, 대부분 여전히 수통이나 우물을 사용했고 더러운 개천에서 빨래를 했던 것이다.

26 이익상, 「광란」, 《개벽》, 1925년 3월

27 박태원, 『천변풍경』, 박문서관, 1938, 489면

『천변풍경』은 청계천 일대의 열악한 환경 속에서 함께 살아가는 '아랫것들'의 이야기이다. 특이한 점은 작품 속 인물들이 성별과 세대에 따라 성격을 달리한다는 점이다. 성인 남성 인물들은 대부분 부정적으로 묘사된다. 일부는 가부장적이면서 경제적으로 무능하며, 일부는 경제적으로는 어느 정도 성공했지만 도덕적으로는 타락했다. 반면 "가난한 것밖에는 아무 죄도 없는"[28] 여성들과 아이들은 서사에서 중심적인 역할을 맡게 된다.

작품의 배경을 이루는 주요 사건인 제2차 경성 부회의원 선거는 가부장적 공동체 내 성인 남성들의 무능력함을 더욱 부각시킨다. 당시 선거권과 피선거권이 연간 세금을 5전 이상 내는 25세 이상 남성에게만 배타적으로 부여되었기 때문이다. 『천변풍경』의 중심에 있는 인물들인 여성과 미성년 인물들은 모두 선거로부터 원천적으로 배제된 사람들이다. 식민지배와 가부장적 질서에 의해 이중으로 차별받던 여성들과 아이들은 소설 세계에서는 오히려 중심인물군을 이룬다. 즉 『천변풍경』은 "가난한 아이", "가난한 농가에 태어난 금순이", "가난에 쪼들린 마누라쟁이", "가난한 여자에 지나지 않는 기미꼬", 그리고 "가난한 장모"에 관한 이야기이다.

3·1운동의 여파로 1920년대부터 식민지 조선에도 제한적인 형태의 지방자치 제도가 도입되고 일부 친일 자산가 계층에게 공직의 기회가 주어졌다. 동시대 소설 텍스트에는 도(평의)회, 부(협의)회, 면(협의)회 등의 '의원'을 지내는 인물들이 종종 나온다. 대체로 이들은 지역 사회에서 명망 있고 상당한 영향력을 가진 지역 유지로, 체제에 순응하고 일

---

28 박태원, 『천변풍경』, 박문서관, 1938, 428면

제에 협력하는 인물로 묘사된다. 『천변풍경』의 포목전 주인은 자신의 매부가 부회의원인 것을 "다시 없는 명예"로 알고, 민주사는 부회의원을 "영직(榮職)"이라 생각한다. 박태원의 『반년간』에 등장하는 조숙희의 아버지는 도회의원으로 선출된 것으로 나오고, 『골목 안』(1939)의 문주 아버지는 부회의원이다. 이들은 현실 세계에서는 상당한 권력을 행사하는 지역 유지였지만, 작품 속 비중은 그리 크지 않았다. 대다수의 조선 민중과는 괴리된 삶을 산 특권층에 속한 인물들이었기 때문이다.

1935년은 부회와 면회 의원 선거가 동시에 치러진 해였다. 몇몇 소설가가 이 선거를 작품 속에서 다루기는 했지만, 서사의 주요 사건으로 취급하지는 않았다. 심훈은 『상록수』(1936)에서 "돈푼 긁어모으는 것밖에는 아무 취미두 모르는 인간"인 강기천이 면회의원 선거에 출마해서 당선되는 일화를 다루고 있다. 『천변풍경』에는 부회의원 선거에 출마한 사법서사 민주사와 매부의 선거를 지원하는 포목전 주인의 일화가 다소 코믹하게 다루어진다. 그런데 단행본에 비해, 연재 당시에는 선거가 좀 더 비중 있는 사건으로 다루어졌다.[29] 연재본에서는 포목전 주인도 제1차 경성 부회의원 선거에 출마하여 근소한 차로 낙선한 것으로 서술되며, 포목전 주인이 호별(戶別) 방문을 하는 사람도 한약방 주인이 아니라 '의사 김두호'로 설정되어 있다.

> 배다리와 광교사이의 중간의 위치에 '김두호 진찰소'(金斗浩 診察所)란 판이 첨하밑에 달린 납작한 집이 한 채 있다.

29 『천변풍경』의 연재본과 단행본 간의 변화 양상에 대해서는 다음의 논문을 참조할 것. 권은, 「'천변풍경'의 세 개의 판본과 박태원의 창작과정에 대한 고찰」, 구보학보 17집, 2017

그 안 바로 들어서서 맞은편 마루방에 책상을 의지하여 밤낮으로 신문을 보는 것이 유일의 소일ㅅ거리인 듯싶은 오십 전후의 '칼라머리'한 낡은 사나이가 바로 의생의 김주부인 것으로 그가 그곳에 앉아 있는 동안은 개천 건너 북쪽 천변에서도 용이히 그의 동정을 살필 수 있는 게이다.

포목전 주인은 마침내 그 앞에 일으러 가장 자연스러웁게 고개를 그편으로 돌리고 필연적으로 김주부와 얼굴이 마주치자 그는 역시 자연스러웁게 그의 머리 위에 얹혀 있는 중산모를 삽붓 위로 들어 가비야히 인사를 하고 그리고 큰 기침과 함께 그대로 다시 그 길을 광교까지 천천히 걸어가는 것이다.[30]

김두호는 세월이 없는 일개 의생에 지나지 않았지만, '선량한 시민'이었으며 또한 어엿한 '유권자'였다. 『천변풍경』에서는 시민(市民)이 두 가지 의미로 사용된다. 첫째로 "더위에 허덕이고 있는 경성 시민들"[31]이라는 표현에서 알 수 있듯, 일반적으로 도시에 거주하는 사람들을 의미한다. 둘째는 김두호나 한약방 주인처럼 유권자로서의 시민, 즉 공동체가 보장하는 모든 권리를 완전하고도 평등하게 향유하는 개별 구성원인 공민(公民)을 의미한다. 민주사와 포목전 주인이 의사인 김두호의 환심을 사려는 것은, 부회의원에 선출되기 위해서는 반드시 그의 표가 필요했기 때문이었다. 선거에 출마한 사람들이 이처럼 한두 사람의 유권자에게 정성을 쏟는다는 것은, 청계천 일대에서 선거권을 가진 '시민'이 그만큼 희소했다는 사실을 알려 준다. 이와 관련하여 1939년 제3차 경

30 박태원, 「천변풍경」 제3회, 《조광》, 1936년 10월

31 박태원, 『천변풍경』, 박문서관, 1938, 241면

성 부회의원 선거를 다룬 이효석의 「일표의 공능」의 한 대목을 잠시 살펴보기로 하자.

> 대체 선거라는 것부터가 내게는 귀설은 것이어서 선거권이 있는지 없는지도 당초에는 몰랐었고 있다고 해도 그 시민적 특권을 그다지 달갑게 여기지는 않았다. 선거에 관한 주의서가 부에서 개인명으로 나오게 되어 동료의 몇 사람이 내 한 표의 뜻을 설명하고 친구들의 모모가 그것을 원한다는 말을 전했을 때 비로소 내가 이 고장에 온 지 몇 해며 일 년에 바치는 세금이 얼마 가량이라는 것이 막연히 머릿속에 떠오르며 의원의 덕으로 부민에게 얼마나의 이익이 올 것인지는 모르나 차려진 의무는 차려진 대로 하는 것이 옳으려니도 생각하기 시작했다. 그러나 후보자 속에 얼마나 뛰어난 사람이 있는지 몰라도 나로 보면 그 한 표쯤 아무에게 준들 안준들 일반인 것이다. 가까운 친구가 그것을 기다리고 있었을 줄야 어찌 알았으랴.[32]

중심인물인 '나'는 교사로 '선거권'이라는 "시민적 특권"을 가진 유권자이다. '나'는 자신이 1년 동안에 내는 세금이 얼마가량이라는 것을 떠올려 보는데, 왜냐하면 이 시기 '선거권'이 성별, 나이뿐만 아니라 거주 기간, 소득세 등을 기준으로 부여되었기 때문이다. 선거에 출마한 친구 '건도'는 '나'에게 '한 표'를 부탁하며 극진히 대접을 한다. 건도는 북촌에서만도 근 20명이 출마를 했으니 자신이 당선되기 위해서는

32 이효석, 「일표의 공능」, 《인문평론》, 1939년 10월; 『이효석 전집』 3, 서울대학교출판문화원, 2016, 45면에서 인용.

적어도 이백 표는 얻어야 한다고 말한다. 출마한 후보자들은 교육기관의 확충, 초등교육의 충실, 시가지 계획, 위생시설과 사회적 시설의 설치 등 비슷비슷한 공약을 내걸고 있다. 『천변풍경』에서 빨래터 주인이 "소문을 들으면, 무어 청계천을 덮어버린단 말이 있지 않어? 위생에 나뿌다든가."[33]라고 말하는 대목은 이러한 선거 공약을 의미하는 것이다. 「일표의 공능」의 '나'는 출마한 친구 건도에게 "의회 석상에서 부윤이하 늙은이 의원들을 앞에 놓고 자네 웅변이 아무리 놀랍구 거리의 명성을 한 몸에 차지한다구 치더래두 자네 하는 역할이 희극배우 감밖에는 못"된다고 충고한다. 조선인 부회의원이 실질적으로 할 수 있는 정치적 역할이 극히 제한되어 있었음을 시사하는 것이다. 친구 건도는 결국 '1표' 차로 낙선하게 되고, 주인공 '나'는 그 소식에 오히려 기쁨을 느끼면서 작품은 끝이 난다.

당시 선거권 및 피선거권은 독립생활을 영위하는 25세 이상의 남자로 1년 이상 부(府)에 거주하고 연간 5원 이상 세금을 납부하는 자로 한정되었다. 행랑살이를 하는 칠성이네, 귀돌이네, 필원이네 등, 여성인 하나꼬, 유끼꼬, 시즈꼬, 금순이 등, 미성년자인 재봉, 창수, 순동, 돌석, 영선, 명숙 등, 뜨내기인 신전집 처남이나 용서방, 범죄자인 은방 주인과 '뿌로카', 다리밑의 깍정이들 등 『천변풍경』의 대다수 등장인물은 선거권을 갖지 못했다. 영세 자영업을 하는 이발소 주인이나 당구장 주인 등도 마찬가지였을 것이다. 말하자면, 『천변풍경』의 대부분 인물은 정치적 의미의 '시민'이 아니었다.

1930년대 경성부 조선인의 절대 다수는 세금을 전혀 납부하지 않는

---

33 박태원, 『천변풍경』, 박문서관, 1938, 187면

〈표 2-2〉 1935년 경성 인구와 납세자 및 유권자 수

구분	조선인	일본인
전체 인구	31만 명	12만 명
납세자	60,482명	41,162명
5원 이상 납세자	52,842명	36,791명
유권자(납세자 대비)	7,440명(14%)	23,340명(60%)

[「납세자 6만여 인에 유권자 불과 일할삼푼」(《동아일보》, 1935년 1월 17일), 「조선인 납세자는 1천5백인 격감」(《동아일보》, 1935년 1월 17일) 등을 토대로 작성했음.]

무소득, 무소유자였다. 경성의 조선인 중 납세 인원은 불과 6만여 명에 불과했으며, 그중에서도 유권자는 납세자의 14퍼센트 정도에 지나지 않았다(〈표 2-2〉).[34] 일본인 유권자가 납세자의 60퍼센트인 것에 비해 조선인 유권자의 비중이 상대적으로 낮았던 것은 납세자 중 여성과 미성년자의 비율이 높았기 때문이다. 말하자면, 이 시기 조선인 사회를 경제적으로 이끌어 간 것은 여성과 미성년자 등 애초부터 선거권이 없었던 사람들이었다. 사회는 여전히 전통적인 가부장적 세계였지만, 식민지 사회의 성인 남성들은 자신의 역할을 제대로 수행하지 못했다. 「일표의 공능」이 시민권을 갖는 근대적 시민을 주인공으로 한 작품이라면, 『천변풍경』은 그러한 정치적 권리를 갖지 못한 절대 다수의 비시민(非市民)들의 이야기를 다루고 있다.

『천변풍경』의 등장인물 대부분이 세금을 5원 이상 내지 못하는 하위 계층에 속해 있지만, 세금을 전혀 내지 않는 것은 물론 아니었다. 식민지 시기에는 간접 소비세의 비중이 상당히 높았기 때문이다. 모든 경제

34 1920년대 중반까지는 식민지 조선 인구의 약 1.5퍼센트만이 투표권을 가질 수 있었다. Jun Uchida, *Brokers of Empire: Japanese Settler Colonialism in Korea, 1876–1945*, Harvard University Press, 2011, p. 268 참조.

활동에는 보이지 않는 세금이 부과되었던 것이다. 자본주의 사회에서 모든 상품에 가격표가 붙어 있듯이 모든 상품에는 세금이 부과된다. 일제는 1921년 조선연초전매령 제정과 1934년 자가용주 면허제도 폐지 등을 통해 피식민 조선인들의 자급자족적 소비구조를 파괴하고 이를 자본제적 상품 경제로 강제 편입시켰다.[35] 이를 통해 일제는 조세수탈을 늘려 갔다. 『천변풍경』에서 '술', '담배', '밀수' 등의 이야기가 반복되고, 이쁜이 남편 강서방이 전매국('연초공장')에 다니고, 그와 어울리는 신정옥이 《전매통보》를 통해 여류시인으로 데뷔하는 장면 등도 모두 이와 관련된다.

세금은 근대소설과 밀접한 관련이 있다. 스탕달은 근대소설에 들어 '세금과 통계의 세계'가 펼쳐졌다고 했다.[36] 근대 사회에서 세금은 피할 수 없는 문제로, 납세자에게는 두 가지 측면에서 특히 중요시된다. 첫 번째는 국가에서 거두어들이는 세금이 납세자 자신들이 아닌 다른 집단의 사람들에게 사용될지도 모른다는 의구심이 든다는 것이고, 두 번째는 세금 책정이 적당한 수준에서 이루어진 것인지를 알 수 없다는 것이다.[37] 식민지배자와 피식민지인으로 구성된 식민지 사회에서 이것은 특히 문제가 될 수 있다. 징세권(徵稅權)은 국가가 어느 특정 집단에 유리하도록 자본축적 과정을 도와주는 직접적인 방법 가운데 하나이기 때문이다.[38]

조선총독부에서 거두어들인 세금은 식민지배 체제를 공고히 하고 재

35 채희우, 「일제 식민지시대의 조세제도에 관한 연구」, 《재무와회계정보저널》 제1권 제2호, 2001, 한국회계정보학회, 144~145면

36 테리 이글턴/서정은 역, 『성스러운 테러』, 생각의 나무, 2007, 111면

37 이매뉴얼 월러스틴/이광근 역, 『세계체제 분석』, 당대, 2005, 118면

38 이매뉴얼 월러스틴/나종일 역, 『역사적 자본주의』, 창작과비평사, 1998, 56면

경 일본인의 복지를 증진하는 데 대부분 사용되었을 뿐만 아니라, 수탈에 가까울 정도로 과도하게 책정되어 있었다. 조선에서 수탈한 조세는 일본은행의 자금회전에 유용되었다. 식민지 조선의 일본계 금융기관은 막강한 금융자본과 식민권력의 정책적 지원을 바탕으로 조선 내 대출의 7~8할을 점유할 정도로 금융시장을 완전히 장악했다.[39] 청계천 빨래터의 주인은 "해마다 경성부청에다 갖다 바치는 세금만 해두 수십환"[40]이라며 "오전 십전 빨래값 받어 가지구 해마다 세금 받히려면 찔찔 매는 판"[41]이라고 하소연한다. 경성에서는 개천에서 빨래하는 일상적 행위에도 세금이 붙었던 것이다.

『천변풍경』의 등장인물은 민주사와 한약방 주인 등 몇몇을 제외하면 대부분 시민권이 없는 '비시민'에 속한다. 주목할 것은 이들이 식민지 사회에서 생존해 나가는 특유의 방식이다. 이들은 일제에 의해 일방적으로 부과된 세금을 가급적 내지 않는 방향으로 경제활동을 하며 비합법적인 행위도 서슴지 않는다. 식민지 지배라는 불법적인 지배권력하에서 부과된 세금이었기에 과세대상자들은 과세체제에 순응하지 않았으며 가능한 한 세원(稅源)을 숨기려 했다. 남성 인물들은 도박, 밀수, 밀항, 매수나 인신매매를 시도한다. 이들의 경제 행위는 세금이 부과되는 행위가 아니라는 점에서 '지하경제'에 속하는 불법행위들이다. 흥미로운 것은 인물들의 비합법적인 행위가 경제적 측면에 국한되지 않는다는 점이다. 자본주의의 근간인 사적 소유는 일부일처제를 기반으로 한다. 자산가들은 사적으로 소유한 자산을 자신의 후손에게 안전하게 물려

39 정연태, 『한국근대와 식민지 근대화 논쟁』, 푸른역사, 2011, 383면
40 박태원, 『천변풍경』, 박문서관, 1938, 14면
41 박태원, 『천변풍경』, 박문서관, 1938, 187면

주고자 하기 때문이다. 그런데『천변풍경』속 남성 인물들은 남녀 관계에 있어서도 첩, 내연, 겁탈, 외입 등 무수한 '비합법적'인 행위를 추구한다. 그들은 "옛날의 벼슬 높고 또 부유한 사람들"이 그랬듯이 '일처이첩' 두기를 꿈꾼다.

> 사람에 따라서는 그 계집이, 이를테면, '미인'이라 해서, 은근히 그러한 점에 있어, 용서방을 부러워하는 축도 있었고, 호옥 그의 몸가지는 것이 단정하지 않은 것을 아는 사람들도, 그건 그렇게 분수에 넘치는 계집을 데리고 사는 사람들의 마땅히 지불하여야 할 일종 '소득세'인거나 같이 말하는 일조차 있었으나, 그 '세금'은 그의 '소득'에 비하여 좀 심하게 큰 것이었다.[42]

자본주의 사회에서는 모든 계급에서 성적 관계 및 개인적 연계가 화폐화되고 상품화된다. 여성들의 상품화 경향은 근대소설의 중요한 주제 중 하나였다. 부익부 빈익빈 현상은 남녀 관계에서도 나타난다. '신전집 처남'과 점룡이는 나이가 찼지만 돈이 없어 결혼을 하지 못하고, 이미 결혼한 유부남들은 "제 기집 두구, 또 남의 기집에게 손을 대"려 한다. 위의 인용에서 알 수 있듯, '미인'과 결혼하는 것이 일종의 '소득'이었다면, 그러한 "분수에 넘치는 계집"과 함께 살면서 겪게 되는 부작용은 일종의 '소득세'에 해당했다. 문제는 소득에 비해 세금이 엄청나게 컸다는 점이다. 이러한 상황은 인물들의 남녀 관계에서 합법적인 '결혼'을 훨씬 압도하는 다양한 형태의 '혼외정사'(지하경제)로 은유적으로

42 박태원,『천변풍경』, 박문서관, 1938, 376면

표현되고 있다. 그래서 연애와 관련된 부분에서 '현장', '발각', '증거'와 같은 법률 용어가 쓰이고 있다.

신전집 주인은 십여 년 전에 첩 하나를 두고 전셋집을 얻어 주었는데, 가세가 기울면서 사글셋집으로 옮겼다가 결국에는 본부인과 '한 집 살림'을 시키게 되었고, 급기야 서울을 떠나 시골로 내려가게 되었다. 민주사, 만돌 아범, 이쁜이 남편 등은 모두 관철동에 '애인'을 두고 있다. 강서방은 이쁜이와 결혼한 후에도 '일처이첩'을 꿈꾼다. 민주사는 안성에서 올라온 '관철동집'을 첩으로 두고 있는데, 그녀는 운동선수 출신인 젊은 학생과 바람을 피운다. 그 '젊은 학생'은 '관철동집'과 온양 온천의 가족탕을 드나들며 음탕하게 지내면서도, "관철동집보다 좀더 젊고 아리따운 여학생"을 데리고 월미도에 가서 조탕을 들락거린다. 민주사가 관심을 보이는 서린동의 취옥은 하나꼬의 남편인 최진국도 눈독을 들이는 여성이다. 이처럼 작중 남성 인물들은 수많은 여성 인물을 경쟁하듯 좋아하고, 일부의 여성 인물은 그러한 남성들의 심리를 역이용해 이익을 취하기도 한다. 이러한 일부일처제의 범위를 넘어선 인물들의 비합법적 행위는 세금을 회피하는 지하경제적 행위와 맞물려서 이루어진다.

현재 자기에게 행복을 약속하고 있는 남자가, 분명히 자기를 그저 순결한 것 같이 생각하고 있는 듯 싶은 것이 역시 하나꼬에게는 적지 아니 고통이였다. 그는 남자와 맞날 때마다 그가 혹은 그러한 점에 의혹을 품고, 순결을 자기에게 묻지나 않을까? 그 경우에 자기는 도저히 한때의 '잘못'을 그의 앞에서 고백할 수는 없을 것 같었고, 또 고백하여서는 안 될 것만 같었으므로, 그래, 둘이 조용히 만나, 이제 시작될 새로운 생활에 대하야

> 철없고도 질거운 이야기를 서로 할 때에도, 그는 문득, 객쩍게 남자를 경계하지 않으면 안 되었고 그러나 그가 좀처럼은 그러한 것에 대하야 입밖에 내지 않는 모양이 완전히 자기를 믿고 있는데서 나온 일인 듯 싶을 때, 그는 그에게 대하야 이번에는 한없이 죄스러운 마음을 품어, 그래, 그의 가슴속은 편안할 수가 없었다.[43]

『천변풍경』이 단행본으로 나오면서 가장 많이 바뀐 내용은 하나꼬와 관련된 부분이다. 다소 통속적이라는 비판을 의식한 듯, 작가는 '하나꼬'와 '은방 주인' 간의 은밀한 '(금전적/성적) 거래' 부분(『속 천변풍경』 제17장 「1일의 환락」과 제18장 「죄악」 등)을 거의 통째로 삭제했는데, 이로 인해 작품 전체의 맥락이 쉽게 파악되지 않게 되었다. 아버지의 교통사고를 수습하기 위해 '은방 주인'에게 50원을 받고 '순결'을 바친 하나꼬는 그것을 비밀로 한 채 무교정의 '사이상'과 결혼을 한다. 그래서 '은방 주인'이 금 밀수로 구속이 되었을 때, 하나꼬는 자신의 '첫 사내'가 구속되었다는 소식에 "역시 잊지 어려운 감정"을 느끼게 된다. 결혼 이후 남편의 태도가 돌변한 것은 이러한 하나꼬의 '과거'와 깊은 관련이 있다.

이처럼 작품 속 성인 남성들은 다양한 '불법행위'를 자행하며, 결국 서사 밖으로 추방당하거나 큰 곤욕을 치르게 된다. 은방 주인은 '금 밀수'가 발각되어 구속되고, 금순이를 인신매매하려던 '금광 뿌로카'도 도박으로 구속되었다 풀려난다. 밀항을 시도한 순동이 부자는 돈만 빼앗긴 채 되돌아오게 된다. 민주사는 유권자에게 향응을 베풀었지만 결국 낙선한다. 이쁜이를 두고 여러 여자와 바람을 피우던 강서방은 결국 점

---

43 박태원, 『속 천변풍경』 제5회, 《조광》, 1937년 5월

룡이에게 얻어맞는다. 반면 여성과 미성년 인물들은 법의 테두리 안에서 자신들만의 방식으로 새로운 형태의 '공동체'를 만들어 간다. 식민지배와 가부장제의 이중적인 구속 상태에 놓인 "불행한 계집", "불행에 익숙한 사람", "불행만을 가진 여자", "불행한 색시", "불행한 동무", "불행한 사람들"은 자신들만의 방법으로 '행복'을 찾아간다.

새로운 공동체의 모색

『천변풍경』은 한 명의 중심화된 인물이 이끌어 가는 것이 아니라 다수의 인물이 번갈아 가며 서사의 중심으로 들어오는 순환적 구성을 취한다. 근대소설에서 중심인물과 주변인물의 위계적 배치는 근대 산업화에 따른 계층화에 대한 서사적 대응이다. 주변인물의 '평면적 성격'은 노동자가 하나의 기능(function)으로 소외되는 현상과 밀접한 관련이 있다.[44] 소설 속 중심인물은 내면의 깊이를 갖춘 입체적 인물인 반면, 주변인물은 왜곡·과장·단순화된 평면적인 인물로 서사의 주변부에 머물게 된다. 말하자면, 근대소설에서 중심인물은 부르주아를, 주변인물은 프롤레타리아를 각각 대변한다. 그렇지만 19세기 서구사회에서 정치적 평등과 민주주의에 대한 요구가 거세지면서, 한 명의 고정된 중심인물 대신 다수의 인물이 번갈아 가면서 서사의 중심을 차지하는 형태의 소설, 즉 좀 더 민주적이고 비위계적인 형식의 소설이 등장하기 시작했다.[45]

『천변풍경』은 일제에 의해 부여된 시민권을 갖지 못한 주변적 인물들에게 서사적 차원의 중심성을 배분하고 있다는 점에서 주목할 필요가

---

44 Alex Woloch, *The One Vs. the Many: Minor Characters and the Space of the Protagonist in the Novel*, Princeton University Press, 2004, p. 25 참조.

45 Alex Woloch, ibid., p. 31 참조.

있다. 이를 통해 실제 현실에서 법률적 권리를 박탈당한 비시민의 등장인물들은 서사 안에서 중심인물의 자리를 번갈아 차지하게 된다. 이러한 인물 배치의 특성은, 박태원이 유리 리베딘스키의 『일주일』을 평하면서 모든 등장인물이 "작품의 중한 소임을 연출"[46]하고 있다고 극찬한 것과 일맥상통한다. 이는 박태원의 후기작 『갑오농민전쟁』의 주요 형식적 특성으로 발전하게 된다.

『천변풍경』은 순환적 인물체제를 통한 새로운 형태의 공동체의 가능성을 모색한다. 여기서의 순환적 인물체제는 비위계적이고 끊임없이 자리바꿈을 한다는 점에서 연쇄성(seriality)의 특성을 보여 준다.[47] 『천변풍경』에서는 어떠한 인물에게도 주인공이라는 특권적 지위가 부여되지 않으며 모든 사람은 차례로 중심이 될 수 있다. 특정한 주인공이 없기 때문에 작품은 비위계적이며 서사는 집단적 주체의 공동체가 추구하는 방향으로 나아가게 된다. 일반적으로 평면적 인물은 '악당', '조력자' 등과 같은 고정적인 서사적 기능을 담당한다. 그렇지만 『천변풍경』에 나오는 대부분의 인물은 분명한 서사적 기능을 담당하지 않으며 평면적이지도 않다. 또한 이들은 하나의 동질한 집단인 군중(mob)에 속하는 것도 아니다. 이러한 순환적 인물체제는 조선의 서민들이 경제적으로 서로 돕기 위해 결성한 '윤번제 계(契)'의 모습을 그대로 닮았다. 점룡이 어머니는 매월 세 차례 50전씩 붓는 '돌다가'라는 계를 들었다. 칠성 아범이 300원의 곗돈을 탄 것을 보면 상당히 큰 규모의 계라는 것을 알 수 있다. 통 속에서 계알이 뱅글뱅글 돌다가 쏙 빠지면 한 명씩 당첨되는 방식처럼, 『천

46 박태원, 「리베딘스키의 作 小說 一週日」, 《동아일보》, 1931. 4. 27.

47 Fredric Jameson, *Archaeologies of the Future*, Verso, 2007, p. 244 참조.

변풍경』의 인물들은 번갈아 가며 서사의 중심에 위치하게 된다.

돈이 없어도 딱한 시골 여인을 위하여 생활을 갖게 할 수 있는 방도-, 그리고 그것은 더욱 다행하게도 자기네 자신에도 얼마쯤 뜻 있는, 한 개의 생활설계였던 것이다.

그는 스스로 제 생각에 감동하여 깨닫지 못하고 옆에 앉은 하나꼬와 금순의 손목을 한 손에 하나씩 덤썩 잡고,

"자아, 좋은 수가 있어. 우리, 어디 방을 얻어 가지구 가치 살림을 해 보기루 허거든. 일체 생활비는 하나꼬허구, 나허구 책임 맡구, 그 대신에 금순인 우리를 위해 일을 좀 해 주거든. 그럼 될께 아냐? ……"[48]

성인 남성 인물들이 경제적으로 무능하고 불법적인 행위를 서슴지 않는 것과는 달리, 본래부터 선거권이 없는 여성과 미성년 인물들은 서로 힘을 합쳐 새로운 방식의 삶을 모색한다. 인신매매범을 따라 시골에서 상경한 금순이를 하숙집에서 데리고 나온 기미꼬는 동료 여급인 하나꼬와 함께 남성을 배제한 새로운 형태의 공동체를 만든다. 이들의 "여자들만의 공동생활"은 새로운 형태의 가족이었다. 그들은 수표정(水標町, 현재의 수표동)에 조그만 집 하나를 빌려 여자 세 명이서 살림을 차린다. 서술자는 이 공동생활을 가족에 비유하여 묘사하고 있다. "친형제나 진배없이 지내온" 하나꼬가 시집을 간 후에는 금순이의 남동생 순동이가 그녀의 자리를 대신한다. 기미꼬는 "소년을 바로 친오래비나 되는 것 같이 귀애하고 애끼는 마음"을 갖고 "친어머니와 같은 자애

48 박태원, 『천변풍경』, 박문서관, 1938, 231면

깊은 미소"를 짓는다. 한편 "서방에게 쫓겨 친정으로 돌아온" 이쁜이는 홀어머니와 단둘이서 살아갈 것을 다짐하고, 뚱뚱보 손주사는 어린 딸과 함께 살아간다. 이처럼 등장인물들은 전통적인 가족과는 다른 대안적 형태의 가족을 꾸려 나간다. 이러한 모습들을 통해 "사람에게는 누구나 행복을 요구할 권리가 있을 것이요, 가난하고 보잘 것 없는 집안에 태어났다는 것은 물론 개인의 죄과가 아니"[49]라는 메시지를 전달하고 싶었던 것으로 보인다.

49 박태원, 『천변풍경』, 박문서관, 1938, 293면

2. 공적 공간(서촌)과 알레고리: 「윤초시의 상경」, 「애욕」

경성의 '서촌' 지역은 역사적 사건이나 인물과 관련된 공적(公的) 공간이다. 조선과 대한제국의 왕궁이 위치해 있고 3·1운동 등과 같은 정치적 사건이 실제로 벌어졌던 공간이다. 이 공간을 배경으로 한 텍스트들은 사적(私的)으로 보이는 이야기도 궁극적으로는 보다 공적인 '민족적 알레고리'의 성격을 갖는다. '북촌'을 배경으로 한 작품들이 작가 자신의 실제 경험을 바탕으로 한 사소설적 경향이 강하다면, '서촌'을 배경으로 한 작품들은 허구적 성격이 강하고 등장인물들도 특정한 정치적 사건이나 역사적 맥락을 환기하기 위한 '동기화 장치'에 가깝다.

알레고리는 모더니즘 문학의 성격을 이해하는 데 있어 주요한 문학개념 중 하나이다. 상징이 직관적인 관계에 근거한 유기적 형식으로 총체성을 추구한다면, 알레고리는 이질적인 것들을 고의적으로 묶어 놓는 기계적 형식으로 파편화된 세계를 대변한다.[50] 상징은 주체와 객체의 융합을 추구하는 반면, 알레고리는 사물의 의미, 정신, 실존 등으로부터 분리된 세계의 지배적 표현 양식이 된다. 그러므로 종교가 중심이던 중세 시대에는 상징이 중요하게 취급받았지만, 근대 사회에 접어들면서 알레고리가 보다 중요한 표현 수단이 되었다. 알레고리는 상징과 같은 총체적인 종합에는 그다지 관심을 두지 않는다. 그러한 점에서 알레고리의 내적 형식은 마르크스의 상품 분석과 구조적 유사성을 갖는다. 상품과 마찬가지로 알레고리는 사물들을 인격화하고 인간을 물화시키

50 프랑코 모레티/성은애 역, 『세상의 이치』, 문학동네, 2005, 124면 참조.

며, 이 둘은 모두 추상적 현실(교환 가치, 알레고리의 의미)이 구체적 현실(사용 가치, 문자적 의미)을 종속시키고 은폐한다. 리얼리즘의 상징은 모더니즘의 알레고리로 대체된다.

공적 공간('서촌')을 배경으로 한 박태원의 작품들은 알레고리적 성격이 강하게 나타난다. 식민지 시대에 조선 작가들은 자신들의 사상과 의도를 충분히 표현할 수 없는 억압적 상황에서 창작할 수밖에 없었으며, 그러한 상황 속에서도 자신의 숨겨진 의도를 전달하기 위해 불가피하게 정치적 혹은 민족적 알레고리를 활용했기 때문이다. 알레고리는 재현할 수 없는 것을 재현하기 위한 해결책으로 등장하곤 한다. 한 작품을 알레고리로 읽어 내기 위해서는 동시대의 역사적 맥락과 정치적 사건 등을 충분히 알아야 한다. 따라서 이러한 배경 지식이 없으면, 박태원의 작품들도 일종의 유희적 텍스트로 간주될 수 있다.

1) 사라진 공간지표와 방향 상실: 「윤초시의 상경」—'서대문정2정목 34번지'

「윤초시의 상경」은 1939년 4월 《家庭の友》에 실린 박태원의 단편소설이다.[51] 앞서 살펴본 『천변풍경』이 북촌의 청계천 변에 사는 서민들의 생활을 내부자의 시선으로 그린 작품이라면, 「윤초시의 상경」은 '윤초시'라는 시골의 도학자가 생전 처음으로 식민지 도시 경성으로 올라오면서 겪게 되는 일화를 외부자의 시선으로 담은 작품이다. 『천변풍경』

51 연재 당시의 제목은 「만인의 행복」이었으나 내용의 변화 없이 단행본 『박태원 단편집』(학예사, 1939)에 수록되면서 「윤초시의 상경」으로 제목이 바뀌었다.

에도 시골인 가평에서 갓 상경한 창수가 경성의 근대적 문물을 처음 접하고 문화적 충격을 받는 장면이 등장한다.

> 전차도 전차려니와, 웬 자동차며 자전거가 그렇게 쉴 새 없이 뒤를 이어서 달리느냐. 어디 '장'이 선 듯도 싶지 않건만, 사람은 또 웬 사람이 그리 그리에 넘치게 들끓르냐. 이 층, 삼 층, 사 층 …… 웬 집들이 이리 높고, 또 그 우에는 무슨 간판이 그리 유난스리도 많이 걸려 있느냐. 시골서, '영리하다', '똑똑하다', 바루 별명비슷이 불려 온 소년으로도, 어느 틈엔가, 제풀에 딱 벌려진 제 입을 어쩌는 수 없이, 마분지 조각으로 고깔을 만들어 쓰고, 무엇인지 조이조각을 돌리고 있는 사나이 모양에도, 그의 눈은, 쉽사리 놀라고, 수많은 깃대잡이 아이놈들의 앞장을 서서, 몽당수염 난 이가 신나게 부는 날라리 소리에도, 어린이의 마음은 것잡을 수 없게 들떴다.
>
> 몇 번인가 아버지의 모양을 군중 속에 잃어 버릴번 하다가는 찾아내고, 찾아내고 한 소년은, 종노 네거리 굉대한 건물 앞에 이르러, 마침내, 아버지의 팔을 잡았다.[52]

이 장면은 식민지 조선의 근대화 과정이 경성을 중심으로 제한적으로 이루어졌으며 경성과 지방이 불균등하게 발전하고 있었음을 보여 준다. 말로만 듣던 전차를 처음 본 창수는 수많은 자동차와 사람의 물결에 압도당한다. 불과 3~4층의 건물에 불과하지만, 소년은 시골에서는 본 적 없는 높다란 건물에 주눅이 들기도 한다. 이처럼 경성의 근대적

52 박태원, 『천변풍경』, 박문서관, 1938, 46면

위용에 압도당했던 소년은 1년이 채 되지 않아 경성의 도시 공간에 익숙해진다. 그렇지만 「윤초시의 상경」의 '윤초시'의 경우는 다르다. 그는 평생을 시골에서 한문책을 읽으며 살아온 도학자이다. 그가 살고 있는 곳의 정확한 장소는 드러나지 않지만 근대화의 흐름과는 무관한 시간이 흐르는 어느 시골이다. 그곳에서는 여전히 '남폿불'을 사용하고, 뜰 아래에서는 잠들었던 '거위'가 소리를 지르고, 개울 건너에서는 '닭'이 운다. 경성의 도시 공간을 주로 그린 박태원의 문학세계에서 중심인물이 시골에 거주하는 경우도 흔하지 않거니와, '남폿불'이 등장하는 것은 「윤초시의 상경」이 유일하다시피 하다. 작가는 이러한 극단적 설정을 통해 경성과 시골의 문화적 격차를 극대화하여 제시하고자 했던 것으로 보인다. 윤초시뿐만 아니라 주변 인물들도 그와 비슷한 전근대적 삶을 영위하고 있다. 잠자리에 들기 전에 『전등신화(剪燈新話)』라는 조선시대의 한문책을 집어 드는 것에서도 윤초시가 전근대적 삶을 살아가는 인물임을 짐작할 수 있다.

"지금 말씀 마따나, 막말로, 덜미잡이를 해서라도 제 형을 집으로 좀 데리고 와주십사고 ……."

"아, 그야, 있는 데만 알면야, 잘 타일러서 못 데리고 올 께 없겠지만, 우선 어디 있는지, 있는 데부터 알아야 할께 아닌가?"

"있는 덴 알았답니다."

"알았다? 그래, 어디람?"

"역시 서울 올라가 있답니다그려."

"서울 어디야?"

"저어, 관철동이라던가 하는 데 있다는데 ……."

하고, 경수는 호주머니에서 꾸기꾸기 구긴 엽서 한 장을 끄내서 윤초시 앞에 내어 놓으며,

"이백오십칠번지라나요? 저번에 갑득이가 나려왔을 때, 당부를 했었읍죠. 호옥 서울서 제 형을 만나는 일이 있거든, 지금 어디 사나? 무얼 하고 지내나? 소상하게 기별을 좀 해달라구요."

"갑득이라니? 구장네 아들?"

"예에, 갑득이가 서울 가서 고등학교 댕기지 않습니까? 그래, 당부를 했더니, 어떻게 용하게 만난 모양입니다그려."

"……"

윤초시는 남포 심지를 돋우고 엽서를 읽는데 골몰이어서 아무 대답이 없다.[53]

경수는 처자식을 버리고 경성으로 떠나 카페 여급과 살림을 차린 형 '고흥수'를 시골로 데리고 와 달라고 윤초시에게 부탁한다. 이들의 대화를 살펴보면, 두 사람 모두 경성에 대해서 제대로 알지 못하며 가 본 적도 없다는 사실을 짐작할 수 있다. "관철동이라던가 하는 데"라거나 "이백오십칠번지라나요"라는 표현에서 이들이 경성의 지리에 익숙하지 않음을 알 수 있다. 또한 경수가 형이 같이 사는 여자를 "카페 같은 데 있는 여자"라고 하자, 윤초시가 "그럼 그게 갈보가 아닌가?"라고 되묻는 장면은, 이들이 근대적 변화와는 무관하게 전근대적 삶을 살고 있는 인물들임을 알게 한다. 윤초시는 어렸을 때부터 흥수를 가르쳐 온 옛 스승이다. 결국 그는 자신의 제자를 설득하기 위해 평생에 가본 일이

53 박태원, 「尹初試의 上京」, 『박태원 단편집』, 학예사, 1939, 223~224면

없는 경성으로 향한다.

윤초시가 한문에 익숙하다는 것은 단순히 한문 지식이 많다는 의미가 아니다. "한문 한 가지밖에 배운 것이 없는" 그는 조선의 유학자적 세계관, 즉 중국 고전을 토대로 한 지적 세계의 관점에서 세계를 해석하는 사람이다. 이러한 윤초시의 '사대부적 에토스'는 곧 '한문맥(漢文脈)'이라고 할 수 있다. 한문맥은 한자나 한시문을 핵으로 삼아 전개되는 말의 세계를 의미한다.[54] 윤초시는 한문맥을 통해 사대부의 세계관으로 근대 세계를 이해한다. '윤초시(尹初試)'라는 호칭에서도 알 수 있듯, 그에게 '한문'은 세상을 이해하는 창과 같은 것이다. 그에게 경성은 한문의 세계관이 공간적으로 구현된 상징적 세계였다. 「윤초시의 상경」은 '한문맥'의 세계관 속에서 살아가던 윤초시가 식민지 도시 경성을 체험하면서 '한문맥'에서 벗어나게 되는 과정을 그린 작품이다.

조선 왕조 500년 동안의 수도였던 한양은 유교적 이념과 풍수지리적 사상을 공간적으로 구현한 상징 도시이다. '좌청룡 우백호'의 원리에 따라 북악산-인왕산-남산-낙산으로 둘러싸인 지역 내에서 왕의 통치에 필요한 기능들을 유교적 원리인 '좌묘우사(左廟右社) 전조후시(前朝後市)'의 원리로 배치했다. 한양 도성에는 모두 여덟 개의 문을 내었다. 동서남북 사방에 각각 흥인지문, 돈의문, 숭례문, 숙청문의 사대문을 두었고 그 사이에 광희문, 소의문, 창의문, 혜화문의 사소문을 두어 도성 내부와 외부를 연결하는 통로로 삼았다. 사대문에다 중앙의 보신각까지 '인의예지신(仁義禮智信)'의 유교적 덕목을 각 방위의 결절점에 새긴

54 사이토 마레시/황호덕 외 역, 『근대어의 탄생과 한문(한문맥과 근대 일본)』, 현실문화, 2010, 31면 참조.

도성 공간은 유교적 이상주의의 산물로 군자들이 사는 유토피아의 꿈을 구현한 이상적 공간이었다.

방향을 상실한 피식민지인

근대도시인 경성을 조선시대의 시공간적 맥락, 즉 한문맥의 시각에서 바라보는 윤초시는 생전에 전차를 타 본 적도 없고 아파트를 본 적도 없다. 그에게 '경성'은 도무지 파악할 수 없는 미궁(迷宮)과도 같은 공간이다. 일반적으로 사람은 자신이 거주하는 공간에 대한 명확한 상(像)을 갖지 못하면 길을 잃어버린 사람처럼 불안감을 느끼며, 더 나아가 정체성의 상실과 소외의식을 느끼게 된다. 전통적 도시에서 사람들은 장소의 감각을 느낄 수 있는 표지들을 쉽게 발견할 수 있지만, 신작로로 구획된 격자형의 근대 도시에서는 도시의 전체적 상을 그려 내는 것에 어려움을 겪게 되고 방향 상실과 소외감을 느끼게 된다. 시대착오적인 감각이 두드러지는 「윤초시의 상경」은 조선의 전통적 가치가 사라져 버린 식민지 현실을 알레고리적으로 보여 주는 작품이다.

윤초시는 『논어』에 나오는 "교언영색선의인(巧言令色鮮矣仁)", 즉 "말을 좋게 하고 얼굴색을 잘 꾸미는 사람치고 인(仁)한 이가 드물다."라는 구절을 인용하며, 카페에서 일을 한다는 여자(숙자)를 비판적으로 생각한다. 그리고 기차를 타고 경성으로 올라간다. 도착한 곳은 '경성역'이지만, 윤초시와 경수 등은 그곳을 예전 명칭인 '남대문 정거장'으로 부른다. 남대문은 곧 숭례문(崇禮門), 예를 받드는 곳이다. 그렇지만 윤초시가 난생 처음 접하게 된 경성은 '예(禮)'를 지키는 곳이 아니었다. 마중을 나오기로 한 갑득이의 모습은 보이지 않고, 당황한 윤초시는 "허어, 이런 고이한 일이 있노 ……."라는 말만 반복한다.

그러나 그가 '서대문'으로만 알고 있는 '남대문'을 향하여 전찻길을 횡단하려 하였을 때, 바로 그의 앞을 질러 자동차가 홱 까솔린 냄새를 풍기고 지내며, 운전수가 창넘어로 그를 향하여,

"빠가!"

하고, 소리쳤다. 질겁을 하여 뒤로 물러서려니까, 이번에는 그의 등뒤를 간신히 피하여 자전거가 지나며, 손주벌 밖에 안 되는 녀석이 사뭇 또,

"빠가!"

한다.

한문 한가지밖에 배운 것이라고 없는 윤초시였으나, 그래도 '빠가!'라는 것이 욕설인 것쯤은 알고 있는 터이라,

"아, 이 ……."

'…… 놈아. 너는 애비도 없고, 할애비도 없느냐?'

하고, 준절히 꾸짖으러 들려니까, 저편에서 교통순사가 맹렬하게 손짓을 하며,

"빠가! 빠가!"

하고 발까지 동동 구른다.[55]

갑득이를 만나지 못한 윤초시는 어쩔 수 없이 혼자 힘으로 '서대문정 2정목 34번지'의 갑득이 집을 찾아가려고 한다. 그렇지만 그는 '서대문'이 이미 오래전에 사라져 버렸다는 사실을 알지 못한다. 서대문, 즉 돈의문(敦義門)은 의로움[義]을 위해 노력하는 곳이라는 의미이지만, 경성은 더 이상 그러한 공간이 아니다. 한문맥의 세계 속에 있는 윤초시는

55 박태원, 「尹初試의 上京」, 『박태원 단편집』, 학예사, 1939, 231~232면

식민지적 현실과 소통하지 못한다. 애초에 윤초시는 "견의불위 무용야(見義不爲無勇也)", 즉 "의(義)를 보고도 행하지 않으면 용기가 없는 것"이라는 『논어』의 한 구절을 떠올리며 제자를 찾아 상경한 것이었다. 그리고 그는 경성에는 더 이상 '의로움'(돈의문)이 존재하지 않는다는 사실을 서서히 깨닫게 된다.

그렇다고 경성이 예가 남아 있는 곳도 아니었다. 윤초시는 근대의 교통체계나 신호체계를 알지 못한다. 그래서 자신도 알지 못하는 사이에 교통법규를 위반하며 차도를 무단으로 횡단한다. 이에 자동차 운전을 하는 사람이 그를 보며 "빠가!"라고 소리치고, 심지어는 교통순사까지도 "빠가! 빠가!" 하며 발을 동동 구른다. 그렇지만 윤초시는 그들이 왜 자신에게 화를 내는지 파악하지 못한 채, "너는 애비도 없고, 할애비도 없느냐?"며 오히려 화를 낸다. 그는 연장자에 대한 '예의'를 지키지 않는 경성 사람들에게 분개하는 것이다. 그러한 상황에서 어느 젊은 여인의 도움으로 윤초시는 간신히 갑득이의 집을 찾아갈 수 있었다. 윤초시가 길을 잃고 헤매는 순간마다 우연처럼 나타나서 도움을 주는 의로운 조력자는 홍수와 동거를 하는 카페 여급 숙자였다. 윤초시는 숙자의 도움을 받아 간신히 원하는 곳을 찾아갈 수 있었다. 윤초시가 상경하여 만난 사람 중에서 그나마 예의를 갖춘 사람은 그녀밖에 없다.

"하옇든, 홍수 하숙까지 모셔다는 드릴 테니 거기 계시다가 저녁때 제게로 다시 오십쇼그려. 저도 저녁 안으로 돌아가 있을테니요."

그리고 그는 종각 뒤 골목을 들어가, 바른편으로 서너째 자근 골목 안을 가리키고,

"바로 저 막다른 집입니다. 그럼 이따가 제게로 다시 오십쇼."

한마디를 남기고는, 윤초시가 채 무어라 대답할 사이도 없이, 그는 젊은 색시와 함께 저편 담배 가게 모퉁이를 돌아 나가버렸다.

"온, 이거 어떡하라고, 날 혼자 버려두고 ……."

윤초시는 마음에 불안과 불만이 가득하였으나, 어차피 이렇게 된 이상에는 달리 어쩌는 수 없고, 또 홍수만 부뜰면 나중에 갑득이 사관까지야 안 바래다 주랴-, 스스로 마음을 든든히 먹고, 그는 그 골목 안으로 뚜벅뚜벅 걸어 들어 갔다.[56]

갑득이는 윤초시가 찾아오자 그를 모시고 '진고개' 구경을 갈 예정이었다. 그렇지만 어느 젊은 여성이 찾아오자 윤초시를 홍수가 하숙하는 종각 뒤편으로 적당히 데려간 후에 그 젊은 여성과 함께 급하게 사라져 버린다. 그는 윤초시를 귀찮은 존재 정도로 생각하는 듯하다. 종각은 곧 보신각(普信閣), 즉 '두루 믿는다'는 의미이지만 윤초시의 마음에는 불안과 불만이 가득하게 된다. 그는 "중대한 사명을 띠고 올라온 자기를 이처럼 푸대접하는 것"을 두고, 특히 갑득이에게 분개한다. 설상가상으로 홍수는 한 달 전쯤에 남대문 밖의 어느 '아파트'로 이사를 하여 그곳에는 살고 있지 않았다. 윤초시는 어쩔 수 없이 "정거장 앞 아파트라나 뭐라나 하는 데"를 찾아 헤매게 된다.

「윤초시의 상경」에는 최첨단의 근대적 공간인 '아파트'가 등장한다. 박태원의 작품에서 '아파트'가 등장하거나 언급된 경우는 많지 않다. 당시 경성에서는 아파트가 무척 생소한 주거형태였기 때문이다. 박태원의 작품에서 처음으로 아파트가 언급된 것은 1936년 발표된 「진통」이었

56 박태원, 「尹初試의 上京」, 『박태원 단편집』, 학예사, 1939, 239~240면

지만 이는 동경을 무대로 한 작품이다. 경성을 배경으로 하여 아파트가 언급된 것은 1939년 비슷한 시기에 나온「윤초시의 상경」과「명랑한 전망」에서였다. 이후 1941년 발표된『여인성장』에서도 언급된다. 이로써 박태원이 1930년대 후반부터 아파트라는 근대적 주거공간에 주목하기 시작했음을 알 수 있는데, 작품에 아파트가 구체적으로 등장한 것이 바로「윤초시의 상경」이다.

식민지 조선에서 건물 이름에 아파트라는 명칭이 붙기 시작한 것은 1930년 이후의 일이다. 1930년대에 충정로의 도요타 아파트와 회현동의 미쿠니(三國) 상회 아파트 등이 건설되었다. 그렇지만 이들 아파트에 거주하는 사람들은 대부분 일본인이었다. 1942년 건설된 혜화아파트가 조선인을 대상으로 한 최초의 아파트다. 따라서「윤초시의 상경」에서 흥수와 숙자가 남대문 밖의 3층 아파트로 이사한 것은 다소 특이한 경우다. 구체적인 이유가 언급되지는 않지만, 폐병을 앓고 있는 흥수가 좀 더 쾌적한 환경에서 머물 수 있게 하기 위해 숙자가 이곳으로 옮겨 온 것으로 추측해 볼 수 있다.

> 윤초시는 얼마 동안 말을 못 하다가 한참 뒤에야 입을 열었다.
>
> "자네 말은 잘 알았네, 잘 알았어 …… 내가 무턱대고 자네더러 색씨와 갈라서라거나, 집으로 돌아가자거나 헐 경게가 못 된다는 것도 알았네. 허지만 어떻든 자네 일로 하여서 집안이 그야말로 난가가 된 것을 또 어쩌면 좋단 말인가? 자식된 도리로 어버이께 근심을 끼치고, 병환이 중하신 줄 알고도 돌아가질 않는대서야 되나? 가서 뵈워야지. 뵙는 게 도리지. 허지만 자네안텐, 또 자네 형편이 거북하고 …… 참말 난처한 애길세, 난처한 야기야."

그래, 두 사람이 서로 외면을 하고 얼마 동안 묵어운 침묵이 방 안에 가득하였을 때, 숙자가 문을 열고 들어 왔다.[57]

윤초시는 아파트를 찾아가 홍수와 숙자를 직접 만나 자초지종을 듣고 그들의 처지를 이해하게 된다. 또한 윤초시는 상경할 때만 하더라도 식민지 도시인 경성의 세계를 전혀 이해하지 못했지만, 어느새 이곳의 작동원리를 깨닫게 된다. 그는 "자네 말은 잘 알았네, 잘 알았어(知)"라고 되뇌며, "내가 왜 이런 소임을 맡아 가지구 서울까지 올라왔누……?" 하며 후회하게 된다.

윤초시는 그에게 한마디 위로하는 말을 주고 싶었으나, 적당한 말이 쉽사리 생각되지 않았다. 혼자 초조하였을 때, 플랫홈에 뻴이 한 차례 울리고, 기적 소리가 들린 다음에, 덜컥 하고 차체가 움직이었다.

그 순간, 윤초시의 머릿속에 「논어」의 한 구절이 떠올랐다. 그는 그대로 황망히 창 밖으로 고개를 불쑥 내밀고, 거의 울음 섞인 목소리로 숙자를 향하여 소리쳤다.

"색씨, 잘 있우. 덕불고라 필유인이라(德不孤 必有隣)고, 성인께서도 말씀하셨지. 마음이 그처럼 착하고 좋은 일이 웨 없겠우? 색씨, 부디 잘 있우."[58]

윤초시는 숙자에게 "덕불고(德不孤)라 필유인(必有隣)이라", 즉 "덕이

57 박태원, 「尹初試의 上京」, 『박태원 단편집』, 학예사, 1939, 259면
58 박태원, 「尹初試의 上京」, 『박태원 단편집』, 학예사, 1939, 265면

있으면 따르는 사람이 있으므로 외롭지 않다."고 말한다. 그가 보기에 식민지 도시 경성은 '인', '의', '예', '신' 등 대부분의 전통적 가치가 사라진 공간이다. 그렇지만 윤초시는 그러한 공간에서 "자기의 행복을 위하여 남을 불행헌 구뎅이에 떨어뜨리는 것이 결코 옳지 않은 일"이라며 '만인의 행복'을 바라는 숙자야말로 진정 덕(德)을 갖춘 인물이라 생각한다. 그는 여전히 한문맥의 세계 속에 있지만, 식민지 근대의 암울한 시대를 살아가는 경성의 젊은 세대를 이해하기 시작한 것이다.

2) 대한제국의 흔적과 공간 선택의 문제: 「애욕」—'인사동 119번지'

대한제국의 흔적이 남아 있는 정동

「애욕」은 《조선일보》에 1934년 10월 6일부터 23일까지 총 14회에 걸쳐 연재된 소설로, 정동(貞洞)을 주요 무대로 한 작품이다. 고종은 1897년 러시아 공사관에서 경운궁(덕수궁)으로 돌아와 연호를 '건양(建陽)'에서 '광무(光武)'로 바꾸고 대한제국 황제로 즉위했다. 정궁으로 격상된 덕수궁은 대한제국의 중심이 되었다. 덕수궁이 위치한 정동은 고종 황제가 대한제국의 꿈을 실현하고자 했던 공간인 동시에, 외국 대사관들이 집결해 있던 가장 이국적인 공간, 곧 화양잡처(華洋雜處)이기도 하다(그림 2-4). 박태원은 「애욕」에서 시인 이상이 모델인 주인공 하웅과 할리우드 영화배우를 닮은 인물군 등을 대비적으로 등장시켜 정동이라는 공간의 지정학적 의미를 고찰한다.

> 올라가는 전차는 아직 잇서도, 나려가는 전차는 이미 끈허젓다.
>
> 태평통(太平通)쪽을 향하야 정동(貞洞) 골목을 터덜 터덜 나려오든 노

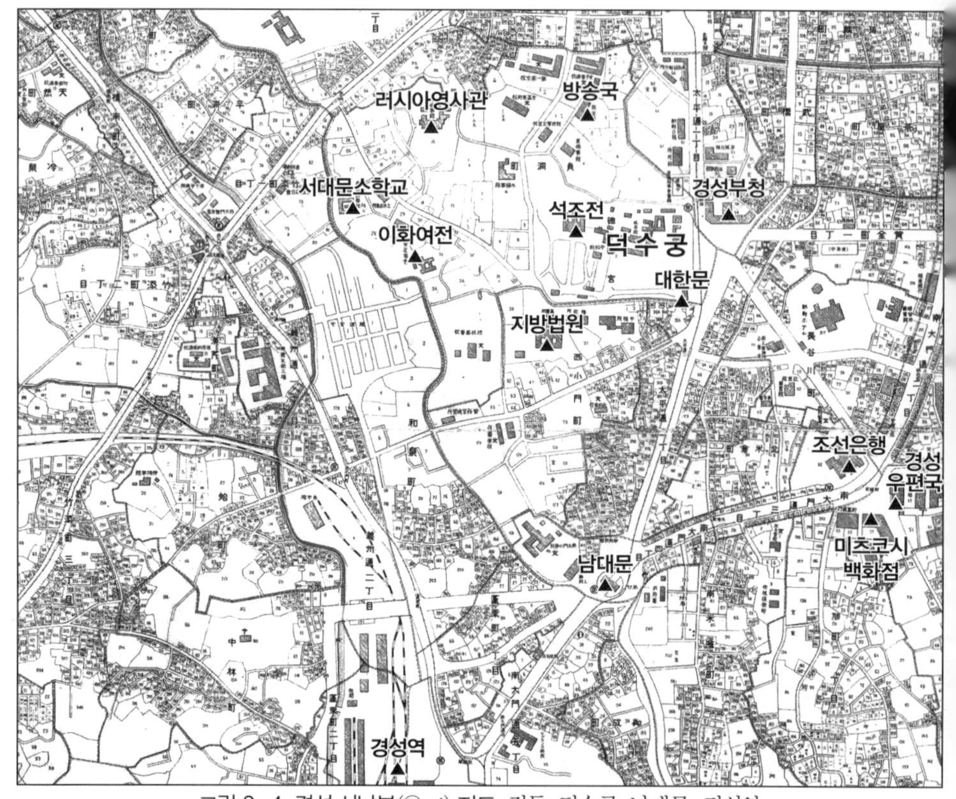

그림 2-4 경성 서남부(Ⓑ-1) 지도 정동, 덕수궁, 남대문, 경성역
(출처: 서울지도 홈페이지http://gis.seoul.go.kr/)

동자는 건극문(建極門) 아페까지 와서—그냥 건극문, 하면, 아는 이가 드물게다. 대한문(大漢門) 아페서 덕수궁(德壽宮) 돌담을 끼고 정동 골목을 쑤욱 들어가느라면 아니 경성지방법원 마즌편짝에 잇는 것은 용강문(用康門), 거기까지 가지 말고 발은편에는 전등 달린 전신주, 올흔편에는 전등 안 달린 전신주 그 사이에 음침하게 울적하게 다처잇는 문이 바로 건극문이다. 노동자는 그 아페까지 와서 문득 걸음을 멈추고 발은손 검지로 발은편 코ㅅ방울을 눌으고 힝, 올흔편 코-방울을 눌으고 히힝 다음에 손

바닥으로 코밋흘 훔치고 그것을 전등 안 달린 전신주에다 쓰윽 문질르고 나서 이번에는 퇴-하고, 보기조케 가래침까지 배텃다.[59]

이 작품은 "올라가는 전차는 아직 잇서도, 나려가는 전차는 이미 끈허젓다."라는 문장으로 시작한다. 시간적 배경이 자정 무렵임을 나타내는 이 문장은, 동시에 상하행선 전차의 대비를 통해 작품의 대비적 특성을 함축한다. 박태원은 「애욕」에서 '남/녀', '밝음/어둠', '흥분/냉정', '기억/망각', '현재/과거' 등 대립쌍들의 연쇄를 통해 경성의 이중도시적 특성을 첨예하게 부각한다. 그러나 이들 대립항은 온전한 대칭으로 재현되지는 않는다. 텍스트에는 한쪽 항들만 중점적으로 재현되고 다른 쪽 항들은 대부분 '부재'의 상태로 남겨진다. 그래서 하웅은 "적어도 전반(前半)은 진리"[60]라고 말한다. 그러므로 독자는 텍스트에 재현되는 한쪽 항들을 통해 그 반대 항들을 읽어 내야 한다. 작품에 등장하는 전화, 전보, 편지, 명함 등이 모두 일방향적 재현을 강화하는 장치로 활용되고 있다.

특히 눈길을 끄는 것은 인용 단락의 두 번째 문장이다. 여기서 서술자가 텍스트에 적극 개입함으로써 독자들이 미처 알고 있지 못한 역사적 사실을 환기한다. 노동자 한 사람이 "태평통 쪽을 향하야 정동 골목을 터덜 터덜 나려오"고 있다. 이때 서술자는 "아는 이가 드물" 건극문(建極門)을 설명하기 위해, 방향을 돌려 대한문에서 덕수궁 돌담을 끼고 정동 골목을 되짚어 올라가기 시작한다. 서사는 "노동자는 건극문 아

59 박태원, 「애욕」 제1회, 《조선일보》, 1934. 10. 6.
60 박태원, 「애욕」 제5회, 《조선일보》, 1934. 10. 11.

페까지 와서-"라고 말하는 지점에서 일시적으로 정지하고 몇 줄 뒤 "노동자는 그 아페까지 와서"라는 대목에서 재개된다. 이러한 서사적 시간 지체(time lag)는 텍스트의 결절 혹은 틈을 드러내는 기능을 한다. 그 사이에 서사적 흐름은 되감기는 필름처럼 거꾸로 흘러가기 시작한다. 정동 골목을 따라 올라가면 경성지방법원 맞은편에서 용강문(用康門)을 만나게 되는데, 그곳에 이르기 전에 보이는 문이 바로 건극문이라는 것이다. 이처럼 서술자가 서사에 적극 개입하는 경우는 결코 일반적이지 않다. 독자의 몰입을 방해할 수 있기 때문이다. 그럼에도 이 작품에서 서술자는 이러한 위험을 무릅쓰고 건극문의 존재를 구태여 강조한다. 또한 서술자는 건극문을 "음침하게 울적하게 다처잇는 문"이라고 말하고 있는데, 여기서 '음침하게', '울적하게'와 같은 감정 수식어의 구사에 주목할 필요가 있다. 「애욕」에서 재현되는 정동은 단순한 지리적 공간이 아니라, 등장인물—결국은 독자—에게 특정한 감정을 불러일으키는 심상지리적 공간이다.

같은 장소라 하더라도 어떠한 거리를 선택하여 그곳에 접근하는가에 따라 전혀 다른 감정을 느낄 수 있다. 다음은 정동에 관한 당시의 신문기사로, 그곳으로 향하는 네 개의 길이 각각 다른 느낌을 환기한다고 주장한다.

> 貞洞을 가자면 네 개의 길어구가 잇다. 北에서 米國領事舘 앞을 지나는 길, 東에서 大漢門 엽을 지나는 길, 南에서 法院의 뒤를 도라드는 길, 西에서 西大門停留場에서 드러가는 길, 이 네 개의 길갈래는 德壽宮의 用康門 앞에 와서 다가치 맛나게 된다. 이 네 개의 길은 다 각각 달은 情調를 가지고 잇다. 北으로 드러갈 때는 哀調, 東으로는 回顧, 南으로는 憎

> 惡, 西으로는 異國的. 이 네 가지가 이 그림의 앞에 잇는 用康門에 다다러서는 서로 서로 엇갈리고 뒤섞인다. 그리하야 그곳에 佇立한 者로 하야금 一種의 變幻하는 아나크로니슴을 가지게 한다. …… 이같이 貞洞은 調和된 아나크로니슴의 舞蹈場이다. 네 갈래 길에서 모여든 哀調, 回顧, 憎惡, 異國的이 각각 저를 主張하며 얼싸안코 뛰노는 곳이다. 정동, 정동 ……. 그곳은 서울의 昨日과 明日을 한자리에 展示하는 곳이다.[61]

정동의 북쪽에는 경복궁이 헐린 자리에 조선총독부 신청사가 자리 잡고 있어 '애조'를 느끼게 하고, 동쪽에는 덕수궁 대한문이 위치해 있으니 '회고'의 감정을 느끼게 하고, 남쪽에는 일본인들이 집단으로 거주하는 남촌이 자리 잡고 있으니 '증오'의 감정이 들게 하며, 서쪽에는 여러 나라의 공사관들이 밀집해 있으므로 '이국적'인 느낌을 주었을 것이다.

1930년대에 정동은 양인촌(洋人村)이라 불릴 만큼 경성의 대표적인 이국적 공간이었다. 정동의 거리는 각국의 공사관들이 밀집해 있어 '공사관 거리'로 불리기도 했다. 「애욕」에 나오는 카페 '마로니에' 같은 이국적 상호들이 이를 잘 반영한다. 조선 시대까지만 해도 사대문 안에 외국인이 거주할 수 없었다는 사실을 고려할 때, 정동의 변모는 실로 상전벽해(桑田碧海)라 할 만한 것이었다. 고종은 아관파천 이후 경운궁(덕수궁)을 중심으로 대한제국의 꿈을 펼쳐 나가고자 했다. 그렇지만 왕이 머무는 경운궁 주변에 일반인들은 머물 수 없어, 그 빈 공간을 대신 채운 것이 각국의 공사관들이었다. 외국 대사관과 영사관, 그리고 선교사들에

---

61 「서울 풍경 10」, 《동아일보》, 1935. 7. 13.

게 할당된 구역인 정동은 그래서 한국적인 외관(外觀)은 거의 볼 수 없는 곳이었다. 자국의 건축적 특성을 한껏 강조한 공사관 건물들은 대한제국을 둘러싸고 벌인 외세 열강들의 치열한 세력 다툼을 상징적으로 보여 주는 것이기도 하다.

경성에 가로등이 가장 먼저 설치된 곳도 바로 정동이다. 박태원은 「애욕」에서 고현학적 재현 방식을 통해 가로등의 전구 하나하나까지 극사실주의에 가깝게 묘사해 내고 있는데, 여기서 특이한 표현이 반복되고 있음을 발견할 수 있다. 건극문은 "발은편에는 전등 달린 전신주, 올흔편에는 전등 안 달린 전신주 그 사이"에 위치한다고 묘사된다. 이음동의어인 '바른편'과 '오른편'이 중복되어 표현되는 것이다. 노동자의 행동 묘사에서도 동일한 방식이 이어진다. 그가 손가락으로 "발은편 코ㅅ방울을 눌으고 힝, 올은편 코–방울을 눌으고 히힝" 하고 코를 푼다고 서술된다. 앞에서 서사의 시간적 흐름을 되돌려 '건극문'을 향해 거슬러 오르던 서술자는, 이번에는 또 '오른쪽'만을 의도적으로 독자들에게 환기하는 것이다.

노동자는 정동 골목을 내려오는데, 서술자는 그 골목을 되짚어 올라가고 있다. 노동자는 태평통(太平通, 현재의 태평로)을, 서술자는 건극문을 각각 향한다. 태평통은 조선총독부로 이어진다는 점에서 식민화된 '경성'의 현재적 공간을, 건극문은 사라져 버린 대한제국 '한성(漢城)'의 과거적 공간을 각각 대표한다. 이처럼 당시 정동은 마치 덧칠해 쓰인 양피지 문서처럼 상이한 시대의 흔적들이 중첩된 공간이었다. 경성은 식민지화 이전에는 이 땅의 대표적인 전통 도시의 모습을 하고 있었다. 서술자는 바로 "그러한 거리"와 "그러한 곳"을 지금 등장인물들과 걷고 있음을 독자들에게 반복해 환기한다.

당시 정동의 '오른쪽 편'에는 덕수궁이, 그 '맞은편'에는 각국 공사관과 근대적 건축물들이 위치해 있었다. 이처럼 서술자는 과거로 거슬러 오르면서 정동의 '오른편'에 위치한 '덕수궁'의 존재를 독자들에게 반복적으로 암시하고 환기한다. 덕수궁은 '자주독립국'을 표명한 대한제국의 중심부로 새롭게 탄생한 근대적 궁궐이다. 고종은 왕궁의 권위를 드러내는 방사형 중심 도로망을 꿈꾸었고, 실제로 덕수궁을 중심에 놓고 한성의 도로 가로망을 대폭 개조하는 사업에 착수하기도 했다. "나라의 근본 법칙을 세운다"는 의미의 '건극문(建極門)'의 존재는 이러한 대한제국의 좌절된 열망을 상징하는 것이다.

세 명의 연인, 공간의 선택

「애욕」은 9절로 구성되었는데, 각 절마다 초점화자와 중심 기법이 변화하는 특이한 구성을 취한다. 예컨대 제1절은 영화적 기법이 적극 차용되는데, 두 대의 카메라로 동시 촬영된 화면이 연속적으로 편집된 듯이 하나의 '사건'을 두고 각기 다른 시각에서 관찰하고 있다. 이러한 평행편집기법은 등장인물의 '위치 지워진 상황'에 따라 동일한 '사건'이나 '대상'이 다른 의미로 인식될 수 있음을 효과적으로 보여 준다.

> 경성지방법원 압까지 와서, 본래 가트면 리화학당(梨花學堂) 아플 지나 서대문으로 나가는 길로 들어섯슬 것을, 그러나 오늘 밤은 바로 조금 전의 행동화(行動化)할 수 업섯든 그 흥미잇는 감정도 도와, 그들은 기약지 안코 좀더 은근한 방송국(放送局) 넘어가는 길을 택하려 들엇다. (…) 조선제일자동차학교, 제이실습장(實習場) 압흘 돌아, 원래의 그들의 길로 돌아서며, (…) 리화녀고보의 긴 조선담– (…) 리화녀고보 정문에 달린 외등

(…) 또 기-ㄴ 담을 끼고 가면서 (…) 정동 13번지, 양인의 집 외등 (…) 맞은편 전신주에 달린 전등 (…) 마츰내 그들은 리화녀자전문학교 정문 아페까지 왓다. (…) 역시 전신주에 달린 전등이, 또 마즌편 로서아 령사관의 외등 (…) 리화녀전(梨花女專) 정문 집웅미트로 (…) 여튼 토담 우에 나무판장 담 안에 포푸라 나무가 울창하다. (…) 모리쓰·호올 아페서 여자는 걸음을 멈추고, 그 마즌편, 일본 술집 외등 미트로 갓다.[62]

남녀 두 인물의 대화가 이어지는 동안, 서술자는 집요하리만치 정동의 공간적 지표들을 추적한다. 여기에도 영화적 기법이 적극 활용된다. 이 대목을 영화의 장면(scene)으로 간주하면, 남녀의 모습은 화면에 드러나지 않은 채 내레이션으로 대화 내용만 제시되고 카메라가 정동의 공간적 이동 경로를 화면에 담은 것이라고 할 수 있다. 이들은 "본래 가트면 리화학당 아플 지나 서대문으로 나가는 길로 들어서슬 것을", 이 날은 기이하게도, "좀더 은근한 방송국 넘어가는 길"을 택해서 걷기로 한다. 이때 여주인공은 "꿈꾸는 듯이 또 자못 감격을 금할 수 업는 듯"한 태도로, "난 이 길이 조와. 여기하구, 원남동 신작로하구."라고 말한다.

'본래 같으면'이라는 표현에서 이들의 산책이 여러 날 지속되어 왔음을 알 수 있다. 또한 '본래', '원래'와 같은 부사어의 반복에 주의해야 한다. 오늘 처음 들어선 '방송국 넘어가는 길'은 정동에 생긴 신작로이다. 여주인공은 '이 길'과 '원남동 신작로'를 좋아한다고 말한다. 그녀는 결말부에 하웅에게 보낸 편지에서도 "원남동 륙교 아레"에서 기다리겠다

62 박태원, 「애욕」 제2~3회, 《조선일보》, 1934. 10. 7, 9.

고 말한다. 그녀는 '신작로'로 대변되는 식민지 도시의 현재적 공간을 지향하는 것이다.

반면, 하웅은 "우리는 역시 우리 길루 가기루 하지"라며 "원래의 그들의 길"로 되돌아 나와 산책을 계속한다. 그들 앞에 '원래의 길'과 '신작로'의 두 산책로가 놓여 있다. 두 길은 각각 과거의 '한성'의 공간과 현재의 '경성'의 공간을 대변한다. 그런데 여기에 또 하나의 공간인 경성 외부의 '시골'이 존재한다. 「애욕」은 하웅이 세 여인 사이에서 방황하는 것을 그 표층서사로 하지만, 심층에는 세 여인으로 대표되는 공간적 가치에 대한 선택의 문제가 놓여 있는 것이다. 세 명의 여인은 곧 각각 다른 성격의 공간(경성-한성-시골)을 대변하는 인물들이기 때문이다. 하웅은 이 선택이 "나를 위하야, 내 어머니를 위하야, 내 안해를 위하야, 또 내 생활, 내 예술을 위하야" 이루어지는 것임을 잘 알고 있다. 개인적 차원의 선택처럼 보이는 순간이 민족적·예술적 차원으로 확장되는 것이다. 사적인 지표들은 보다 공적인 차원의 지표들로 변환하여 파악하지 않으면 안 된다. 따라서 작품 중반부에서 하웅이 "이제 나는 다시 길을 바로잡어 나가지 안흐면 안 된다."고 다짐하는 대목은 일종의 민족적 알레고리로 읽힌다.

지금 하웅과 산책 중인 여인은 '제삼의 여자'이다. 그에게는 두 명의 여인이 더 있었다. 첫 번째 여인은 하웅을 "배반한 계집"이다. 하웅이 경영하던 카페 '마로니에'의 마담이던 그녀는 어느 사내를 따라 가출을 했다가 버림받은 후 두 달 만에 하웅 앞에 다시 나타난다. 그렇지만 덕수궁이 사라져 버린 '대한제국'의 과거의 흔적만을 간직하고 있듯, 가출한 여인이 돌아올 곳은 더 이상 남아 있지 않다.

두 번째 여인은 시골서 하웅을 기다리고 있는 처녀이다. "올에 스물

하나, 시골서 이미 혼기(婚期)가 지난 처녀는 열아홉 살 때부터 오즉 하웅에게만 마음을 허락하고 그리고 그가 돌아오기를 고대하고" 있다. 그녀는 식민지 도시 경성에서 멀리 떨어진 공간인 '시골'에 살고 있다. 그곳은 하웅의 고향이기도 하다. 하웅은 오탁에 물든 이제까지의 생활을 완전히 청산하기 위해서, '생명의 세탁'을 위해서 경성을 벗어나야 한다고 생각한다. 그러나 문제는 그녀에 대한 하웅의 감정이 사랑이 아니라는 사실에 있다. 하웅은 의리에 강요받은 감정이, 가히 순수한 사랑일 수 있을까라고 반문하며, 사랑 없는 결혼은 자기 자신을 불행하게 함은 물론 순진한 처녀의 꿈까지도 깨뜨려 버릴지 모른다고 우려한다.

하웅은 세 여인과 그들로 각각 대변되는 식민지 조선의 세 층위의 공간적 가치들—경성, 한성, 시골— 사이에서 선택의 기로에 놓여 있다. '제삼의 여자'의 집은 "포목점과 경구장 사이의 깊은 골목" 안에 위치해 있다. 이는 전신주 사이에 "음침하게 울적하게 다처잇는 문"인 건극문과 대조를 이룬다. 하웅은 그 공간 속으로 들어가지 못한다. 그가 "조곰 더 가면 안 되나"라고 묻자, 그녀는 단호하게 "안 돼!"라고 거부하는 것이다. 건극문도 닫혀 있기는 마찬가지다. 그는 결정불능의 상태에 놓여 있으며, 마음대로 나아갈 수 없는 '마비된 상태'에 놓여 있는 것이다.

교남동(橋南洞) 서쪽으로 양복점과 포목점 사이에 잇는 '경구장'(競球場) 안에는 언제나 마찬가지로 사람들이 모여 잇고, 그리고 한 '께임'이 끗날 때마다,

"오-사까 이찌."(오-사카 나시)

"후꾸오까 니."(후꾸오까 나시)

"게이조- 상."(게이조- 상)

"규-슈 시."(규-슈 시)

"다이렌 고."(다이렌 나시)

그러한 종류의 소리가 그들에게 들려 왔다.[63]

박태원은 작품에서 종종 놀이 장면을 통해 당대적 정황을 알레고리로 제시하곤 했다. 경구(競球)는 당시 유행하던 일종의 노름이다. 이 대목에서 소설의 지평은 '정동-경성-조선'의 제유적 차원으로 확장된다. 경구 놀이판에서는 오사카(大阪)와 후쿠오카(福岡) 등의 일본 내 도시들뿐만 아니라, 중국의 다렌(大連)과 조선의 '게이조', 즉 경성(京城)까지도 하나의 판세 속에 재현된다. 하나같이 일본 제국의 세력권 내 도시들이다. 이러한 식민지적 현실은 남녀 주인공이 오늘 처음으로 '방송국 가는 길'로 들어섰던 장면과 병치되면서 의미를 갖는다. 조선 최초의 방송국인 경성방송국의 호출부호 'JODK'가 도쿄(JOAK), 오사카(JOBK), 나고야(JOCK) 다음으로 개국했다고 해서 붙여진 사실에서 알 수 있듯, 경성은 이미 일본 제국의 한 지방 도시로 전락해 있었던 것이다.

하웅이 지속적으로 서울을 떠나려 시도하는 대목은, 일제의 직접적인 세력권에서 벗어나고자 하는 그의 욕망을 보여 준다. 그는 "나는 혼자서 서울을 떠나려 하오. 집으로 돌아가려 하오."라고 되풀이해 말하지만 끝내 '경성'을 벗어나지 못한다. 작품에서 반복적으로 언급되는 '동물원'은 하웅이 처한 진퇴양난의 상황을 상징적으로 보여 주는 것이다.

63 박태원, 「애욕」 제3회, 《조선일보》, 1934. 10. 9.

"가면, 어듸루?"

"갈 데야 만치. 오래간만에 절밥을 먹으러 나가두 조쿠 ……."

"참, 그거 조쿤. 또 ……."

"또 가까이 동물원엘 가두 조치. 참 얘 멧 시냐, 지금."

"세 시 오 분 전입니다."

"여보, 동물원엘 갑시다. 참, 좀처럼 구경 못 할 거 구경시켜 주께."

"무어게?"

"사자, 호랭이, 표범, 곰 그런 것들 쇠고기 뜨더먹는 거 언제 봐ㅅ겠소? 참 볼 만하지. 으르렁 그르렁거리구, 이른바 맹수의 야성(野性)–."

"딴은 참 볼 만하겟군."[64]

「애욕」의 서사 진행이 반복적으로 지체되고 있음을 발견할 수 있다. "갈 데야 만치."라고 주고받는 대화와 달리, 등장인물들은 번번이 무엇인가에 의해 가로막힌다. 구보는 하웅에게 '사자 점심 먹는 구경'을 가자고 세 차례나 조른다. 그렇지만 특별한 이유 없이 끝내 동물원에 가지 못한 채 소설은 끝나고 만다. 또한 하웅은 경성을 벗어나 고향으로 돌아가려고 반복해 시도하지만 끝내 성사시키지 못한다. 그러니까 그들의 삶 또한 현실로부터 결코 벗어날 수 없다. 소설의 등장인물들은 마치 거대한 '동물원'의 내부 깊숙이 위치하는 것처럼 보인다. 식민 통제 사회는 동물원의 구조와 유사하며 피식민인들은 동물원의 짐승들처럼 '자기 영토에 갇힌 자'들이다. "사자, 호랭이, 표범, 곰" 같은 외국의 공사관들에 둘러싸인 궁궐[덕수궁]도 따지고 보면 마찬가지다. 대한

64 박태원, 「애욕」 제4회, 《조선일보》, 1934. 10. 10.

제국의 궁궐[창경궁]은 이제 야수들이 가득한 동물원[창경원]이 되어 버렸다.

부재의 형태로 암시되는 결말

「애욕」 제3절에는 우리 문학에서 좀처럼 찾아보기 힘든 특이한 장면이 나온다. 여기에 등장하는 "교양 없는 네 사나이와 허영만을 가진 두 계집"들의 외양이 전부 서양의 '할리우드 영화배우'들의 모습에 빗대어 묘사되는 것이다.

> 가장 자신잇시 말하고, 반넘어 남아 잇는 '포-트랩'을 한숨에 들이켠 자는, '레지놀드 데니'가티 생겻다면, 응당 만족해할 께다. (…) 그리고 담배를 재터리ㅅ전에다 경박하게 탁 처서 재를 떤 것은 단발한 젊은 여자-양장(洋裝)은 신통지 안어도 그 둥글고 여유잇는 것이 어덴지 몰으게 복스러워 보이는 얼골은 일을테면 '콘스탠스 베넷트' 비슷하다. (…) 엽얼골이, 구태여 말하자면, '쪼-즈 랩트' 비슷하나, 어인 일인지 머리에다 왼통 붕대를 싸매고 있다. (…) 그러나 껌을 씹는 계집애 여페가 안저, 말업시 담배만 태우고 잇는 키 큰 자는, 이 키 큰 자는 그들 중에서는 그중 풍채가 나, '로버-트 몬고메리'를 제법 닮엇는데 역시 딸어 웃지 안코, 떠름한 얼골을 하고 잇다.[65]

레지널드 데니, 콘스탄스 베넷, 조지 래프트, 로버트 몽고메리 등은 1930년대 무성영화를 대표하는 할리우드 스타들이다. "혼자 안저 영

65 박태원, 「애욕」 제6회, 《조선일보》, 1934. 10. 12.

화잡지만 뒤적어리"는 구보의 시각에서 등장인물들이 묘사된다는 점에서, 이들의 모습이 잡지 속 배우들 사진과 '오버랩' 되었다고 볼 수 있다. 유명한 영화배우를 통해 등장인물들의 모습을 묘사하는 것은 독자들이 인물의 성격을 파악하는 데 도움이 되었을 것이다. 또한 그들의 이국적 외모는 당시의 서구지향 의식을 반영하는 효율적인 장치일 수 있다. 그러나 보다 중요한 사실은 이 대목이 양인촌으로 변한 정동 일대의 묘사와 접맥한다는 점이다. 공간의 이국화는 인물의 이국화, 즉 고유한 정체성의 상실과 밀접한 관련을 맺는다. 반면 하웅이 재현되는 장면은 이와 다르다. 구보의 시선으로 묘사되는 다른 인물들과는 달리 하웅은 이 인물들의 대화 속에 간접적으로 재현되기 때문이다.

> "그래 그이가 웬 그러케 모던껄한테 연애 걸 용기가 잇나? 그 털보가 …… 똑 생김생김이 상산초인(上山草人)이야." (…)
>
> "그두 주ㄴ 말이지만, 그러면 상산초인만 버-얫게." (…)
>
> 저이끼리 무어라 쑥덕대고 비웃음을 가저 하웅 편을 보고 그러는 동안에 차츰차츰 대담해저서 '작자 불상허지!' '아무것두 몰으구 헛물키는 꼴이란 ……' '딴은 상산초인이야' '하릴업는 나카무라상이라니까그래?' 그리고 히히히히 …….[66]

> 구보는 마즌편 벽에 걸린 하웅의 자화상(自畫像)을 멀거니 발아보앗다. (…)
>
> 그것을 일러 주려다 말고, 구보는 다시 벗의 자화상을 발아보앗다. (…)

66 박태원, 「애욕」 제6~8회, 《조선일보》, 1934. 10. 12~14.

구보가 딱하게 어이업게, 마즌편 벽의 벗의 자화상만 발아보고 잇섯슬 때 종이 또 울엇다.[67]

「애욕」에서 하웅은 총 3회에 걸쳐 '상산초인(上山草人)'으로 묘사된다. 이 대목은 구보가 하웅의 '자화상'을 세 번 바라보는 장면에 대응된다. 기존의 논의에서는 "산과 숲에 파묻혀 사는 사람"[68] 등으로 해석하기도 했지만, 상산초인은 당시 할리우드에 진출한 유명 일본인 배우 카미야마 소진(上山草人)을 의미한다. 그러므로 영화배우를 닮은 인물들이 하웅을 조롱하는 대목은 전적으로 영화적 맥락에서 이해되어야 한다. 하웅은 자신의 모습을 '자화상'으로 재현했지만 다른 인물들에 의해서 "곡케이"(こっけい; 우스꽝스러운)라는 조롱을 받을 뿐 온전히 인정받지 못한다. 반면 그 인물들은 하웅을 일본인 배우 카미야마 소진에 비유하며 재현한다. 액자 속 하웅의 '자화상'은 벗어날 수 없는 그의 현실 상황을 미장아빔(mise en abyme)의 구조로 반영한다. 동물원 우리를 벗어나지 못하는 야수들처럼, 경구 게임 판의 구슬처럼, 혹은 액자에 갇힌 자화상처럼, 하웅은 경성의 식민지적 현실에 갇혀 있는 것이다.

식민지 도시 경성은 불분명해진 언어의 경계만큼이나 조선색채와 일본색채가 뒤엉킨 공간이기도 했다. 카미야마 소진이 할리우드 영화 속에서 아시아인 전체를 오리엔탈리즘적으로 대표하듯이, 서구의 시선에서 보면 일본과 식민지 조선은 쉽게 구분되지 않는다. 앞서 언급했듯이

67 박태원, 「애욕」 제4~5회, 《조선일보》, 1934. 10. 10~11.

68 천정환, 「작품해설: 식민지 모더니즘의 성취와 운명」, 『소설가 구보씨의 일일』, 문학과지성사, 2005, 439면

정동은 각국 공사관들로 둘러싸인 이국화된 공간이지만, 정작 정동에서 일본의 흔적은 쉽게 발견되지 않는다. 이는 일본이 다른 서구 열강과는 달리 당시 식민지 조선에 공사관을 두지 않았기 때문이다. 이 작품에서의 경성은 식민지 조선과 제국 일본이 구분 불가능할 만큼 한데 뒤엉킨 상태이다. 「애욕」에는 '일본'이라는 어휘가 "일본 술집 외등"이라는 대목에 한 차례 등장할 뿐이다. 이는 역설적으로 제국 일본의 지배력이 식민지 조선에 그만큼 만연해 있었음을 보여 주는 지표이기도 하다.

하웅은 세 여인으로 각각 대변되는 세 층위의 공간적 가치들—경성, 한성, 시골— 사이에서 끝내 어느 한 길을 선택하지 못한 채 방황한다. 결국 그는 편지를 씀으로써 자신의 결심을 공표하기에 이른다. 그가 구보 앞에서 공개적으로 "자기의 쓴 편지"를 읽음으로써, 이제 편지는 공적인 선언의 성격을 획득하게 된다.

> 나는- 나는 지금 사상적으로, 생활적으로, 예술적으로, 극도의 혼란(混亂) 가운데 있소. 때로, 고요한 자살(自殺)을, 나는 생각하기조차 하오. 그러나 길은 이제부터요. 나는 그것을 굿게 밋소. 그러키에 나는 인간계를 아름다웁게 볼 수도 잇거니와, 자연계를 아름다웁게 볼 수 잇는 것이 아니요.
>
> 지금 그대는 그대의 피비린내 나는 발자욱을, 이 황무지에 남겨 노려 하오. 이 얼마나 두려운 일이요. 천사는 아모곳에도 업구려. (…)
>
> 왼갓 것이 오유(烏有)로 돌아가고 말엇구료. 그러나, 나는 구태여 그대를 탄하려 안 하오. 그대를 원망하려 안 하오. 오히려 허물은 내게 잇슬께요. 그런 일에 익숙하지 못하엿든 내게 잇슬께요. 이제 나는, 나 한 사람

결석한 경기회가 얼마든지 성황이기를 빌어 마지아니하오.[69]

“왼갓 것이 오유로 돌아가고 말”았다는 하웅의 편지는, 하웅의 실제 모델인 시인 이상의 「오감도 시제15호」를 연상케 한다. 마치 ‘자화상’을 마주한 하웅처럼, 이 시의 화자도 ‘거울 속의 나’와 대면하고 있다. 또한 「시제15호」가 중도에서 연재가 중단된 연작시 「오감도」의 마지막 편임을 상기할 때, 연재 중단으로 좌절된 이상의 꿈은 그대로 「애욕」의 하웅에 이어진다고 할 수 있다.

하웅은 편지를 읽고 나서 “모든 것이 이제 끗낫소.”라고 선언하고 시골로 향하려 한다. 그러나 그의 ‘선언’은 두 상반된 메시지에 의해 시험대에 오른다. 하나는 이 편지에 대한 답장으로 보내 온 ‘제삼의 여자’의 ‘속달우편’이고, 다른 하나는 전신주 위에 붙어 있는 ‘편전지’ 한 장이다. 두 메시지는 각기 특정 지역들(‘원남동’과 ‘인사동’)을 가리키며 서로 대응하는 짝을 이룬다. 지금껏 하웅을 괴롭히던 공간 선택의 문제가 여전히 남아 있는 것이다. 그러나 이번에는 더 이상 지연시킬 수 없게 되었다. 지정한 시간이 주어졌기 때문이다. 9시 25분경에 시계를 보던 하웅은 “이제 두 시간과 오 분이 잇스면 자기는 오탁에 물들엇든 이제까지의 생활을 완전히 청산”하고 고향으로 돌아갈 수 있다고 생각한다. 그는 10시 30분에 구보를 만난 후 ‘경성’을 떠날 계획이다. 그때 한 통의 속달우편이 그에게 전달된다.

선생님을 뵈옵고 시퍼요. 하고 시픈 이야기도 만코. 오늘 열점 반 정각

69 박태원, 「애욕」 제12회, 《조선일보》, 1934. 10. 20.

에 원남동 륙교(陸橋) 아레서 기다리겟습니다.

선생님을 지극히 사랑하는 아이는 올림.[70]

'제삼의 여자'가 "열점 반 정각"에 원남동 육교 아래에서 기다리겠다는 메시지이다. 동일한 시각에 두 장소에 모두 나타날 수 없기에, 하웅은 하나를 선택하지 않으면 안 될 처지이다. 이제 경성을 벗어나 시골로 가든가 신작로로 대변되는 경성의 생소한 공간에 머물러 있든가를 선택해야 한다. '제삼의 여자'가 좋아하는 원남동 신작로는 1932년 창경궁과 종묘의 담장을 허물고 건설된 도로이다.[71] 서로 이어져 있던 창경궁과 종묘는 이 신작로로 인해 끊기게 되었다. 도로 상공에 걸쳐 있는 구름다리가 바로 원남동 육교이다. 원남동(苑南洞)은 1911년 창경궁이 창경원으로 격하된 뒤 생겨난 지명으로 창경원(昌慶苑)의 남쪽을 의미한다. 그러니까 '제삼의 여자'가 경도해 마지않는 공간은 대한제국의 폐허 위에 새로 세워진 현재적 공간인 것이다.

'제삼의 여자'를 만나기 위해 떠나는 허웅의 머릿속에는 "어머니의 얼골이 구보의 얼골이 자기를 사랑하는 왼갓 사람들의 얼골"[72]이 혹은 슬픔으로 혹은 애달픔으로 또 혹은 비웃음으로 명멸한다. 그는 일종의 죄의식을 느끼는 것이다. 그것은 어쩌면 예의 「오감도 시제15호」가 노래한 '거대한 죄'와 상응하는 것인지도 모른다. 그럼에도 불구하고 하웅이 '제삼의 여자'를 만나러 거리로 나서는 것으로 소설은 끝을 맺는다. 그렇지만 이러한 결말은 일종의 거짓 결말(fake ending)에 가깝다. 이미 작

70 박태원, 「애욕」 제13회, 《조선일보》, 1934. 10. 21.
71 「宗廟貫通道路 明日부터 開通」, 《동아일보》, 1932. 4. 21.
72 박태원, 「애욕」 제14회, 《조선일보》, 1934. 10. 23.

품 모두에 드러났듯, 애초부터 하웅에게 놓여 있던 선택의 길은 하나가 아니었다. 그가 그녀에게로 향하려는 순간마다 반복적으로 그의 길을 가로막은 또 다른 메시지가 있었던 것이다. 이와 같은 뒤틀린 형태로 나타나는 대체 결말은 기존의 서사를 예상하지 못한 방식으로 처음부터 재인식하도록 한다. 구보는 메시지를 "말업시 얼마를 듸려다보고 섯다가", "내일 밤차로 꼭 떠나"라고 하웅에게 당부하고, 하웅도 "역시 말업시 고개를 끄덕"인다. 결말부에서 하웅은 그 메시지를 다시 한 번 마주하고 "구할 길 업는 한숨을 토"한다. 그것은 전신주 위에 붙은 정체불명의 편전지였다.

> 나는 우리 어머니를 차즈려고 이 글을 썻스니 우리 어머니가 나를 차즈시려면,
>
> 경성부내 인사동 백십구번지
>
> 京城府內 仁寺洞 百十九番地
>
> 로 오시기를 바라나이다.
>
> 개평 함육례(咸六禮)[73]

여기서 이 정체불명의 편전지가 담고 있는 의미를 면밀하게 살필 필요가 있다. 박태원은 동시대의 경성을 면밀히 관찰하여 사실적으로 재현해 왔다. 예를 들어, "정동 十三번지, 양인의 집 외등에는 전구(電球)가 업섯다."라는 대목에서, 이 '양인(洋人)'은 동일한 주소지에 당시 실제로 거주한 선교사 언더우드(H. G. Underwood)를 의미한다. 그렇다면

73 박태원, 「애욕」 제12회, 《조선일보》, 1934. 10. 20.

이 편전지에 적힌 주소 "경성부내 인사동 백십구번지"도 실제로 누군가의 주소를 가리키고 있을 가능성이 높다. 그리고 이 편전지가 '제삼의 여자'의 속달우편과 대칭적 관계임을 고려하면, 이 장소는 '신작로', '원남동' 등과는 대척되는 대칭적 의미 공간일 가능성이 높다. 당시 경성부 인사동 119번지에는 이순옥이라는 여학생이 살고 있었다.

> 문: 성명, 연령, 신분, 직업, 주거 및 본적지는 어떠한가.
>
> 답: 성명은 이순옥.
>
> 연령은 18세(1913년 3월 18일생)
>
> 신분은--
>
> 직업은 무직
>
> 주거는 경성부 인사동 119-1번지
>
> 본적은 함북 경성군 오천면 승암동 번지 미상[74]

이순옥은 1930년 1월 서울 시내 여고보와 여학교의 학생들이 중심이 되어 일으킨 '서울여학생만세운동'의 주동자이다. 그녀는 자신의 집(경성부 인사동 119번지)에서 동료들과 만세 운동에 사용할 깃발과 전단을 제작했다고 진술했다. 여기서 이 텍스트 모두에서부터 서술자가 반복적으로 시간을 거슬러 오르려고 시도한 이유를 알게 된다. 또한 작품의 서사와 직접적인 관련이 없어 보이는 경성지방법원, 감영, 이화학당, 이화여고보, 이화여자전문학교, 노서아 영사관 등의 공간지표들이 상세

74 「서울여학생만세운동」, 『문화원형백과』, 한국콘텐츠진흥원(www.culturecontent.com), 2004 참조.

히 묘사된 까닭도 알게 된다. 여학생 이순옥의 당시 나이는 하웅과 산책한 '제삼의 여자'와 동갑인 "열여덟"이었다. 그녀는 '서울여학생만세운동'의 주동자로 경성지방법원에서 재판을 받고 서대문형무소에 수감되었다. 그녀는 이화여고보의 시위에 사용할 깃발을 제작한 학생이다. 정동에 있는 러시아 영사관 입구에서 펄럭거리고 있는 기에 낫과 도끼가 그려져 있는 것을 보고 러시아 깃발과 사회주의적 구호가 적힌 '삐라'와 적색 격문 100여 장을 제작했다. 서사에서 직접 묘사되지 않는, 그리고 묘사될 수 없는 공간인 '경성부 인사동 119번지'는 일종의 서사적 블랙홀로서 텍스트의 중심축이다. 「애욕」에서 하웅이 걸었던 그 산책로는 불과 몇 년 전까지만 해도 대한제국의 꿈이 살아 꿈틀거린 공간이며, 일제에 대한 저항 운동이 있었던 공간이기도 하다. '서울여학생만세운동'의 이순옥이라는 존재는 텍스트 내에 직접 언급되지는 않는, 말하자면 부재의 형태로 암시적으로 몸을 드러내어 보일 뿐이다.

3. 이역 공간(남촌)과 불완전한 재현: 『금은탑』

박태원의 작품들에서 경성은 과도할 정도로 세부적으로 묘사되지만, 특정 공간에 관해서는 충분하게 재현되지 않거나 거의 언급되지 않는 경향이 있다. 경성 내 일본인 집단 거주지역인 '남촌'과 일본군 주둔지역인 '용산' 등이 불완전하게 재현되는 대표적 공간이다. 모더니즘 문학에서 형식주의적 경향이 강화되고 내용 측면에서 정치적 문제들이 드러나지 않는 것은 거대한 제국 체계의 재현 불가능성과 밀접한 관련이 있다. 기존의 리얼리즘적 형식으로는 제국을 총체적으로 재현하는 것이 불가능하며, 이러한 국민국가의 범위를 넘어서는 재현 불가능한 공간을 표현하기 위해 등장한 것이 모더니즘 문학의 독특한 기법과 스타일이다. '의식의 흐름'과 '콜라주' 등 모더니즘 기법은 리얼리즘 문학의 기존 방식으로는 재현할 수 없는 대상들을 표현하기 위한 새로운 시도였다.

경성의 '남촌'은 조선인 작가들이 쉽게 이해하거나 재현할 수 없는 '이역(異域) 공간'에 해당한다. 그러한 현상이 가장 두드러지게 나타난 것은 경성을 무대로 한 탐정소설 혹은 추리소설에서였다. 탐정소설은 근대 경찰 조직의 형성과 밀접한 관련이 있으며 통제 가능한 도시 공간을 필요로 한다. 그렇지만 식민지 시기 조선인들은 범인을 추적할 만한 통제 능력을 가질 수 없었다. 조선총독부의 경찰 조직을 거의 활용할 수 없었던 조선인 탐정들은 대부분 '아마추어' 수준을 넘어서지 못했으며, 일본인 거주지역인 남촌은 제대로 접근조차 할 수 없었다. 그래서 경성을 무대로 한 탐정소설에서 조선인 탐정들은 범인들을 남촌 부근에서

그림 2-5 경성 남촌(Ⓒ-1) 지도 본정, 명치정, 황금정
(출처: 서울지도 홈페이지http://gis.seoul.go.kr/)

종종 놓치곤 한다. 그들은 남촌 안으로 숨은 범인들을 더 이상 추적하지 못했으며 남촌은 이들이 다가갈 수 없는 미궁(迷宮)과도 같은 공간이 되었다.[75]

남촌은 크게 세 구역으로 구분할 수 있다(그림 2-5). 엄밀하게 말해, 남촌의 모든 구역이 재현되지 못한 것은 아니었다. 우선은 본정, 명치정, 황금정 등의 상업지구로 백화점, 카페 등 근대적 문물을 접할 수 있는 번화가 지역이 있다. 이 구역은 일본인뿐만 아니라 조선인들도 쉽게 접근할 수 있는 '접촉 지대'로, 소설 텍스트에서도 비교적 자주 재현되는 곳이다. 접촉 지대는 제국주의에 의해 역사적·지리적으로 떨어져 거주하는 식민지배자와 피식민지인이 조우하고 지속적인 관계를 맺게 되

75 권은, 「식민지 도시와 탐정소설의 이율배반」, 『미스테리아』 제13호, 2017 참조.

는 공간을 의미한다. 이 일대에서는 대립적인 세력들이 서로 만나게 됨에 따라 종종 불평등한 관계가 가시화되거나 갈등이 첨예화되기도 한다. 두 번째로는 신정(新町, 현재의 묵정동)과 병목정(竝木町, 현재의 쌍림동) 등의 유곽지대가 있다. 이 구역도 매춘과 관련하여 작품 속에 종종 등장한다. 이렇듯 남촌의 상업지구와 유곽지대는 일본인과 조선인들이 민족 구분 없이 종종 조우할 수 있었던 공간이라는 점에서 일종의 접촉지대이다. 마지막으로 이 두 구역을 제외한 지역으로, 일본인들이 집단으로 거주하는 주거지역이 있다. 북미창정, 앵정정, 약초정, 주교정, 봉래정, 영락정, 대화정, 남산정, 화원정, 광희정, 욱정 등이 여기에 속하는데, 이 일대는 한국 근대 소설에서는 거의 재현되지 않았다.

그렇다고 해서 남촌의 주거지역을 재현하는 것이 원천적으로 불가능한 것은 아니었다. 다만 조선인 작가들에게 너무나도 낯설고 익숙지 않은 공간이기에 소설 속에 쉽사리 등장하지 않았던 것이다. 몇몇 예외적인 작품은 남촌의 주거지역을 소설의 주요 무대로 설정하기도 했다. 염상섭의 『삼대』(1931)에서는 북미창정(北米倉町, 현재의 북창동)이 중요한 장소로 등장한다. 조상훈이 첩 홍경애의 살림집을 마련해 준 곳으로, "눈이 무섭고 하니까 급한 대로 북미창정 집으로 숨겨 버린 것"이다. 조선인들의 접근이 수월치 않다는 점을 이용해서 조상훈이 첩의 살림집을 남촌에 비밀리에 차려 준 것이다. 이 구역이 익숙지 않은 아들 덕기는 "처음 오는 길이라 다시 찾아 나가기도 어려울 것" 같다고 말한다. 염상섭의 「남충서」(1927)에서는 남산정(南山町, 현재의 남산동)이 첩의 살림집으로 나온다. 남상철은 일본인 첩 미좌서에게 남산정에 살림집을 차려 주고, 그들 사이에서는 아들이 태어난다. 미좌서는 "이왕 그렇게 된 바에야 불편하고 서투른 조선식 살림보다는 남산정"의 일본식 주택이 편하다고 여긴다. 이처럼 조선인들이 쉽게 접근할 수 없는 남촌의 주거지역은 일본 색채가 강한 곳이었다. 박태원의 『금은탑』은 조선인들의 눈을 피하기 위해 일본인 주거지역인 '앵정정(櫻井町, 현재의 인현동)'에 본부를 두고 활동한 유사종교단체 백백교(白白教)의 범죄 사건을 다루고 있다.

백백교와 남촌, 그리고 일본 제국주의

『금은탑』은 본래 '우맹(愚氓)'이라는 제목으로 1938년 4월 7일부터 이듬해 2월 24일까지 총 219회에 걸쳐 《조선일보》에 연재된 작품으로, 1949년 일부 내용을 수정한 후 개제(改題)하여 출간되었다. 박태원은 이 작품을 집필하기 위해 평안도 등으로 현지답사를 다녀왔을 정도로 공을 들였다. 이 작품은 당대 충격적인 사건 중 하나였던 '백백교 사건'을 정면으로 다루었으며, 주 무대인 '앵정정1정목 49번지'는 백백교의 본부가 실제 위치했던 역사적 장소이다. 30여 년 동안 사기, 갈취, 부녀자 유린, 살인 등 흉악 범죄를 저지르면서도 이 유사종교 집단이 암약할 수 있었던 것은, 백백교 본부가 조선인들이 쉽게 접근할 수 없었던 식민지 도시 경성의 '이역'인 남촌 주거지역 내에 위치했기 때문이다.

『금은탑』에서 남촌 본부를 중심으로 활동하는 백백교 세력과 교주의 아들 김학수 등은 여느 조선인들과는 외양과 풍기는 분위기가 판이하다. 남촌이 경성 안의 낯선 공간이듯, 그들 또한 조선인이면서도 조선인답지 않은 경계적 인물들인 것이다. 중심인물 김학수는 백백교 교주의 아들이지만 자신의 정체를 숨긴 채 북촌에서 살아가며 남촌과 평안도 일대를 반복적으로 왕복한다. 그의 반복적 이동이 이 소설의 중심서사를 이루는데, 그의 동선을 따라 이질적 공간들—남촌, 북촌, 시골(평안도)—이 하나의 장에 통합된다. 남촌이 '작은 동경(東京)'으로 불릴 정도로 일본화된 공간이라고 할 때, 유사종교 백백교는 제국 이데올로기의 중심이자 유사종교적 성격을 지닌 일본 천황제 파시즘의 축소판이라 할 수 있다. 남촌을 중심으로 동심원으로 퍼져 나가는 공간구도는 제국의 알레고리가 된다. 이를 통해 『금은탑』은 식민지 조선의 전체적인 낙후와 가난이 제국 중심부의 '금은탑' 남촌의 폭력적 착취와 경제적 강탈에 기인함을 암시하고 있다.

김학수의 아버지이자 절대권력의 백백교 교주로 "풍채와 기골이 범상치 않은 사나이"[76]인 전영호는 어리석은 조선 민중들의 토지, 재산, 부녀자, 심지어 이름까지도 강탈해 부귀영화를 누린다. 백백교는 머지않은 미래에 조선 천지에 거대한 홍수가 발생하여 조선인들은 멸종할 것이라는, 일종의 멸망설을 유포해 우매한 조선 민중을 현혹한다. 이들이 착취의 대상으로 삼은 것은 오직 조선인들이었다. 교도들에게 교주는 생사여탈권을 갖고 절대적인 명령을 내리는 존재인 것이다. 교도들은 교주에게 복종하지 않으면 죽음을 맞게 될 것이라고 믿는다. 일본인 지역에 본부를 두고 조선인만을 대상으로 착취를 일삼는 이 유사종교단체의 특성은 자연스럽게 제국 일본과 '국가 부권주의'를 표방한 천황제 파시즘을 떠올리게 한다. 백백교는 교주를 중심으로 근동위, 벽력사, 대명좌사, 호명령, 북두사자, 법부도사 등의 간부들과 평신도로 구성되며, 각 간부들은 갑, 을, 병 등 위계적으로 구분된 수직적 구조를 취한다. 강박적으로 대원님(교주)께 충성 맹세를 반복하는 교도들의 모습은 같은 시기 시행된 일제의 '황국신민서사'를 소리 내어 외우던 사람

76 박태원, 『금은탑』 1, 깊은샘, 1997, 68면

들의 모습과 다를 바 없다.

제국 일본은 만세일계(萬世一系)의 천황이 일시동인(一視同仁)하여 다스리는 유사종교적 천황제 국가를 표방하면서도 식민지에 대한 동화와 차별의 이중적인 황국식민화 메커니즘을 작동시켰다. 피식민 조선인들은 '신민자연의 상태', 즉 신민 자격을 취득했지만 시세(時勢)와 민도(民度)에 따라 아직 공권 자격이 없는 존재로 간주되었다.[77]

문제는 식민지 조선의 경우 단일국가로서의 오랜 전통을 유지하고 있었고 자신들만의 국체(國體)인 '왕'(황제)을 갖고 있었다는 점이다. 실질적으로는 일제의 식민지로 전락했지만, 제1차 한일협약(1904) 때까지도 조선은 명목상 여전히 독립국가의 지위를 갖고 있었다. 따라서 제국 일본의 천황과 식민지 조선의 황제는 양립 불가능한 '두 명의 국체'일 수밖에 없었다. 『금은탑』에서 두 명의 아버지가 등장하는 것도 그러한 맥락에서이다. 김학수의 두 아버지는 백백교 교주 전영호와 '거리의 철학자' 김윤옥이다. 전영호가 제국 일본의 천황에 대응한다면, 김윤옥은 대한제국의 잊힌 황제를 은유하는 것으로 그려진다. 김윤옥은 백백교 세력에 전 재산과 부인을 빼앗기고 심지어는 자신의 '이름'마저도 빼앗겨 버린다. 전영호는 자신의 신분을 감춘 채 대외적으로는 김윤옥으로 위장하고 살아가며 자신의 아들을 김윤옥의 호적에 입적시키기까지 한다. 3·1운동이 발발한 1919년에 백백교에 모든 것을 빼앗기고 실성하여 소식이 끊겼던 김윤옥은, 15년이라는 긴 시간이 지나 홀연히 경성의 한복판에 나타나 불합리하게 빼앗겼던 것들을 되찾으려 한다. '거리의 철학자' 김윤옥을 비롯한 수많은 피식민 조선인이 강탈당한 것을 되찾

77 문준영, 『법원과 검찰의 탄생』, 역사비평사, 2010, 311면 참조.

기 위해 경성으로 하나둘 모여 들면서 결국 백백교는 자멸하게 된다.

백백교는 남촌 앵정정의 본부를 중심으로 수창동(需昌洞, 현재의 내수동), 관철동, 연근동, 이화동 등 북촌 20여 군데에 '첩'의 살림집을 두었으며, 양평, 용인, 연천, 김화 등에 '기도처'를 두었다. 곧 남촌 본부를 중심으로 북촌과 식민지 조선 각지가 방사형 그물망 형태로 연결된 중앙집권적 구조를 취한 것이다. 당시 경성 내부는 전차망에 의해, 식민지 조선 전체는 철도망에 의해 통합되어 있었다. 이러한 구조는 곧 천황이 거주하는 제국의 중심지 동경을 중심으로 대만, 조선, 사할린 남부, 남양군도, 만주국 등의 식민지를 방사형으로 거느린 제국 일본의 축도라 할 수 있다. 대동아공영권(大東亞共榮圈)은 황도(皇道) 이데올로기에 입각해 일본 본국을 중심으로 동심원적으로 확대되는 계층적 질서를 의미한다.

백백교 교주 및 간부들의 첩(妾)은 피식민 조선인 부녀자들이었다. 백백교 세력은 미혼, 기혼 여부를 따지지 않고 수십 명의 조선 여성을 자신들의 첩으로 삼았다. 첩은 일부일처제에서 법률적 존재가 아니다. 백백교 세력이 과도할 정도로 여성을 탐닉하는 모습은 식민지 수탈을 통해 끊임없이 물질적 부를 집적하는 제국 일본의 탐욕을 은유한다. 조선인 첩들은 교주의 법률적인 처가 아니며, 따라서 교주의 공간인 남촌에도 머물 수 없다. 그럼에도 등장인물들은 '첩'을 '처'와의 관계에 빗대어 이야기한다. 이러한 처와 첩의 관계는 제국 일본에서의 내지인(일본인)과 외지인(조선인)의 법률적 위상에 대한 비유라 할 수 있다. 교주는 "교도를 친자식과 같이 사랑"한다고 하지만, 그에게 친자식은 김학수밖에 없다.

『금은탑』에서 남촌 구역을 자유롭게 왕래할 수 있는 조선인은 백백교 간부들뿐이다. 평교도들조차도 대원님이 계신다는 본부의 정확한 위치는 알지 못한다. 따라서 일반 조선인들이 본부에 접근하기 위해서는 백백교 간부의 안내를 받거나 그들을 미행하는 수밖에 없다. 텍스트에서 백백교 본부가 처음 묘사되는 것은 백백교 대사(大師)인 '매부리코' 구경득이 본부를 찾아가는 장면에서이다. 그는 북촌에서는 '금전꾼'으로 위장한 채 살아간다. 그는 전차를 타고 앵정정 정류소에 내려 본부를 향한다. 우선 앵정정1정목에 위치한 일본인 전용극장 '대정관(大正館)' 골목으로 들어선다. 여기서부터 남촌이 본격적으로 묘사되기 시작한다.

> '가마보꼬'·'뎀뿌라' 냄새가 사뭇 풍기고, '게다'짝 소리가 제법 소란한 그 길을 그대로 조금 올라 가느라면, 바른편 골목 모퉁이에 '삼국상점'(三國商店)이라는 과일가게가 있다.[78]

여기서 특이한 것은 남촌 묘사 장면에서 시각적 정보가 거의 주어지지 않는다는 점이다. 가마보꼬와 뎀뿌라의 후각 이미지와 게다 소리의 청각 이미지가 주로 제공된다. 일본의 전통음식 냄새와 고유 복식 소리만이 그곳이 일본화된 공간임을 알려 준다. 후각을 통한 인상은 쉽게 형언할 수도 추상화할 수도 없다. 그것은 직감적인 공감 혹은 반감을 불러일으키기 때문에 동일한 지역에서 살아가는 두 인종 사이를 분명하게 구분 짓는 역할을 맡기도 한다. 후각은 인간의 지적인 사고나 의지로는 거의 통제할 수 없는 본능적인 감각이다.[79] 한편 청각은 가장 수

78 박태원, 『금은탑』 1, 깊은샘, 1997, 47면
79 게오르그 짐멜/김덕영 역, 『짐멜의 모더니티 읽기』, 새물결, 2005, 170면 참조.

동적인 감각 중 하나이다. 사람들은 들려오는 소리를 듣지 않을 수 없다.[80] 이처럼 남촌은 시각 이미지 대신 후각과 청각 이미지에 의해 조선인들을 감각적으로 압도하는 공간이 된다. 한편 그곳을 지나 한 일본맥주회사 직영점인 '기린 비어홀'에 못 미쳐 옆의 골목에 들어서면 비로소 백백교의 본부가 나타난다.

> 이 골목을 들어설 때면 구경득은 언제나 일종의 흥분과 긴장을 저도 모르게 느낀다. 양 옆에 살풍경하게 늘어선 나무 판장집을 지나 좁은 골목 안에 아주 깊숙하니 들어앉은 막다른 집-, 그 근처에서 단지 한 채인 이 조선 기와집 안에 대체 어떠한 사람이 살고 있는 것이며 이곳을 드나드는 사람들이 무엇을 하는 이들인지, 그것을 아무도 아는 사람이 없구나 하고 생각을 하면 그의 입가에는 세상 사람들의 어리석음을 비웃는 가만한 웃음조차 제풀에 떠오르는 것이다.[81]

남촌의 중심부인 앵정정 골목 깊숙이 들어선 유일한 조선 기와집이 곧 백백교 본부이다. 일본식 건물로 즐비한 이곳 앵정정 안에서 조선 기와집은 이질적인 풍경이 된다. 뎀뿌라 냄새와 게다 소리가 나는 공간 깊숙이 비밀스럽게 자리한 백백교는 그래서 오랜 시간 동안 자신의 정체를 조선인들에게 숨길 수 있었다. 박태원이 시각적 이미지에 의지해 동시대 시공간을 묘사하는 고현학적 방법론을 발전시켰다는 점을 상기할 때, 이러한 방법은 매우 예외적임을 알 수 있다. 이처럼 남촌을 대상

80 미셸 푸코/심세광 역, 『주체의 해석학』, 동문선, 2007, 361면 참조.

81 박태원, 『금은탑』 1, 깊은샘, 1997, 47~48면

화한『금은탑』은 비가시적으로 현존하는 타자(他者)인 일본인 세력을 재현하기 위해 청각과 후각의 이미지들을 넘쳐 나게 활용한다.

홀로 추방당한 존재

『금은탑』은 가시적으로 드러나지 않는, 말하자면 지도 밑에 숨겨진 실체를 드러내려는 폭로의 이야기이다. 백백교의 견고한 권력은 그들의 실체가 식민지 대중에게 드러나지 않았다는 사실에 기인한다. 일본인의 집들에 둘러싸인 백백교 본부는 해자나 연못 등으로 둘러싸인 서구 고딕소설에 나오는 중세의 성(城)과 같은 음산한 분위기를 풍긴다.[82] 고딕소설은 현재의 순간이 순식간에 공포스럽게 변하는 것이 주요 특성인데, 그러한 공포의 근본적인 원인은 동시대의 합리성으로는 도저히 파악할 수 없는, 야만적이고 무질서하며 무시무시한 광기가 지배했던 과거로부터 온다. 말하자면, 과거의 원죄(原罪)가 현재를 공포로 몰아넣는 것이다. 『금은탑』에서 "눈에 살기가 가득"한 교주의 모습이 소름 끼치는 '요귀'처럼 묘사되는 장면과 그가 '간천엽' 등을 즐겨 씹어 먹는 모습도 이러한 공포스러운 분위기를 강화한다.

백백교 본부는 외부인의 출입을 엄격하게 제한할 뿐만 아니라 반투명 유리를 통해 외부를 항상 감시한다. 본부 안의 행랑방 미닫이문에 유리 조각이 붙어 있어 밖에서 안을 살피기는 용이하지 않지만 안에서 밖을 내다보기는 쉬운 구조로 되어 있다. 그곳에서 간부들은 본부에 들어서는 이들을 부지런히 경계하고 있다. 간부들이라 하더라도 교주를 직접 대면하는 것은 용이하지 않다. 본부의 내부는 말 그대로 미로(迷路)의

82 Peter Brooks, *The Melodramatic Imagination*, Yale University Press, 1976, p. 19 참조.

형태를 취하고 있다. 좀처럼 시각적으로 재현되지 않는 것은 교주의 경우도 마찬가지다. 교도들이 반드시 지켜야 하는 수칙 가운데에는 "절대로 대원님의 얼굴을 치어다보지 말 것"이라는 항목도 포함되어 있다.

김학수는 백백교 교주 전영호의 아들임에도 정작 백백교의 자세한 내막은 알지 못한다. 또한 그는 가급적 아버지로부터 거리를 두고 싶어 한다. 김학수는 북촌 계동에서 하숙을 하며 자신의 정체를 숨긴 채 살아간다. 그 역시 남촌에 위치한 백백교 본부에 자유롭게 접근할 수 있는 것은 아니다. 그는 백백교 간부의 안내를 받아 본부에 들어갈 수 있다. 소설 속에서 김학수가 처음으로 본부에 방문하는 시기는 '음력 정월 초하루'이다. 이 시기는 경성의 두 도시구역인 북촌과 남촌의 시간성이 극명하게 엇갈리는 때이다. 북촌의 조선인들은 전통적인 '음력 설'을 쇠지만, 남촌의 일본인들은 법정력인 '양력 설'을 쇠기 때문이다. "음력 정월 초하루라고 신문사가 놀지는 않을 터"라는 표현이 등장하는 이유도 그 때문이다. 이 시기에 경성 내 조선인과 일본인들 간 민족적 정체성이 가장 명시적으로 드러나게 된다. 주목할 것은 백백교 교주의 아들인 사실을 감춘 채 북촌에서 살아가는 김학수이다. 그는 조선 최대의 명절인 '음력 설'을 하루 앞둔 선달 그믐날에 하숙집 명절 준비를 돕다 예기치 않은 부상을 당하고, 이로 인해 조선인들만의 공간에서 상징적 차원의 추방을 당하게 된다.

> 순동이가 온통 골목 밖에 나가서,
>
> "너 우리 집에서 떡 친다 떡 쳐. 인절미 허는 거야, 인절미."
>
> 하고, 자랑 가득한 선전을 하여 놓은 통에 동리 안의 조무래기들이 대여섯이나 앞마당으로 몰려 들어와 떡치는 소리 말고도 집 안이 제법 부산하

였다.

그러한 중에 학수 하나만은 홀로 방 안에가 들어앉아, 잡지를 뒤적거리고 있다. 책장을 넘기는 바른손 엄지와 검지에 붕대를 쳐맨 것은, 아침에 불에다가 손가락을 덴 까닭이다.

모두들 바쁘게 일하는데, 자기 혼자만 손님 행세를 하고 있기도 얼마쯤 마음에 거북하였거니와, 또 반은 장난도 삼아,

"어디, 내가 좀 해 볼까요? 아주머니."

지짐개질 하는 옆으로 다가가려니까, 신씨가 채 아무 대답도 하기 전에, 마악 장을 보고 돌아온 차문달이가,

"아따, 양반댁 데련님은 데련님답게 점잖게 계시지 않구 ……. 무어 지짐개질은 쉬운 줄 아나?"

객쩍은 말을 한 마디 하기 때문에, 학수는 도리어 반감이 생겨, 고집을 피다시피하여 신씨와 자리를 바꾸어 앉았다.

그러나 뜰로 내려간 주인 아주머니가 소댕 밑을 들여다보고,

"아마 불이 다 사웠나 본데 뜬숯 좀 더 넙시다."

부삽에다 뜬숯을 하나 가득 담아 가지고 오는 통에 잔뜩 불에 달은 소댕 전을 그만 모르고 들어 정작 간저냐 한 조각 못 부쳐보고 제 방으로 돌아와서 약을 바른다, 붕대를 싸맨다, 대체 그런 모양 흉할 데가 없었다.[83]

'음력 설' 준비로 모두 부산할 때, 조선인들과 어울려 명절을 준비하려던 '손님' 김학수는 불의의 사고로 방안에 홀로 남겨진다. 상징적 차원이지만 그는 조선인들이 하나의 공동체에 통합되는 축제적 시간대에

83 박태원, 『금은탑』 1, 깊은샘, 1997, 63~64면

홀로 '추방'당하고 마는 것이다.

이 부분은 재경 일본인 작가 다나카 히데미쓰(田中英光)가 경성을 배경으로 쓴 『사랑과 청춘과 생활(愛と青春と生活)』(1946)의 한 대목과 겹쳐 읽을 수 있다. 이 작품의 중심인물인 일본인 주인공 '나'는 경성 신사로 올라가는 남산 입구 바로 우측 어성정(御成町, 현재의 남대문로) 부근에서 하숙을 하며 생활한다. 어성정은 앵정정과 더불어 경성에서 일본식 문화주택이 가장 많이 자리 잡은 동네 중 하나다. 주인공의 일상적인 동선은 남촌과 북촌의 접촉 지대인 본정과 명치정 등의 상업지구와 신정과 미생정(彌生町, 현재의 도원동) 등의 유곽지대를 벗어나지 않는다. 그러던 어느 날 '나'는 과음을 한 상태에서 자신도 모르게 경성의 내부경계를 넘어 조선인들이 사는 북촌으로 진입하게 된다. 그리고 '나'는 싸움에 휘말려 팔이 칼에 찔리는 중상을 입고 입원하게 된다. 이처럼 소설 속에서 경성의 북촌과 남촌 사이의 내부경계를 넘어서는 것은 사회적 묵계를 위반하는 행위로 주인공의 신변에는 위험이 뒤따른다.[84]

『금은탑』의 김학수는 태생 자체가 비밀로 가득하며, 외양부터 일반 조선인과는 다소 차이가 나는 이국적인 모습으로 묘사된다. 을묘생(乙卯生; 1915년)인 그는 자라긴 서울서 자랐어도 원래 함경도 태생으로 어린 시절에는 홍원(洪原)에서 살았다. 그는 피부 색깔부터 "흰 사람"이고 눈은 "동양인으로서는 좀 깊은 편"이다. 또한 김학수는 재주가 비상하여 중학교를 중퇴했지만 대학 출신 이상의 학식을 갖추었으며, 별다른 직업 없이 살아간다. 그는 '음력 설'에도 양복이 편해 '조선옷'을 입지 않는다.

84 田村栄章, 「京城の青春 - 田中英光 "愛と青春と生活"」, 『일본문화학보』 第13권, 2002, 180면 참조.

또한 김학수는 음식이 마땅치 않고 난잡한 조선여관보다는 일본여관인 '기꾸다료캉(菊田旅館)'에 머무는 것을 선호한다. 그곳에서 그는 일본인 여자하인과 자연스럽게 대화를 나눌 정도로 일본어에 능통하며 영어와 한문도 수준급으로 구사할 수 있다. 김학수는 호적상 조선인 김윤옥의 적자(嫡子)이지만 혈연적으로는 아무런 연관이 없다. 그의 실제 아버지는 백백교 교주 전영호인데 이 또한 법률상 아무런 연관이 없다. 김학수는 표면적으로는 생활 거처인 조선인 구역 북촌에 소속되어 있지만 실질적으로 일본인의 공간이자 백백교의 공간이기도 한 남촌에 속해 있다.

이처럼 중심인물이 현재 머무는 공간과 실제 소속된 공간이 일치하지 않는 전치(轉置)의 감각은 텍스트 전반에 산재한다. 중심인물들은 기본적으로 '손님'의 입장에 놓여 있다. 김학수는 경성에서는 북촌 하숙집에 머물고 남촌 아버지의 집에도 잠시 머물며 시골에서는 여관에 머무는 등 일시적으로 거주 공간들을 오간다. 그는 일종의 '손님'인 셈이다. 김학수와 최건영은 서울 태생이 아니지만 경성을 '제2의 고향'과 같이 느낀다. 한편 백백교에 모든 것을 빼앗긴 조선인들은 결국 고향을 잃어버리게 된다. 그러므로 김학수가 정월 초하루에 북촌에서 추방당해 남촌으로 향하는 여정은 자신이 본래 소속되어 있던 공간을 찾아 되짚어 가는 여정이기도 하다. 그는 자신의 정체성의 비밀을 파헤치기 위해 남촌의 내부로 들어서게 된다.

억압된 것의 귀환

『금은탑』의 중심인물은 김학수이지만 정작 백백교의 실체를 세상에 폭로하는 것은 그가 아니다. 백백교가 식민지 조선인들의 토지와 재산 등을 착취해 남촌 중심부로 집적한다면, 김학수는 백백교에 모든 것을 강탈당한 조선인들을 경성으로 집결시키는 역할을 맡는다. 그를 중심으로 수많은 등장인물이 서로 연관을 맺게 되는 것이다. 김학수에게로 차문달, 유명옥, 최건영, 최음전, 강신호, 안두호 등이 모여들게 되고, 그들은 백백교의 감추어진 실체를 드러내는 중요한 역할을 집단적으로 맡게 된다. 김학수는 경성의 내부경계를 가로질러 북촌과 남촌 사이를 세 차례나 오고 갔을 뿐만 아니라, 경성의 외부경계를 넘어 평안도로 두 차례에 걸쳐 여행을 다녀온다. 그러한 왕복을 통해 서로 알 길 없던 조선 각지 사람들이 한 곳에 모여들고, 그를 중심으로 남촌-북촌-시골(평안도)의 이질적인 공간들이 하나의 장(場) 안에 통합된다.

백백교는 전국 각지에서 조선인들의 재산을 강탈하고 부녀자를 유혹하여 유린했으며, 심지어는 '이름'까지도 강탈했다. 교도들은 "생명이며 재산이며 자유며 왼갖 것"들을 백백교에 바치고 패가망신하여 반미치광이 상태로 떠돌거나 살해당해 "영원한 침묵"의 상태에 놓이게 되었다. 그렇지만 그렇게 별 수 없이 사라져 버릴 것 같던 억압된 피해자들은 어느 순간 침묵을 깨고 되돌아와서 자신들의 존재를 알리게 된다. 이들은 모두 김학수가 두 번에 걸쳐 여행한 평안도 출신들이다. 『금은탑』에서 '억압된 것의 귀환' 모티브는 살아 있는 사람들뿐만 아니라 소리 소문 없이 살해된 사람들로부터도 발생한다.

> 올 여름에 모처에서 정보를 얻어 가지고 와서 구경득이가 철원읍에 이번에 서북편으로 신작로가 날 듯싶다고 말을 하였다. 그것이 만약 사실이라면 문제일 것이, 그들은 일찍이 이번 신작로가 날듯싶다는 근처 숲속에다 교도 한 명을 기도 올려 파묻어 버린 일이 있는 까닭이다. 만약 길을 닦는 인부의 삽 끝에 주인없는 해골이 드러난다면 남의 의심은 깊고, 자기

들의 범죄 사실은 뜻밖에도 쉽사리 세상에 드러날지도 모를 일이 아니겠느냐? 그래 그는 구경득 이외에 두 명 간부를 그리로 보내어 마을 사람 모르게 다른 곳으로 옮겨다 묻게 하였던 것이다.[85]

백백교에 의해 전 재산을 몰수당한 사람들은 대부분 살해당했지만 일부 사람들은 죽지 않고 살아남기도 했다. 그들이 살아남을 수 있었던 것은 역설적으로 그들이 패가망신 후 실성해 반미치광이로 지내거나 백백교의 실체를 전혀 눈치채지 못했기 때문이다. 대표적인 사람이 '거리의 철학자' 김윤옥으로, 그는 실성하여 아무런 위협도 되지 않는 자로 간주되었다. 그가 실성한 채 종적을 감추자, 자신의 신분을 감추기 위해 "다른 한 개의 '인격'이 필요"했던 교주 전영호는 그의 이름을 가로챈다. 이로 인해 전영호의 아들 학수는 "자기의 성은 김간데 자기 아버지의 성은 전가"라는 사실에 정체성의 혼란을 일으킨다.

'거리의 철학자' 김윤옥은 본래 평안도 선천에서 살다 백백교에 아내를 뺏긴 뒤 미치광이가 되어 행방조차 알 수 없게 되었다가 불현듯 경성 한복판에 나타나 아내를 되찾으려 거리를 헤매 다닌다. 그의 등장으로 백백교 세력은 공포와 불안을 느낀다. 그가 어디서 어떤 종작없는 소리를 늘어놓을지 모르는 일이기 때문이다. '거리의 철학자'라는 별명에서 알 수 있듯, 김윤옥은 정신병자에 가깝지만 이성적으로는 설명할 수 없는 어떤 비밀스러운 지혜를 간직하고 있다. 그는 아내를 찾기 위해 경성의 구석구석을 돌아다니지만, 그의 동선은 경성의 내부경계를 넘어 남촌으로까지는 나아가지 못한다. 그는 접촉지대인 '본정 입구'와 '명치정

85 박태원, 『금은탑』 2, 깊은샘, 1997, 188면

입구'까지만 갔다가 되돌아 오기를 반복한다. 남촌은 조선인인 김윤옥이 접근할 수 없는 이역의 공간이기 때문이다. 백백교 간부들은 김윤옥이 "언제까지 종로서 본정 입구까지로만 다니리라 기약할 수 없는 일"이라며 살해할 것을 건의하지만, 교주 전영호는 그를 그냥 살려 두라고 지시한다. 그는 교주의 페르소나에 해당한다고 할 수 있다. 여기서 식민지배자와 피식민인 간의 상호관계가 드러난다. 식민지배자들은 피식민인들을 경제적으로 수탈하지만 피식민인들이 존재하지 않으면 식민지배자들도 살아갈 수 없게 된다.

백백교의 실체를 세상에 알려 파멸에 이르게 하는 데 결정적 역할을 한 최건영도 주목할 만한 인물이다. 그의 조부 최주부는 평안도 안악의 유명한 의사로 상당한 재산을 모았지만 백백교의 전신인 백도교 때부터 백백교를 30여 년간 믿은 "완결무결한 광신자(狂信者)"로, 자신의 전 재산 10만 원을 백백교에 모두 바치고 숨을 거두었다. 최건영의 아버지 최인화 역시도 백백교의 신실한 교도였는데, 그는 더 이상 바칠 재산이 없자 딸 음전을 교주의 첩으로 바쳤다. 이 사실을 뒤늦게 알게 된 최건영은 백백교에 복수할 것을 다짐하고 수년간 치밀하게 계획을 세운 후 경성으로 상경한다. 교주의 첩이 된 여동생 음전을 매개로 백백교를 믿겠다는 거짓 맹세를 한 후, 최건영은 교주와 대면할 기회를 얻는다. 그가 교주를 만난 때는 "음력 정초"인데, 앞서 언급한 대로 이 시기는 조선인과 일본인들의 시간대가 극명하게 갈리는 때이다. 그들이 만난 장소는 음전의 살림집이 있는 북촌의 '왕십리'였다. 조선인들의 시간대인 '음력 정초'에 남촌에 거주하는 백백교 교주를 북촌 구역으로 끌어냄으로써 최건영은 백백교 세력과 맞서 싸워 이길 수 있었다. 이처럼 수탈당한 조선인들은 비록 남촌 구역으로 진입하는 것이 거의 불가능했지만,

백백교 세력을 조선인 구역인 북촌으로 유인하여 제압할 수 있었다. 남촌에서 절대권력을 누리던 교주도 그곳을 벗어나 북촌으로 진입한 이후에는 자신의 권력을 상실하고 최건영에게 제압당한다.

백백교의 실체가 발각되자 교주를 포함한 백백교 간부들은 남촌 본부를 버리고 도주한다. 남촌을 벗어난 후부터 그들은 더 이상 절대권력의 존재가 아니다. 이전까지 전차, 기차, 우편, 전보 등의 근대적 과학기술을 총동원해 신도들과 식민지 조선인들을 철저하게 감시하고 통제했던 그들은 오히려 쫓기는 몸이 된다. 일제 천황제 파시즘을 연상케 하는 백백교 세력이 근대적 과학기술에 의해 오히려 곤경에 빠지게 된 것이다. 그들 역시도 근대 과학기술의 그물망에서 쉽게 벗어나지 못한다. 백백교 세력이 남촌을 버리고 쫓기는 대목부터 소설의 시점이 급변함을 볼 수 있다. 그전까지는 전지적 서술자가 등장인물들의 속마음까지도 자유자재로 꿰뚫어 볼 수 있었지만, 백백교의 절대권력이 상실된 시점부터는 3인칭 제한적 시점으로 바뀐다. 이는 곧 그들의 전지적 권력이 사라졌음을 은유하는 것이기도 하다.

『금은탑』처럼 피식민인들이 착취당한 것을 되찾기 위해 식민지배자들이 모여 사는 도심 한복판에 출몰하여 도시 공간을 한순간에 공포로 몰아넣는, 이른바 '억압된 것의 귀환' 모티브는 제국주의 시대의 서구 소설에서도 종종 등장한다. 과거의 감추어진 악행이 되살아나 현재를 '악몽의 순간'으로 바꾸어 버리는 고딕소설의 주요 모티브와 제국주의의 식민지 착취의 역사적 맥락이 결합된 이러한 소설 장르는 '제국 고딕소설(imperial gothic novel)'이라 불리기도 한다.[86] 고딕소설에서 불가해

86 Patrick Brantlinger, *Rule of Darkness: British Literature and Imperialism, 1830–*

한 현재의 사건을 해결하기 위해서는 과거의 감춰진 비밀의 실체를 밝혀내야만 하는데, 그러한 비밀은 소설의 중심 무대인 중세 시대의 '성'과 그곳에 거주하는 가족들에 의해 감추어져 있다. 제국 고딕소설에서는 과거의 비밀이 식민지 착취에 기인하는 것으로 드러나며, 제국의 중심인 메트로폴리스가 중세의 성 역할을 대체한다. 『금은탑』이 이러한 '제국 고딕소설'과 플롯상의 유사점을 갖게 된 것은 일본인들의 집단 거주지역인 '남촌'이 제국의 중심부인 동경과 흡사한 성격의 공간이었기 때문이다.

1914, Cornell University Press, 1990, p. 227

4. 배후공간(용산)과 우회적 서술: 「피로」, 「길은 어둡고」

경성부는 성곽으로 둘러싸인 전통적인 구역과 그 배후에 새롭게 조성된 용산의 군사기지가 결합된 형태를 취하고 있었다. 용산 지역은 도심과 인접하고 한강 물길을 이용할 수 있으며 인천항과 철도를 잇기에 유리한 지정학적 이점을 지닌 곳이었다. 용산과 신의주를 잇는 경의철도가 완공됨에 따라 용산은 조선 및 대륙 침략의 거점으로 기능했다. 이곳에 사단사령부, 병영, 연병장, 철도관리국 관사 등의 군사 및 철도 시설이 집중적으로 지어졌다. 용산 일대에 대규모의 일본군 주둔지가 형성되면서, 남대문에서 용산으로 이어지는 지역에 일본 민간인들도 대규모로 정착했다. 용산은 남산의 진고개와 더불어 일본인이 가장 많이 살았던 지역이다. 삼판통(三坂通, 현재의 후암동)과 청엽정(青葉町, 현재의 청파동) 일대에는 일본인 부호들이 모여 사는 문화주택 단지가 조성되었으며, 원정(元町, 현재의 원효로)에는 일본의 무장 가토 기요마사(加藤清正)를 모신 가토신사가 있었다(그림 2-6).[87]

그런데 한국 근대 소설에서는 '용산' 일대 및 일본 군인들의 모습은 거의 재현되지 않았다. '용산'이 언급되는 것은, 사람들이 기차나 전차를 타고 '용산역'을 거쳐 갈 때나 '용산 철도병원'에 들를 때 정도뿐이다. 그렇지만 같은 시기 재조선 일본인 작가의 작품에는 이 지역 병사들의 훈련 모습이 자세히 묘사되어 있다. 또한 용산 지역에는 군부대 말

87 심은애·한동수, 「일제 강점기 용산 거주자 직업 유형과 거주지의 상호관계」, 『한국건축역사학회 2016년 춘계학술발표대회 논문집』, 2016, 170면

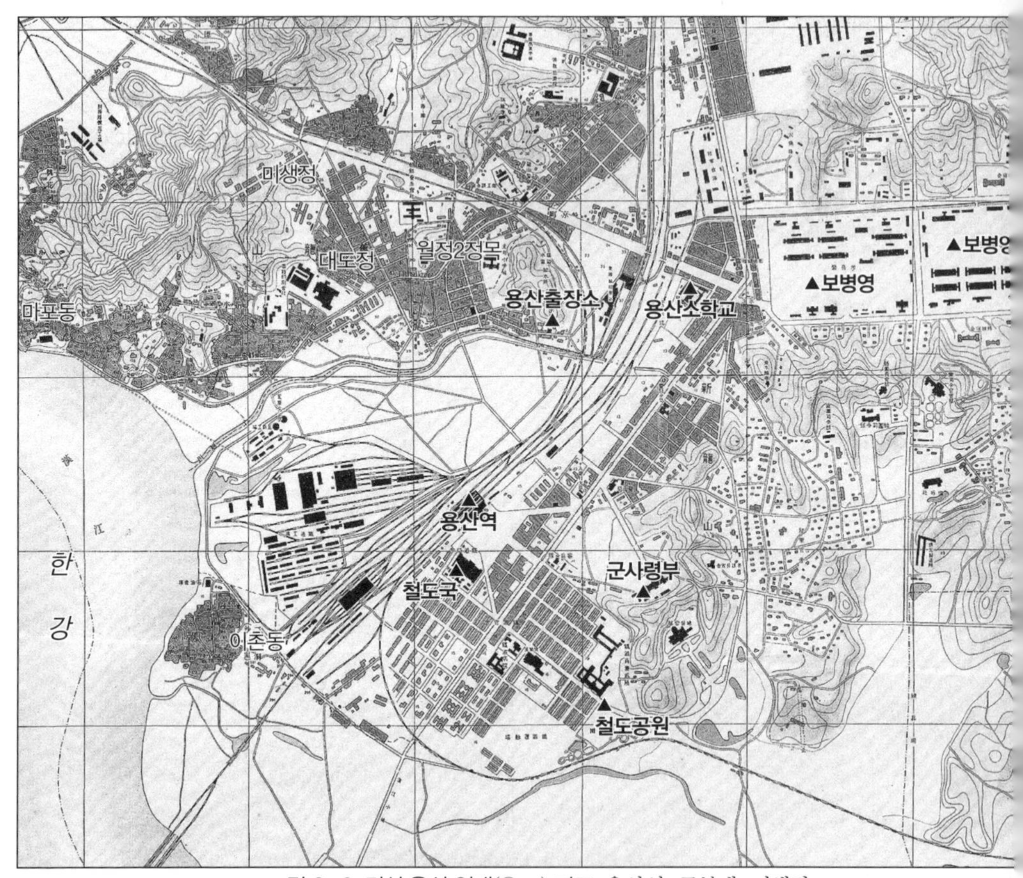

그림 2-6 경성 용산 일대(ⓒ-2) 지도 용산역, 군부대, 미생정
(출처: 서울지도 홈페이지http://gis.seoul.go.kr/)

고도 '미생정' 등의 유곽 지대가 위치해 있었다. 그런데 박태원은 용산 일대를 배경으로 한 「피로」와 「길은 어둡고」 등의 작품을 발표한 바 있다. 이 작품들은 길이가 짧고 추상적인 표현이 자주 등장하고 서사적 틈도 있기 때문에 서사적 맥락을 파악하기 쉽지 않다. 이렇듯 당시 용산 일대를 조선인 작가가 재현하는 것은 쉽지 않았다.

「피로」: 암시적으로 표현되는 일제의 강제 노역

「피로: 어느 반일(半日)의 기록」은 1933년 7월 《여명》에 발표된 짧은 단편이다. 소설을 쓰고자 하는 소설가가 등장하여 경성의 도시 공간을 배회한다는 서사적 틀은 1년 후에 발표되는 「소설가 구보씨의 일일」을 자연스레 연상케 한다. 실제로 이 두 작품은 세부적 표현에서도 긴밀하게 호응한다. 예를 들어, 「소설가 구보씨의 일일」의 구보는 "스물여섯 살"인데, 1년 앞서 발표된 「피로」의 중심인물은 스물다섯 살의 소설가이다. 박태원은 「피로」를 통해 시도한 실험적 형식을 「소설가 구보씨의 일일」에서 좀 더 구체화하여 확장시킨 것으로 보인다. 「피로」는 상당히 암시적으로 표현된 작품이기 때문에 심층적 의미를 파악하는 것이 쉽지 않다. 그렇지만 「소설가 구보씨의 일일」과의 비교를 통해 「피로」의 함축적 의미를 어느 정도 유추할 수 있다.

중심인물인 '나'는 장곡천정에 위치한 카페 '낙랑파라'에서 커피를 마시며 "6척×1척 5촌 5푼"의 직사각형 창을 통해 밖을 내다본다. 카페가 위치한 장곡천정(長谷川町, 현재의 소공동)은 조선군사령관이자 제2대 조선총독 '하세가와 요시미치(長谷川好道)'의 이름을 딴 곳이다. 낙랑파라의 건너편에 위치한 '고야제작소(高野製作所)'에는 '醫療器械 義手足(의료기계 의수족)'이라는 글씨가 적힌 광고등이 걸려 있다. 당시는 1931년 만주사변 이후 부상당한 군인들을 위한 '의수족'의 수요가 증가하던 시기였다. 창밖을 내다보던 '나'는 밖에서 창문을 통해 카페 안을 들여다보는 "어린아이의 새까만 두 눈"과 마주치게 된다.

> 그러나 물론 열살이나 그밖에 안 된 어린아이들은, 바깥 보도우에 그대로 서 있는채, 그 창으로 안을 엿볼수 있도록 키 클수 없다. 아마 지나는

길에 창틈으로 새어나오는 축음기 소리라도 들었던 게지 ……, 발돋움을 하고 창틀에가 매어 달려 안을 엿보는 어린아이의, 그렇게도 호기심 가득한 두 눈을 보았을 때, 나는 '스티븐슨'의 동요 속의, 벗지 나무에 올라, 먼 나라 아지 못하는 나라를 동경하는 소년을 기억 속에서 찾아내었다.[88]

여기서 등장하는 로버트 스티븐슨의 동요는 「Foreign Lands」의 일절이다.[89] 대표작 「지킬 박사와 하이드 씨」에서 잘 드러나듯, 스티븐슨의 작품들은 '밝음/어둠' 혹은 '선/악'의 이분적 세계관에 기초하는데, 이는 야만인들을 기독교적 '빛', 즉 계몽을 통해 구원해야 한다는 서구 식민주의적 기획과 맞닿아 있다.[90] 박태원은 스티븐슨의 동요 속 서양 어린이가 버찌나무(벚나무) 위에 올라 먼 이국땅을 상상하는 것과 대비시켜, 조선인 어린이가 카페의 '창 안'을 들여다보는 모습을 묘사하고 있다. 그리고 "대체 우리 어린이는 그 창으로 무엇을 보았을까? …… 나는 창으로 향하고 있는 나의 고개를 돌려 그 어린이가 창 밖에서 엿볼 수 있는 왼갖것을 내자신 바라보았다."[91]고 말한다. 카페 '낙랑파라' 안에서는 무엇인가 어린아이의 관심을 끄는 장면이 펼쳐지고 있는 것이다.

사람들은 인생에 피로한 몸을 이끌고 이안으로 들어와, (2尺×2尺)의 등탁자를 하나식 점령하였다. 열다섯 먹은 '노마'는 그 틈으로 다니며, 그

88 박태원, 「피로」, 『소설가 구보씨의 일일』, 문장사, 1938, 63~64면

89 "Up into the cherry tree / Who should climb but little me? / I held the trunk with both my hands / And looked abroad in foreign lands."

90 Ann C. Colley, *Robert Louis Stevenson and the Colonial Imagination*, Routledge, 2004, pp. 99~100

91 박태원, 「피로」, 『소설가 구보씨의 일일』, 문장사, 1938, 64면

> 들의 주문을 들었다. 그들에게는 '위안'과 '안식'이 필요하였을지도 모른다. 그러나, 그들이 어린 노마에게 구한 것은 한 잔의 '홍차'에 지나지 못하였다.[92]

추상적으로 표현되어 정확한 맥락을 파악하기가 쉽지 않은 대목이다. 우선 일부 사람들이 "(2尺×2尺)의 등탁자를 하나식 점령"하고 '홍차'를 주문했다는 표현에 주목할 필요가 있다. 이 대목은 「소설가 구보씨의 일일」에서 신문 연재 당시 실렸다가 단행본으로 출간하면서 검열로 인해 삭제된 부분을 고려해서 읽어야만 온전히 파악할 수 있다.

> 때로, 彈力잇는 발소리가 이안을 차저들고, 그리고 豪華로운 우슴소리가 이안에 들니는 일이 잇섯다. 그러나 그것들은 이곳에 어울리지 안헛고, 그리고 무엇보다도 茶房에 깃드린 무리들은 그런 것을 업신역엿다.
>
> 어떤때, 活動寫眞館으로 向하여야 맛당할 발길을 돌려 젊은 軍人 서너명 이곳을 차저와, 軍隊에서나 가티 큰목소리로 홍차를 命하엿다. 그들은 암만을 이안에 잇든, 이곳 空氣에 同化되지 안헛다. 또 그들은 암만이든 그곳에 잇도록 끈기 잇지 못하다. 사람들은, 그들이, 그 近代的 高雅한 感情을 모른다고 비웃었다. 또 가엽서 하엿다.[93]

밑줄 친 부분은 일본 군인들을 부정적으로 묘사했다는 이유로 단락 전체가 삭제되었다. "때로, 彈力잇는 발소리가 이안을 차저들고, 그리

92 박태원, 「피로」, 『소설가 구보씨의 일일』, 문장사, 1938, 64면
93 박태원, 「소설가 구보씨의 일일」 제9회, 《조선중앙일보》, 1934. 8. 14.

고 豪華로운 우슴소리가 이안에 들니는 일이 잇섯다. 그러나 그것들은 이곳에 어울리지 안헛고, 그리고 무엇보다도 茶房에 깃드린 무리들은 그런 것을 업신역엿다."라는 표현만이 남아 있기 때문에, 단행본에서는 해당 대목이 '일본 군인'에 관한 묘사라는 사실을 짐작하기 어렵다. 한편 이를 통해 「피로」의 인용 대목도 카페에서 홍차를 주문하는 일본군들을 묘사하는 것이었음을 짐작할 수 있다. '나'는 "그러한 속에서 나의 소설을 계속할수 없는것을 갑자기 느끼고"[94] 카페를 나와 장곡천정을 벗어나 경성부청 방면으로 걷기 시작한다. 이후에 '나'는 M신문사, D신문사에 있는 지인들을 만나려 하는데, 이 대목도 「소설가 구보씨의 일일」과 연결되는 부분이다.

경성부청 근처에서 '나'는 "고무장화의 피곤한 행진"을 목격한다. '나'는 자신도 모르는 새 '노량진 행' 버스를 탔다. 러시아워로 버스는 만원이지만, '나'는 버스 안에 "한 명의 여자도 없는 것"을 발견한다. "장곡천정", "의수족", "점령", "고무장화의 피곤한 행진", 그리고 남자들로만 구성된 버스 안의 풍경, 반복되는 사각형의 이미지 등은 자연스럽게 '군대'를 연상시킨다. '나'는 "창밖을 바라보고, 그리고 그곳이 연병장"임을 깨닫는다. 그곳은 일본 군부대가 주둔하는 용산 지역이었다. '나'는 '낙랑파라'에서 카페 안을 들여다보는 어느 조선인 아이의 모습을 보았는데, 이번에는 전차 선로를 횡단하며 호떡을 먹고 있는 또 다른 조선 아이의 모습을 보게 된다. 그 모습을 보고, "원정 일정목엔가 이정목에 있는 조그만 음식점"[95]을 떠올린다.

94 박태원, 「피로」, 『소설가 구보씨의 일일』, 문장사, 1938, 66면
95 박태원, 「피로」, 『소설가 구보씨의 일일』, 문장사, 1938, 71면

여기서 또 한 번 직사각형 이미지의 일본어 광고문이 등장한다(그림 2-7). 광고문은 이 지역이 일본인들이 집단으로 거주하는 용산 일대임을 짐작하게 한다. 「피로」는 용산과 한강통 일대를 무대로 한 작품이지만 별다른 풍경 묘사가 나타나지 않는다. 이 대목은 나카지마 아쓰시(中島敦)의 「순사가 있는 풍경」(1929)의 한 장면과 대위법적으로 살필 필요가 있다. 이 소설에는 용산 일대에서 펼쳐지는 일본 군부대의 군사 훈련 장면이 자세히 묘사되어 있다.

> 한강 인도교 위로 대포를 끌고 가는 자동차가 덜커덩 덜커덩거리면서 힘차게 달려갔다. 영등포 모래사장에서는 용산 사단 병사들의 칼끝에 파란 얼음이 반사되어 겨울 햇살 속에서 싸늘하게 빛났다. 매일 밤마다 군사훈련의 야영이 모래 위에 펼쳐지고, 모닥불이 붉게 타올랐다.[96]

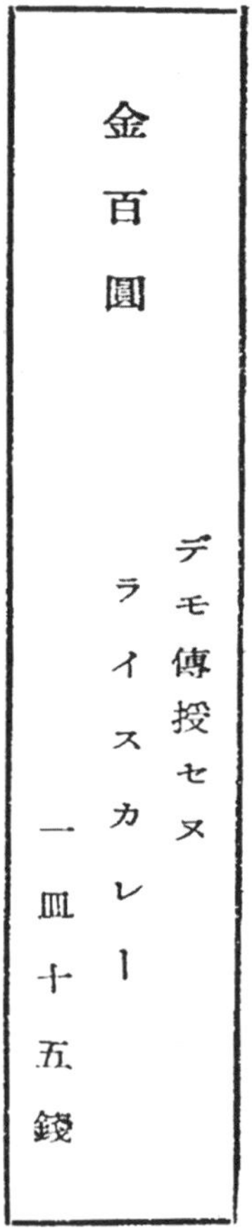

デモ傳授セヌ
ライスカレー
金百圓
一皿十五錢

그림 2-7 「피로」
(『소설가 구보씨의 일일』, 문장사, 1938, 72면)

당시 '연병장' 부근의 상황을 파악한 후에는 「피로」의 다음과 같은 장면을 보다 명확히 이해할 수 있다. 결국 한강 철교에 내리게 된 '나'는 뜻밖의 광경을 목격한다.

96 나카지마 아쓰시/유재진 역, 「순사가 있는 풍경」, 『식민지 조선의 풍경』, 고려대학교출판부, 2007, 88면

강까에 스무 명도 더 넘는 사람들이 있었다. 그들 중에 어름 깨는 기구를 가지고, 수건으로 머리를 질끈 동이고 있는 사람이 섞여 있었다. 순사가 두 명 무엇인지 그들을 지휘하고 있었다.

그들은 모다 나의 낫세밖에 안 되어 보이는 사람들이었다. 두 명의 순사가 지휘하는 대로 그대로 그들은 움지기었다. 두 명의 순사 중에, 한 명은 외투를 입고 있었다. 동정에 여우털을 단 외투를 입고 있으면서도, 그 순사는 어인 까닭인지 시퍼런 코를 흘리고 있었다. 나는 나의 이십오 년 평생에 시퍼런 코를 흘리는 순사를 그에게서 비로소 발견하였다.[97]

그곳에는 순사 두 명의 지휘 아래 조선인들이 노역을 하고 있었다. '나'는 "이십오 년 평생에 시퍼런 코를 흘리는 순사"를 처음 발견했다고 놀라고 있지만, 정작 놀라운 것은 조선인들을 노역시키는 순사들이 재현되는 광경이다. 일제는 마을이나 면 단위로 구간을 할당하고 그 지역 사람을 가구에 따라 동원하는 강제 노역을 실시했다. 부역에 동원된 사람들은 정해진 기일 안에 자기 몫을 해내지 못하면 무거운 벌금을 물어야 했다. 특히 한강 남쪽과 용산에 사는 주민의 노역동원이 심했는데, 한강 인도교의 가설 등 어려운 공사가 많았기 때문이다.[98]

'나'는 "인도교가 어엿하게 있음에도 불구하고 그들은 웨 어름위를 걸어가지 않으면 안 되었었나? 그들은 고만큼 그들의 길을 단축하지 않으면 안 되도록 무슨 크나큰 일이 있었던것일까?……"[99]라고 자문한다. 1925년 을축년 홍수로 한강 인도교의 일부가 유실된 이후 방치되어 있

97 박태원, 「피로」, 『소설가 구보씨의 일일』, 문장사, 1938, 74면
98 이이화, 『한국사 이야기』 제20권, 한길사, 2004, 82면
99 박태원, 「피로」, 『소설가 구보씨의 일일』, 문장사, 1938, 74면

었는데, 일제는 1934년부터 노량진 방면 다리를 보수했다. 「피로」에서는 새로운 다리를 건설하기 위한 사전 작업이 진행되는 것을 묘사하고 있는 것으로 보인다. 학생, 빵장수, 아낙네, 노인 등 많은 조선인은 "순사가 지휘하는 대로" 노역에 동원되고 있다.

스티븐슨의 동요 속 어린이가 나무 위에서 이국땅을 바라보며 식민지적 상상력을 키워 나갔다면, 「피로」의 식민지 조선의 어린이의 눈에 비친 풍경은 카페를 점령한 일본인 군인들과 순사들에 의해 한강에서 강제 노역을 당하는 조선인들의 모습이었던 것이다. 일제는 보상 없는 토지 징발과 철거, 끼니도 주지 않는 노역을 시행했다. 박태원의 「피로」는 용산 일대의 군부대와 군인의 모습을 재현하지 않으면서도 이 지역에서 이루어지는 일제의 강제 노역을 비판적으로 다루었다.

「길은 어둡고」: 무한 반복되는 악몽과 식민 현실에 대한 각성

「길은 어둡고」는 1935년 3월 《개벽》에 실린 단편소설이다. 김동인은 이 작품이 "기교 편중주의가 내용 편중주의에 지지 않으리만치 작품을 해한다는 좋은 실례"[100]가 된다고 혹평했다. 김동인의 지적처럼 이 작품은 박태원의 형식적 기교가 두드러진다. 소설의 첫 대목이 결말부에서 그대로 반복되는 '수미상관'의 형식을 취하고 있다. 김동인은 "너무도 기교적 문학을 희롱하려는 노력 때문에 '그런 방식의 문자로는 표현키 곤란한' 그러나 이 소설에 있어서 제거치 못할 몇 가지의 설명"이 빠져 있다는 점을 지적했다. 내용 전개에 필수적인 정보들이 빠져 있다는 것이다. 그렇지만 「길은 어둡고」에서 일부 중요한 정보가 제공되지 않는

100 김동인, 「3월의 창작」, 《매일신보》, 1935. 3. 24.

것은 실수라기보다는 오히려 작가의 의도라고 하는 것이 타당하다. 작가가 독자들에게 이 작품을 동시대적 맥락 속에서 적극적으로 독해할 것을 요구하는 것으로 보이기 때문이다. 특히 작품에서 중요하게 기능하는 군산과 용산의 공간적 특성에 주의를 기울일 필요가 있다.

앞서 언급한 것처럼, 「길은 어둡고」는 서두와 결말부가 동일한 형태를 취하는 '수미상관적 구조'를 취하고 있다. 따라서 이 작품은 서두부터 시간의 흐름에 따라 전개되는 일반적인 선형적 플롯을 취하지 않는다. 서두에서 출발해서 한 바퀴 돈 후 다시 제자리를 찾아오는 '순환적 구조'를 취하고 있다. 이러한 플롯상의 특성은 이 작품의 시공간적 맥락의 변화와도 일맥상통한다. 중심인물인 향이는 플롯이 원점으로 회귀하는 것에 맞춰 경성에서 기차를 타고 군산으로 향하다가 다시 방향을 바꿔 회귀하고, 그때 시간은 다시 원점으로 돌아온다. 시계가 자정을 알리는 것이다.

이 작품은 경성의 한 카페에서 여급 '하나꼬'로 살아가는 향이가 어느 사나이의 꼬임에 빠져 군산으로 따라가다가 되돌아오는 내용을 담고 있다. 향이와 유부남 간의 '사랑'과 '이별'이 중심을 차지하는 듯 보이지만, 실제로는 향이를 군산의 카페로 데려가려는 또 다른 사나이와 그 꼬임에서 벗어나는 향이의 이야기가 실질적인 중심을 이룬다.

소설은 향이가 꾸는 꿈부터 본격적으로 시작된다. '에-홍 에-홍' 소리와 함께 상여가 지나간다. 가난한 이의 상여인지 상제와 복재기도 없이 두세 명이 뒤따를 뿐이다. 상여가 완전히 시야에서 사라지자 불이 일어나 벌판은 삽시간에 불바다로 변한다.

> 香伊는 문득 자기 身邊에 그러케도 가까히 미친 불ㅅ길과, 또 그 불ㅅ길

이 갖어오는 危險을 느끼고, 질겁을 하야 뒤로 달음질치려 한다.

그러나 다리는 마음대로 놀려지지 않고 싯뻙언 불ㅅ길은 더 좀 가까워 香伊가 거의 울가망이 되였을 때, 문득 다시 들려 오는 에-흥 소리.[101]

박태원은 종종 '꿈'을 서사적 장치로 활용했다. 대표적으로 「꿈」과 「춘보」를 들 수 있다. 「춘보」에서 춘보는 술김에 말실수를 하여 관아에 끌려가서 고초를 겪고, 「꿈」의 노마님은 급행열차를 타고 너무 일찍 딸 내외의 집에 도착해서 공교로운 일이 발생하게 되는데, 결말부에서는 지금까지의 사건이 모두 '꿈' 속에서 일어난 일에 불과하다는 사실이 밝혀진다. 이처럼 박태원은 '꿈'을 극적인 반전의 장치로 종종 활용했다.

그렇지만 「길은 어둡고」의 '꿈'은 앞선 작품들에서의 '꿈'과는 성격이 다르다. 꿈에서 깬 향이는 "송장을 보면 퍽 좋다는데"라며, 자신이 좋은 꿈을 꾼 것은 아닌가 내심 기대를 한다. 「꿈」이나 「춘보」에서는 결말부에서 지금까지의 사건이 '꿈'이었다는 것이 밝혀졌다면, 「길은 어둡고」에서는 미래를 예감하게 하는 일종의 '전조'로 활용되었다. 또한 중심인물인 향이가 자신의 꿈에 기대를 걸고 있다는 점이 오히려 불길하게 느껴지기도 한다. 박태원이 '꿈'을 반전의 장치로 활용해 왔기 때문이다. 서술자도 향이의 꿈이 '길몽'이 아닐 수 있음을 암시한다. 서술자는 "물론, 향이가 본 것은 상여요, 송장은 아니었다. 그래도 역시 상여는 그 안에 반드시 송장을 담았"을 것이라고 모호하게 말한다. 그렇지만 향이는 "이제 좋은 일이 내게 있으려나 보다." 하며 기대감을 표한다.

101 박태원, 「길은 어둡고」, 《개벽》, 1935년 3월, 33면

향이는 의지할 사람 하나 없이 외롭게 자란 여자다. 그녀가 네 살 무렵에 아버지는 어떤 여자와 만주로 도망을 가버리고, 어머니는 향이를 키우느라 10여 년을 연초공장에서 일하다가 폐병을 앓고 돌아갔다. 이후 그녀는 홀로 외롭게 살아왔다. 카페 여급 '하나꼬'가 된 향이는 어느 남자와 사랑에 빠졌는데, 나중에 알고 보니 그는 아내와 자식이 있는 유부남이었다. 그와 몰래 살림을 차렸지만 이내 본부인에게 발각되어 사달이 난다.

> 그러한 요사이의
>
> 香伊였든 까닭에, 한 사나이로붙어 群山으로 놀러갈 意向이 없느냐고, 그러한 꾀임을 받었을 때, 그는 그것을 단번에 물리칠어 들지는 않었다.
>
> 그 사나이는, 그 사나이의 말에 依하면, 群山에서 目下 그中 큰 카페를 經營하고 있다 한다. 그리고 이번에 店鋪를, '一新' '改築' '大擴張'하는 것을 機會로, 京城에서, '美人女給'을 '特別優待'로 招聘할여고, 바로 그 目的으로 上京한 것이로라고 말하였다.
>
> 그는 또 어느 틈에 어떠한 方法으로 調查하였는지, 하나꼬가 이곳 主人에게 七十五 원의 빗이 있음을 알고 있었고, 자기는 勿論 그것을 깨끗이 淸算하여 줄 것이요, 그 밖에 따로 衣裳 其他의 準備로 五十 환의 돈을 돌려 주겠노라고 덧붙이여 말하였다.[102]

주목할 것은 「길은 어둡고」에서 한자어가 과도하게 활용되고 있다는

102 박태원, 「길은 어둡고」, 《개벽》, 1935년 3월, 44면

점이다. 박태원의 소설에서 텍스트에 한자가 많이 사용되는 경우는 대부분 「소설가 구보씨의 일일」과 같이 지식인 주인공이 등장할 때이다. 그렇지만 「길은 어둡고」의 중심인물인 조선인 여급 향이는 정규 교육을 제대로 받지 못한 인물이다. 그녀는 소설 속에 등장하는 한자어를 제대로 이해하지 못할 가능성이 높다. 다시 말해, 그녀는 자신을 둘러싸고 발생하는 일들의 내막을 제대로 이해하지 못한다.

어느 날 한 사나이가 향이에게 접근하여 군산의 카페에서 일할 것을 권한다. 그렇지만 하나꼬(향이)가 군산이 어떠한 곳인지 알지 못하고 불안해하자, 그 사나이는 주머니에서 '그림엽서'를 한 장 꺼내 보여 준다. 그렇지만 그 엽서는 "공교로웁게 群山市街地를 撮影한 것이 아니라, 群山港의 大豆 輸移出의 情景을 보여 주고 있는 것"[103]이었다. 향이는 "정말 群山 市街의 그림葉書는 아마 또좀 달은 女給들을 勸諭하던 境遇에 消失"[104]되었는지도 모를 일이라고 생각한다. 결국 그 사나이는 군산을 찍은 사진을 보여 주는 대신에 직접 말로 설명한다. 그의 말에 따르면, "群山이라는 곳은, 京城보다도 훨씬 더 크고, 훨씬 더 좋은 곳인 모양"[105]이었다. 향이는 "문득 몇일 前의 그 꿈을 생각해내고 或은 이번의 群山行이 왼갓좋은일을 意味하고 있는지도 몰으겠다고, 눈을 깜박어려본다."[106]

향이의 꿈은 군산행에 대한 일종의 복선과도 같다. 그녀는 그 꿈이 '좋은 꿈'일지도 모른다고 기대하고 있다. 그렇지만 그 사나이의 그럴

103 박태원, 「길은 어둡고」, 《개벽》, 1935년 3월, 44면
104 박태원, 「길은 어둡고」, 《개벽》, 1935년 3월, 45면
105 박태원, 「길은 어둡고」, 《개벽》, 1935년 3월, 45면
106 박태원, 「길은 어둡고」, 《개벽》, 1935년 3월, 46면

듯한 설명이 오히려 불길함을 증폭한다. 그는 군산에서 큰 카페를 경영 중이고 경성에서 '미인여급'을 '특별우대'로 초빙하려고 한다고 말한다. 그리고 향이가 빚진 '칠십오 원'을 청산해 주고 '오십 환'의 돈을 의상 준비비 등의 명목으로 미리 주겠다고 제안한다. 그렇지만 그는 군산의 풍경이 담긴 사진을 향이에게 보여 주지 않고 경성보다 군산이 더 발전된 도시라는 거짓된 정보를 제공하기도 한다. 이처럼 '사나이'는 그리 신뢰할 만한 인물이 못 되지만, 향이는 그러한 것을 간파할 만큼 지혜롭지 못하다.

1899년 개항한 군산에는 일본인이 대규모로 정착하면서 거류민단이 형성되었다. 일본은 농산물 수송을 위해 1908년 조선 최초의 포장도로인 '전군가도'(전주-군산 간 도로)를 만들고 1913년 경부선 이리역에서 군산역까지 철도를 개설하면서 식민지 수탈을 본격화하기 시작했다. 이 시기 조선 전체 쌀 수출량 가운데 32.4퍼센트가 군산항을 거쳐 일본으로 빠져나갔다. 1930년대 군산 전체 인구의 약 4분의 1은 일본인이었다. 한편 철도가 놓이면서 기차역 인근에 집창촌이 들어서기 시작했다. 당시 군산에는 호남에서 가장 큰 규모의 신흥동 유곽과 야마테마치(山手町) 유곽 등이 있었다.[107] 카페와 식당 등에서도 은밀하게 성매매가 이루어지곤 했다는 점을 고려하면, 사나이가 향이를 '특별우대' 하면서까지 군산으로 데려가려는 본래의 '의도'를 어느 정도 짐작할 수 있다.

제안을 받아들인 향이는 경성역에서 밤기차를 타고 군산을 향해 떠난다. 쌀과 같은 농산물이 군산항으로 빨려 들 듯, 순박한 조선인 처녀

107 홍성철, 『유곽의 역사』, 페이퍼로드, 2007, 91면

향이도 군산으로 빨려 가는 것이다. 그녀의 '꿈'은 실제로는 끔찍한 악몽과도 같은 것이었다. 꿈속에서 벌판 전체를 물들였던 "새빨간 불길"은 어쩌면 '홍등가'를 은유하는 것인지도 모른다.

> 龍山 市街의 불빛이 어리는 車窓 우에 문득 期約하지 않고 '그이'의 얼골이 떠올랐다. ……香伊는 눈을 똥그랗게 뜨고 車窓 우의 一點을 凝視하였다. 어느 틈엔가 車는 漢江鐵橋를 건으고 있었다. 술이 잔뜩 醉한 '새 주인'은 同行하는 또 달은 두 名의 女給과 戱弄하면서, 자리 우에 담뇨를 피고 잠잘 準備를 하고 있었다. 하나꼬와 같이 群山으로 끌려가는 두 게집들은 서울을 떠나는 것에 別 感興도 感慨도 없는 듯이, 連해 재잴거리며, 껌을 씹으며, 또 實果 껍질을 벗기며 하고 있었다.[108]

향이는 '10시 50분' 목포행 열차에 몸을 실었다. 열차는 경성역-용산역-영등포역을 거쳐 목포를 향해 나아간다. 그녀는 "龍山 市街의 불빛이 어리는 車窓"을 바라보다가 무심코 "눈을 똥그랗게 뜨고 車窓 우의 一點을 凝視"하게 된다. 무엇인가에 놀라 집중하는 것이다. 그렇지만 텍스트는 그녀가 그 순간 무엇을 본 것인지, 무엇에 놀란 것인지에 대한 충분한 정보를 제공하지 않는다. 이 순간 이 작품은 독자들에게 텍스트를 동시대의 시공간적 맥락 속에서 독해할 것을 요구한다. 이 지점에서 텍스트와 동시대의 현실적 맥락이 연결된다. '유리창'은 향이가 자신의 모습을 비추는 거울이자 외부 현실을 파악하는 매개가 된다.

동시대 용산에 대한 이해가 충분하지 못하다면 이 소설의 암시적 맥

108 박태원, 「길은 어둡고」, 《개벽》, 1935년 3월, 48면

락을 온전히 파악할 수 없다. 당시 용산에는 사단사령부, 병영, 연병장, 철도관리국 관사 등의 군사 및 철도 시설과 함께 대규모 유곽이 자리 잡고 있었다. 용산의 미생정(彌生町) 유곽은 일본인들이, 대도정(大島町) 유곽은 조선인들이 주로 이용했다.[109] 차창을 통해 용산의 대규모 유곽을 목격한 향이는 자신이 군산의 홍등가에 팔려 가는 것인지도 모른다는 사실을 직감했을 것이다. 이 시점부터 사나이에 대한 묘사가 변화한다. 향이가 "문득 돌아보니, 저편 座席에가 담뇨 우에 다리를 꼽으리고 누어있는 '새主人'은, 무슨 생각을 하고 있는지 好色漢인 듯싶은 얼골에 野卑한 웃음"[110]을 짓고 있다. "문득 개기름이 지르르 흘으는 '새主人'의 얼골"[111]을 떠올리며 그녀는 불안감을 감추지 못한다.

이후 이야기는 갑자기 서사적인 '틈'을 보인다. 느닷없이 향이는 영등포역 대합실에서 반대편 기차를 기다리며 앉아 있다. 다음 문장은 "永登浦驛을 열한 點 四十 分에 떠난 列車는 十五 分 지나 京城驛에 다었다."[112]고 진술된다. 그녀는 시계가 한 바퀴를 돌아 원점으로 되돌아온 자정에 맞춰, 공간적으로도 경성을 벗어났다가 다시 경성역으로 회귀하게 된 것이다. 이후 작품의 첫머리에 나왔던 문장들이 그대로 반복되면서 결말을 맺는다. 플롯 역시도 다시 원점으로 회귀하는 것이다. 이처럼 이 작품은 시간과 공간이 플롯과 함께 원점으로 회귀하는 구조를 취하고 있다. 그러한 회귀가 가능했던 것은 향이가 차창을 통해 용산의 유곽을 보면서 자신이 처한 상황을 깨달았기 때문이다. 비록 향이가 경

109 홍성철, 『유곽의 역사』, 페이퍼로드, 2007, 82면
110 박태원, 「길은 어둡고」, 《개벽》, 1935년 3월, 49면
111 박태원, 「길은 어둡고」, 《개벽》, 1935년 3월, 50면
112 박태원, 「길은 어둡고」, 《개벽》, 1935년 3월, 50면

성의 자신의 집으로 힘겹게 되돌아오는 것으로 소설은 끝을 맺지만, 그녀의 앞으로의 삶은 그리 긍정적이지만은 않다. 소설이 다시 처음부터 시작되듯이, 그녀는 자신을 군산으로 빨아들이려 한 제국의 힘으로부터 쉽사리 벗어날 수 없을 것이기 때문이다.

3 식민지 도시의 산책자와 정치적 무의식

산책자 텍스트는 흔히 모더니즘 문학의 대표적 특성으로 간주되어 왔다. 그렇지만 '산책자' 유형의 등장인물은 소설 사조를 불문하고 근대 도시를 무대로 한 전 세계 수많은 작품에서 공통적으로 나타나는 특징에 가깝다. 인간이 도시를 인식하는 방식 자체가 소설의 형식과 닮았고, 산책자는 도시 공간을 두루 살피는 데 가장 유용한 문학적 장치라 할 수 있기 때문이다. 조이스, 발자크, 표도르 도스토옙스키, 울프, 나쓰메 소세키(夏目漱石) 등의 작품들이 '산책자 텍스트'의 관점에서 분석된 바 있다. 그런데 산책자 텍스트를 대표하는 보들레르는 본래 '산책자'라는 용어를 사용하지 않았다. 그가 즐겨 사용한 용어는 댄디(dandy)였다.[1] 보들레르의 미학은 과시하고 깜짝 놀라게 하는 행위를 통한 차

1 Deborah L. Parsons, *Streetwalking the Metropolis*, Oxford University Press, 2000,

별화, 불쾌하게 만드는 쾌감, 그리고 자아의 개발을 추구하는 댄디즘을 통해 나타난다. '산책자'는 벤야민이 보들레르의 시를 분석하면서 제시한 개념으로, 이 용어는 1960년대 이후에야 웹스터 영어사전에 처음으로 모습을 드러냈다.[2] 이처럼 산책자에는 댄디 혹은 부르주아의 함의가 전제되어 있다. "구보와 이상의 댄디즘"[3]에 관한 논의가 등장하는 이유도 여기에 있다. 그렇지만 박태원이나 이상은 부르주아도 아니었으며 댄디는 더더욱 아니었다. 벤야민은 산책자를 파리의 고유한 역사적 산물로 간주하며 다음과 같이 말했다.

> 산책자라는 유형을 만든 것은 파리였다. 로마가 아닌 것이 이상하다. 그렇다면 이유는? 로마에서는 꿈에서조차 일부러 닦아놓은 길을 따라가지 않는가? 그리고 로마에는 신전, 담이나 벽으로 둘러싸인 광장들, 국민적인 성소들이 너무 많기 때문에 하나하나의 포석, 상점 간판, 계단 그리고 문으로 통하는 길을 지나갈 때마다 걸어가는 사람들의 꿈 속에 그것들이 모조리 들어가는 것이 불가능하지 않을까? …… 파리를 산책자들의 약속의 땅으로, 또는 호프만슈탈이 이전에 부른대로 하자면 '진짜 삶만으로 만들어진 풍경'으로 만든 것은 이방인들이 아니라 바로 파리 토박이들 본인이었기 때문이다. 풍경(landschaft)—실제로 파리는 산책자들에게 풍경이 된다. 또는 좀더 정확하게 말하면, 산책자에게 있어 이 도시는 변증법적 양극으로 분극되어 있다. 파리는 그에게 풍경으로 펼쳐지는 동시에

---

p. 20

2 Deborah L. Parsons, *Streetwalking the Metropolis*, Oxford University Press, 2000, p. 17

3 구자황, 「'구인회'와 주변 단체」, 『상허학보』 제3집, 1996, 141면

방으로서 그를 감싸는 것이다.[4]

이러한 산책자 개념을 통해 박태원의 작품을 바라볼 경우, 식민지 도시 경성의 소비공간적 측면이 두드러지게 강조되는 문제점이 발생하게 된다. 서구 중심의 특정 문학 개념인 산책자가 텍스트를 특정 방식으로 바라보도록 유도하는 것이다. 1930년대 한국 모더니즘 문학에 대한 논의 중 상당수가 카페, 백화점 등 도시의 소비공간적 측면에 집중되는 것도 이 때문이다. 당시 유행하던 산책은 동경에서 유래한 '긴부라(銀ブラ)'의 일종이라 할 수 있다. 긴자의 쇼윈도를 구경하면서 시간을 보내거나 특별한 일 없이 거리를 배회하는 행위를 일컬어 '긴부라'라고 했는데, 이 용어는 일본의 메이지 말 무렵에 정착되기 시작해 다이쇼 초기에 널리 회자되었다. 경성의 본정을 돌아다니는 행위를 일컫는 '혼부라(本ブラ)'는 여기에서 비롯된 것이다. 그런데 '긴부라'는 근대 도시의 소비생활을 표상하는 카페와 백화점 등에 집중된 행위였다. 이러한 개념을 통해 식민지 시기의 소설 작품들을 분석할 경우, 경성은 일종의 "놀이공간"이 되며, "주인공의 행위는 생활을 위한 노동과는 무관한 산책, 여행 혹은 카페 체험"이 된다.[5] 그렇지만 경성을 배경으로 한 작품들에서는 카페, 백화점, 공원 못지않게 감옥, 형무소, 경찰서 등 식민지배의 주요 시설이 등장하며, 학생, 여급, 노동자, 룸펜 등의 인물보다 순사, 형사, 간수, 죄수 등이 압도적으로 많이 등장한다는 사실도 주목을 요한다.

4 도승연 외, 『현대철학과 사회이론의 공간적 선회』, 라움, 2011, 158면에서 재인용.

5 최혜실, 『한국모더니즘소설연구』, 민지사, 1992, 221면

'산책자'는 서구의 대도시 공간과 부르주아 백인 남성을 배타적으로 가리키는 개념에 가깝다. 벤야민은 '여성 산책자'의 가능성을 애초부터 인정하지 않았다. 리어우판(李歐梵)은 파리의 '산책자' 개념을 중국 상해에 적용시키는 것은 불가능한 기획에 가깝다고 주장하기도 했다.[6] 설령 남/녀, 백인/유색인 등을 모두 포함하는 광의의 산책자 개념을 활용한다 해도, 특정한 도시 공간에서 그 함의는 얼마든지 변화될 수 있다. 하나의 공간은 그곳에 머무는 사람의 특성에 따라 다양한 의미의 장소가 될 수 있기 때문이다. 산책자를 변용한 용어가 종종 등장하는 것도 이 때문이다. 남성 산책자(flaneur)에게는 거리가 집과 같이 편안한 장소가 될 수 있지만, 여성들에게는 잠재적 위험의 장소가 될 수도 있다. 그래서 일부에서는 '여성 산책자(flaneuse)'라는 용어를 사용하기도 한다.[7] 최근에는 이러한 서구의 연구 성과에 힘입어 경성의 여학생, 직업부인, 도시 노동자, 쇼핑객을 포함한 불특정 다수의 여성 산책자를 분석한 논의가 있지만,[8] 적어도 벤야민이나 보들레르의 전통적 관점에서 보면 이들을 '산책자'로 보기는 어렵다.

근대화의 흐름에서 뒤쳐진 19세기 러시아의 페테르부르크에서는 '우울한 산책자(flanyor)'라는 개념이 사용되기도 했다.[9] 페테르부르크의 산책자는 근대 시가지를 멋진 지팡이를 짚고 거니는 대신, 하루 종일 먼

6 Leo Ou-Fan Lee, 'Shanghai modern: reflections on urban culture in China in the 1930s', *Alternative Modernities*, Duke University Press, 2001, p. 108

7 Deborah L. Parsons, *Streetwalking the Metropolis*, Oxford University Press, 2000, p. 4 참조.

8 서지영, 『경성의 모던걸』, 여성문화이론연구소, 2013

9 Julie A. Buckler, *Mapping St. Petersburg: Imperial Text and Cityshape*, Princeton University Press, 2007, p. 99 참조.

지가 날리는 비포장길을 참으며 걸어가야 했다. "20세기 제3세계 출현의 원형"인 19세기 러시아에서는 "후진성과 저개발에서 비롯되는 모더니즘 문학"이[10] 형성되었으며 산책자에서도 변형이 나타났다. 한편 식민지배자와 피식민인 간에도 하나의 공간이 다른 의미의 장소로 인식되었을 것이다. 식민지배자들에게는 평범한 배경처럼 보이는 곳이 피식민인들에게는 '도시 미궁의 비밀스러운 지식'을 전하는 장소가 될 수도 있다. 식민지 도시 경성에 적용할 수 있는 산책자 유형은 '식민지 도시의 산책자(native colonial flaneur)'일 것이다.[11] 메트로폴리스와 식민지 도시의 상이한 도시 환경은 서로 독립된 것이 아니라 제국 체제의 중심과 주변을 이루며 대위법적으로 긴밀히 연결되어 있다. 마찬가지로 메트로폴리스의 산책자와 식민지 도시의 산책자는 서로가 서로를 반영하는 불가분적 존재이다.

서구 메트로폴리스의 산책자와 달리 '식민지 도시의 산책자'는 식민지 도시의 공간을 자유롭게 이동하지 못하고 시각적으로도 충분히 재현하지 못한다. 파농이 주장했듯, 식민지 도시는 두 개의 구역이 확연하게 분리된 이중도시(dual city)를 이루고 있기 때문이다. 식민지 도시에 대한 문학 텍스트에서 일부 지역은 극사실주의적으로 세밀하게 묘사되는 반면 특정 지역은 지워지거나 텅 빈 영역으로 나타나게 된다.

식민지 도시 경성을 배경으로 한 산책자 텍스트의 또 다른 특성으로는 제국의 중심인 동경이 끊임없이 개입한다는 것이다. 메트로폴리스를 배경으로 한 서구 모더니즘 작품들에서 비서구 식민지의 '이국적인 상

---

10 마샬 버만/윤호병 역, 『현대성의 경험』, 현대미학사, 2004, 346면

11 Enda Duffy, *The Subaltern Ulysses*, University of Minnesota Press, 1994, p. 71 참조.

품들과 야만인들'이 메트로폴리스의 도시 풍경을 이국적으로 변화시킨다면,[12] 식민지 도시를 배경으로 한 텍스트에서는 메트로폴리스에 대한 종속성이 텍스트 전면에 두드러지게 부각된다. 경성을 배경으로 한 상당수 소설에서는 제국의 중심인 동경에 대한 지향성 혹은 동경의식이 강하게 나타난다. 이러한 현상은 식민지 도시 경성의 종속성 및 메트로폴리스와의 불가분성을 드러내는 것으로 볼 수 있다.

12 Joseph McLaughlin, *Writing the Urban Jungle: Reading Empire in London from Doyle to Eliot*, University Press of Virginia, 2000, p. 20

1. 식민지 산책자의 아나키즘적 욕망 : 「소설가 구보씨의 일일」

'산책자 텍스트' 하면 가장 먼저 떠오르는 한국 근대 소설이 박태원의 「소설가 구보씨의 일일」이다. 이 작품은 중심인물인 구보가 식민지 도시 경성의 구석구석을 돌아다니며 도시 공간을 재현하면 그것 자체가 하나의 이야기를 구성하는 형식을 취한 것으로 간주되어 왔다. 그렇지만 이 작품을 꼼꼼히 읽어 보면 '산책자 텍스트'라고 하기에는 적합하지 않은 부분들이 발견된다. 무엇보다 "갈 곳을 갖지 않은 사람"[13]인 구보는 산책을 하는 것이라기보다는 배회 또는 방황을 하고 있는 것처럼 보인다.

「소설가 구보씨의 일일」에서 '산책'이라는 표현이 등장하지 않는 것은 아니다. 구보는 동경 유학 시절을 회상하면서 자신이 "불숙, 가치 散策이라도 안 하시렵니까, 볼일 없으시면."[14]이라고 말했던 것을 떠올린다. 그리고 경성의 어느 카페 여급을 보고서는 "萬若 이 貴여운 小女가 同意한다면, 어디 野外로 半日을 散策에 보내도 좋다."[15]고 생각하기도 한다. 이러한 대목을 볼 때, 구보는 현재 자신의 행위를 '산책'이 아니라고 생각하고 있었던 것이 분명해 보인다. 그렇다면 「소설가 구보씨의 일일」을 '산책자 텍스트'로 간주하는 것이 오히려 이 작품에 대한 다양한 관점에서의 독해를 가로막는 것일 수도 있다. 소설의 상당 부분이 과거 동경에서의 경험에 대한 회상과 현재의 다양한 공상에 할애되어 있으며,

13 박태원, 「소설가 구보씨의 일일」, 『소설가 구보씨의 일일』, 문장사, 1938, 234면
14 박태원, 「소설가 구보씨의 일일」, 『소설가 구보씨의 일일』, 문장사, 1938, 270면
15 박태원, 「소설가 구보씨의 일일」, 『소설가 구보씨의 일일』, 문장사, 1938, 294면

도시 공간에 관한 재현은 그리 구체적으로 나타나지 않는다.

'소설가 구보'의 반복되는 일상을 그리고 있는 듯 평범하게 보이는 이 작품이, 단행본으로 발행될 때 일부분을 삭제하라는 지시를 받았다는 사실은 주목할 만하다. 이는 이 작품이 당시의 삼엄한 검열체제를 우회하기 위해 정치적 메시지를 암시적으로 제시했을 가능성을 보여 주는 것이다.[16] 텍스트 표면에 일상적이고 사소한 것들을 부각시킴으로써 상대적으로 심층적인 정치적 알레고리를 주변화하여 검열을 피할 수 있다. 텍스트에서 정치적 무의식을 읽어 낸다는 것은 곧 텍스트의 표면에 위장되어 있거나 침묵과 부재의 형태로 내재화되어 있는 '역사의 실재'를 회복해 내는 일이다. 있는 그대로를 표현할 수 없는 억압상태에서의 글쓰기는 말하고자 하는 진실을 거꾸로 뒤집음으로써 오히려 진실을 말할 수 있다. 식민지배하에 출판된 작품들은 검열의 위험을 극복하기 위해 알레고리를 저항의 한 방편으로 사용하기도 했다. 알레고리는 본질적인 의미로부터 갈리어 나온 것들을 본래의 맥락과 연결함으로써 본래대로 되돌려 놓는 가장 강력한 형식이다.

> 仇甫는 이 조고만 事件에 문득, 興味를 느끼고, 그리고 그의 '大學노-트'를 펴들었다. 그러나 그가 門 옆에 기대어 섰는 캡 쓰고 린네르 즈메에리 양복 입은 사나이의, 그 왼갓 사람에게 疑惑을 갖는 두 눈을 發見하였을 때, 仇甫는 또 다시 憂鬱 속에 그곳을 떠나지 않으면 안 된다.[17]

16 이와 관련해서는 제2장의 「피로」 분석(141면)을 참고할 것.
17 박태원, 「소설가 구보씨의 일일」, 『소설가 구보씨의 일일』, 문장사, 1938, 251면

구보는 대학노트에 기록을 해 가면서 '현실'을 고현학적 방법으로 재현하려 한다. 그런데 "疑惑을 갖는 두 눈"의 사내를 보는 순간 "떠나지 않으면 안 된다."고 생각한다. "캡 쓰고 린네르 즈메에리 양복"을 입은 것으로 보아 그 사나이는 일본 순사임에 틀림없다. 구보가 "또 다시" 그곳을 떠나지 않으면 안 된다고 하는 것에서 일본 순사의 출현은 이번이 처음이 아님을 알 수 있다. 그 "疑惑을 갖는 두 눈"이 식민지 도시 경성의 피식민인들을 마치 '팬옵티콘(panopticon)'처럼 감시하는 것이다. 구보는 항상 "疑惑을 갖는 두 눈"에 대처하지 않으면 안 된다. 또 그는 "쓸데없이 잔소리 많은 것두 다아 정신병"이라고 말하면서 자신을 "다변증(多辯症)"이라 진단하기도 한다. 자신을 '다변증'이라 진단하는 것은 그 자신이 '무엇'인가를 말하지 말아야 한다는 어떤 강박 관념에 사로잡혀 있음을 시사한다. 그런데 텍스트에서 그의 언술은 본질적으로 '과소진술(understatement)'의 성격을 갖는다.

「소설가 구보씨의 일일」은 일종의 위장적 서사로 쓰인 텍스트이다. 구보는 끊임없이 이 텍스트가 '가장(假裝)되어 있음'을 이야기한다. 사람들은 "명랑을 가장한 웃음"을 웃으며 "언제든 수건 든 손으로 자연을 가장"하고, "능히 모든 것을 이해할 수 있었던 듯이 가장"한다. 가장된 행위가 반복되는 것은 제대로 제압되지 않은 무의식적 충동이 의식의 층위로 거듭 빠져나오려는 시도로 볼 수 있다. 「소설가 구보씨의 일일」에 전개된 세계는 "손바닥 위의 다섯 닢 동전"에 찍혀 있는 발행 연도의 배열처럼 일견 무질서하고 무의미하게 보이지만, 정작 그 이면에 박태원 문학 전반을 관통하는 어떤 줄기가 자리 잡고 있다.

박태원이 「소설가 구보씨의 일일」의 삽화를 굳이 이상에게 맡겼다는 사실은 충분히 눈길을 끌 만하다. 박태원도 자신의 작품 「제비」, 『적멸』, 『반년간』 등의 삽화를 직접 그린 바 있고, 동생 박문원(朴文遠)이 『천변풍경』의 표지 그림을 그리기도 한 화가라는 점을 고려할 때, 그리고 화가 구본웅과 절친한 사이라는 점 등을 염두에 둘 때 더욱 그러하다. 박태원은 한 글에서 자신과 이상이 불가분의 관계에 있는 '문학적 동지'임을 과시했다. 곧 "하웅은, 이상(李箱)이며 동시에 나였고, 그의 친우 구보는 나면서 또한 이상(李箱)"[18]이었다고 했다. 이와 같은 일련의 사실들은 「소설가 구보씨의 일일」의 창작과정에 이상이 상당한 부분 개입되었을 개연성을 시사한다고 볼 수 있다. 이에 여기에서는 박태원의 「소설가 구보씨의 일일」과 이상의 「오감도」 연작을 '상호 대화적(inter-dialogue)' 친연성을 가지는 작품으로 보고 논의를 계속하고자 한다.

저항, 아나키즘 그리고 감춰진 정치성

식민지 현실을 재현하는 하나의 방법인 '생략의 정치성'은 모더니즘 문학 작품의 핵심적인 특성 중 하나이다. 텍스트에서 '특정 부분'이 지워져 있을 때 그것은 오히려 독자로 하여금 지워진 부분을 환기하도록 초점화하는 것일 수 있다. 그러니까 의도적으로 지워진 부분은 '텅 빈 기표'이자 '구성적 부재(constitutive absence)'인 것이다. 동시대 경성의 도시 공간을 정밀하게 재현했다는 평가를 받는 「소설가 구보씨의 일일」에는 의외로 당대의 시대적 정황에 대한 언급이 거의 드러나지 않는다.

仇甫는 담배에 불을 붙이며 자기가 원하는 最大의 慾望은 대체 무엇일

18 박태원, 「이상의 비련」, 『이상의 비련』, 깊은샘, 1991, 172면 참조.

꾸, 하였다. 石川啄木는, 火爐가에 앉아 곰방대를 닦으며, 참말로 자기가 願하는 것이 무엇일꾸, 생각하였다. 그러나 그것은 있을 듯하면서도 없었다. 或은, 그럴께다. 그러나 구태어 말하여, 말할 수 없을 것도 없을 께다. 願車馬衣輕裘 與朋友共 敝之而無憾은 子路의 뜻이요 座上客常滿 樽中酒不空은 孔融의 願하는 바였다. 仇甫는, 저도 亦是, 좋은 벗들과 더불어 그 질거움을 함께 하였으면 한다.

갑자기 仇甫는 벗이 그리워진다. 이 자리에 앉아 한 잔의 茶를 나누며, 또 같은 생각 속에 있고 싶다 생각한다 …….[19]

구보는 길을 걷다가 뜬금없이 이시카와 다쿠보쿠(石川啄木), 자로(子路), 공융(孔融) 등을 떠올리며 "좋은 벗들과 더불어" 함께했으면 좋겠다고 생각한다. 그리고 그는 "자기가 원하는 最大의 慾望"에 대해 생각한다. "좋은 벗들"인 이들은 구보와 어떠한 연관을 맺고 있는 것일까. 소설 텍스트에는 자로와 공융의 에피그램—'願車馬衣輕裘 與朋友共 敝之而無憾'과 '座上客常滿 樽中酒不空'—이 전경화되어 있지만, 어쩌면 박태원이 의도한 것은 인용된 에피그램이 아니라 배면에 남아 있는 자로와 공융이라는 인물 자체에 있을지도 모른다.

자로는 공자의 제자로 성미가 거칠었으나 꾸밈없고 소박한 인품으로 용맹과 기백이 남달라 위나라에 내란이 일어났을 때 의리를 지키려다 전사한 인물이다. 공융은 공자의 20대 손으로 대의명분도 없이 대군을 일으켰다가 자칫 천하의 신망을 잃을까 두렵다며 조조의 결정에 정면으로 반대했다가 죽임을 당했다. 이 두 사람은 자신의 신념에 따라 세상

19 박태원,「소설가 구보씨의 일일」,『소설가 구보씨의 일일』, 문장사, 1938, 243면

에 저항하다가 죽음을 맞이했다는 공통점을 갖고 있다.

평범하게 보이는 이들에게는 '저항'이라는 공통점이 숨겨져 있다. 그렇다면 다쿠보쿠의 경우는 어떨까. 구보의 입에서 "저도 모를 사이"에 다쿠보쿠의 단카(短歌)가 "새어 나"올 정도로 심취해 있다는 점에서 다쿠보쿠의 경우는 보다 문제적이라고 말할 수 있다. 1937년《여성》에 발표한 수필「바닷가의 노래」에도 박태원이 "저도 모르게 다쿠보쿠의 단가를 개작하여 몇 번인가 되풀이 하여 읊"는 장면이 나온다. 이와 같이 특정한 사람이나 장면을 머릿속에 되풀이해 떠올리는 것은 바로 다쿠보쿠가 즐겨 사용한 방식이기도 하다.

> 블로딘이라는 러시아식 이름이,
> 이유도 모르게
> 몇 번이나 머리에 떠오르는 날이여
> ボロディンといふ露西亞名が、
> 何故ともなく、
> 幾度も思ひ出さるる日なり[20]

다쿠보쿠는 마지막 시집『슬픈 장난감(悲しき玩具)』(1912)에 실린 한 시에서는 머릿속으로 자신도 모르게 무정부주의자로 러시아 혁명에 가담했던 '블로딘', 즉 '크로포트킨'을 떠올린다. 다쿠보쿠는 표트르 크로포트킨이 쓴『한 혁명가의 회상』을 읽고 아나키즘적 사회주의자가 된 것으로 알려져 있다.「소설가 구보씨의 일일」에는 다쿠보쿠의 단카가 반

20 石川啄木,『石川啄木詩歌集』, 白凰社, 昭和40年, 151面

복적으로 등장하며 박태원은 크로포트킨의 작품을 고평하기도 했다. 다쿠보쿠가 작품에서 '조선'을 언급하고 있는 것은 1910년 10월『창작(創作)』에 발표한「9월 밤의 불평(九月の夜の不平)」의 여덟 번째 수(首)가 유일하다. 1933년 간행된『다쿠보쿠 연구』에는 일본 정부의 검열로「9월 밤의 불평」이 빈 칸으로 남겨져 있다. 이 시가 가지고 있는 '정치성'을 알 수 있게 해주는 대목이다.「소설가 구보씨의 일일」이 연재된 시기가 1934년 8월에서 9월 사이였다는 점에서, 구보가「9월 밤의 불평」을 머릿속에 떠올렸을 가능성이 있다.

> 지도 위 조선 나라를
> 검디검도록 먹칠해가는 가을바람 듣다
> 地図の上朝鮮国にくろぐろと
> 墨をぬりつゝ秋風を聴く[21]

다쿠보쿠는 1910년에 일어난 대역(大逆)사건의 진상을 알게 되면서 급속히 사회주의 사상으로 기울어졌다고 한다. 일부에서는 이 시가 단순히 조선의 국권피탈을 동정하는 것이 아니라 안중근 의사가 이토 히로부미(伊藤博文)를 저격한 사건을 배경으로 하고 있다고 주장한다.「9월 밤의 불평」의 여덟 번째 수를 앞뒤 수와 연결해서 읽으면 안중근 의사의 저격 사건이 전경화되어 떠오른다는 것이다.[22]

---

21 石川啄木,「九月の夜の不平」,『創作』, 明治四十三年, 十月号
22 오영진,「석천탁목문학에 나타난 한국관-안중근을 노래한 시를 중심으로」,『일본학』 제13권, 1994, 93면

잊을 수 없는 표정이다
오늘 거리에서 경찰에 끌려가면서도
웃던 사내는

지도 위 조선 나라를
검디검도록 먹칠해가는 가을바람 듣다

누구나 나에게 피스톨로라도 쏘아주면
이토 (히로부미)처럼
죽어나 볼걸[23]

"누구나 나에게 피스톨로라도 쏘아주면 / 이토처럼 / 죽어나 볼걸"이라는 것은 '안중근'과 같은 사람이 나를 쏘아 달라는 의미이다. 그럼으로써 전 일본을 전쟁의 소용돌이 속으로 내몬 장본인인 이토 히로부미와 같이 죽을 수도 있다는 것이다. '조선을 먹으로 칠하는 행위'와 '이토를 암살하는 행위'가 병치적으로 배열되어 있다.

「소설가 구보씨의 일일」에서 연달아 언급되는 자로, 공융, 다쿠보쿠 등은 모두 체제에 저항하는 아나키스트적 인물들이다. 구보는 그들과 한 "자리에 앉아 한 잔의 茶를 나누며, 또 같은 생각 속에 있고 싶다"고 말한다. '한 잔의 茶에' 대한 실마리는 다쿠보쿠의 또 다른 시 「코코아 한 잔(ココアのひと匙)」(1911)에서 찾을 수 있다. 이상이 「소설가 구보씨의 일일」에 그린 삽화에도 '코코아'가 등장하는 점에서 구보가 말하는

23 石川啄木, 「九月の夜の不平」, 『創作』, 明治四十三年, 十月号

그림 3-1 「소설가 구보씨의 일일」 제13회 삽화(1934년 8월 19일 자)

'한 잔의 차'는 다쿠보쿠의 '코코아 한 잔'을 의미할 가능성이 높다(그림 3-1).

> 나는 안다 테러리스트의
> 슬픈 마음을-
> 말과 행동으로 나누기 어려운
> 단 하나의 그 마음을
> 빼앗긴 말 대신에
> 행동으로 말하려는 심정을
> 자신의 몸과 마음을 적에게 내던지는 심정을-
> 그것은 성실하고 열심한 사람이 늘 갖는 슬픔인 것을
> 끝없는 논쟁 후의
> 차갑게 식어버린 코코아 한 모금을 훌쩍이며
> 혀끝에 닿는 그 씁쓸한 맛깔로,
> 나는 안다 테러리스트의

슬프고도 슬픈 마음을[24]

이 시에 등장하는 '테러리스트'는 안중근 의사를 의미하는 것으로 알려진다. 다쿠보쿠가 아나키즘으로 전향하는 데 결정적인 역할을 한 일본 대역사건의 주동자 고토쿠 슈스이(幸德秋水)도 안중근을 칭송하는 한시를 남긴 바 있다. 그러고 보면 구보는 안중근의 "슬프고도 슬픈 마음"을 이해하는 다쿠보쿠와 '코코아 한 잔'을 같이 마시며 "같은 생각 속에 있고 싶다"고 생각하는 것이다. 그것이 "자기가 원하는 最大의 慾望"이라는 것이다.

일반적으로 「소설가 구보씨의 일일」은 정치성이 결여된 텍스트로 이해되어 왔다. 그러나 앞에서 살핀 일련의 근거들을 종합해 보면 '정치성'이 결여되어 있는 것이 아니라 배경 속에 감추어져 있다고 볼 수 있다.

> 표, 찍읍쇼- 車掌이 그의 앞으로 왔다. 仇甫는 短杖을 왼팔에 걸고, 바지 주머니에 손을 넣었다. 그러나 그가 그 속에서 다섯 입의 銅錢을 골라 내었을 때, 車는 宗廟 앞에 서고, 그리고 車掌은 제자리로 돌아갔다.
>
> 仇甫는 눈을 떨어트려, 손바닥 우의 다섯 입 銅錢을 본다. 그것들은 공교로웁게도, 모두가 뒤집혀 있었다. 大正 十二年. 十一年. 十一年. 八年. 十二年. 大正 五十四年- 仇甫는 그 數字에서 어떤 한 개의 意味를 찾아 내려 들었다. 그러나 그것은 부질없는 일이었고, 그리고 또 설혹 그것이 무슨 意味를 가지고 있었다 하드라도, 그것은 적어도 '幸福'은 아니었을 께다.[25]

24 石川啄木, 「ココアのひと匙」, 『石川啄木詩歌集』, 白凰社, 昭和40年, 13面
25 박태원, 「소설가 구보씨의 일일」, 『소설가 구보씨의 일일』, 문장사, 1938, 233면

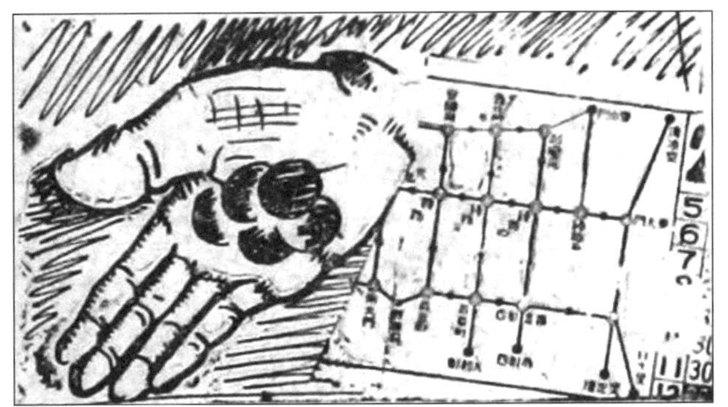

그림 3-2 「소설가 구보씨의 일일」 제5회 삽화(1934년 8월 7일 자)

구보는 전차 요금을 내기 위해 1전짜리 동전 다섯 개를 꺼낸다(그림 3-2). 이 동전들에는 각각 '대정(大正) 12년, 11년, 11년, 8년, 12년'이라는 일본 연호가 새겨져 있다. 구보는 동전을 보면서 '돈'에 대해 생각하는 것이 아니라 동전에 찍힌 '연도'에 대해 생각한다. 일본 연호인 '대정'이 새겨진 동전 다섯 개를 들여다보며 구보는 "한 개의 意味"를 찾으려 한다. 물론 그것은 "부질없는 일"이다. 그때 구보가 타고 있는 전차는 "宗廟 앞에 서고" 동전은 "공교로웁게도, 모두가 뒤집혀 있"다. 게다가 역사에는 존재하지 않는 '대정 54년'이라는 표현도 나온다.[26] 종묘는 조선시대 역대 왕과 왕비 및 추존된 왕과 왕비의 신주를 모신 '왕가의 사당'을 의미한다. 그렇다면 '대정' 연호가 들어가 있는 동전들은 조선 역사의 특정한 사건들을 암시하는 것일지도 모른다. 조선 역사와 관련지어 생각해 보기 위해서는 우선 일본의 연호를 오늘날의 서기력 기준으

26 이 소설이 쓰인 1934년은 소화 9년으로, 1926년 12월 25일을 기준으로 일본의 연호는 대정에서 소화로 변경되었다. 만약 '대정' 시대가 계속되었더라면 대정 54년은 1964년을 의미한다.

로 바꾸어야 한다. 동전들이 "공교로웁게도, 모두가 뒤집혀" 있기 때문이다. 서기력으로 바꾸면 '대정 8년, 11년, 11년, 12년, 12년'은 '1919년, 1922년, 1922년, 1923년, 1923년'을 각각 나타낸다. 이 시기에 조선에서 발생한 큼지막한 사건들을 살펴보면 다음과 같다.

1919년: 일본 유학생 2·8독립선언/3·1운동/경성 방직회사 설립/상해에 대한민국 임시정부 수립/만주에서 의군부·서로군정서 조직/신흥무관학교 개교/파리강화회의에 독립청원서 제출/홍범도 부대, 갑산·혜산 공격/의열단 결성

1922년: 조선민립대학 기성회 발기/비행사 안창남 모국방문 비행/제1회 조선미술전람회 개최/극단 토월회 조직/어린이날 제정(5월 첫 일요일)

1923년: 임시정부, 창조파와 개조파로 분열/조선물산장려회 창립/관동 대학살/진주에서 형평사 창립[27]

여기에서 특히 눈에 띄는 것은 1919년의 '의열단 결성'이다. 박태원은 의열단을 조직한 약산 김원봉의 전기소설 『약산과 의열단』을 해방 직후인 1947년에 썼다. 또한 「수염」(1930)에서 등장인물 '나'가 닮고자 했던 인물인 '카이저수염' 신채호는 '의열단선언'으로도 불리는 '조선혁명선언'(1923)을 작성한 인물이다.[28] '의열단장' 김원봉은 「소설가 구보씨의 일일」과 「오감도」가 연재된 《조선중앙일보》 사장 여운형과는 노선을 같

27 정성희, 『한권으로 보는 한국사 101장면』, 가람기획, 2000, 455면 참조.

28 권은, 『경성모더니즘 소설 연구: 박태원 소설을 중심으로』, 서강대학교 박사학위 논문, 2013, 98면 참조.

이한 정치적 동지로, 여운형이 암살되자 월북한 것으로 알려진다. 의열단의 활동기간은 1919년부터 1926년까지 7년간이지만, 실제에 있어서는 이보다 훨씬 짧았다고 할 수 있다. 1924년부터는 아나키즘과 공산주의 등으로 분열되기 시작했기 때문에 활발하게 활동한 것은 구보가 들여다보는 다섯 개의 동전에 찍힌 연도인 1919년부터 1923년까지의 기간과 일치한다. 『아리랑』의 김산도 '1919년에서 1923년까지'의 이 기간을 매우 중요하게 언급한다.[29]

좌절된 아나키즘 정치학의 예술로의 승화

3·1운동 직후인 1920년대 초반은 비탄과 함께 독립에 대한 열망이 어느 때보다 높았던 시기로 아나키즘이 사상적인 주류를 형성하고 있었다. 그런데 「소설가 구보씨의 일일」이 발표된 1934년은 '의열단'과 같은 아나키즘적 투쟁단체의 세력이 많이 약화된 이후이다. 본래 아나키즘에 공감하는 모더니즘 소설들은 유럽의 경우에도 아나키즘의 현실적인 힘이 쇠퇴한 이후 비로소 등장하기 시작한다. 곧 좌절된 아나키즘의 정치학이 모더니즘의 예술로 승화하는 것이다. 박태원은 1920년대부터 이미 '아나키즘'에 깊은 관심을 보였다. 다음은 「시문잡감」(1927)의 일부이다.

> 나는 요사이 게을러 빠져서 아무것도 읽은 것이란 없으나 수삼 개월 전에 읽은 바 톨스토이의 〈이반 못난이 이야기〉와 크로포트킨의 〈청년에게 호소하노라〉와 같은 것은 나의 바라는 글이라는 데 아무런 의아도 품

29 김산·님 웨일스/송영인 역, 『아리랑』, 동녘, 2005, 64~118면 참조.

을 바이 없다. 특히 〈청년에게 호소하노라〉(大杉榮 譯의 팜플렛)은 동경에 있는 나의 미뻐운 벗이 보내 주어 읽은 바로 나로서는 매우 감명 깊은 책이다. 좀 외람된 말인지는 모르겠으나 제씨가 창작에 대하기 전에 이 두 책을 재독 삼독한다 하며는 필연다대(必然多大)한 패익(稗益)이 이에 있으리라고 믿는다.[30]

이처럼 박태원이 톨스토이와 크로포트킨의 저작에 깊은 공감을 표한 사실은, 그가 아나키즘적 사고에 깊이 빠져 있었음을 보여 준다. 더욱이 작가 스스로 이들의 문학이 "나의 바라는 글이라는 데 아무런 의아도 품을 바" 없다고 말한다는 점에서, 「소설가 구보씨의 일일」에서 구보의 "참말 좋은 소설을 쓰리라"라는 결론부의 다짐이 지향하는 바를 알게 해준다. 그 다짐을 하는 순간에 "巡査가 侮蔑을 가져 그를 훑어보았어도, 그는 거의 그것에서 不快를 느끼는 일도 없이, 오직 그 생각에 조고만 한 개의 幸福"[31]을 갖게 된다. 일제의 검열에도 불구하고 구보는 '좋은 소설'을 쓰겠다는 다짐에서 '한 개의 행복'을 찾고 있는 것이다. 구보는 5개의 동전에서도 '한 개의 의미'를 찾으려 하다가 "그것은 부질없는 일이었고, 그리고 또 설혹 그것이 무슨 意味를 가지고 있었다 하드라도, 그것은 적어도 '幸福'은 아니었을 께다."[32]라고 되뇌고 있다. 구보 특유의 역설적 어법을 고려할 때, 그는 그 동전들에서, 곧 동전들에 찍힌 숫자들에서 진정한 '행복'을 찾고 있었던 것이다. 그리고 그가 찾고자 했던 '한 개의 의미', 그것은 조선의 아나키즘에 대한 열망이었고 이때 '행

30 박태원, 「시문잡감」, 《조선문단》, 제4권 제1호, 1927년 1월
31 박태원, 「소설가 구보씨의 일일」, 『소설가 구보씨의 일일』, 문장사, 1938, 295면
32 박태원, 「소설가 구보씨의 일일」, 『소설가 구보씨의 일일』, 문장사, 1938, 233면

복'은 모든 아나키스트가 공통적으로 "원하는 最大의 慾望"이 된다.

이와 같은 논의가 가능한 것은 「소설가 구보씨의 일일」에서 비중 있게 언급되는 다쿠보쿠, 자로, 공융 등이 하나같이 아나키즘적 의지를 가진 인물들이라는 사실과 구보가 동전을 통해 찾고자 한 '한 개의 의미' 사이에 불가분의 관련성을 찾아볼 수 있기 때문이다. 또한 박태원이 "러시아 아나키즘에 영혼을 심은 인물"[33]인 톨스토이의 「세 가지 소원」, 「바보 이반」 등을 번역·소개한 사실에도 주목할 필요가 있다. 톨스토이는 김산이 "조선의 톨스토이 심취자들 가운데 다수가 테러리스트가 되었다."[34]고 회고할 만큼 조선의 아나키즘 형성에 지대한 영향을 미쳤다. 실제로 구보는 "천하의 정의의 사(事)를 맹렬히 실행하기로 함"이라는 공약을 걸고 결성된 의열단(義烈團) 앞에서 "義理라는 것을 생각하고"[35] 스스로 "사실 나는 卑怯하였는지도 모른다."[36]고 자책하고, 그래서 자기가 "或은, 僞善者나 아니었었나"[37] 돌이켜 보기도 한다. '의열단'과 관련된 역사적 사건들을 동전의 연도들과 다시 한 번 밀착시키고 보면 다음과 같은 사건들이 전경화된다.

1919년: 의열단 결성 / (3·1운동, 강우규 의사 의거)

1922년: 의열단 제2차 암살·파괴 활동 계획 착수

1922년: 의열단 상해 황푸탄 의거

1923년: 의열단 단원 김상옥 의사 종로서 의거 / (관동대지진)

---

33 하승우, 『세계를 뒤흔든 상호부조론』, 그린비, 2006, 116면 참조.
34 김산·님 웨일스/송영인 역, 『아리랑』, 동녘, 2005, 168면 참조.
35 박태원, 「소설가 구보씨의 일일」, 『소설가 구보씨의 일일』, 문장사, 1938, 273면
36 박태원, 「소설가 구보씨의 일일」, 『소설가 구보씨의 일일』, 문장사, 1938, 273면
37 박태원, 「소설가 구보씨의 일일」, 『소설가 구보씨의 일일』, 문장사, 1938, 274면

1923년: 신채호의 '조선혁명선언(일명 의열단선언)' 발표

여기서 우리는 구보가 찾고자 한 '한 개의 의미'와 '행복'이 곧 의열단의 일련의 활약상으로부터 받은 잊을 수 없는 감동 그것이었음을 알게 된다. 유년기에 조선에 거주한 경험이 있는 일본인 작가 나카지마 아쓰시가 쓴 「순사가 있는 풍경」은 '1923년의 한 스케치'라는 부제를 달고 있는데, 김상옥 의사의 의거와 관동대지진으로 인한 조선인 대학살을 암시하는 대목이 등장해 흥미롭다. 이런 것에서 1920년대 조선 사회에 팽배해 있던 항일투쟁적인 시대 분위기를 읽을 수 있다. 이와 같은 시대적 분위기에 뒤이어 「소설가 구보씨의 일일」이 쓰인 1934년은 '카프'가 두 차례의 검거로 와해된 직후로 어느 때보다 출판 검열이 삼엄해진 시기이기도 하다.

1920년대 전반기 의열단의 무장테러활동은 당시의 신문기사에서도 보듯이, 실의에 빠졌던 식민지 조선 사회에 충격과 흥분을 던져 주었다. 박태원이 『약산과 의열단』에서 말했듯이, 당시 의열단의 활약에 은밀히 동감을 표하여 온 사람들은 그 수가 결코 적지 않았던 것이다.

매우 흥미로운 것은 1920년대 말에 쓰인 주목할 만한 시 한 편(임화, 「담(曇)-1927-'작코', '반제ㅅ틔'의 명일에」)이 발견된다는 사실이다. 이 작품은 몇 해 뒤에 나온 이상의 「오감도」 연작 중 '시제1호'와 아주 흡사한 면을 가지고 있어 일견 「오감도」 창작에 선도적으로 작용한 게 아닐까 의심마저 들 정도이다. 그것은 이 시가 세계 도처에서 발생한 아나키스트들의 무장테러사건을 제재로 삼은 점, 연작시 「오감도」에 쓰인 대표적 전경화(foregrounding)기법의 하나인 '호명적 열거법'을 사용하고 있는 점 등에서 그러하다.

(…)

제1의 동지는 뉴욕 사크라멘트 등지에서 수십 층 死塔에 폭탄 세례를 주었으며

제2의 동지는 핀랜드에서 살인자 米國의 상품에 대한 非買同盟을 조직하였고

제3의 동지는 코-펜하겐에 아메리카 범죄사의 대사관을 습격하였으며

제4의 동지는 암스텔담 궁전을 파괴하고 군대의 총 끝에 목숨을 던졌고

제5의 동지는 파리에서 수백 명 경관을 ××하고 다 달아났으며

제6의 동지는 모스크바에서 치열한 제3인터내슈낼의 명령하에서 대시위 운동을 일으키었고

제7의 동지는 도-쿄에서 ××者의 대사관에 협박장을 던지고 갔으며

제8의 동지는 스위스에서 지구의 강도 국제연맹본부를 습격하였다

(…)[38]

김윤식이 지적했듯이, 이 시에 사용된 '호명적 열거법'은 1934년 이상의 「오감도 시제1호」에 거의 동일한 방식으로 재현된다.[39] 대척적인 성향으로 알려진 '카프'와 '구인회'를 각각 대표하는 임화와 이상이 이곳에서 조우하는 것이다. '호명적 열거법'은 아나키즘적 연대감을 표현하는 데 매우 적합한 형태로 볼 수 있다. 아나키즘 사상을 추구한 아방가르드 예술의 실제적인 토대는 코즈모폴리턴적 의식이었는바, 이 아방가르드 운동은 도시와 국가의 경계를 뛰어넘어 전 세계적인 연대를 도모

38 임화, 「담(曇)-1927-'작코', '반제ㅅ틔'의 명일에」, 『임화 선집』 1, 세계, 1988, 23~24면 참조.

39 김윤식, 『임화연구』, 문학사상사, 1989, 121면 참조.

했다. 이상의 「오감도 시제1호」가 「담(曇)-1927-'작코', '반제ㅅ틔'의 명일에」와 매우 유사한 방식을 취한다는 사실은 의미심장하다.

> 十三人의 兒孩가道路로疾走하오.
> (길은막다른골목길이適當하오.)
>
> 第一의兒孩가무섭다고그리오.
> 第二의兒孩도무섭다고그리오.
> 第三의兒孩도무섭다고그리오.
> 第四의兒孩도무섭다고그리오.
> 第五의兒孩도무섭다고그리오.
> 第六의兒孩도무섭다고그리오.
> 第七의兒孩도무섭다고그리오.
> 第八의兒孩도무섭다고그리오.
> 第九의兒孩도무섭다고그리오.
> 第十의兒孩도무섭다고그리오.
>
> 第十一의兒孩가무섭다고그리오.
> 第十二의兒孩도무섭다고그리오.
> 第十三의兒孩도무섭다고그리오.
> 十三人의兒孩는무서운兒孩와무서워하는兒孩와그렇게뿐이모혓소.
> (…)[40]

40 이상(李箱), 「오감도 시제1호」, 『이상 문학전집』 1, 소명출판, 2005, 82면

이상에게 '13'은 예사롭지 않은, 의미 있는 숫자이다. 「종생기」(1937)의 주인공은 스스로 "열세 벌의 유서"를 준비한다고 말하고, 「날개」의 삽화에는 그 '열세 벌의 유서'처럼 보이는 책이 열세 권 펼쳐져 있기도 하다.

그동안의 「오감도 시제1호」 해석에는 서로 다른 여러 논의가 있어 왔다. 특히 '오감도(烏瞰圖)'라는 조어와 함께 '13인'이 나타내고자 한 의미가 무엇인지에 대해 논의가 분분했지만 뚜렷한 합의에 이르지 못하고 있는 상태이다. 이에 대해 여기에서는 '13인의 아해'를 역사적 알레고리로 보려 한다. 이는 물론 해석상의 한 가능태로 제시하는 것이지만, 기존의 논의에서 이('13인의 아해')를 상징적인 의미로 해석하는 것과는 배치되는 입장이다. 의열단은 1919년 11월 만주 길림에서 김원봉 등 13인이 모여 만든 항일 테러조직이었는바, 세상을 떠들썩하게 했던 이들 의열단원 13명이 곧 '13인의 아해'일 수 있다. 의열단은 식민지 조선의 대표적인 아나키스트 단체다. 아나키스트들은 목숨을 기꺼이 바치면서까지 자신들의 신념을 폭력적인 방식으로 드러내려는 자들이다. 그들은 살려는 의지는 그 의지의 부정에 달려 있음을 하나의 신념으로 마음에 새기고 있었다. 그러므로 아나키스트들은 두려운 동시에 가엾은 존재들이었다. 의열단의 13인의 단원은 "무서운" 아해들이고, "무서워하는" 아해들이었다.

의열단과 조선 아나키즘 운동에 대한 공감대적 열기는 박태원과 이상을 넘어 이태준, 채만식, 심지어 화가 구본웅에 이르기까지 두루 폭넓게 나타나고 있음을 확인할 수 있다. 다음은 박태원과 이상에게 작품 발표의 기회를 주선한 '구인회'의 '좌장' 이태준의 『불사조』(1946)의 일부이다.

"물론 살인도 하고 방화도 하고 또 해외에 나가 조직운동도 할 수야 있겠지요. 그러나 솔직히 말씀이지 우리 따위 서푼짜리 지식인들은 저 자신은 죽이되 남은 죽이지 못하는 거고, 불 구경을 좋아는 하되 불을 놓지는 못하는 겁니다. 의열단장을 예찬은 할지언정 제 어깨에 총을 메고 나서진 못하는 겁니다. 여기 창백한 인테리의 비애가 있는 거랍니다."[41]

해방 직후에 나온 이 작품은 박태원의 『약산과 의열단』과 거의 같은 시기에 쓰였다. 이태준은 여기에서 등장인물인 담향의 목소리를 통해, "의열단장을 예찬은 할지언정 제 어깨에 총을 메고 나서진 못하는" "인테리의 비애"를 토로했다. 또한 이태준은 같은 해 발표한 『해방 전후』에서는 '김원봉'을 직접 언급했다.

한편 화가 구본웅도 의열단과 관련된 그림 및 시를 남겼다. 잘 알려진 대로 구본웅은 '우리나라 최초의 야수파 화가' 또는 '야수파적 표현주의자' 등으로 불리었던, 천재 화가이자 '꼽추 화가'다. 주목할 점은 그가 이상이 운영한 다방 '제비'(1933~1935)의 실질적인 주인이었다는 사실이다. 당시 '제비'는 박태원과 이상 등 구인회 문인들에게 사랑방 구실을 했던 것으로 알려진다. 구본웅은 '제비'에 출입하는 문인들과 두루 지근거리에서 교유했으며, 특히 박태원과 이상의 만남을 주선하기도 했다. 구본웅은 「소설가 구보씨의 일일」에 "茶房 옆 골목 안, 그곳에서 젊은 畵家는 骨董店을 經營하고 있었"[42]다고 묘사된 바로 그 '젊은 화가'이고, 이상의 「봉별기」(1936)에 등장하는 "화우(畵友) K군"이기도 하

41 이태준, 『불사조』, 『이태준 문학전집』 3, 깊은샘, 1995, 234면
42 박태원, 「소설가 구보씨의 일일」, 『소설가 구보씨의 일일』, 문장사, 1938, 245면

다. 다방 '제비'에 걸려 있던 이상의 초상화도 구본웅의 작품이다. 그 구본웅이 1923년에 일어난 김상옥 의사의 종로 경찰서 폭파 거사—이 해는 또한 구보가 들여다본 다섯 개의 동전 연호 중 마지막 해이다.—에 관련된 그림을 남겼다. 그 그림은 경신고보 학생 시절 김상옥 의사의 처참한 총격전을 목격했던 구본웅이 당시의 장면을 "그 생생한 기억을 되살려 검은 잉크의 펜화로 실감있게"[43] 그린 것이다. 그림 속에 구본웅이 적은 시의 내용은 다음과 같다.

> 아침 7시, 찬바람, 눈 싸힌 벌판.
> 새로 진 외딴 집 세 채를 에워싸고
> 두 겹, 세 겹 느러슨 왜적의 경관들
> 우리의 義烈 金相玉 義士.
> 슬프다. 우리의 金 義士는 양손에
> 육혈포를 꼭 잡은 채, 그만-
> 아침 7시 제비(김 의사의 별명을 제비라 하여 불렀었음)
> 길을 떠낫더이다.
> 새봄이 되오니 제비시여. 넋이라도 오소서[44]

여기서 의열(義烈) 김상옥이 당시 '제비'라는 별명으로 불렸다는 사실을 확인할 수 있다. 그렇다면 구본웅이 재정적인 지원을 한 이상의 다방 '제비'는 곧 '제비' 김상옥 의사를 가리키는 것일 가능성이 있다. 한

43 이구열, 『우리 근대미술 뒷이야기』, 돌베개, 2005, 203면
44 김동진, 『1923 경성을 뒤흔든 사람들』, 서해문집, 2015, 138면

편 시에서 구본웅이 "새봄이 되오니 제비시여 / 넋이라도 오소서"라고 말했듯이, 「소설가 구보씨의 일일」에서도 구보가 '제비'를 떠올리는 대목이 등장한다.

일제 강점기, 특히 3·1운동 직후 깊은 실의에 빠져 있던 조선 사회는 의열단으로 대표되는 조선 아나키즘 운동과 그 활약상에 크게 위안을 얻고 또 고무되어 있었다고 볼 수 있다. 이 시기에 경험했거나 또는 전해 들은 감동을 작가들은 작품화하고 나섰다. 1934년 발표된 「소설가 구보씨의 일일」과 「오감도」 연작시가 이와 같은 예의 하나이지만, 그 열기는 식민지 시기가 끝나고 해방이 된 직후까지도 식지 않고 이어졌다. 1946년의 『불사조』(이태준), 『해방전후』(이태준), 그리고 1947년의 『약산과 의열단』(박태원) 등이 곧 그것이다. 열거한 작품들이 모두 의열단을 깊이 염두에 둔 것이라 할 때, 의열단에 기운 작가들의 도저한 관심이 얼마나 폭넓게 그리고 지속적으로 공감대를 형성했었는가를 새삼 확인할 수 있다.

「소설가 구보씨의 일일」은 사적 공간(북촌)에서 공적 공간(서촌)으로 이동하면서 사적 차원의 서사가 공적인 역사적 차원으로 확대되고 텍스트의 알레고리적 성격이 두드러진다. 친연적 관계에 놓인 이상의 「오감도 시제1호」와 겹쳐 읽기를 통해 이 작품의 심층에 자리 잡은 '의열단 사건'과 관련된 텍스트의 '정치적 무의식'을 읽어 낼 수 있다.

2. 서대문형무소 에두르기: 『낙조』, 「최노인전 초록」

'산책자 텍스트'의 식민지적 변용

『낙조』와 「최노인전 초록」은 각각 1933년 12월과 1939년 7월에 발표된 작품들로 친연관계에 있다. 두 작품 모두에 등장하는 주인공 최노인(최주사)은 동일인물로 보이며, 최노인이 "누가 묻지도 않은 말을 반은 혼자말로 중얼"거리며 자신의 "옛날 얘기"를 들려준다는 서사적 틀의 설정도 일치한다. 그렇다고 해서 「최노인전 초록」이 『낙조』의 부분 개작이라고 보기는 어렵고, 오히려 동일한 서사의 연장선에 위치하는 후일담에 가깝다고 할 수 있다. 왜냐하면 두 텍스트의 서사적 시간이 근 5년을 상거하여 역사적 시간(현실)과 각각 병행·일치하기 때문이다. 따라서 이 두 작품이 시기별로 각각의 역사적 맥락에 밀착해 쓰였음을 알 수 있다.

엄밀한 의미에서 이 작품들은 '산책자 텍스트'가 아니다. 작품의 공간적 무대가 산책을 하기에는 적합하지 않은 경성의 서부 지역, 그중에서도 '서대문형무소' 부근이기 때문이다. 특별한 이유도 없이 서대문형무소 앞을 매일같이 오고 가는 최노인의 행위가 서사를 이끌고 있다는 점에서 보면, 이 작품은 '산책자 텍스트'의 식민지적 변용의 흥미로운 사례라 할 만하다. 먼저 『낙조』는 반복적으로 '만주'를 언급함으로써 일본의 만주 침략 사실을 환기한다.

> (A) 석간(夕刊)이 배달된 뒤 두 시간.
>
> '호외(號外)'다.

만주에 또 무슨 일이나 생긴 것일까?

그러나 그러한 것은 아모러튼 조흔일일지도 모른다.

약국 뒤ㅅ방에서는 늙은이와 젊은이가 지금 마조안저 바둑을 두고 잇섯스니까[45]

(B) "흥! 며칠 전에 또 봉천인가 어딘가 갓다왓다든가? 누구냐구? 내 딸 말이지 누구요 …… 철도국에를 다니는 사람의 가족들은 긔차를 거저 탑넨다. 그래 그 애두 걸핏하면 안동현이니 봉천이니 갓다오지요. 치맛감이라 저고릿감이라 비단두 사오구 …… 그야 그냥 그대루 가주 나오면이야 아암, 세관 물지. 그래 거기 어듸 아는 사람 집에서 치마 저고리를 멘들어 겹처입구 나오기두 하구 …… 언젠가는 허다못해 고추를 다 사러 들어갓섯구료, 흥!"[46]

(C) 그러나 저편구석에 안저 술은 잘안먹고 안주만 골고로 차저먹든 젊은이가 저까락을 그냥 손에든채 만주국 이야기를 끄냇슬을 때, 최주사는 귀가 번쩍 띄는 듯이 불이나케 몸을 고처안고 그의 독특한 시국담(時局談)까지를 시험하다가 흐지부지 횡설수설이 되드니 이번엔 정말 모으로 비스듬히 쓸어진다.[47]

예시된 글 (A), (B), (C)와 같이 『낙조』에는 만주와 관련된 언급이 세 번 등장한다. (A)는 서술자의 발화로 제시된다. 석간이 나온 지 두 시간

45 박태원, 『낙조』 제1회, 《매일신보》, 1933. 12. 8.
46 박태원, 『낙조』 제8회, 《매일신보》, 1933. 12. 15.
47 박태원, 『낙조』 제22회, 《매일신보》, 1933. 12. 29.

만에 호외(號外)가 발행되었다는 것에서 무엇인가 중대한 사건이 만주에 발생했음을 암시한다. 또한 "또"라는 반복의 의미를 통해 이 사건이 만주와 관련된 일련의 사건의 연장 선상에 놓여 있음을 알게 한다. (B)는 최노인이 큰딸 내외를 '욕'하는 장면이다. 큰사위는 '철도국 직공'으로, 딸과 사위는 기차를 타고 만주국의 안동현(安東縣)과 봉천(奉天) 등지로 자유롭게 오고 간다. 만주국은 1932년 3월에 세워졌다. 그런데 작품 속에서 조선과 만주국은 철로로 연결되어 이미 하나의 네트워크로 되어 있음을 알 수 있다. 이 철도망을 통해 만주에서 일어나는 사건들이 매우 빠르게 조선에 전달된다. 또한 큰딸 내외가 값싼 물건을 구입하려고 "걸핏하면" 만주를 찾는다는 내용으로 미루어 만주가 이미 반식민지 상태로 전락했음을 알 수 있다. (C)는 최노인이 술에 취한 상태에서도 어떤 젊은이가 '만주국'에 관해 언급을 하자, "귀가 번쩍 띄는 듯이" 몸을 고쳐 앉고는 그 이야기를 듣는다는 대목이다. 『낙조』는 이와 같이 동시대 최대의 역사적 사건인 '만주사변', '만주국 수립' 등을 되풀이해 환기하고 있는데, 정작 그것을 서사의 중심에 끌어들이지는 않는다.

'만주'에 대해 처음 언급하면서 서술자는 "그러한 것은 아모러튼 조흔일일지도 모른다."고 말한다. '~일지도 모른다'라는 유보적인 표현은 박태원이 즐겨 사용하던 것으로, 표면적으로는 부정의 형태를 취하지만 실질적 판단은 독자의 몫으로 돌리는 일종의 '거짓 부정'이다. 이것은 무엇에 대해 말하면서도 '그것에 대해 말하지 않는 것처럼' 표현하는 방식이다. 곧 실체적 진실에 대해 알게 하는 것을 거부하면서 동시에 알도록 해주는 셈이다. 이 문장에 이어지는 '바둑' 장면은 이러한 '거짓 부정'의 특성을 보다 뚜렷이 보여 준다.

"이건 늙은이를 너무 능멸히 녁이는게지. 남의집을 막 들어와?"

"무슨문제가 생길 뜻 해서 들어갓조."

(…)

"아 이건 너무 늙은이를 능멸히 녁이는구료. 호구로 들어와?"

"호구라고 못들어갈 것 잇습니까?"

"때리면 그만인데 못들어갈것이 잇느냐?"

"때립쇼그려."

"때리지."

"그때에 여기를 벌떡 스거든요."

"그럼 소용잇나? 이러면 그만이지 …… 뭐ㅅ? 그러면 때린다? 아차 거길 내가 못논는구나, 쩻쩻 그럼 죽엿게?"

"죽지는 안초. 서로 못들어가니까 …… 비겻조."

"그럼 내가 젓게? 그래 내가 미칫지 그걸 비겨놋는 바둑이 어듸잇담, 쩻쩻쩻쩻 ……."[48]

바둑의 기원(起源)이 전쟁이었음을 고려할 때, 최노인과 한 젊은이의 바둑 대결 국면이 '만주사변'에 대한 은유적 설정임을 짐작할 수 있다. 젊은이의 공격을 최노인이 방어하는 상황 설정 또한 최노인이 피침략국 '만주'의 시각을, 젊은이가 침략국 '일본'의 시각을 각각 은유한다고 할 수 있다. 박태원의 『미녀도』(1939)에도 만주는 "조선이나 다름 없으니까요."라는 표현이 등장할 정도로, 식민지 시기 만주는 중국의 땅이자 조선의 땅이었다. 안창호 등은 그곳 만주에 경제적 자립과 함께 독립투쟁

48 박태원, 『낙조』 제1회, 《매일신보》, 1933. 12. 8.

이 가능한 '이상촌'을 건설하려 했다. 만주사변이 이러한 민족적 열망과 노력을 모두 수포로 돌렸다. 『낙조』에는 장기판 용어인 '차포겸장(車包兼將)'이라는 표현도 반복해 등장한다. 장기 역시 전쟁에서 기원한 놀이다. 소설에서 쓰인 차포겸장은 철도를 상징하는 '차(車)'와 관동군의 군사력을 상징하는 '포(包/砲)'가 결합된 표현으로 일제의 알레고리가 된다. 만철(남만주철도 주식회사) 총재와 일본 외상을 지낸 마쓰오카 요스케(松岡洋右)의 말대로 만주사변은 관동군과 만철이 함께 일으킨 것이었다.[49] 중국 대륙 침략의 선봉에 선 관동군이 애초에는 관동주와 남만주철도의 경비를 위해 배치된 군대였다는 사실이 이를 잘 말해 준다. '만주'를 사이에 둔 일제와 항일무장세력 간의 충돌은 1932년을 기해 본격화되기 시작한다. 앞서 인용한 바둑판 위의 대결구도처럼 전운이 고조되기 시작한 것이다.

만주는 조선의 여섯 배에 해당하는 광대한 지역(약 120만km^2)으로 각종 지하자원이 풍부하게 매장되어 있으며 일제의 대륙 진출의 교두보 역할을 담당했다. 바둑 용어인 '호구(虎口)'는 상대방 바둑돌 석 점이 주위를 둘러싸고 있는 상황을 의미한다. 일반적으로 호구에는 바둑돌을 놓을 수 없지만, 이 점을 놓음으로써 상대방의 진을 완전히 포위하는 경우에는 거기에다 놓고 상대방의 돌을 들어낼 수 있다. 이처럼 일제는 '호구'와 같은 형세의 만주를 장악함으로써, 중국과의 대결에서 주도권을 차지하게 된다. 그런데 만철, 즉 남만주철도가 만주침략 수행의 가장 근간이 되는 수단이었다. 「최노인전 초록」의 최노인의 언급을 통해서도 일본의 철도가 지속적으로 팽창해 왔음을 알 수 있다.

---

49 곽홍무, 「만철과 만주사변-9·18 사변」, 『아시아문화』 제19호, 2003, 57면 참조.

> 관비유학생으루 뽑힌 사람이 도합 백여명인데, 박영효에게 인솔 받아 서울을 떠날 때가 장관이었읍니다. 시방같으면야, 무어 노좀이니, 무어, 히까리니 허구, 급행차가 있는 세상이라, 타기만 하면 그대루 뚜루루 부산까지 데려다 주구, 게서 배 타면 그만인게지만, 그때루 말허면 경부선은 이를것두 없구 경인선두, 개통 안됐을 때니, 천생 제물포까지 걸어가야만 할 밖에…….[50]

경부선(1905)과 경의선(1906)을 개설한 일본은 조선과 만주를 하나의 철도망으로 통합하려 했다. 한·만철도 일원화론은 러일전쟁 직후, 그러니까 일본이 남만주철도를 확보한 직후부터 등장했다. 실제로 조선총독부 철도국과 만철 사이에 '국유조선철도위탁계약'(1917)이 맺어져 한국철도는 만철에 의해 경영되었다. 철도의 통합은 곧 경제권의 통합을 의미하는 것이기도 했다. 일본은 만주와 몽고 지역을 직접 영유하려던 당초의 계획을 변경하여 괴뢰국가인 '만주국'을 세운 뒤 더 이상 전쟁을 확대하지 않겠다고 발표한다. 바둑을 두던 젊은이가 "서로 못들어가니까 …… 비겼조."라고 말하는 대목은 이러한 역사적인 정황에 대한 우회적 표현이라 할 수 있다. 이와 같이 『낙조』는 최노인의 일상적인 삶의 이야기를 다룬 표층 서사와 일제의 침탈에 대한 비판의식을 보이는 심층 서사로 된 '이중 텍스트(double text)' 구조임을 알 수 있다.

시간지표로 재구성한 최노인의 삶

『낙조』는 총 네 개 장으로 되어 있는데, 앞의 두 장은 시간지표에, 뒤

50 박태원, 「최노인전 초록」, 《문장》 제1권 제7호, 1939년 7월, 357면

의 두 장은 공간지표에 의한 구성을 취한다. 최노인은 '경오년(庚午年)', 즉 1870년생이다. 텍스트 내 많은 시간지표는 최노인의 출생 연도를 기준으로 어느 정도 재배열할 수 있다. 최노인의 삶에는 "기꺼운 일도 즐거운 일도 슬픈 일도 언짢은 일도 그리고 부끄러운 일도 망측한 일도 참말 별별 일"(제14회)들이 다 일어났던 것이다. 그는 "을미년이니까 지금부터 치자면 서른아홉 해 전"(제3회)에 최초의 관비동경유학생으로 선발되어 일본으로 건너갔으나, 그해 일어난 "을미정변"(1895)으로 곧바로 귀국하게 되었다. 을미년을 전후하여 "경무청에 다닌 게 도합 십구 년 …… 경성 감옥 간수가 일 년 …… 노돌 숫사쓰가카리가 이 년 ……", 나무시장 표사무를 "삼 년"(제6회) 정도 하고 그만두었다. 그 이후 현재까지 그는 "매약행상"을 하면서 살아가고 있다.

여기서 주목할 것은 최노인이 오랜 시간 동안 순사와 감옥의 간수로 공직생활을 했다는 사실이다. 우리 근대 소설에서 '순사'를 했던 사람이 중심인물로 등장하는 것은 매우 예외적이다. 순사는 식민지 시기 소설에서 재현이 어려웠던 대표적인 대상으로, '순사'가 등장할 경우 대체로 텍스트 심층에 '거대 사건'이 암시되곤 했다. 예컨대 채만식의 「순공있는 일요일」(1940)도 '최노인'과 마찬가지로 전직 '순사'였던 글방 선생 정문오의 이야기인데, 작품의 심층에 '3·1운동'이라는 '거대 사건'이 암시되고 있다. 또한 시간지표들이 정문오의 생애를 중심으로 재구성될 수 있다는 점 등에서 『낙조』와 유사한 구성을 취한다. 정문오가 순사를 그만두게 된 계기가 '3·1운동'이었듯이, 『낙조』의 최노인 경우에도 순사와 간수를 그만두게 된 결정적인 계기가 따로 있었을 가능성이 매우 높다.

젊엇슬때는-(그렇다 그가 사십줄에 들엇슬때까지만 해도 아즉도 아즉도 젊엇슬 때다)- 그래도 꿈이 잇섯다.

희망이라는 것이 잇섯다.

그는 '나무시장 표ㅅ사무'를 보고 잇슬때에도 설마 자긔가 그걸로 늙어 죽으리라고는 생각하지 안헛섯다.

과연 그는 그것을 삼년동안 하엿슬 따름으로 그만두어버렷다.

그리고 그는 약가방을 들고 다니엿다.

그러나 이제 최주사에게는 꿈이 업섯다.

희망이 업섯다.[51]

최노인이 "사십줄"에 접어든 해는 국권을 피탈당한 1910년이다. 그러니까 그는 '국권피탈'을 전후로 하여 '꿈'과 '희망'을 잃어버린 것이 된다. 그 시기에 공직에서 물러나 잡다한 직업을 전전한 끝에 '매약행상'이 되었다고 할 수 있다. 1910년을 기점으로 최노인의 삶을 재구성해 보면, 그는 스무 살을 전후해 순사직에 투신했고, 국권피탈 시점 전후로 순사와 간수 생활을 접고 여러 직업을 전전한 것으로 볼 수 있다. 최노인이 20여 년 가까이 순사와 간수를 지냈다는 설정은, 그가 경성에서 발생한 수많은 시국사건에 투입되었거나 간접적으로라도 연루되었을 가능성을 높여 준다.

더욱이 최노인은 최초의 관비동경유학생이었기에, 저명한 "사회적 인물"들과 직접적인 친분이 있는 것으로 암시된다. "세상에 흔하디 흔한 그러한, 약장수거니-하여, 별 흥미를 느끼지 않는 모양이나, 한번 알고 보면, 분명히 (…) 신기하게 놀라고 말 것이, 이 최노인은 정녕한 한

51 박태원, 『낙조』 제14회, 《매일신보》, 1933. 12. 21.

국시대 관비유학생의 한 명이었던 것”이다.[52] 『낙조』와 「최노인전 초록」에는 박영효, 후쿠자와 유키치(福澤諭吉), 고영희, 윤치호, 이상재, 위안스카이(袁世凱) 등 당시 “사회적 인물”들의 실명이 언급되고 있으며, 중심인물 최노인이 이들 대부분과 친분을 쌓고 지냈다는 사실로 미루어 최노인이 시국사건과 연루되었을 가능성이 높아진다. 작품에서 실명으로 거론되는 인물들은 대부분 ‘독립협회’와 밀접한 관련이 있는 개화파 인사들이다. 최노인이 서대문형무소와 독립문 사이를 매일같이 오고 간다는 점, 그의 절친한 친구 윤수경이 ‘독립관’에서 장사를 했다는 점 등에서 최노인이 ‘독립협회’ 인사들과 밀접한 관련이 있을 것이라고 짐작할 수 있다.

“수많은 청년들 속에서 특히 선발되어, 관비로 일본에까지 보냄을 받은” 관비유학생 출신 최노인이 “어떻게 된 노릇인지”[53] 모든 관직을 버린 채 매약행상으로 떠돌고 있다는 설정에 주목할 필요가 있다. 더욱이 그는 친분 있던 유명인사들과 “격세지감”을 느끼는 나머지 그들과는 “상종”할 수 없다고 말한다.

> “매양 사람들끼리 사괴는 게 별 수 없습닌다. 똑 져울질하는 거와 매한가지니까 …… 저울이 핑피-ㅇ해야만 사괴두 어울리는 거지 한편이 기울면 안 되조. 보시구료. 가령 한편이 재산이 잇스면 한편은 지위가 놉다든지 …… 한편이 지위가 놉다면 또 한편은 학식이 유여하다든지 …… 똑 그래야만 되는 거지 이건 돈두 업구 지위두 업구 그러타구 학문조차 업는

52 박태원, 「최노인전 초록」, 《문장》 제1권 제7호, 1939년 7월, 356면
53 박태원, 「최노인전 초록」, 《문장》 제1권 제7호, 1939년 7월, 358면

내가 김○○와 교제를 하면 교제가 되겟소? 어림두 업는소리지…….”[54]

“아, 누가? 내가? 내가 그 사람들허구 상종을 헌다? …… 온, 어림두 없는 말 …… 여보, 사람이 서루 상종을 헌다는게, 그게 그렇습닌다. 둘이 다아, 권세가 있으면 권세가 있다던지, 부자면 부자라던지, 그렇지 않으면 한편은 돈이 있구, 또 한편은 지위가 당당허다던지…… 어떻게 그렇게 서루 저울질을 해서 저울대가 핑핑 해야만 상종이 되는게지, 한편이 무엇으루든 너무 기우르고 본즉슨 상대가 안된단 말이야, 가만히 두구 보구료. 세상형편이 꼭 그렇습닌다.”[55]

그는 친분이 있는 ‘김○○’를 “따-다인”이라고 칭한다. 그리고 “원세개(袁世凱)를 원다인이라구 그랬으니까 …… 따-인이라면 아주 다인이란 말”(제6회)이라고 첨언한다. 위안스카이는 중국의 황제가 되려는 야심에서 1915년 5월 일본의 ‘21개조 요구’를 받아들였으며, 황제추대 운동을 전개하여 1916년 1월 스스로 황제라 선언한 인물이다. 말하자면 그는 개인적 욕심에서 나라를 판 중국의 대표적 친일 인사다. 또한 1885년 10월 ‘주차조선총리교섭통상사의(駐箚朝鮮總理交涉通商事宜)’라는 직책으로 조선에 부임하여 약 10년간 ‘조선의 왕’에 버금가는 권력을 휘두른 인물이기도 하다.

최노인이 “따-다인”과는 교제할 수 없다고 말하는 것은 이러한 친일 인사 또는 외세 유착 세력과는 상종할 수 없다는 뜻을 우회적으로 드러

54 박태원, 『낙조』 제6회, 《매일신보》, 1933. 12. 13.
55 박태원, 「최노인전 초록」, 《문장》 제1권 제7호, 1939년 7월, 359~360면

낸 것으로 해석할 수 있다. 젊어서 최노인이 관비유학생으로 동경으로 떠날 때 만난 인물이 박영효이다. 박영효 등이 일으킨 '갑신정변'은 위안스카이 군대에 제압당하고 박영효는 일본 망명길에 오르지만, 그렇대서 최노인이 박영효에게 동조하는 것도 아니다.

> "당시 내무대신이 지금 후작 박영효엿느니 …… 관비 동경 유학생을 뽑는데 지원자가 천여명이라 ……."[56]

최노인은 한때 대한제국의 "내무대신"이던 박영효가 지금은 일본 제국의 "후작"이 되었음을 상기한다. 그는 사람들의 "칭호로부터 동리 이름에 이르기까지" "당시와 지금이 다르다"[57]는 사실을 기억하는 몇 안 되는 인물이다. 최노인의 이야기를 듣는 대부분의 젊은이는 "그 당시에는 세상에 태어날 꿈도 안 꾸었던"(제21회) 사람들인 것이다. 그중 최노인이 "용양지총(龍陽之寵)"(제14회)의 사이였다며 긍정적으로 평가하는 사람은 윤수경이라는 인물이다. 그는 최노인과는 동년생으로 '모화관' 근처에서 싸전을 하다가 "십오륙년전"에 "광주인가 어디루"(제9회) 갑작스레 낙향했다가, 얼마 전에 상경하여 지금은 "자하굴"에서 살고 있다. 최노인이 그에게 "돈 오 전 빚진 채 이때까지 갚을 기회를 갖지 못하였던 사실"(제9회)은, 당시 윤수경이 준비 없이 급하게 낙향했음을 암시한다. 또한 "십오륙년전"이라는 시간지표는 '3·1운동' 전후의 시기를 가리킨다. 이로 미루어 볼 때, 윤수경의 낙향이 '3·1운동'과 관련되어 생

---

56 박태원, 『낙조』 제3회, 《매일신보》, 1933. 12. 10.
57 박태원, 「최노인전 초록」, 《문장》 제1권 제7호, 1939년 7월, 359면

긴 일로 볼 수 있다. 그리고 갑자기 찾아온 그의 죽음에 최노인이 깊은 슬픔을 느끼는 것도 같은 맥락으로 해석될 수 있다.

『낙조』와 달리 「최노인전 초록」에 윤치호와 이상재가 새롭게 언급되는 점 또한 주목할 필요가 있다. 이 작품의 결말은 다음과 같다.

> "근대에 사회적 인물로는 내가 월남 이상재선생을 추앙하였읍늰다. 월남선생 돌아가셨을 때는 내가 영구를 뫼시구 남문 밖까지 따라 갔었으니까 ……, 월남 선생 돌아가신 후의 인물로는 윤치호선생인데, 그분 돌아가시면 내 또 영구 따라 나서야지."
> 하고, 그것도 한두번이 아니다.[58]

「최노인전 초록」에서 최노인이 회고하는 두 사람, 곧 윤치호와 이상재는 실제로 YMCA와 독립협회 등을 같이 이끈 평생의 동지다. 그러나 역사적으로 이 둘에 대한 평가는 극명하게 엇갈린다. 1927년 3월 30일 자 윤치호의 일기는, "어젯밤 11시 30분쯤 이상재 선생이 기어코 세상을 떠나고 말았다. 선생의 죽음으로 조선은 위대한 인물을 잃었다."[59]고 적고 있다. 그러나 '3·1운동'을 이끈 이상재와 달리 윤치호는 '3·1운동'을 공개적으로 반대했으며 당연히 동참하지 않았다. 나아가 그는 "이 순진한 젊은이들이 애국심이라는 미명하에 불을 보듯 뻔한 위험 속으로 달려드는 모습을 보면서 눈물이 핑 돌았다."[60]는 기록을 남기기도 했다.

---

58 박태원, 「최노인전 초록」, 《문장》 제1권 제7호, 1939년 7월, 363면

59 윤치호/김상태 편, 『윤치호 일기』, 역사비평사, 2001, 596면 참조.

60 윤치호/김상태 편, 『윤치호 일기』, 역사비평사, 2001, 596면 참조.

이상재와 윤치호에 관한 최노인의 언급은 동일한 표지로 보이지만, 전혀 다른 방식으로 재표지화된다. 당시에 이상재는 이미 죽었지만 윤치호는 생존해 있었다. 그런데 이미 "한 발을 관(棺) 속에 집어넣고 있는" 최노인이 "그래도 윤치호옹보다는 좀 더 오래 살 것을 은근히 계획하고 있는 것"[61]이다. 따라서 "살 만큼 살기두 했으니 어서 죽어야지."(제18회)라는 최노인의 언급은 자신을 향한 것인 동시에, 아직 살아 있는 '친일파' 윤치호를 향하는 것이기도 하다.

공간지표와 역사적 의미

최노인의 삶을 시간지표로 재구성한다고 해서 그것이 그대로 역사화되는 것은 아니다. 공간지표와의 접맥으로 비로소 온전한 역사적 의미를 획득할 수 있다. 그러므로 '동기화 장치(motivation device)'로서의 최노인은 경성의 공간지표를 환기하는 일종의 '식민지 도시의 산책자'가 되어야 한다. 그러나 이른바 제국 모더니즘 문학의 보들레르식 '산책자'는 식민지 도시 경성의 도시 공간에서는 굴절되고 변형될 수밖에 없다. 이곳에서 최노인은 산책자가 아니라 '매약행상'으로 떠돌 수밖에 없는 것이다. 식민지 도시 경성의 서부 지역은 애초부터 '산책'과는 어울리지 않는 '정치적' 공간이라는 점도 이와 관련이 있을 것이다.

박태원의 「소설가 구보씨의 일일」과 『천변풍경』이 각각 경성 시가지와 청계천을 중심으로 한 서민들의 삶을, 그리고 『금은탑』이 앵정정을 중심으로 한 남촌의 풍경을 중점적으로 재현했다면, 『낙조』에서는 경성 서부 지역을 중점적으로 재현한다. 이 지역은 식민지 도시 경성의 성격

61 박태원, 「최노인전 초록」, 《문장》 제1권 제7호, 1939년 7월, 362~363면

그림 3-3 경성 서부(Ⓑ-2) 지도 관동, 서대문형무소, 독립문
(출처: 서울지도 홈페이지http://gis.seoul.go.kr/)

이 가장 가시적으로 드러나는 '정치적' 공간이다(그림 3-3). 서대문형무소와 독립협회, 독립관 등이 밀집해 있는 구역이기 때문이다. 이 구역을 근거지 삼아 매약행상을 하는 최노인의 동선이 곧 『낙조』의 뼈대를 이룬다.

최노인 부부는 큰사위를 데릴사위로 삼아 함께 살아왔다. 그러나 최노인은 아내와 사별한 후 큰딸 내외에게 집을 넘겨주고는 단골 약방을 거처 삼아 매약행상을 하며 하루하루를 살아가는데, 이러한 서사는 다분히 알레고리적이다. 최노인은 "종로 양약국"을 거처 삼아 지내면서 "경성 시내 시외 수십 처의 단골 술집"(제10회)을 돌아다닌다. 그런데 특이하게도 "작년겨울"부터 최노인은 서대문형무소 앞 구둣방에 약가방을 맡겨 두고 그 일대로만 매약행상을 다니기 시작한다.

최주사는 오든 길을 되돌아 감영압흐로 간다.

최주사는 웬일인지 작년겨울부터 그의 약가방을 이 구두방에다 맛기고 다녓다.

아침에 그리가서 차저가지고 한박휘 휘돈다음에 도라오는 길에는 또 으레히 그것을 그 집에 맛겨두엇다.

그 까닭은 아모도 몰랏다.[62]

근래에 들어 최노인은 서대문을 중심으로 하루씩 번갈아 가면서 북쪽과 서쪽으로 "매일 사오십 리씩"(제2회) 돌아다니고, 일을 마치면 다시 서대문으로 되돌아온다. 그의 경로를 살펴보면 다음과 같다.

북쪽: 서대문–무악재–홍제–외리–녹번–구파발

서쪽: 서대문–동막–양화도–염창–영등포

그런데『낙조』에도 서술자의 과도한 개입이 여러 차례 눈에 띈다.

이 노인에게 흥미를 느끼고잇는 나는– 그러나 이 '나는' 하고 말하는 것을 최주사 압헤서는 삼가야 한다. 누구든 그의 압헤서 '나는'이라든지 '내가'라든지 하고 말한다면 이 노인은 작난꾼이가튼 웃음을 띄우는 일도 업시, "나는 수야(誰也)오?" 하고 타박을 준다. 까닭에 나도 독자들이 최주사의 버릇을 본뜨기 전에 '이 이야기의 작자(作者)인 나는' 하고 주석을 부치기로 한다– 내일 이 노인을 따라서 동막으로 해서 양화도로 해서 염

62 박태원,『낙조』제13회,《매일신보》, 1933. 12. 20.

창을 들르려면 들러서 영등포로 도라들어올 작정이다.[63]

인용한 대목에서 "이 이야기의 작자"인 서술자 "나"가 등장한다. 서술자는 자신이 최노인을 따라 '서쪽'으로 이동할 것이라고 예고한다. 서술자의 과도한 개입은 소설의 '사실적' 환영 효과를 깨트림으로써 독자가 소설에 몰입하는 것을 방해한다. 그런데 이 작품에서는 이러한 부담을 감수하면서까지 서술자가 독자들에게 텍스트에서 일정한 거리를 유지할 것을 요구한다. 말하자면, 향후 전개될 공간적 이동에 따른 경로를 소설 차원이 아니라 역사적 차원에서 독해할 것을 요구하는 것이다. 최노인이 이동하는 공간은 '매약'을 하기에는 전혀 어울리지 않는 공간이다. 그의 이동 경로에는 "부자연한 무엇이 석여"(제15회) 있다. 이 공간은 최노인이 20여 년을 몸담아 온 '경찰서'와 '감옥'으로 둘러싸인 공간이다. 박태원은 「모화관 잡필-죄인과 상여」(1937)라는 수필에서 이 지역을 다음과 같이 묘사한다.

하로에도 몇 차례씩 형리들은 죄인의 손을 얽고 몸을 묶어 이곳을 안동하여 왔고 또 한결같이 붉은 옷을 입은 전중이들은 개인 날 밭에 나와 부지런히 일들을 하였으므로 이 동리의 어린이들은 쉽사리 그것을 볼 수 있었고 본 것은 흉내내는 것이 또한 재미있는 노릇이어서 그래 그들은 곧잘 순검이 된 한 아이가 새끼나 빨랫줄 등속으로 죄수가 된 몇 아이들을 잔뜩 묶어 가지고는 골목 안을 돌아다니는 그러한 형식의 장난을 하며 서로들 매우 만족한 듯싶다. (…) 골목을 나서 큰 길에는 죄수를 실은 것말

63 박태원, 『낙조』 제11회, 《매일신보》, 1933. 12. 18.

고 또 시체를 담은 금빛 자동차가 하로에도 몇 번이나 무학재 고개를 넘나들었다. 대개 고개 너머 홍제원에 화장터가 있는 그 까닭이다.[64]

최노인이 이동하는 경로의 북쪽에는 '상여'가, 서쪽에는 '죄인'이 있는 셈이다. 이처럼 죽음과 억압의 그림자가 드리워진 공간을 최노인은 "작년겨울" 이후 매일같이 오고 가는 것이다. 최노인의 이동 경로에 나타나는 공간지표를 열거해 보면 다음과 같다.

감영–독립문–적십자병원–재판소[경찰서]–감영–서대문 포목점–죽첨정2정목 전차 정류소–다리–죽첨정3정목 정류소–우물과 우체통–조선장의사 아현지점–술집–죽첨정 경찰관 파출소–주재소–양약국–경성직업학교–아현공립보통학교–아현 공동묘지–서대문형무소(경성형무소)–마포 우편소 앞 전차 정류소–단골 약국–양화도 도선장–신작로

최노인의 이동 경로를 좀 더 찬찬히 살펴보면, 그가 약국을 불과 두 군데밖에 들르지 않는다는 사실을 알 수 있다. '약국'보다도 훨씬 더 많은 시간을 보내는 곳이 '감옥', '재판소', '경찰서', '주재소', '공동묘지', '형무소' 등의 공간지표들이다. 19년간 순사를 지냈고 1년간 서대문형무소의 간수를 지냈다는 최노인의 이력을 고려할 때, 그는 이동 중 과거의 경험을 바탕으로 이러한 공간지표들을 해석하고 있었을 가능성이 높다. 과거에 관한 '비자발적 기억'들이 공간지표에 의해 되살아나는 것이다.

64 박태원, 「모화관 잡필–죄인과 상여」, 류보선 편, 『구보가 아즉 박태원일 때』, 깊은샘, 2005, 55면 참조.

한편 길을 걷던 최노인은 "불쾌한 촉감"(제17회)을 느끼게 되는 두 개의 대상을 만난다. 하나는 "자전거"(제17회)이고 다른 하나는 약가방의 "붉은 쇠가죽 누-런 장식"(제14회)이다. 우선 자전거를 타고 가던 누군가가 뱉은 침이 최노인의 얼굴에 튀는 '사건'이 발생한다.

그러나 '운명'은 바로 그때 최주사의 엽호로 한 채의 자전거를 달려가게 하고 그리고 자전거 탄 젊은아이로 하여금 침을 퇴- 밧게 하엿다.

침방울이 최주사의 뺨에 튀엿다.

그것은 누구에게 잇서서는 불쾌한 촉감(觸感)임에 틀림업엇다.

최주사는 고개를 돌려 저리로 달려가는 자전거의 뒷모양을 적의(敵意)를 품은 눈으로 바라보앗다.[65]

최노인은 이 불쾌한 경험을 통해 "자전거라는 물건, 그 자체부터가 불쾌한 것이었음에 틀림없었"다고 생각하면서, "이때까지 자전거로서 받은 온갖 불쾌한 기억을 더듬어"(제17회) 보기 시작한다. 자전거에 의해 다치거나 목숨을 잃은 사람들을 생각하면서, "자기에게 그만한 권한이 있다면 이 세계에서 자전거라는 자전거를 하나 빼지 않고 말끔 몰수하여 버리는 법령을 발포하고 싶다."고 생각하고 자신도 역시 "쓰디쓴 침을 퇴- 뱉"(제17회)어 버린다. 식민지 시기 자전거는 자전거를 타고 순검을 돌던 순사에 대한 대표적인 환유였다. 자전거에 대한 적의(敵意)는 「소설가 구보씨의 일일」에도 등장한다. "자전거 우의 젊은이는 侮蔑 가득한 눈으로 仇甫를 돌아"보는 것이다.

65 박태원, 『낙조』 제17회, 《매일신보》, 1933. 12. 24.

최주사는 저 모르게 가방을 내려다보았다.

붉은 쇠가죽 누-런 장식 …… 그것들이 노인의 눈에 가장 불길한 것이나 되는 듯이 비친다.

노인은 갑작이 왼몸에 그 약가방의 무게를 느끼엿다.[66]

박태원의 수필 「나팔」(1931)에는 일본 관동군이 "붉은 테두리 모자에 카키 복장"[67]을 한 것으로 묘사된다. "붉은 쇠가죽 누-런 장식"의 약가방을 "가장 불길한 것이나 되는 듯이" 쳐다본다는 것은 최노인이 그 빛깔들에서 일본군의 이미지를 연상해 냈음을 의미한다. 그는 다리 모퉁이 과일가게의 "사과와 귤"을 보면서도 "하나하나가 모두 붉고 누르게 윤이"(제14회) 난다고 생각한다. 그렇다면 '자전거(自轉車)'와 '약가방'도 "차포겸장(車包兼將)", 즉 '철도[車]'와 '군대[包/砲]'로 상징되는 일제의 세력 확장을 상징화하는 것이 된다. 이처럼 최노인은 서대문 근처를 오가면서 '만주'로 뻗어 나가는 제국주의에 대해 적대적 감정을 떠올린다.

최노인은 '서대문형무소'를 중심에 두고 북쪽과 서쪽으로 매일 이동하고 있음을 알 수 있다. 그럼에도 정작 형무소에 대한 묘사는 거의 나오지 않는다. 만일 최노인의 이동 경로를 일일이 지도에 표시해 본다면 형무소는 하나의 공백으로 남을 것이다. 일상적으로 반복되는 최노인의 행위는 지도상의 텅 빈 자리를 윤곽 짓는 것이 된다. 그런데 서대문형무소는 경성 서부 지역에 새로 들어선 근대적 건축물 중 하나다. 이처

---

66 박태원, 『낙조』 제14회, 《매일신보》, 1933. 12. 21.

67 박태원, 「나팔」, 『신생』, 1931년 6월

럼 경성의 근대화 과정은 최신식의 근대적 수감시설의 도입을 의미하는 것이기도 하다. 최노인은 "작년겨울" 이후 아예 서대문형무소 앞 구둣방에 약가방을 맡겨 두고 '그곳'에서 하루의 일과를 시작하고 마무리 짓는 일상을 반복하고 있다. 그렇다면 "작년겨울" 이후 최노인이 이 근처에 머물러야 할 어떤 필연성('어떤 사건')이 생겼을 가능성이 크다. 왜냐하면 그는 단지 '그곳'을 경과하기 위해 매약하기에는 부적합한 비상업지구인 경성 서부 지역에 머무르고 있기 때문이다.

이때 예의 서술자가 또다시 개입해 '그곳'에 최노인이 약가방을 맡겨 두는 "까닭은 아무도 몰랐다."(제13회)고 진술한다. 이어서 여러 사람의 "당치 않은 추측"들만 제시될 뿐 정확한 이유는 밝혀지지 않는다. 서술자는 "이러한 자지레한 문제를 가지고 우리가 객쩍게 시간을 소비하는 것을 알면 이날 아침의 최주사는 응당 우리들을 경멸할 것"(제13회)이라면서 독자들의 관심을 다른 곳으로 유도한다. '바둑' 장면에서와 마찬가지로 독자들이 스스로 그 "자지레한 문제"에 대해 추리해 볼 것을 은근히 요구하는 것이다.

최노인은 "일곱 점 치는 소리를 미처 듣기 전"(제12회)에 약방을 나와서 술집으로 들어왔다. 해장술을 마시던 그는 "벽에 걸린 시계를 흘낏 쳐다보고, 그리고 생각난 듯이"(제12회) 자리에서 일어난다. 그러고 보면 그는 아침 일찍부터 뭔가 기다리고 있었던 것이다. 그리고 형무소 앞으로 되돌아간다.

> 최주사는 오든 길을 되돌아 감영 압흐로 간다.[68]

68 박태원, 『낙조』 제13회, 《매일신보》, 1933. 12. 20.

당시 조선의 형무소 기상 시간은 오전 7시였다.[69] 서대문형무소 간수를 지낸 최노인으로서는 이런 사정을 잘 알고 있었을 것이다. 형무소에서는 7시에 기상하여 곧바로 2~3분 내에 인원 점검이 있고, 이어서 세면 시간이 주어진다. 그런 뒤 곧장 식사 시간이 되는데, 이때 외부의 사식이 반입될 수 있다. 그렇다면 "작년 겨울" 이후 최노인은 수감 중인 누군가에게 사식을 넣기 위해, 혹은 먼발치에서 그 사람의 모습을 지켜보기 위해 매일같이 "거의 정확하게"[70] 이곳을 들르는 것일 수도 있다. 「모화관 잡필-죄인과 상여」에도 묘사되었듯이, 형무소 근처에서는 수감되어 있는 죄수들의 모습을 어렵지 않게 목격할 수 있었다. 서술자가 개입하는 부분은 이와 같은 추측을 더욱 확고히 해준다.

> 그들은 노인이,
> "경무청에 십구 년, 경성감옥에 일 년 ……."
> 하고 말한 것을 올케 해득하지 못하엿다.
> 순검을 열아홉 해 감옥 간수를 한 해 다녓다는 말도가튼데 어찌면 무슨 일로 붓잡혀 들어가 잇섯다다고도 하는 듯십혀 그들은 머리를 기웃거렷다.[71]

여기서 서술자는 의도적으로 "경성감옥에 일 년"이라는 표현이 이중적임을 독자에게 환기한다. 그것이 어쩌면 누군가 감옥 안에 "무슨 일로 붓잡혀 들어가 잇섯다"는 의미일 수도 있기 때문이다. 최노인이 "작

---

69 박일형 외, 「감옥의 향토색」, 《동광》, 제27호, 1931년 11월
70 박태원, 「최노인전 초록」, 《문장》 제1권 제7호, 1939년 7월, 360면
71 박태원, 『낙조』 제21회, 《매일신보》, 1933. 12. 28.

년겨울" 이후 매일같이 서대문형무소를 에두르고 있는 까닭은, 같은 시기 '만주'를 둘러싸고 일어나는 일련의 정치적 사건과, 텍스트에 실명으로 거론되는 인사들의 동정(動靜)이 맞물리는 지점에서 그 윤곽을 드러낸다. 물론 추측과 추측 사이 공백들은 '역사적 상상력'으로 메워져야 할 부분이다. 표현되지 않은 것은 그것을 통해 오히려 그 공백을 강조한다. 이때 "독자들 중 셈 빠른 이"는 최노인의 표면적 행위 뒤에 감추어진 "비창(悲愴)한 무엇을 발견"(제12회)할 수 있다.

숨겨져 있는 서사, 안창호의 서대문형무소 수감

『낙조』는 1933년 12월 8일부터 29일까지 《매일신보》에 총 22회에 걸쳐 연재되었다. 그런데 정확히 작품 연재 1년 전, 그러니까 1932년 12월, 곧 "작년겨울" 경향의 각 신문에서 앞다투어 '안창호' 관련 기사들을 싣고 있었다.

《중앙일보》: 총 5회(1932년 12월 9일, 19일, 20일, 21일, 27일)

《동아일보》: 총 5회(1932년 12월 9일, 20일, 26일, 27일, 28일)

《조선일보》: 총 4회(1932년 12월 9일, 19일, 21일, 28일)

《매일신보》: 총 3회(1932년 12월 20일, 21일, 27일)

그해(1932) 12월 안창호는 징역 4년을 언도받고 서대문형무소에서 복역하게 된다. 말하자면, "경성감옥에 일 년" 동안 "붓잡혀 들어가 잇섯"던 것이다. 『낙조』 연재 당시 독자들은 1년 전 안창호가 서대문형무소에 수감된 사실을 생생하게 기억하고 있었다. 안창호가 상해에서 체포된 뒤, 신문들이 그에 관한 기사들을 계속적으로 싣고 있었기 때문이다.

그림 3-4 안창호(좌)와 『낙조』의 삽화(우)(제8회, 1933년 12월 15일 자)

그러니까 『낙조』는 박태원이 의도적으로 안창호의 공판 시기와 1년의 시차를 두고 연재한 작품이다. 앞서 언급한 대로 이 작품은 일제의 만주 침략과 만주국 수립을 배경으로 한다. 안창호는 신민회 시절부터 만주에 '이상촌'을 건립하고자 했다. 이 지역이 농촌개발의 최적지일 뿐만 아니라 유사시 국내로 진입해 독립투쟁을 전개하기에도 적지였기 때문이다.[72] 안창호는 송화강 연안 일대를 '이상촌'의 후보지로 보고 답사까지 했다. 그러나 만주국의 수립으로 인해 '이상촌' 건설은 끝내 좌절되었다. 거기에다 안창호는 윤봉길 의거 연루 혐의로 체포되어 국내로 강제 소환되었던 것이다.

이런 일련의 정황들로 미루어 볼 때, 『낙조』가 '안창호' 사건을 심층서사로 품고 있는 작품일 가능성은 매우 높다. 먼저 신문 연재 삽화를 보면, 중심인물 최노인의 머리모양, 눈썹, 콧수염, 콧날 등 외양과 분위기가 안창호를 연상시킨다(그림 3-4).

『낙조』의 삽화는 《매일신보》의 향린 이승만(香隣 李承萬) 화백이 그렸

72 이명화, 「도산 안창호의 이상촌운동에 관한 연구」, 『한국사학보』 8권, 2000, 147면 참조.

다. 그는 이 삽화 작업을 끝내고 얼마 뒤「신문소설과 삽화가-소설 삽화의 고심」(1934)이라는 글을 통해 삽화가 "순수 회화와는 별다른 의미로서 독특한 예술 부문으로 인정"되기 시작했다고 술회했다. 또 그는 "역사적 삽화(시대물)에 흥미를 갖게 되었"다고도 했다.[73]

최노인이 "네모반듯하게 찢어서 착착 접어놓은 신문지 조각"(제12회)을 언제나 외투주머니에 넣고 다닌다는 설정은, 그 "신문지 조각"에『낙조』의 텍스트 내 공백에 대한 단초가 있음을 암시한다. 또한 안창호가 '징역 4년'형을 언도받은 "작년겨울", 사람들은 그의 건강 악화를 가장 염려하고 있었는데, 안창호는 윤수경의 사인(死因)과 동일한 '심장병'을 앓고 있었다.

이 무렵 이광수는『도산 안창호』(1947)에서 도산의 서대문형무소 수감 때의 정황을 다음과 같이 자세하게 묘사한 바 있다.

> 경기도 경찰부 유치장에 든 도산은 1개월여의 취조를 받고 송국되어서 서대문감옥으로 넘어갔다. 도산이 감옥으로 가는 날 새벽에 재판소 뜰에는 남녀 동지와 친지 등 백 명 가까운 사람이 모였다. 이때에는 이러한 자리에 오는 것도 위험한 일이었다. 이 일 하나만으로도 경찰의 요시찰인 명부에 오를 만하기 때문이었다.
>
> 도산은 1심에서 4년의 형을 선고받았으나 상소권을 포기하고 복역하였다. 도산 재판중의 모든 비용은 김성수 등 친우가 몰래 대었고, 서대문감옥 재감중인 그의 옛 친구요, 동지인 이강(李剛) 부처가 일부러 감옥 옆에 집을 잡고 살면서 조석을 들였다. 도산은 약 1년 후에 대전감옥으로 이수

73 이승만,「신문소설과 삽화가-소설 삽화의 고심」,《삼천리》제6권 제8호, 1934년 8월

되었다.[74]

당시 일반인들이 도산과 같은 거물급 인사가 수감된 장소에 접근한다는 것 자체가 얼마나 어려웠나를 알 수 있다. 그것만으로도 "요시찰인 명부"에 오를 수 있기 때문이다. 눈길을 끄는 것은 그런 위험 중에도 "옛 친구요, 동지인 이강(李剛) 부처" 같은 이들이 있어 "일부러 감옥 옆에 집을 잡고 살면서 조석을 들였다."는 사실이다. 그렇다면 『낙조』의 최노인이 "경성 형무소의 우울한 건축물"을 주시하며 매일같이 말없이 그곳을 에두르고 있는 것을 예사롭게 보아 넘길 수 없다. 누구도 "다 낡은 방한모, 고물상에서 산 외투, 마른 날만 신고 다니는 털신, 그리고 약가방"(제16회) 행색의 최노인을 요시찰 대상으로는 의심하지 않았을 것이다.

「최노인전 초록」은 1939년 7월에 쓰였다. 앞서 언급한 대로 이 작품은 『낙조』의 후일담 성격의 작품인데, 특이한 것은 '초록'의 형식인 이 작품이 『낙조』보다 오히려 나중에 쓰였다는 점이다. 독자들에게 「최노인전 초록」은 자연스럽게 『낙조』의 서사를 떠올리게 하고, 또한 텍스트가 담고 있는 심층적 서사를 되짚어 보게 만든다. 이 작품의 내용은 『낙조』와 거의 동일하지만, '만주' 관련 문맥이 생략되고 대신 윤치호와 이상재가 거명되는 후반부가 추가되었다.

『낙조』가 '안창호' 관련 사건을 담고 있는 작품이라면, 「최노인전 초록」 또한 그럴 개연성이 높다. 「최노인전 초록」이 발표되기 "이태" 전에 안창호가 또다시 '서대문형무소'에 "붓잡혀 들어"갔기 때문이다. 「최노

74 이광수, 『도산 안창호』, 범우사, 2006, 118면

인전 초록」 발표시기와 안창호의 재투옥 간에는 약 2년의 시차가 난다. 따라서 "경성감옥에 일 년"이라 했던 『낙조』에서의 표현이 「최노인전 초록」에 와서는 "경성 감옥 간수를 다시 이태 다니고"[75]로 대체되어 있다.

---

75 박태원, 「최노인전 초록」, 《문장》 제1권 제7호, 1939년 7월, 359면

3. 밤의 산책자와 억압된 꿈의 기억: 『적멸』

밤의 산책자 텍스트

'산책자 텍스트'로 불리는 대부분의 작품은 낮 시간대를 대상으로 펼쳐진다. 일반적으로 이러한 유형의 텍스트들은 중심인물이 도시 공간을 이동하며 접하게 되는 다양한 도시의 문물과 풍경을 재현해 내는 것에 초점을 두기 때문이다. 그런데 『적멸』은 어두운 밤 시간대를 배경으로 펼쳐지는 '밤의 산책자 텍스트'라는 점에서 특이하다. 밤은 주변의 풍경이 흐릿하게 보이고 이성보다는 비이성적이고 무의식적인 욕망이 드러나는 시간대이기 때문이다.

『적멸』은 《동아일보》에 1930년 2월 5일부터 3월 1일까지 총 23회에 걸쳐 연재된 중편소설로, 박태원의 초기 문학을 대표하는 작품이다. 소설가인 '나'는 소설이 잘 써지지 않아 괴로워하다가 한밤중에 산책을 나섰다가 스스로 정신병원에서 탈출했다고 밝히는 '레인코트를 입은 사나이'를 만나 그의 이야기를 전해 듣게 된다는 것이 이 작품의 큰 줄기이다. 이 작품은 중심인물 '나'를 둘러싼 외부 서사와 '레인코트 사나이'의 내부 서사로 구성된 '액자 소설' 형식을 취한다. 특이한 것은 이 두 서사가 서로 완전히 분리되어 있다는 점이다. 내부 서사는 외부 서사 없이도 그 자체로 완결된 형태에 가깝다. 초반에는 서술자 '나'의 시점에서 정신병자인 '레인코트 사나이'의 이야기를 듣게 되지만, 서사가 전개되며 서술자가 신뢰할 수 없는 인물이라는 사실이 서서히 드러나면서, '레인코트 사나이'의 이야기에 오히려 귀를 기울이게 된다. 외부 서사는 일종의 '가면'과 같은 기능을 담당하며 내부 서사의 주요 메시지를 강조하는

그림 3-5 『적멸』 삽화 이청전의 삽화(좌)(제2회, 1930년 2월 6일 자)와 박태원의 삽화(우)(제15회, 1930년 2월 21일 자)

역할을 맡는 것으로 보인다. 이로 인해 결말부에서 외부/내부 서사의 위계가 전복되는 현상이 나타난다. 삽화 또한 이와 같은 텍스트의 형식적 특징과 긴밀히 관련된다. 전반부 삽화는 이청전 화백이, 후반부 삽화는 박태원 자신이 맡아 그렸다. 한 작품의 삽화를 두 사람이 나누어 담당하고 있어 텍스트의 이분적 성격을 더욱 분명하게 한다(그림 3-5).

이청전의 사실주의적 화풍의 삽화와 박태원의 초현실주의적 화풍의 삽화가 뚜렷한 대비를 보인다. 초현실주의가 무의식의 연속성을 재구성하는 것을 목표로 한다는 것을 참조하면, 이청전의 사실주의적 삽화는 일종의 '가면'에 가깝다고 할 수 있다. '정신병자'인 레인코트 사나이는 제 목소리를 낼 수 없는 하위 주체이지만, '가면'을 매개로 자신의 이야기를 전달할 수 있는 기회를 얻게 된다. '나'와 '레인코트 사나이'가 동일인일 수도 있다는 암시도 나타난다. 두 인물의 관계가 의도적으로 모호하게 처리되어 있어 작가가 애초부터 두 가지 해석의 가능성을 열어 두었을 것으로 짐작된다.

이 작품의 보다 근본적인 문제는 '레인코트 사나이'가 '정신병자'로 설정되어 있다는 점이다. 『적멸』에서 '정상인'과 '정신병자'의 진술은 양립할 수 없다. 이는 텍스트 자체의 신뢰의 문제, 즉 독자가 등장인물의 발언을 어느 정도까지 신뢰할 수 있는가, 나아가 신뢰할 수 있다면 누구의 발언을 신뢰해야 하는가 하는 문제를 야기한다. 이와 같은 이분화된 텍스트의 주요 특징 중 하나는 두 서사의 진릿값이 동시에 '참'일 수 없다는 것이다.

『적멸』이 박태원의 초기 작품임에도 그 구성과 시간 배치 등이 매우 복잡하다는 점도 눈길을 끈다. 이 작품은 외부/내부 서사의 '액자 소설'식 구성을 취하지만, 일반적 의미에서의 액자 소설은 아니다. 우선 이 작품이 아홉 개의 작은 절로 나눠진다는 사실에 주목할 필요가 있다.

(A) 그때 한동안 나는 매일이라고 책상압헤 안저 소설을 하나 써보려고 원고지와 눈씨름하고 잇섯든 것이다. (…)

× ×

(B) 오늘도 나는 세 갑째 담배의 마지막 한 개를 글자 한 자- 아니 컴마 하나 찍어 노치안흔 원고지- 처녀 원고지라 할까- 압헤서 피여물엇다. (…)

× ×

(C) 그때 한동안 나는 매일이라 책상압헤 안저 소설을 하나 써보려고 원

고지와 눈씨름하고 잇섯든 것이다. (…)

× ×

(D) 나는 어처구니가 업서 혼자 승거웁게 웃고 고만 펜을 내여던젓다. 이러케 하야서 소설이 써질 것인가. 나는 깨끗이 책상 압흘 떠나기로 결심하얏다.[76]

신문 연재 당시 텍스트는 '××' 표시에 의해 명시적으로 구분·구획되었다. '××' 표시로 구분되는 아홉 개의 작은 절은 각각 "그때 한동안", "오늘도", "하룻날" 등과 같은 시간적 경과를 나타내는 진술로 시작된다. '××' 표시를 전후해 시간적 경과가 발생하는 것이다. 그러므로 『적멸』을 제대로 해석하기 위해서는 절 단위의 시간 설정을 꼼꼼히 확인할 필요가 있다.

신문 연재 제1회분에는 총 세 번에 걸쳐 '××' 표시가 등장한다. 작품 초반부의 시간 설정이 상대적으로 복잡하게 되어 있음을 알 수 있다. (A)–(B)–(C)를 거치면서 작품은 서로 동떨어진 두 시간대('그때'와 '오늘')를 반복적으로 대비하고 있다. 또한 거의 동일한 문장인 (A)와 (C)가 반복되면서 '그때'가 누차 강조되어 사용된다.

서술자 '나'는 "그때"와 마찬가지로 "오늘도" 소설이 잘 쓰이지 않아 괴로워한다. 거의 동일한 상황이 상이한 두 시간대('그때'와 '오늘')에서 반복되는 것이다. 그리고 '나'는 현재 자신에게 절대로 필요한 것은 "좋은 자극(刺戟)"이라며 식민지 도시 경성으로 "밤중의 산책"을 나서기로 한다. 이후에 '레인코트 사나이'와 만나게 되고, '레인코트 사나이'의 내

76 박태원, 『적멸』 제1회, 《동아일보》, 1930. 2. 5.

부 서사가 진행된다. 언뜻 보면, 서술자 '나'는 '레인코트 사나이'를 '오늘' 만난 것으로 이해될 수 있다. "일 분- 이 분- 삼 분- 오 분- 그리고 칠 분 ……"(제1회)과 같은 대목이 현재적 시간("지금")을 독자들에게 반복적으로 환기하기 때문이다. 그렇지만 '나'가 '레인코트 사나이'를 만난 것은 현재의 '오늘'이 아니라 '그때'의 '오늘'이다. 요컨대 텍스트에서 반복되는 '오늘'이라는 시간 지표는 동일한 시간대를 지시하고 있지 않다.

작품 후반부에서 '나'는 '레인코트 사나이'와 헤어진 후 "그 이듬해 오월까지"(제22회) 그의 소식을 듣지 못한 것으로 서술된다. 작가는 신문에 연재하면서 이 대목에 이를 때까지 이와 같은 독특한 시간 설정을 의식적으로 은폐하고 있었다고 볼 수 있다. 시간 설정의 치밀함은 두 상거하는 시점이 특정한 역사적 문맥에 오차 없이 연결되고 있는 점에서도 확인할 수 있다.

> (E) 수백명 수천명 또 수백명 수천명 …… 압흐로 뒤로 밀리는 장안사람의 물결은 <u>소화사년도 조선총독부 주최의 조선 박람회</u> 구경온 시골 마나님, 갓쓴 이들을 한데 휩쓸어 이곳저곳에서 물결치고 잇다.[77]

> (F) 나에게는 아즉까지도 긔억이 새롭은 <u>서력일천구백삼십년(西曆一千九百三十年) 류월하순</u>- 저 장마가 시작되기 전 마즈막 가만한 비가 녯 서울을 힘업시 축이든 날 저녁이엇다.[78]

77 박태원, 『적멸』 제2회, 《동아일보》, 1930. 2. 6.
78 박태원, 『적멸』 제22회, 《동아일보》, 1930. 2. 28.

(E)는 서술자 '나'와 '레인코트 사나이'가 만난 시점이다. 시정 20주년 기념 '조선박람회'는 1929년 9월 12일부터 10월 31일까지 50일간 경복궁에서 열렸다. '나'는 이 기간 중 카페에서 '레인코트 사나이'를 만나게 된다. '레인코트 사나이'는 총독부 병원 "동팔호실(東八號室)"(제22회)에 수감되었다가 '오늘 밤' 탈출했다고 한다. 그의 탈출은 의도적으로 '오늘 밤'에 이루어진 것이다. 그러니까 작가는 '레인코트 사나이'의 탈출을 특정의 역사적 문맥에 위치시킴으로써 한 평상인의 개인사를 역사화하는 것이다.

(F)는 '나'가 '레인코트 사나이'의 자살 소식을 접하게 되는 시점이다. '나'는 "아즉까지도 긔억이" 새롭다는 점을 의도적으로 강조하여 진술한다. '나'는 1930년 6월 이후 시점에서 1929년 가을의 만남을 회상하는 것이다. 그렇다면 (B)의 '오늘'은 1930년 6월 이후의 어느 날이 될 터이다. 이처럼 작가는 특정한 역사적 시간을 명기함으로써 텍스트를 일종의 '역사적 서사'로 전환시킨다.

그런데 『적멸』의 시간 구성상의 특이성은 정작 이 지점부터 나타난다. 이 작품이 신문에 연재된 것이 1930년 2월에서 3월 사이이기 때문이다. 발표 시점을 기준으로 할 때, (E)는 '과거'에 해당하고 (F)는 '미래'에 속한다. 그리고 그 사이에 '오늘'이 위치하는 셈이다. 따라서 '레인코트 사나이'의 자살은 아직 도래하지 않은 미래의 사건이 된다.[79] 이러한 구성은 외부/내부 서사의 위계를 전도시키는 효과를 낳는다. 서술자 '나'의 진술에 의문이 제기되고, 오히려 '정신병자'인 '레인코트 사나이'의 이야기를 독자들이 신뢰하고 주목하게 되는 것이다.

---

79 이러한 특성은 「수염」에서도 동일한 형태로 나타난다.

서사적 위계의 전도로 말미암아 텍스트의 시간은 이제 '과거-현재-미래'의 순차적 시간의 연쇄를 뛰어넘게 되고, '레인코트 사나이'의 자살 또한 현실의 한계를 초월해 "법열경(法悅境)" 혹은 "신비경(神秘境)"(제8회), 곧 '적멸'로 승화하게 된다. "소화사년도"(제2회)라는 일본식 연호도 어느 결에 "서력일천구백삼십년(西曆一千九百三十年)"이라는 서구식 연호로 바뀐다. 외부/내부 서사가 서로 다른 시간대에 속해 있는 것이다. 이와 같은 시간 구성 장치들은 어떤 저항의식, 그러니까 뒤집힘('전복' 또는 '전도')에 대한 열망을 "가면"(제16회) 속에 은폐하는 일종의 위장술임을 알 수 있다.

이분적 구성과 혁명에의 열망

지금까지 『적멸』과 관련한 논의에서 신빙성의 문제를 제기한 경우는 거의 없었다. 그러나 『적멸』에서 '나'의 진술은 여러모로 의구심을 자아내기에 충분하다. 먼저, '나'가 '레인코트 사나이'의 자살 소식을 접한 시점이 실제로는 일어날 수 없는 '미래'에 속해 있다는 점을 들 수 있다. 미래인 '1930년 6월 하순'에 '나'는 '레인코트 사나이'의 자살 소식을 신문사 게시판에서 접한다. '나'는 '레인코트 사나이'를 떠올리며 '나' 자신이 "레인코트 주머니에 팔을 꽂고" 산책하고 있다. '나'와 '레인코트 사나이'가 애초부터 동일 인물이었는지 아니면 '레인코트 사나이'의 사상에 빠져들어 '나'가 스스로 '레인코트 사나이'가 되어 갔는지는 분명치 않다. '나'의 진술이 애초부터 논리적이지 않다는 점은 이와 관련된 것인지도 모른다.

한 갑- 두 갑- 세 갑 …… 그러나- 설혹 담배를 태우면 소설이 써진다

손 치드라도, 아마 세 갑쯤으로는 아모 보람이 업는듯십헛다. (…)

일 분- 이 분- 삼 분- 오 분- 그리고 칠 분 …… 내 머리속에 모든 '생각'이 깨끗하게 자최를 감추어 버린다. 그리고 다시 일 분- 이 분- 삼 분- 오 분- 십 분- 그리고 또 십 분 …… 그러자 참으로 참으로 뜻하지 아니한 묘상(妙想)이 머리 한구석에서 구름과가티 떠올랏다.[80]

'나'는 숫자에 강박적으로 집착하는 모습을 보인다. '나'는 "이십삼 원 사십오 전"(제1회)의 돈을 챙기고 거리로 나가 "두어 발자국 바른편으로 걸어"갔다가 "다시 돌쳐서서 서너 발자국 왼편으로 걸어"(제2회)가는 등의 행동을 보인다. "세계 일(世界一)"이나 "오 전" 등의 표현도 자주 나온다. 이러한 강박 행위는 내면의 불안 심리를 은폐 혹은 모면하기 위한 일종의 대체 행위이다. '나'가 카페에서 사람들을 관찰하면서 펼치는 추리에는 처음부터 논리성이 결여되어 있다.

허름한 양복- 허름한 와이샤쓰- 허름한 넥타이에 칼라-와 구두코만 새로우니 새빩안 얼굴을 마조대고 기탄업시 웃고 떠들고 하는 그들- 그러나 차림차림은 어떠튼 간에 그들의 깃븜은 비할 데 업시 큰 모양이엇다. 술잔 기울일 시간조차 앗가운 듯이 웃고 떠들고 …….

'아마 치통(齒痛)이 완치될 게로군 …….'

이러케도 생각하야 보앗스나 미라보-는 그걸로 만족한다 하드라도 크롬웰의 깃븜은 확실히 그 이상인 듯십다.

'그러면 …… 자긔 계모(繼母)가 간밤에 죽기나 한 것일가? 하 하 …….'

---

80 박태원, 『적멸』 제1회, 《동아일보》, 1930. 2. 5.

나는 유쾌하게 우섯다.[81]

'나'는 카페에서 웃고 떠드는 무리에 대해 "치통"이 완치될 것이라거나 간밤에 계모가 죽거나 했을 거라는 비약적인 추측을 편다. 이와 같은 비논리적인 진술들은 '나'의 진술 전반에 걸쳐 신뢰를 크게 떨어뜨린다. '나'가 혼잣말 끝에 "하 하 ……" 하고 헛웃음을 마구 쏟아 내는 것도 기이할 뿐이다.

『적멸』은 '정신병원'에서 탈출한 정신병자('레인코트 사나이')의 이야기를 서사의 중심축으로 하고 있다. 여기서 우리는 왜 '정신병자'를 주인공으로 설정했을까 하고 의구심을 품게 된다. 왜냐하면 '정신병자'인 '레인코트 사나이'가 들려주는 이야기가 정작 지나칠 정도로 이성적이고 논리 정연하기 때문이다. 그가 "이 이야기는 무슨 '제이오디케이(J.O.D.K.)'의 프로그램 모양으로 차례차례 번을 찾아서 이야기할 수 없는 것"(제13회)이라고 스스로 밝히는 "'토막 토막' 잘린"(제13회) 이야기 조각들을 그의 나이를 '누빔점'으로 재구성할 때 그의 "전생애의 총결산"(제23회)이 가능해진다. 정신병자들이 미래에 자신을 투사하지 못하고 과거 속에서 자신을 인지하는 능력이 없다고 할 때, '레인코트 사나이'를 '정신병자'로 보기 어렵다. "이 년 넘는 독서생활, 그리고 사 년 가량의 사색"(제10회)을 했다는 레인코트 사나이는 이야기 중에 스티븐슨의 『닥터 지킬 앤드 미스터 하이드』, 발자크의 『인간희극』, 에드거 앨런 포의 『블랙 캣』, 아쿠타가와 류노스케(芥川龍之介)의 「어느 옛벗에게 주는 수기」, 진시황(秦始皇), 네로 황제, 강태공 등 인용과 예시를 거침없

81 박태원, 『적멸』 제2회, 《동아일보》, 1930. 2. 6.

이 쏟아 낸다. 이런 점이 그의 발화를 한층 신뢰할 만한 것으로 받아들이게 한다.

『적멸』에 묘사되고 있지는 않으나, 작품의 기저를 이루는 총독부 병원 정신병동인 '동팔호실'에도 주목할 필요가 있다. 본래 식민화가 성공적으로 정착하는 단계에 억압의 산물로 일상적인 정신병리가 나타나게 된다. 피식민인의 정신병리 현상은 그러므로 식민화가 안정화 단계에 접어들었음을 의미하는 지수이기도 하다. 1930년대의 시대적 정황에 비추어 볼 때, '레인코트 사나이'의 '정신병'도 이와 무관하지 않을 것이다.

'혁명'에 대한 암시가 텍스트 곳곳에 산재하는 것도 식민지적 맥락과 밀접하게 관련된다. '나'는 일본인 구역인 남촌 본정의 '카페'에서 세 차례에 걸쳐 '레인코트 사나이'를 '우연' 혹은 '인연'처럼 만난다. '××' 표시가 '나'가 세 차례 카페에 들어가는 장면과 '레인코트 사나이'와 같이 집으로 돌아오는 장면 등 네 차례 등장하고 있음에 주목할 필요가 있다. 특히 '카페'에서 '나'가 목격하는 사람들의 면면을 연결시켜 보면 어떤 동질적인 방향성을 찾을 수 있다. 우선 '나'는 그들을 '민족'이라는 지표로 인식한다. 첫 번째 카페에서 목격하는 사람들은 "제 맘대로 웃고 지껄이고 하는 두 일인(日人)"(제2회)이다.

> 저만만 하면 념려업시 영웅숭배자(英雄崇拜者)들의 무한한 존경을 바드려니 …… 하고 생각하얏다- 라는 것은 다음이 아니라 그들의 얼굴이 각각 미라보-와 크롬웰과 흡사한 까닭이다.[82]

82 박태원, 『적멸』 제2회, 《동아일보》, 1930. 2. 6.

‘나’는 두 명의 일본인이 각각 “미라보”와 “크롬웰”의 외모를 닮았다고 생각한다. 그리고 그들이 “영웅숭배자들의 무한한 존경”을 받을 것이라고 생각한다. 이 대목은 토머스 칼라일의 『영웅숭배론』에서 언급되는 두 영웅 ‘미라보’와 ‘크롬웰’을 환기한다.[83] 말하자면, 칼라일의 텍스트를 상호텍스트적으로 연결하는 것이다. 이 두 ‘영웅’은 각각 ‘프랑스 혁명’과 ‘청교도 혁명’을 주도한 인물들이다. 더욱이 크롬웰은 조건과 상황이 개선되기까지 12년 동안 묵묵히 혁명을 준비한 인물로 알려져 있다. 이 맥락은 ‘레인코트 사나이’가 스스로를 강태공에 비유하는 것과 연결된다. 도덕을 강조하면서도 ‘은주역성혁명’을 오랜 시간 준비한 사람이 곧 강태공이다.

두 번째 ‘카페’에서 서술자 ‘나’가 만나는 사람들은 두 “조선 사람”이다. 그들은 ‘사회주의 혁명’에 대해 논하고 있다.

> “-결국 …… 현대의 자본주의 사회를 근본적으로 전복시켜 가지고 …… 무어 근본적으로 전복? 그러치. 근본적으로 전복시켜 가지고 우리 푸로레타리아트를 해방시키는 것은…… 해방시키는 것은 ‘맑스’주의 말고는 …… 말고는 업다 …… 이러탄 말이야. (…)”[84]

‘나’가 카페에서 두 차례에 걸쳐 목격하는 사람들 모두가 ‘혁명’과 관련된 인물로 묘사되는 것은 결코 우연이 아니다. 이후 세 번째 카페에서 ‘나’는 ‘레인코트 사나이’를 처음 만나 대화를 나누는데, 이때에도

83 토머스 칼라일/박상익 역, 『영웅숭배론』, 한길사, 2003, 17면 참조.
84 박태원, 『적멸』 제4회, 《동아일보》, 1930. 2. 8.

"투쟁", "전복", "해방" 등의 어휘들이 등장한다. 그러니까『적멸』에서 인용하는 다른 작품의 구절들, 곧 상호텍스트적 맥락의 인용구들이 모두 '혁명'과 직간접적으로 연결되는 것들임을 알 수 있다. 그러고 보면『해하의 일야』(1929)의 초패왕에서부터『약산과 의열단』(1947)의 의열단원들과 후기의『갑오농민전쟁』(1977~1986)의 동학군에 이르기까지 박태원 작품에 줄기차게 나오는 '혁명 또는 영웅' 이미지가 이미 초기작품에 자리하고 있어, 이것이 박태원 문학을 관류하는 하나의 정서임을 알 수 있다.

> 꿈은 깨여 살아지고 벗은 봄의 꽃이나가티 웃다가는 고만 가버리누나.[85]

'나'는 "어쩐 일인지" 매슈 아널드의 시 한 구절을 연상한다. 이 대목은「A Question To Fausta」(1849)의 일절이다. '파우스타(Fausta)'는 아널드와 각별히 친밀한 관계였던 누이 제인을 암시하는 것으로 알려져 있다. 프랑스 혁명을 직접 경험한 아널드는 제인에게 편지로 그 생생한 체험을 알리곤 했다.[86] 따라서『적멸』에 반복적으로 언급되는 '꿈'은 곧 혁명 혹은 전복의 열망과 상응하는 것임을 알 수 있다. 반면에 현재적 시간은 "우리의 아름다운 '꿈'이 여지없이 깨어지고"(제7회)만 시간대에 속한다. "바깥에는 '꿈을 차차로이 깨어 가는 우리의 서울'이 오전 여섯 시 이십 분 전에 하품하고 있다."(제14회)는 진술은 곧 "밤중의 산책"(제5회)이 '꿈'을 위한 한 여정이었음을 말해 준다.

---

85 박태원,『적멸』제6회,《동아일보》, 1930. 2. 11.

86 Edward Alexander, 'Art and Revolution', *Matthew Arnold, John Ruskin, and the Modern Temper*, Ohio State University Press, 1973, p. 51 참조.

현재와 과거의 대비, '꿈'과 '현실'의 이분적 구성 및 극적 반전 등의 구성적 특성들은 이 작품이 곧 '혁명'을 향한 열망이라는 '정치적 무의식'을 담고 있음을 강하게 암시한다. '레인코트 사나이'는 "백지 인생"에 칠을 하여, "'원래의 나'와는 판연히 틀리는 '새로운 나'를 제조하여 보겠다."(제11회)는 희망을 갖는다. 그러나 어느 날 그는 "혹은 나라고 하는 놈이 내가 가장 두려워하고 있는 몽유병자나 아닌가?"(제17회) 하는 공포에 휩싸인다. 과거의 기억을 지우고 새롭게 태어나려 했지만, 그는 여전히 자신도 모르게 '꿈'을 간직하고 있는 '몽유병자'였던 것이다. 그 '꿈'은 다름 아닌 전복 또는 혁명에 대한 열망이다. 그는 "이 '두려운 사실'을 아무리 싫어도 시인하지 아니할 수 없게 되었다."(제17회)고 말한다.

'3·1운동'의 기억

'레인코트 사나이'의 삶은 텍스트에 산재한 시간지표를 통해 재구성될 수 있는 일종의 '동기화 장치'로 설정되어 있다. '레인코트 사나이'는 1902년에 태어났다. 일곱 살(1908) 때 술에 취한 부친이 어두운 비탈길에서 낙상하여 뇌진탕으로 죽었다. 중학교 2학년인 열네 살(1915) 때부터 인생이라는 것에 의혹을 품기 시작했다. 중학을 마친 열여덟 살(1919) 때 어머니가 죽었다. 그 이후, 2년(1921) 넘는 독서생활, 4년(1925) 가량의 사색의 시간을 보냈다. 1928년 겨울부터는 '이상적(理想的) 정신 이상자'가 되었다고 스스로 믿게 된다. 이듬해(1929) 4월에는 구리개 네거리에서 젊은 남자를 차로 치었다. 오늘 밤(1929년 가을 무렵)에 정신병원을 빠져 나왔다. 그리고 아직 도래하지 않은 1930년 6월 하순에 자살을 감행한다.

'레인코트 사나이'는 어머니와 자신의 관계를 "나를 위하여서의 어머님이었으며 어머님을 위하여서의 나이었던 것"(제10회)이라고 말한다. 그의 삶에서 절대적 의미이던 어머니가 죽음을 맞은 것은, 그가 "열여덟 살"(제9회)이 되던 해, 즉 1919년이다. 텍스트의 시간지표들을 재구성했을 때 어머니의 죽음과 '3·1운동' 간의 관련성을 암시하고자 한 작가의 의도를 읽을 수 있다. 앞에서 언급했듯, 텍스트 내 등장인물들은 거의 모두 '혁명'과 관련되어 있다. 그러므로 다음과 같은 느닷없는 전지적 서술자의 개입 또한 의도적인 것이 된다.

> 나는 감탄하면서 '상섭(想涉)'이 '차지(差支)'를 모멸하는 이상 나에게도 '근성'을 모멸할 권리가 잇다고 생각하얏다. (이 구절을 자세히 리해하지 못하는 독자는 '렴상섭' 씨의 「만세전」(萬歲前)을 참조하시오.)[87]

박태원의 소설에는 서술자가 텍스트에 과도하게 개입하는 지점이 자주 등장한다. 이와 같은 서술자의 개입은 독자들이 텍스트에 몰입하는 것을 방해함으로써 텍스트를 현실 맥락에서 읽어 내도록 유도하기 위한 것이다. 1924년에 나온 『만세전』은 '3·1운동'을 배경으로 삼은 염상섭의 대표작이다. 이 대목에서 서술자가 예외적으로 개입해 『만세전』을 상호텍스트적으로 참조할 것을 권하고 있다.

> 이 주일 만의 첫 산보가 나오는 길로 이만큼만 축복바닷스면 고만이다. 무슨 별달은 계획은 업섯지마는 나는 이 위대한 항렬 속에서 나와서 파고

87 박태원, 『적멸』 제4회, 《동아일보》, 1930. 2. 8.

다공원 문 압헤 우두머니 섯섯다.

'어디로 갈가—'[88]

'밤중의 산책'을 나온 '나'는 군중들의 "위대한 항렬"에서 벗어나 "파고다공원 문 압"에 선다. 그곳은 곧 3·1운동이 처음 시작된 역사적 공간이다. '나'가 탄 버스는 "근래에 구경하지 못한 쾌속력으로 종로 네거리를 돌파하고 구리개로 향"(제14회)하는데, 이 역시도 3·1운동이 진행된 방향과 일치한다. '나'는 1919년에 일어난 3·1운동의 혁명적 순간들을 무의식적으로 뒤따르고 있는 것이다. 이후 '나'는 '본정'에 내려 '레인코트 사나이'와 카페에서 만나고 내부 서사가 시작된다. 내부 서사가 끝나면 다시 '나'의 외부 서사가 이어지는데, 그 장소는 '이태원 묘지(梨泰院墓地)'이다. 이곳은 3·1운동을 주도한 유관순 열사의 시신이 안장된 장소이다. 그곳에서 '나'는 "우리는 무덤을 대하여 인생의 전면용(全面容)을 이해하지 않으면 안 될 것"(제23회)이라고 생각하면서 다음과 같이 독백한다.

"…… 여기에 한 사나히가 잇다. 넘우나 쓸쓸한 심정(心情)의 소유자이다. 넘우나 날카로운 신경(神經)의 소유자이다. 그는 나키 전부터 '무엇'에게 저주바닷든 것이다. 그를 '쓸쓸한 존재'로 만들어 노흔 것이 그 '저주'이다. 그를 '날카로운 신경'의 소유자로 만들어 노흔 것이 그 '저주'이다. 그 '저주'는 그에게 '그의 그림자'의 존재를 깨닷게 하야줌으로 마츰내 폭발하야 버렷다. 그가 '그의 그림자'의 존재를 깨달앗슬 때 그의 '실제(實

88 박태원, 『적멸』 제2회, 《동아일보》, 1930. 2. 6.

際)'의 존재는 영구히 슬어저 버렷든 것이다…….”[89]

'레인코트 사나이'는 태어나기 이전부터 무엇으로부터 '저주'를 받은 존재이다. 그로 인해 그는 “신경병환자, 우울병환자로 똑같이 염세미를 띤 인생관, 똑같이 쓸쓸한 심정, 그리고 똑같이 병적의 공상을 가지고 지내 온”(제10회) 것이다. 그는 그러한 “죄악의 나라”를 “근본적으로 전복”(제4회)할 것을 꿈꾸기 시작한다.

즉 '해가- 태양(太陽) 말슴입니다- 해가 서쪽으로 떨어진 때 영구히 다시 돌아오지 안는다면 어떠할고? …… 영구히 암흑(暗黑)만이 계속된다면 얼마나 자미잇는 일일고! 수전노(守錢奴)는 이 무서운 어둠에 한업는 공포를 늣기고 금고(金庫)를 부둥켜안고 잇슬 것이며 련애지상주의자(戀愛至上主義者)들은 서로 사랑하는 사람을 가슴에 끼고 어둠 속에서 떨고 잇슬 것이며 허무사상가(虛無思想家)들은 자긔네들 시대가 온 것이라고 어둠 속에 축배(祝杯)를 올리며 미처 날뛸 것이며 …… 하여튼 얼마나 흥미잇는 일일가?' 하고 대개 이러한 병적(病的) 공상에 잠기어서는 혼자 이름 몰을 깃븜에 만족을 늣겻든 것입니다.[90]

'태양'은 일제(日帝)를 대신하는 환유적 이미지이자 절대권력의 상징이기도 하다. 태양이 영구히 사라질 것을 꿈꾸는 '레인코트 사나이'의 상상은 사회의 혁명적 변화에 대한 열망을 드러내는 것이니 내밀스럽고

89 박태원, 『적멸』 제23회, 《동아일보》, 1930. 3. 1.
90 박태원, 『적멸』 제8회, 《동아일보》, 1930. 2. 13.

도 위험천만한 것이 아닐 수 없다. 그래서 그는 '정신병자'를 자처했던 것이다. "정신이상자말고 참말 행복스러운 사람은 이 세상에 존재하지 않"(제11회)기 때문이다.

'레인코트 사나이'는 '정신병자'를 자처함으로써 비로소 식민지 법체계의 통제를 벗어난 초월적 존재가 된다. 어떤 사람에 대해 유죄인 동시에 광인이라고 선고하는 일은 불가능하기 때문이다. 그는 의사이자 '정신병의 권위자'인 "안경 쓰고 수염 난 사람"에 의해 "동팔호실"(제19회)에 수용된다. 외양의 묘사로 그 정신과 의사가 일본인임을 짐작할 수 있다. '레인코트 사나이'는 이후 정신병원을 탈출해 한강에 투신자살함으로써 식민지 법체계의 구속으로부터 영원히 벗어나 마침내 '적멸(寂滅)'의 존재가 된다. 자살은 의지대로 되지 않는 삶을 포기함으로써 최고의 의지를 확인하는 방식인 것이다. 이후 '나'는 자살한 '레인코트 사나이'를 생각하며, "가장 큰 기쁨으로 찬 가장 만족스러운 얼굴"(제22회)을 떠올린다.

'혁명'은 비록 현재화되지 않은 경우에도 잠재적인 형태로 현실의 한 요소가 된다. '레인코트 사나이'가 자살을 했으나 그것으로 문제가 모두 해결된 것은 아니다. 그는 작년 겨울까지 "그날그날"을 보내면서 자신이 "이상적(理想的) 정신이상자(제17회)"가 되었다고 굳게 믿고 있었다. 그렇다면 왜 그는 '오늘' 정신병원을 탈출하여 '미래'의 어느 시간에 자살을 '감행'하는 것인가. 그가 탈출한 시점은 '조선박람회'가 열리던 시기다. '조선박람회'가 끝나 갈 무렵인 1929년 10월 30일, 그날 식민지 조선의 다른 한쪽에서는 '광주학생항일운동'을 촉발시킨 사건이 일어났다. 이렇게 시작된 '광주학생항일운동'은 3·1운동 이후 최대의 민족적 항거로 이듬해 봄까지 계속되었다. '레인코트 사나이'가 '정신병원'을 탈출한 기간 내내 이 운동 또한 지속되고 있었던 것이다.

『적멸』은 '과거'와 '미래' 사이인 '지금'에 속해 있다. '레인코트 사나이'의 내부 서사에서도 중간중간 '나'가 개입해 흐름을 중지시킴으로써 동시간대의 '지금'을 환기한다. 이 작품은 '나'가 '이태원 공동묘지'에서 '레인코트 사나이'의 무덤을 찾아가는 장면으로 끝이 나는데, 이 대목(신문 연재의 마지막 회)은 1930년 3월 1일 자에 실렸다. 소설이 3월 1일에 맞추어 끝나는 것이다. 텍스트에 반복적으로 언급되는 '지금'—'과거'와 '미래' 그 어느 쪽에도 속하지 않는—은 3·1운동이 발생한 지 "십일 년"이 지난 시점에 해당하는 것으로 설정되어 있다. "어머님의 십일 년 동안을 하루같이 비할 데 없이 큰 희생적 사랑으로써 길러 주신 데 대하여서라도 나는 곧 이 세상을 버릴 수는 없었던 것"(제10회)이라는 '레인코트 사나이'의 진술도 이에 상응한다. 여기서 우리는 어머니가 곧 '모국(母國)'에 등치 하는 일종의 알레고리임을 알 수 있다.

4. 경성의 배후와 통속 연애소설의 이면: 『청춘송』

통속소설과 산책자 텍스트

『청춘송』은 1935년 2월 27일부터 5월 18일까지 총 78회에 걸쳐 《조선중앙일보》에 연재되다가 중단된 미완의 장편 소설로, 시인 이상을 모델로 삼은 작품이다. 작품의 일부 에피소드가 단편 「염천」(1938)으로 개작되어 발표되었다. 「염천」의 작가 후기에서 박태원은 이 작품을 "죽은 이상(李箱)에게 주고 싶다."고 밝혔다. 그동안 박태원 문학 가운데 대표적인 '산책자 텍스트'로 간주되어 온 「소설가 구보씨의 일일」은 정작 근대 자본주의 도시의 물질적 화려함이 거의 부각되지 않는다는 점에서 부족한 부분이 있다. 이것은 발자크의 『인간 희극』이나 『잃어버린 환상』 등이 파리의 번화가 샹젤리제 거리를 집중 묘사하는 것과 뚜렷이 대조된다. 이는 주인공 구보의 산책 코스가 '북촌'에 한정되어 있는 것과 관련된다. 반면에 『청춘송』은 경성의 번화가인 '남촌', 특히 '본정'과 '명치정' 일대를 산책하는 '혼부라(本ブラ)'가 본격적으로 묘사된다는 점에서 박태원 문학의 본격적인 '산책자 텍스트'로 간주될 만한 작품이다. 중심인물들이 들르는 곳도 '명치제과'나 '본정빌딩' 등 일본 색채가 강한 장소들이다.

박태원을 상징하는 '구보'와 이상을 모델로 한 '하웅'은 한국 문학사에서 잘 알려진 페르소나라고 할 수 있다. 그들은 도시적 삶의 스펙터클과 일상적 의식을 관찰하는 모더니즘 예술가의 분신(avatar)이다. 자신의 주변 이야기를 즐겨 소재로 삼은 박태원의 작품들은 대부분 '사소설(私小說)' 계열에 속하며, 대부분의 등장인물이 일종의 페르소나라 할 수 있다. 그렇지만 정작 '구보'나 '하웅'이 작품 속에 등장하는 경우는 그리 많지 않고 그 기간도 한정되어 있다. 박태원 작품을 연상할 때 쉽게 이 한 쌍의 페르소나를 떠올리지만, 실제로는 「소설가 구보씨의 일일」과 「애욕」 정도에 등장할 뿐이다.

그럼에도 박태원의 페르소나들이 강한 인상을 남기는 것은, '구보'와 '하웅'에 대칭을 이루는 또 다른 '페르소나' 쌍인 '김철수'와 '리남수'가 있기 때문이다. 말하자면 박태원과 이상은 두 쌍의 작가적 페르소나를 갖고 있었던 셈이다. 등장 빈도로 따지면, '구보'나 '하웅'보다 오히려 '김철수'와 '리남수'가 더 자주 나타난다. 김철수는 박태원의 본격적인 첫 장편인 『반년간』과 『여인성장』에 등장하고, 리남수는 『청춘송』과 「염천」 등에 등장한다. 특이한 것은 텍스트 내 '김철수'와 '리남수'는 '구보', '하웅'과는 판이한 성격을 지니고 있고 아주 다른 역할을 담당한다는 점이다. '구보'와 '하웅'이 주로 '순수 문학' 계열의 중·단편 작품들에 등장하는 데 반해, '김철수'와 '리남수'는 장편소설, 그것도 '통속소설'의 중심인물로 나온다. 더욱 주목할 것은 '구보'와 '하웅'이 등장하는 작품들의 공간적 설정이 경성의 '북촌'에 한정된다면, '김철수'와 '리남수'가 등장하는 스케일 큰 장편들의 서사 배경은 일본인 거주지역인 '남촌'까지 확대된다는 점이다.

"대체, 어딜 가려구 그래?"

하고, 젊은이는 의아스러히 물엇스나, 영자는 대답 업시, 문득, 전차ㅅ길을 횡단하야, 명치정 어시장(魚市場) 뒤ㅅ골목을 들어선다.

젊은이는, 숨박곡질하는 아이들의 흥미를 가지고, 불이나케 그의 뒤를 좃찻다. 그 골목 안에는 마침 이 시각에 행인이 업다.

"웨 이러는 거야, 에이짱?"

이번에도 대답은 업스리라 생각은 하면서도, 그래도, 젊은이가 또 말을 걸려니까, 의외에도 영자는, 걸음을 멈추고, 그를 돌아보며,

"오봇짱와 오까에리……."(애기는 그만 집이 가…….)

하고, 비웃음 가득한 표정을 짓는다.[91]

남촌은 일본인들의 거점구역이다. 위의 인용에서 보듯이, 조선어로 대화를 나누던 인물들은 남촌의 명치정 입구에 들어서면서부터 '일본어'를 사용하기 시작한다. 이 지점부터 공간의 성격이 급변한다. 공간을 걷는 행위는 언어의 발화 행위와 흡사하다. 특정 어휘를 선택하고 문장을 구성하듯, 산책자는 특정 경로를 선택하여 목적지를 향한다. 『청춘송』에서 인물들의 발화는 '북촌'과 '남촌'의 공간적 특성을 그대로 반영한다.

식민지 도시에서 피식민인들은 이동이 자유롭지 않고 원하는 장소에 아무 때나 머무를 수 있는 것도 아니다. 따라서 식민지 도시를 배경으로 한 '산책자 텍스트'에서 산책자들은 '산책'을 통해 평소 자유롭게 이동할 수 없었던 공간으로 나아갈 수 있게 된다. 이때 작품들은 경성의 '내부경계'인 남촌을 가로질러 탐사하는 일종의 '모험 소설'의 형식을 취하며, 등장인물들의 산책은 식민지 현실을 비판적으로 재현하기 위한 일종의 트릭이 된다.

프랑스 문학에서 19세기 리얼리즘 소설의 주요 특징으로 '아버지[기능]의 부재(vacancy of the paternal function)'가 거론된다.[92] 이는 프랑스

91 박태원, 『청춘송』 제74회, 《조선중앙일보》, 1935. 5. 13.

92 Fredric Jameson, *Political Unconscious*, Cornell University Press, 1982, p. 176 참조.

혁명으로 '국가의 아버지'인 왕이 국민들에 의해 처형당한 역사적 사실(regicide)과 긴밀한 연관이 있다. '아버지의 부재'는 진정한 의미의 권위의 부재, 즉 사회 전체가 점점 더 혼란의 상태로 진입함을 의미한다. 이 시기 수많은 유럽 소설의 주인공이 '고아'로 설정된 것은 우연이 아니다.[93] 이처럼 프랑스와 영국의 근대 소설은 '프랑스 혁명'과 '명예혁명'이라는 역사적 사건의 지대한 영향을 받아 형성되었다.[94] 반면, 식민지 조선 문학의 '아버지 부재' 모티브는 일본 제국주의에 의한 식민지배라는 역사적 맥락과 관련된다. 전통적인 '조선 왕조'가 일본 제국에 의해 대체되었기 때문이다. 박태원의 「소설가 구보씨의 일일」과 『천변풍경』에서도 이러한 모티브는 쉽게 발견된다.

그런데 특이하게도 『청춘송』 등 '통속소설' 계열 작품들에서는 이와 정반대로 '강력한 아버지' 모티브가 등장한다. 더욱이 이들은 '김철수'나 '리남수'의 친아버지가 아니라, 그들이 사귀는 여자들의 아버지라는 점에서 자못 불길하기까지 하다. '김철수'와 '리남수'의 연애는 여자들 당사자와 이루어지는 것이 아니라, 그들의 아버지들과의 '교섭'의 형태로 나타나는 경우가 많다. 제국주의의 위계적 구조는 본질적으로 가부장제의 위계 구조를 닮는다. 작품들에서 여자들의 아버지들은 법적 형식('결혼')을 통해 남성 인물들의 '아버지'의 지위를 획득한다. 이 '아버지'들은 일본 제국주의의 식민 권력(혹은 그 대리자)을 은유화한 인물로 볼 수 있다. 따라서 이 작품들은 연애 문제를 표층 서사로 하고 심층에서는 제국 권력과 식민지 지식인 간의 '타협'의 문제를 다룬 것으로 볼 수 있다.

---

93 Peter Brooks, *Reading for the plot*, Harvard University Press, 1992, p. 115

94 이언 와트/강유나·고경하 역, 『소설의 발생』, 강, 2009, 448면 참조.

식민지 지식인들의 내부 식민주의화

『청춘송』은 오향훈이 '시골 남자'와 강제로 결혼시키려는 아버지를 피해 가출하는 장면으로 시작된다. 오빠 재수는 향훈을 돕고자 하지만 아버지의 뜻을 거역하지 못하고, "될 수 있는 대로는 아버지의 비위에 덜 거슬리도록, 일종 아첨하는 웃음조차 입가"(제34회)에 띠운다. 모든 결정 권한을 갖고 있는 아버지는 "전지전능하신 아버지"(제26회)이다.

> "얘애, 어림두 업는 생각 말어라. 네가 그래 집일 안들어 가면 어쩔테냐? 사내녀석들가티 돈이래두 집어가지구 나와, 동경이니 상해니 도망을 가니? 어쩌니? 그건 둘째치구, 당장 오늘 밤에 늬가 어듸서 잘테냐? 나래두 안 재워주면 당장 갈데두 업슬걸 그래."
>
> 향훈이는 그 말에 모욕을 느기고, 입을 삐쭛하엿다.
>
> "웨, 어듸선 못자나. 려관, 려관에서래두 자지."
>
> "려관? 하하하 …… 어림두 업시. 그래 이 비오는 기픈 밤에 열아홉 살 먹은 미혼 처녀가 가방 하나 들지 안쿠 려관엘 가보렴. 나쁜 녀석들이 히야까시나 허러들 들구 또 수상하다구 순사가 취조하기 쉽구 …… 그뿐이냐. 호옥 네집이서 경찰서에다 수색원(搜索願)이래두 내놧다면 ……."[95]

향훈은 가출을 감행했으나 가부장적 아버지의 영향권을 벗어날 수 없다. 등장인물들이 식민지 현실을 벗어나—아버지의 영향권에서 벗어나—'동경'이나 '상해'로 떠나려 시도하는 것은 박태원 문학이 제시하는 또 다른 은유 구조이다. 등장인물들은 자유롭게 어디로든 떠날

95 박태원, 『청춘송』 제1회, 《조선중앙일보》, 1935. 2. 27.

수 있을 것처럼 행동하지만, 그곳('동경', '상해' 혹은 '만주')은 이미 '일본 제국주의'에 의해 점령된 영역이다. 작품 속 인물들이 보다 근대적 대도시인 동경이나 상해로 한사코 떠나려 하는 장면에서 '지체된 근대'로서의 경성의 일면을 엿볼 수 있다.

아버지-자식 간의 가부장적 위계질서는 그대로 동경-경성-시골이라는 제국의 공간적 위계질서로 확대된다. 식민지 도시 경성에 거주하는 등장인물들은 시골에 대해 비교 우위 의식을 갖지만 동시에 언제나 동경(東京)에 대한 동경(憧憬)을 갖는다. 텍스트 중에 느닷없이 동경에 대한 언급이 끼어드는 것도 같은 맥락이다.

> "참, 오빠아."
> "응?"
> "내 청 하나 들어줄요?"
> "무슨 청 ……"
> "저-, 나, 동경 좀 보내주지 안으료?"
> "그건 밤낫 하는 소리?"
> "밤낫 해두 안들어 주니까 그러지 뭐야."
> "참 너두 딱하다. 내가 무슨 재주루, 널 동경에 보내니?"
> "맘만 잇스면 허지, 웨 못해?"
> "……"[96]

『청춘송』의 주요 인물들은 누구나 대도시(메트로폴리스) '동경'을 지

---

96 박태원, 『청춘송』 제18회, 《조선중앙일보》, 1935. 3. 16.

향하고 또 조선어와 일본어를 자유자재로 구사한다. 리남수와 오향훈은 비밀리에 함께 '동경 유학'을 떠날 계획을 세우고 있다. 동경 메지로 여대 영문과를 졸업한 "일본 댕겨나온 색시"(제17회) 김명숙은 오재수와 유학 시절 '동경'에서 만나 사랑의 감정을 느꼈던 사이이다. 이 두 커플의 연애 이야기가 서사의 중심축을 이루고 있어 등장인물 모두가 동경 지향적이라 할 수 있다. 집안에서 향훈, 명숙과 선을 보게 한 남자들 역시 '동경 유학'을 다녀온 것으로 묘사된다. 그런데 '조그만 사나이'의 아우가 동경으로 떠나려다 형사에게 발각되는 사건이 발생한다.

"그래, 어딜 갓대?"

"자세한 건 집일 가봐야만 알겟는데 …… 무어 그애가 오늘밤차루 동경으루 떠나려 햇다나?"

"허, 허-, 그래서 ……"

"지금 생각허면, 몃칠 전에 그애가 호적등본을 내오구 또 내의(內衣)를 왼통 새루 하구 그러든게 그게 까닭이 다 잇섯구면 ……"

"호적등본은 무얼허게?"

"아, 도항증(渡航證) 내려구 그랫든게지"

"흥, 흥, 그래서 ……"

마츰, 스미꼬가 간조-가끼를 가지고 돌아왓다.

김은 주머니에서 지갑을 끄내며,

"아마, 역(驛)에서 붓들린 보양이야."[97]

97 박태원, 『청춘송』 제44회, 《조선중앙일보》, 1935. 4. 12.

이처럼 등장인물들은 경성을 벗어나려 하지만 쉽사리 식민지 현실에서 벗어나지 못한다. ‘도항증(渡航證)’, ‘수색원(搜索願)’ 등은 피식민인들의 공간적 이동이 제국에 의해 통제되고 있음을 보여 준다. “형사가 또 잡으러 왔나보다.”(제2회)라든가, “오즉 멍텅구리 짓을 해서야, 형사가 다아 그렇게 수상하게 보았을까”(제74회)라든가, “수상하다고 순사가 취조하기 쉽”(제1회)다라든가 하는 발화에서, 중심인물들의 의식 깊숙이 식민지 도시의 통제 상황이 자리 잡고 있음을 알 수 있다. 따라서 그들은 경성이라는 공간 안에 갇힌 존재나 마찬가지다. 식민지 도시는 닫힌 사회이며 제국과 식민지 사이는 통제되어 있다. 그런데 이들 도시 출신들은 상대적으로 ‘전근대적’ 상태인 시골에 사는 사람들에 대한 우월 의식을 노골적으로 드러낸다. 놀라운 것은 ‘시골 사람’들에 대한 이들의 시각이 제국주의자들과 흡사하다는 점이다.

> 남자의 이름이 ‘덕섭’이라 뉘집 행랑아범가티 속되고 천하대서 실코, 키가 적어 땅달보라 채신머리가 업대서 실코, 색깔이 새깜어니, 구름보래서 실코, 얼굴이 둥글넙적하니, 둔하게 생겻다해서 실코, 나중에는, 그가 중학이나 마치거든 구구로 어느 회사의 월급쟁이라도 어더하는 것이 아니라 꼴에다 동경으로 유학을 간 것도 마음에 안 들엇고 또 기위 시골사람이거든, 그저 땅이나 파먹구 이래저래 연명쯤이나 하는게 아니라, 바로, 강화에서도 사는 부자라는 것이 비위에 안마젓다 …….[98]

> 아렛목에서 자라고 하여도 구지 사양하고, 웃목으로 자리를 갈어깐

98 박태원, 『청춘송』 제6회, 《조선중앙일보》, 1935. 3. 4.

다음, 잠뱅이 하나만 남기고, 후울훌 벗고 난 남자의 알몸둥이를 보니 키는 좀 적으나마, 딱 벌어진 두 어깨며, 제법 나온 가슴이며, 굵고 또 힘잇서 보이는 팔다리-, 그 체격이 자못 굿굿하다.

그러나, 젊은이는 한 개의 문화인(文化人)으로서, 오즉 잠뱅이 하나만으로 자리에 드는 사람을 어이업게, 또 천하게 볼여니까, 남자는 자리속에 들어간 뒤에 그 잠뱅이마저 벗서서 발치에 내던진다.

젊은이는 도저히 그 취미에 찬동할 수 업시, 자기자신 잘 자리에 읽는 책을 뒤적어리려니까, 남자는 또 남자대로 그 '버릇'을 괴이하게 생각하는 모양이드니

"저, 먼저 잡니다."

한마듸 인사 뒤에, 눈을 감고 이분도 못되여, 씨익씩하고 숨소리도 기운차게 그냥 잠이 들어버렷다.[99]

제국의 이주민들은 원주민에 대해 말할 때 동물학적 용어를 자주 사용한다. 원주민들이 "파충류처럼 움직인다"거나 "거주지의 불결함과 악취, 원주민의 몸짓, 자식을 많이 낳는 것" 등에 대해서도 자주 언급한다.[100] 그런데『청춘송』속 등장인물들이 시골 사람들을 묘사·언급할 때 마치 제국의 지배자들이 그런 것처럼 '동물학적 용어'를 구사한다는 점은 놀랍다. "시골 마누라쟁이"는 "누-런 이빨을 내놓고"(제48회) 웃는 것으로 묘사된다. 그들은 "댁이 서울이십니까?" 혹은 "서울아인가요?"라고 묻고, "시골로 시집가는게 싫다면, 서울 신랑도 많지."(제13회)

99 박태원,『청춘송』제12회,《조선중앙일보》, 1935. 3. 10.

100 프란츠 파농/남경태 역,『대지의 저주받은 사람들』, 그린비, 2004, 63면

라고 말한다.

한편 경성에 거주하는 주요 등장인물들의 모습은 '서양인'의 외양을 닮은 것으로 묘사된다. 재수는 누이 향훈의 "탐스럽게 하얀 목덜미"(제26회)를 바라보고, "눈썹 긴, 둥글고 또 큰 눈"(제56회)의 향훈은 남수의 "여자의 것보다도 더 섬세하고, 색깔 흰 두 손을"(제45회) 그려 본다. 시골 사람들이 보기에 도시 사람들은 식민 지배자처럼 옷을 입고 그들의 언어를 쓰며 심지어 그들과 같은 지역에 사는 사람들이다. 그래서 시골의 농민들은 그들을 "민족의 모든 전통을 배반한 배신자"[101]로 간주하기도 한다. 이처럼 시골 사람들의 눈에 도시 사람들은 식민지배자들의 모습을 닮았고, 도시 사람들 눈에 시골 사람들은 원주민의 모습으로 비친다.

> 마음에, 그는, 자긔의 매부될 사람이 시골사람이라는 것에 적지아니 불만(不滿)을 늣겻다. 그것은, 혹은, 서울사람이 자긔가 서울사람인 까닭에 (오즉 그 까닭 하나로)밖에 별 까닭업시, 무턱대고 시골사람을 낫게 보고, 업신역이고 하는 그러한 것인지도 몰은다. 그러나, 하여튼, 서울서 나서, 서울서 자란 귀여운 누이를, 어듸 다른 신랑감이 업서서 시골구석으로 보내는가 하는 것이, 그의 불만 중 가장 큰 것이었다.[102]

자본주의 체제는 중심 도시를 축으로 주변 지역을 예속화하며 발전한다. 작품 속 중심인물들은 시골 사람들과의 차별화를 통해 '근대 문

101 프란츠 파농/남경태 역, 『대지의 저주받은 사람들』, 그린비, 2004, 137면
102 박태원, 『청춘송』 제32회, 《조선중앙일보》, 1935. 3. 31.

화인'으로서의 정체성을 확립해 간다. 이들은 "작은 키에 틀어올린 머리가 서투른"(제45회) '전근대적' 모습을 모멸스럽게 바라보는 한편, 끊임없이 일본(혹은 서구)에 대한 지향성을 드러낸다. '선망'과 '우월'의 상반된 의식이 그대로 소설 텍스트 내 위계적 구도로 드러나는데, 이는 곧 제국주의의 위계적 구조에서 비롯되는 것이다. 그래서 주요 인물들은 경성역에서도 '일이등 대합실'을 이용하지만, 나머지 인물들은 '삼등 대합실'에 머무른다. 식민지 지식인들은 제국의 문화와 언어를 추종하며 자신들의 식민지 문화의 후진성을 강조함으로써 '내부 식민주의(internal colonialism)'를 강화하는 역할을 담당한다.[103]

『청춘송』에는 당시 '남촌'의 3대 백화점인 미츠코시(三越), 초지야(丁子屋), 미나카이(三中井) 등이 모두 언급되고 있는데, 같은 시기의 어느 작품보다 구체적으로 그려진다. 백화점은 중심인물들이 만나는 약속 장소이자 우연처럼 마주치기도 하는 장소이다. 작품 속 인물들은 백화점의 '옥상정원'에서 만남을 갖는다.

> 승강긔(昇降機)를 타고 이층- 삼층- 사층-, 그리고 옥상(屋上)- 소녀가 문을 열어주자 향훈이는 달은 이들 틈에 끼여 밧그로 나서며,
>
> '지금이, 오정- 아즉도 삼십분이나 남엇지만 …… 그래도 어쩌면 그이는 벌서 와서 …….'
>
> 자긔를 기다리고 잇슬지도 몰으겟다고 향훈이는 역시 심장의 고동을 억제하지 못하며, 옥상정원(屋上庭園)을 둘러보앗스나 남자의 모양은 보

103 Walter D. Mignolo, 'Globalization, Civilization Processes, and the Relocation of Languages and Cultures', *The Cultures of Globalization*, Duke University Press, 1998, p. 34 참조.

이지 안헛다.

'일즉 올 리가 업지. 내가 공연히 일즉 와서 …….'

그리고 잠깐 향훈이는 삼십분식이나 일즉 온 제 자신을 뉘우처 보앗스나, 문득 눈을 들어 한층 더 노픈 집웅 위를 보자,

'혹은 저 우에라두 올러가 잇는지 …….'

그것도 몰을 일이라고 그는 층계를 올러 가 보앗스나, 그곳에는 비록 일요일이 아니드라도 일이 업는 듯시픈 사나이 두세 명과, 이번에는 웃학교에 입학할여 올러온 몃 명의 시골 생도와 또 그들의 부형인 듯 시픈 사람들 외에는, 일본 '오까미상'이 한 명, 오마니에게 아이를 업혀가지고 철책(鐵柵) 아페 서서, 멀리 조선신궁(朝鮮神宮) 편을 바라보고 잇슬 뿐이엇다.[104]

이 대목은 이상의 일문 시 「運動」의 "一層の上二層の上三層の上屋上庭園[일층우에있는이층우에있는삼층우에있는옥상정원]"이라는 구절을 연상시킨다. 그런데 정작 백화점 내부나 거기 진열된 상품에 대한 언급은 거의 찾아볼 수 없다. 소설적 시선이 집중되는 것은 '옥상정원'으로 모여든 각처의 사람들이다. '옥상정원'에서 향훈은 자연스럽게 경성 사람들과 시골 사람들, 그리고 일본인을 동시에 만나게 된다. 동경-경성-시골이라는 공간적 위계가 우연처럼 백화점이라는 공간에 한데 모여든 것이다. 이때 백화점은 '메트로폴리스'의 축도가 된다. 그곳은 조선신궁(朝鮮神宮)이 바라보이는 공간이다.

『청춘송』에는 남촌의 3대 백화점 외에도 '식민지 시기 기념비적 상징 건축'인 조선신궁과 조선총독부 청사가 언급되고 있다. 조선신궁은 당시

104 박태원, 『청춘송』 제45회, 《조선중앙일보》, 1935. 4. 13.

남산에서 가장 전망이 좋은 서측 고지대, 즉 경성 전역을 조망할 수 있는 자리에 건설되었다. 파리의 에펠탑이 근대화의 위대한 상징이자 영공(領空)까지 확장되는 메트로폴리스의 기념물이었다면,[105] 식민지 도시 경성의 조선신궁은 식민 지배의 기념물이자 상징적 '팬옵티콘'이었다. 이처럼 백화점의 '옥상정원'은 일본 제국주의의 축도에 대한 환유적 이미지로 나타난다. 여기에 이어지는 다음과 같은 대목에 주목할 필요가 있다.

> '어서 오소서, 그리운이여!'
>
> 무슨 그러한 말을 저몰으게 속으로 중얼거려보고, 다음에 처녀다웁게 얼골을 붉히고,
>
> '그럼, 잠시 화초구경이나 헐까?'
>
> 저편 류리집웅 한 방으로 발을 옴기여, 정작 화초보다도, 위선 탐스러운 류리 상자 속에, 탐스러웁게 꿈여노흔 돌과 풀 사이로, 역시 그러케도 탐스러웁게 크고 아름다운 금붕어를 보고 그 아페, 발을 멈추며
>
> '어이구 이게 이십이 환 오십 전이구면 …….'[106]

'금붕어'는 이상 작품에 빈번히 등장하는 대표적 은유이다. 「날개」의 '나'는 미츠코시 옥상정원의 '금붕어'를 들여다보고 이어 경성 거리의 조선 사람들을 내려다보며 "피곤한 생활이 똑 금붕어 지느러미처럼 흐늑흐늑 허비적"거리고 있다고 생각한다. 「조춘점묘」에서는 유원지로 변해 버린 옛 궁궐 덕수궁에 들러 "금붕어들은 다 어디로 쫓겨 갔을

105 Peter Childs, *Modernism*, Routledge, 2008, p. 76 참조.
106 박태원, 『청춘송』 제45회, 《조선중앙일보》, 1935. 4. 13.

까?" 궁금해 한다. "칠 년 동안 금붕어처럼 개흙만을 토하고 지내면 된다."(「실락원」)거나 "어항에 든 금붕어처럼 눈자위속에서 그저 오르락내리락 꿈틀거릴 뿐"(「지주회시」)이라는 표현도 등장한다.

그런데 남수(이상의 페르소나)를 기다리던 향훈은 남촌의 백화점, 그 내부의 '옥상정원', 그 내부의 유리 지붕의 방, 그 내부의 유리 상자, 그리고 그 내부에 들어 있는 "탐스러웁게 크고 아름다운 금붕어"를 차례로 목격한다. 이 대목은 '옥상정원'을 배경으로 한 이상의 일문 시 「建築無限六面角體-AU MAGASIN DE NOUVEAUTES」[107]의 "四角の中の四角の中の四角の中の四角の中の四角[사각형의내부의사각형의내부의사각형의내부의사각형의내부의사각형]"의 환유적 이미지를 자연스레 떠오르게 한다. 향훈의 시선이 꽂히는 유리 지붕, 유리 상자, 그 속의 '아름답고 탐스러운' 금붕어 등은 일차적으로 개량적·위생적·이국적 이미지로서의 일본 제국주의를 환기한다고 볼 수 있다. 또한 투명하게 투시되는 '유리'의 이미지와 여러 겹의 공간 안에 갇혀 있는 '금붕어'의 동물 이미지 등은 자연스럽게 식민지적 현실을 환기한다. 일견 화려하지만 자유롭게 이동할 수 없는 '금붕어'는 자유롭게 현실에서 벗어날 수 없는, 동물학적 용어로 묘사되는, 피식민인인 등장인물들의 좌절한 모습을 상징적으로 보여 준다.

식민지 현실에 대한 '각성'

『청춘송』에서는 두 쌍의 주요인물이 동시간대에 각각 경성 교외를 산

107 1932년 7월《朝鮮と建築》에 발표된 일문 연작시 중의 한 편으로, 이후 '건축무한육면각체'로 번역되었다. 총 일곱 편으로 구성되어 있다.

책한다. 이들의 산책은 병렬 편집되어 나타난다. 이러한 병렬 편집 기법은 작품 전체의 위계적 질서(가부장제, 제국주의)를 교란하며 이들의 이동 경로를 즉각적으로 파악하기 어렵게 만든다. 이들의 산책은 일종의 모험이 된다. 그런데 남수와 향훈은 산책을 하면서 다른 사람들의 시선을 의식한다.

> 그러나, 나가서, 그러케 둘이 어듸를 가야 할찌, 날은 이미, 완전히 봄날이엿고 또 오늘은 더욱이 일요일이라 남의 눈을 피하야 두 사람만이 조용히 차저갈 곳이, 넓은 듯하면서 좁은 서울 안에 잇슬법 하지 안헛다.[108]

남수와 향훈은 '혹시 아는 사람'과 마주치지 않을까 우려해, 동대문역에서 궤도차를 타고 유원지로 향한다. "까닭 모를 모멸과 조롱을 가져 훑어보는 사람들의 눈, 눈, 눈"(제49회)의 이미지는 식민 지배권력의 '팬옵티콘' 감시망을 연상시킨다. 같은 시각 재수와 명숙도 '산책'에 나서는데, 그들 역시 사람들의 눈을 피해 기동차를 타고 서강역에 내린다.

> '이런 곳에서, 누구, 아는 사람을 맛날 까닭도 업슬께고 ……. 이제, 다시, 차를 타고, 문안으로 돌아가기까지는, 오즉, 이이와, 나와, 단 두 사람만의 세계요, 시간이요 …….'[109]

재수와 명숙은 2년 전 동경 아스카야마(飛鳥山) 공원에서 '사쿠라' 구

108 박태원, 『청춘송』 제47회, 《조선중앙일보》, 1935. 4. 15.
109 박태원, 『청춘송』 제52회, 《조선중앙일보》, 1935. 4. 20.

그림 3-6 『청춘송』 제55회 삽화(1935년 4월 23일 자)

경을 하다가 우연히 만났다. 당시 명숙이 '양복'을 입고 있었음에도, 재수는 그녀가 '조선 여자'임을 쉽게 알아차릴 수 있었다. 그래서 "은근히 조선말"(제53회)로 대화를 나누기도 했다. '산책'을 하며 그들은 동경에서의 추억을 자연스럽게 떠올렸다. 동경에서 '조선'의 흔적을 찾던 그들은 경성에서는 오히려 '일본'의 흔적과 마주하게 된 셈이다. 그러는 사이 예정했던 산책 경로를 '이탈'하게 된다(그림 3-6).

"웨요?"

"글세, 길이 ……"

그러고 잇는 중에, 저편에서 전신공부(電信工夫)들이 칠팔 명, 두 채 구루마를 끌고 온다. 남자는, 마음을 결하고

"이리 가보시죠."

단장 끄트로, 철로뚝을 넘는 지름길을 가르치고, 압서 것는다. 뒤에서 전신공부들 중의 몃 명이 재채기하는 소리가 들렷다. 다음에,

"야아, 조쿠나. 흥"

그러한 소리가 낫다. 그들은 약간 얼골을 붉히며, 말업시 그 지름길을 걸어갓다.

철로뚝 앞에서 죄수(罪囚)들이 일들을 하고 잇섯다. 그들이 가까히 일으자, 모든 죄수가 일제히 고개들을 들고 혹은, 일하든 손을 멈추기조차 하고, 그들을 발아본다. 자유들을 빼앗긴 이들의 눈은, 명숙이의 몸우에 한껏 빗난다.[110]

경성 출신 인물들이 경성에서 산책을 하다가 길을 잃고 헤매는 것이다. 이런 서사적 설정은 일견 작위적인 느낌마저 들지만, 그들이 사람들의 시선을 피해 인적 드문 곳을 찾아 나섰다는 점을 감안하면 설득력을 얻을 수 있다. 그들이 경로를 이탈해 마주친 곳은 죄수들에 의해 축성되고 있는 '경성형무소 양어지(京城刑務所 養魚池)'였다. 그들은 그곳에서 노역을 하는 조선인 죄수들을 목격하게 된다.

그들은 죄수들한테서 "자유들을 빼앗긴 이들의 눈"을 보게 된다. 이 텍스트에서 '자유의 박탈' 문제는 핵심적인 주제에 해당한다. 향훈도 "결혼하든 안하든 내 자유"가 아닌가 반문하면서 이 문제에 집착한다. 그리고 가부장적 아버지에 의해 박탈당한 그녀의 '자유'는 조선인 죄수들의 박탈당한 '정치적 자유'와 연결된다.

110 박태원, 『청춘송』 제55회, 《조선중앙일보》, 1935. 4. 23.

경성형무소 양어지(京城刑務所 養魚池) 여플 지나며, 문득, 재수는, 깨끗한 몸과 또 마음을 가저, 자긔에게 사랑을 구하여 온 녀자를, 자긔 역시, 열정을 가저, 사랑하고시픈 충동을 느낀다. 못가에서 일본 사람이 서너 명, 젊은 남녀들에게 흥미를 갓는 일 업시, 오즉 낙시질에 골몰이다.

긔적(汽笛)을 울리며, 저편 선로 위를 긔차가 달렷다.

"하하하하 …… 길을 잘못 들엇군요. 애초에-"

재수는 쓰듸쓴 우슴을 웃엇다.[111]

여기서 "낙시질에 골몰"하는 일본인들이 등장하고 있음에 주목할 필요가 있다. 양어지는 인공적으로 물고기를 양식하는 곳이다. 이곳을 축성하는 사람들은 수감된 조선인 죄수들이고, 거기서 실질적인 이익을 취하는 것은 일본인들이다. 이 대목은 백화점 '옥상정원'에서 목격한 유리 상자 속의 '금붕어' 장면을 연상시킨다. 그때에도 조선신궁을 바라보는 '일본인 오까미상'이 등장한다. 일본인들은 작품 속에서 별다른 행동이 없다가도 '결정적 장면(scenes a faire)'에서 모습을 드러내곤 한다.

앞서 언급한 대로, '리남수'는 시인 이상을 모델로 한 인물이다. 양어지와 금붕어 장면은 이상의 일문 시 「囚人の作つた箱庭」을 밀착한다.[112] "海を知らない金魚[바다를 알지 못하는 금붕어]"는 "囚人の作つた[수인이 만든]" 유리 상자(箱庭) 혹은 양어지에 들어 있다. "算板の高低は

111 박태원, 『청춘송』 제55회, 《조선중앙일보》, 1935. 4. 23.

112 『이상전집』 2권(임종국 편, 1956)에 「수인이 만든 소정원」으로 번역되었다. 여기서 '상정(箱庭)'은 '소정원' 혹은 '유리 상자'란 의미이다. '상(箱)'은 이상(李箱)의 이름이기도 하므로, 유리 상자 속에 갇힌 자신의 모습을 비유한 것으로도 해석할 수 있다.

旅費と一致しない[산판알의 고저는 여비와 일치하지 하지 않아]", 금붕어는 멀리 떠날 수 없다. 유리 상자와 양어지는 일제에 의해 건설된 식민지 도시 경성의 환유 이미지이다.

한편 남수와 향훈은 어느 술집에 들어간다. 그곳에서 남수는 기둥에 걸린 주련(柱聯)에 주목한다.

> 무심한 얼굴에 가만한 우슴을 띄운다.
>
> "웨요?"
>
> 의아스러히 뭇는 향훈이를 돌아보고,
>
> "저기 저- 주련(柱聯) 말이여요. 웨, 이편 기둥에 부터잇는 ……"
>
> 남자가 가르치는 기둥에 '주고빈점다화수(酒沽貧店多和水)' 일곱 자를 향훈이는 자신 업시 읽으며,
>
> "그게, 무슨 뜻이예요?"
>
> "네-, 아마, 가난한 술집이선, 물을 만히 타서 판다는 말인가 봅니다."[113]

남수는 "이 집의 온갖 기둥에 붙은, 온갖 '주련'을 찾아 읽는 것에만 흥미"(제56회)를 느낀다. '주련'은 여기서 은밀한 메시지를 독자에게 전달하는 문학적 장치로 기능한다. 인용한 주련의 내용은 작자가 미상인 채로 전해지는 다음의 한시를 원용한 것으로 보인다. 곧 "주고강점다화수 시하춘산반잡화(酒沽江店多和水 柴下春山半雜花, 강나루 주막의 술은 물을 타서 묽기도 하고 봄 산에서 내려오는 나뭇짐에는 꽃이 반이나 섞여 있구

113 박태원, 『청춘송』 제56회, 《조선중앙일보》, 1935. 4. 24.

나)"가 그것이다. 앞서의 양어지 장면이 금붕어 장면과 호응한다면, '주련' 장면은 술 취하면 "온통 한문으로만 횡설수설 혼자 늘어"(제57회)놓는 채선생 장면과 호응한다.

> "그, 무슨 뜻입니까? 안배낙성 ………"
>
> 몸전체가 조고만 사나이는 채선생의 한짜벽(漢字癖)에 흥미를 느꼈는지, 곱보를 들어 한 목음 마시고 나서 뭇는다.
>
> "응? 네?"
>
> "그, 안배 낙성이란 ……"
>
> "네, 네. 함배락성, 층피현이라 …… 말하자면, 청주(淸酒)를 조와허구, 탁주를 실혀 한다는 그말이조 ……."
>
> "하, 하—"[114]

'주련'과 마찬가지로 술 취한 인물의 뜻 모를 중얼거림은 검열 등의 위험을 피하면서 독자에게 은밀한 메시지를 전달하는 문학적 장치가 된다. 두보(杜甫)의 「음중팔선가(飮中八仙歌)」의 한 구절인 '함배락성칭피현(銜杯樂聖稱避賢)'은 '주고빈점다화수(酒沽貧店多和水)'와 거의 동일한 의미이다. 이 두 문구는 모두 식민지배하의 '궁핍한 현실'을 반영한다. 『청춘송』의 인물들은 식민지 도시 경성의 배후에 일본 제국주의의 착취적 관계가 놓여 있음을 깨닫게 된다.

남수는 아버지가 삼촌과의 '소송'에서 패소하자 동경 유학의 꿈을 '무기 연기'하게 된다. 정확한 상황은 서술되지 않지만, 아버지가 "당연

114 박태원, 『청춘송』 제40회, 《조선중앙일보》, 1935. 4. 8.

히 찾을 것을 못찾게 되었다."(제42회)고 언급된다. 대신 남수는 평양에서 경성으로 올라와 '찻집'을 경영하려고 한다. 그러기 위해서는 당국의 '영업허가'를 받지 않으면 안 된다. 이처럼 등장인물들은 식민지 현실에 만족하지 못하면서도 식민지 법체계의 규정 범위 밖으로는 나가려 하지 않는다. 그들은 철저히 체제 순응적 인물들이다. 그래서 그들은 "그런 건 법률에 저촉되지 않나? 그런 건 무슨 죄가 안 되우?"(제6회)라고 묻거나 "대체 이러한 경우에 법률은 어떻게 규정하여 놓았으며 또 이제까지의 관계는 어떠한 것"(제65회)인지 알고자 한다. 남수는 심지어 향훈과의 관계에서까지도 이러한 수동적 태도를 취한다.

> 그러나, 남수는, 향훈이 역시 자긔를 사랑하고 잇다는 것을 알엇서도, 결코, 향훈이에게 향하야, 자긔의 사랑을 고백하려고는 하지 안헛다.
>
> '향훈이에게는, 이미, 약혼자가 잇다 …….'
>
> 그, 한 개의 사실이, 언제든 남수에게, 말을 삼가게 한 것이다.
>
> '어떠케 평화로운 수단으로 향훈이와 그의 약혼자 사이의 '혼약'이 해소라도 된다면 …….'
>
> 그러면, 남수는, 물론, 자긔의 사랑을, 애인 아페 고백하고, 그리고 두 사람은, 자긔들의 세계를 가지려 노력할 수 잇슬 것이다.[115]

근대적 의미의 약혼은 정식 결혼에 앞서 행하는 일종의 '양해각서' 작성에 가깝다. 남수는 시골 청년과 향훈 간의 '약혼'이 "평화로운 수단"에 의해 "해소"되기 전까지는 향훈에게 사랑을 고백할 수 없다고 생각

115 박태원, 『청춘송』 제64회, 《조선중앙일보》, 1935. 5. 3.

한다. 이처럼 『청춘송』은 '약혼'을 둘러싼 연애 이야기를 전면에 드러내지만, 심층에는 식민지 조선에서 시행되는 법질서에 대한 순응과 타협의 문제를 제기하고 있다. 법질서에 대한 문제는 남수가 '찻집'의 영업허가를 받기 위해 경찰서를 출입하게 되는 에피소드에서 좀 더 분명하게 부각된다. 이 에피소드는 단편 「염천」으로 각색되어 다시 발표되었을 만큼, 『청춘송』의 핵심적인 메시지가 담겨 있는 대목이다. 연인들의 '산책'을 통해 경성의 배후를 탐색하여 '조선인 죄수'들을 묘사했다면, '찻집'의 영업허가를 받기 위해 남수가 식민 통치의 대표 기관인 '종로 경찰서'를 찾는 것을 계기로 경찰서 내부 모습을 자세히 묘사했다.

> 이튿날 남수는 또 경찰서 문을 들어섯섯스나, 이번에도 역시 것은 허사엿다.
>
> 그 집이 '도단부기'(생철집웅)라는 것을 알자, 경관은 전에나 한가지로,
>
> "소꼬와 다메다!"(거긴 안돼!)
>
> 간단히 한 마듸를 하고, 다시는 그에게로 얼골을 향하려 하지 안헛다.[116]

남수는 세 차례에 걸쳐 '찻집' 영업허가를 받기 위해 경찰서에 들르지만, 번번이 경관에게 퇴짜를 맞는다. 지붕이 얕거나, 전찻길가이거나, 생철지붕이라는 일관되지 않은 이유 때문이었다. 희화적으로 묘사된 이 장면은, 일제의 법체계가 엄밀한 기준에 의해 시행되는 것이 아니었음을 암시하며, 그럼에도 불구하고 식민지 조선인들은 그것에 순응할 수밖에 없는 현실을 그리고 있다. 경관의 반복되는 일본말 "소꼬와 다

116 박태원, 『청춘송』 제65회, 《조선중앙일보》, 1935. 5. 4.

메다![其所わ だめだ, 거긴 안 돼!]"라는 대답을 통해, 영토와 권리를 모두 빼앗긴 식민지 조선인들의 현실을 축약해서 보여 준다. 제국주의의 궁극적 목표는 결국 '땅(其所)을 소유하는 것'이다. 피식민인들의 역사는 현지의 공간을 외부자들에게 강탈당하는 것에서 시작되며, 따라서 피식민인들은 정체성을 되찾기 위해 강탈당한 공간을 우선적으로 재탈환해야만 한다.

이 장면을 기점으로 소설 텍스트에서 등장인물들의 '일본어' 사용 빈도가 급격히 높아진다. 초반부에서는 일본어 단어나 어휘 등을 사용하는 정도이지만, 중반부부터는 일본어 문장을 사용하는 비중이 높아지고, 결국에는 등장인물들 간에 한 명은 조선어로, 다른 한 명은 일본어로 대화를 나누는 기이한 상황에까지 이른다. 이제 일본어가 조선어를 압도해 서사의 주도권을 갖기 시작한다. 이러한 특이한 변화는 등장인물들이 북촌에서 남촌으로 이동하는 동선과도 일맥상통한다.

연재 당시 독자들이 '연애담'임에도 불구하고 재미가 없다며 항의하자, 박태원은 "나의 양심으로는 그런 소설을 쓰지 못하겠기에 중지"를 선언한다.[117] 그는 흥미 위주의 통속적 '연애담'을 쓰는 것을 단호히 거절하고 연재를 중단한 것이다. 작품이 미완의 상태로 중단되어 작가의 창작 의도를 정확하게 파악하는 일은 현재로서는 불가능하다. 그러나 등장인물들이 우연처럼 마주치는 식민지적 현실을 통해 점차적으로 '각성'에 이르는 구도임은 파악할 수 있다. '시골 사람'에게 일방적인 우월 의식을 느끼던 등장인물들은 어느 순간부터 "시골청년의 고독을, 그리고 동시에 자기자신의 고독을"(제22회) 느끼는 것이다.

117 얼치기 문사, 「박태원 씨의 예술적 양심」, 《조선문단》, 1935년 8월

4 대경성 확장과 소설적 대응

1. 공간재편과 미완의 기획: 『애경』

대경성의 공간재편과 인물 구도

일반적으로 일제 말기 1940년대의 박태원 문학은 동시대 역사적 현실로부터 후퇴하여 개인적 시공간에 안주했으며 본격 창작보다는 번역, 번안이나 아동 문학의 영역으로 물러났다는 평가를 받아 왔다. 그렇지만 박태원은 1940년대에 접어들어서도 창작에 상당한 열의를 보였다. 1940년 초 그는 "이 봄에야말로 단 한 편이라도 소설다운 소설을 써야 하겠"[1]다고 다짐했고, 금년에 이루어야 할 목표 중 하나로 "장편소

1 박태원, 「영춘수감」, 《가정지우》, 1940년 1월

설을 3편 이상"[2] 쓰는 것을 꼽기도 했다. 비록 미완으로 중단되었지만, 1940년 1월부터 11월까지 총 8회에 걸쳐 《문장》에 연재된 『애경』은 작가가 어느 때보다도 창작열을 불태우며 집필하던 시기의 작품이라는 점에서 주목할 만하다.

무엇보다 이 작품은 대경성의 각 도시구역과 그에 걸맞은 인물을 적절히 배치하고 이들이 서로 접맥하는 다양한 방식을 치밀하게 기획했다는 점에서, 도시 공간에 대한 박태원의 탁월한 감각과 특유의 창작 방법을 파악할 수 있다. 작품 속에는 명치정, 종로, 관동정, 체부정(體府町, 현재의 체부동), 가회동, 관철동, 명륜정, 신설정(新設町, 현재의 신설동) 등 경성의 동서남북을 아우르는 다양한 구역이 동시에 재현되거나 언급된다. 요컨대, 『애경』은 박태원의 작품 중 경성의 가장 넓은 구역을 다루었으며 대경성의 공간재편을 서사적으로 재현하려 시도한 작품이라 할 수 있다. 이러한 과정에서 도시 개발의 경제적 이득을 실질적으로 독점하는 '일본인'들과 주거지에서 강제로 밀려난 '조선인 토막민'들의 존재가 암시된다. 대경성의 도시재편에 대해 박태원만큼 예민하면서도 즉각적인 반응을 보인 작가는 많지 않다.

『애경』은 여러 도시구역을 병렬적으로 동시에 다룸으로써 각 구역의 특성과 상호관련성을 입체적으로 조망하려 했다는 점에서 특이하다. 특히 경성에 새롭게 편입된 동북부(신설정)와 서부(관동정) 지역에까지 서사가 확장된다는 점은 주목할 만하다.

『애경』에 나타나는 공간적 특성은 크게 두 가지 측면에서 살필 수 있다. 우선 '남촌'이 서사에서 중추적인 역할을 담당하기 시작했다. 박태

2 박태원, 「원단일기」, 《가정지우》, 1940년 2월

원의 작품 대부분이 조선인 구역인 북촌의 중앙부에서 서사가 시작되는 것과는 달리, 『애경』은 일본인 구역인 남촌의 중심부 '명치정'에서 시작된다. 또 하나는 동북부와 서부 지역이 경성에 새롭게 편입되면서 이중도시 구조에 근본적인 변화가 나타났다는 점이다. 『애경』에 나타나는 공간 단서들을 바탕으로 지도를 작성하고 그것을 판독해 보면, 새롭게 확장된 대경성의 도시 공간 속에 배치된 도시구역들이 서로 대칭, 대조, 친화, 긴장, 혐오 등의 다채로운 관계를 맺고 있다는 사실을 발견할 수 있다.

박태원은 상당히 많은 '미완'의 작품을 남겼는데, 이 작품들에 대한 연구는 거의 이루어지지 않았다. 그렇지만 이 작품들 중 일부는 서로 긴밀한 관련을 맺고 있으며, 특히 『애경』, 「구흔」(1935), 『반년간』 등은 상호텍스트적 측면에서 함께 고려해 볼 만한 작품들이다. 박태원의 작품에는 작가 자신(혹은 동료 문인)을 연상하게 하는 인물이 종종 등장하곤 한다. 『애경』에서는 관동정에 사는 소설가 '최신호'가 그러한 인물이다. 작가는 연재하면서 세 번 정도 '신호'를 '준오'로 오기(誤記)하기도 하는데, 이는 작가가 인물의 이름에 대해 연재 중에도 계속 고심했음을 보여 주는 대목이다.

> 수진은 그리다가 문득 생각난 듯이 다시 수길의 편을 돌아보고,
> "참, 네 매부, 요새 바람난 거 아아니?"
> "신호 말이냐?"
> "그래. 신호 녀석이 바람이 톡톡이 났거든. 허기야 기생방 구경을 시켜주긴 내 짓이지만, 그놈이 그만 혹해 가지구 댕기는 모양이라. 신호 녀석이 그러는게, 그게 가정의 위험신호지."

그는 '최신호'와 '위험신호'를 연결시켜 그렇게 한마디 하여본 것이 제 딴에는 신기한 듯 싶어,

"참말이지 그 신호가 위험신호야."하고, 또 한번 중얼거려 본 다음,

"헌데 애길 들어 보니까, 신호가 바람이 난데는 네 매씨두 책임의 대반은 저야헐 모양이드라. 아주 남편한테 써어비스가 나쁘다니까 ……."

"아이, 술맛 없어진다. 그까짓 얘긴 웨 허니? 자아, 한잔 들자."

그리고 자기가 우선 술잔을 기우렸으나, 신호가 참말 그렇게 바람이라도 났다면 그 역 걱정꺼리라고, 마음 속에 절실히 생각하지 아니할 수 없었다.[3]

『애경』 제6회에는 남수진이 '최신호'를 '위험신호'와 연결 짓는 대목이 나온다. 이 장면에서 작가가 중심인물의 이름을 '신호'로 설정한 이유를 어느 정도 유추할 수 있다. 시대적 '위험신호'를 드러내기 위해 중심인물의 이름을 '최준오'에서 '최신호'로 변경했음을 짐작할 수 있다.

또한 '최준오'는 박태원의 앞선 작품인 『반년간』과 「구흔」에 등장하는 '최준호'를 연상시킨다. 이러한 점에서 『반년간』과 「구흔」을 『애경』의 서사를 이해하는 데 도움을 받을 수 있는 일종의 '하부텍스트(subtext)'로 간주할 수 있다. 「구흔」에는 최준호뿐만 아니라 김철수, 조숙희, 신은숙(미사꼬) 등이 등장하는데, 이들은 모두 『반년간』에도 등장하는 인물들이다. 동경에서 펼쳐진 『반년간』의 미완의 이야기가 몇 년 후 「구흔」의 경성에까지 이어지는 것이다. 또한 「구흔」의 최준호는 "관동사번지의 일백이십칠호"에 거주하는데, 『애경』의 최신호의 집주소도 "관동

3 박태원, 『애경』 제6회, 《문장》, 1940년 7월, 170면

정 X번지노 일백이십칠호”(제2회)로 나온다. ‘관동’이 ‘관동정’으로 변한 것을 제외하면 사실상 동일한 주소라 할 수 있다. 이를 통해『애경』에서 박태원이 기획한 공간 및 인물 설정에 대해 보다 구체적으로 짐작할 수 있는 단초를 얻을 수 있다. 이처럼 미완의 작품인『반년간』,「구혼」그리고『애경』은 서로 ‘상호대화적 관계’에 놓여 있다.

『반년간』에서 제기되는 주요 문제 중 하나는 조선인과 일본인 간의 사랑이다. ‘사랑 혹은 성애(性愛)의 경전(經典)’을 의미하는『애경(愛經)』도 비슷한 문제의식을 공유하고 있다. 일종의 ‘연애소설’인 듯하지만, 등장인물들은 대부분 기혼자이고 원만하지 못한 결혼생활을 영위해 나가는 중이다. 그들의 사랑은 일반적인 연애가 아니라 “비겁하고, 또 불결한 사상”(제8회), 즉 불륜에 가깝다. 박태원의 다른 통속소설 계열 작품들이 주로 미혼 남녀의 연애를 다루고 있다면,『애경』은 결혼 생활에 위기를 맞은 기혼 남녀들의 이야기라는 점에서 독특하다.

일반적으로 소설 속 인물의 성격은 그가 속한 구역에 많은 영향을 받으며, 심지어 한 구역에서 다른 구역으로 이동하면 인물의 성격이 바뀌기도 한다. 비록 미완의 작품이어서 주제의식 등을 구체적으로 파악할 수는 없지만, 공간 배치와 인물 설정 등을 면밀히 살펴보면 박태원이 어떠한 측면을 고심하여『애경』을 구상했는지 가늠할 수 있다.『애경』은 대경성의 동서남북 각 구역에 특정 인물을 배치하여 서로 긴밀하게 연결될 수 있도록 구상된 것으로 보인다. 각 인물들은 한 장소에 안주하는 것이 아니라 끊임없이 대경성의 다른 구역으로 이동하며 다른 인물과 관계를 맺어 간다. 따라서 각 인물이 머물고 있는 경성의 각 구역을 살펴보면 작가가 이 작품을 통해 무엇을 말하고자 했는지를 짐작할 수 있다.

어느 구역에 거주하는지를 알면 그 사람이 어떤 존재인지, 무슨 일을 하는지, 어디 출신인지, 무엇을 추구하는지 등을 짐작할 수 있다. 경제적·사회적 지위가 다른 사람들은 각각 다른 지역에서 살아가기 마련이다. 그리고 대다수 사람은 자신이 속하지 않은 구역에 관해 추상적인 지식만을 가진 채 살아간다. 박태원은 『애경』에서 다양한 인물의 삶을 통해 대경성의 총체적 이미지를 그려 내고자 한 것으로 추측된다.

신호·정숙 부부는 북촌 가회동에서 서대문 밖 관동정으로 이사를 가고, 수진·숙자 부부는 시골에서 상경하여 동대문 밖 신설정에 13채의 주택을 짓고 '집장사'를 본격적으로 시작한다. 가회동은 경성의 주택난을 해소하기 위해 1930년대 개발된 대표적 '도시한옥거주지'이다. 그러므로 신호 부부는 대경성의 공간재편이라는 도시개발 흐름에 따라 도심에서 외곽으로 밀려나게 되었을 것으로 추측할 수 있다. 한편 신호의 처가인 '정주사댁'은 전통적 부촌인 계동에 위치해 있다.

이 밖에도 정숙의 고교 동창들은 각각 수송동(옥주), 금화장(명순), 명륜정(문숙), 관수정(유실) 등에 거주하는 것으로 나온다. 일반적으로 상거한 도시구역에 거주하는 인물들은 쉽게 친해지기 어렵고 그들의 '욕망 대상'은 그들이 머무르지 않는 구역에 위치할 가능성이 높다. 이러한 공간적 거리가 서사를 추동하는 주요한 힘으로 작용한다.[4]

서로 다른 구역에서 살아가는 『애경』의 인물들은 서사가 진행되면서 다른 구역으로 이동하며 뒤얽히게 되고 여러 도시구역도 병렬적으로 연결된다. "이날 오후 한 시를 좀 지났을 시각에 권투선수 김태석은 한청빌딩 문깐에서 구두를 닦고 있었다."(제3회), "바로 그 시각에 수진은,

4 Franco Moretti, *Graphs, Maps, Trees*, WW Norton & Co Inc, 2007, p. 54

가운데 다방골 안, 기생 화선의 집 안방 아랫목에가 누워 신문을 보고 있었다."(제4회), "이와 거의 같은 시각에 신호의 아내 정숙은, 예전 여학교적 동무 옥주와, 둘이서 명치정 다방에서 차를 마시고 있었다."(제4회) 등의 서술을 통해 서술자는 경성의 각 도시구역에 산포된 인물들을 동시적으로 연결 짓는 역할을 한다. 이러한 동시적 서술을 통해 경성의 북촌과 남촌, 서촌 그리고 '문 안'과 '문 밖'이 모두 하나의 공간지평에서 펼쳐지게 된다. 「소설가 구보씨의 일일」이 경성의 북촌만을 대상으로 한 "반쪽짜리 고현학"[5]이었던 것과는 큰 차이가 있다.

근대 도시를 소설화할 때, 소설가들은 초기에는 해당 도시를 대립되는 두 구역으로 나누어 단순화된 형태로 재현하는 경향이 있다. 이를 통해 독자들은 도시의 전체적 이미지를 쉽게 읽어 낼 수 있다. 또한 각 도시구역에는 그에 적합한 하위 소설 장르가 나타나기도 한다. 그러다 어느 시점이 되면 분화된 구역들을 하나로 통합하려는 시도가 나타나게 된다.[6] 이러한 일반적인 경향을 고려할 때, 『애경』은 박태원의 기존 작품들의 이분법적 도식을 뛰어넘어 대경성을 총체적으로 그리려 시도한 작품이라 할 수 있다. 문제는 이러한 총체화 과정이 일제 말 황국신민화 정책과 긴밀히 연관된 것으로 보인다는 점이다.

『애경』은 "대경성에서도 심장이라고 할 만한 명치정"[7]의 뒷골목에 위치한 카페 '문(門)'에서 시작된다. '문'이라는 명칭은 단순히 남촌의 입구인 '명치정'에 위치한다는 것을 의미하는 것일 수 있지만, 역사적·사회

5 윤대석, 「경성의 공간분할과 정신분열」, 『국어국문학』 제144호, 2006, 95면

6 Franco Moretti, *Atlas of the European Novel 1800–1900*, Verso, 1998, pp. 84~86 참조.

7 「대경성 60만 부민을 부르는 영화예술전당」, 『삼천리』 제8권 제6호, 1936, 6월

적인 의미를 내포한 것일 수도 있다. 남촌의 중심부인 '명치정'은 박태원의 1930년대 후반기 작품들에서부터 주요한 장소로 등장하기 시작했다. 이곳은 소설 속 다양한 인물의 동선이 하나로 모이는 '기하학적 중심'이 된다. 『애경』 초반부에 숙자와 정숙의 동생 준길은 일본인들이 주로 찾는 극장인 '명치좌'에서 나온다. 『천변풍경』의 인물들이 종로의 우미관과 단성사 등을 주로 찾던 것과는 대조적이다. '명치좌'는 신호와 기생 옥화가 만나는 장면에서도 중요한 장소로 등장한다.

> 신호는 하옇든 안으로 들어가 보기로 하였다. 크락 께이블 주연의 영화가 하나 마악 끝났을 뿐이라 장내에는 빈 자리가 있을 턱 없었다. 그는 문 옆, 벽에가 멀거니 기대어 섰다.
>
> 그리자 확성기로 소녀의 목소리가 들려나왔다. 삼판통의 와다나베상, 재동정의 김상칠씨, 관수정의 강태환씨에게 차례로 '면회'라고 전한다.
>
> '나두 옥활 불러 달라걸 그랬나? ……'
>
> 신호가 막연히 그러한 것을 생각하였을 때, 확성기에서는 다시,
>
> "최신호씨. 최신호씨. 면횝니다."
>
> 하는 소리가 울려 나왔다.[8]

위 장면은 '명치좌'의 관객층이 다양함을 보여 준다. 일본인과 조선인이 어울려 영화를 감상하고 있다. 이처럼 1930년대 후반기에 북촌과 남촌의 공간적 경계는 흐려지고 일본인과 조선인이 같은 공간에 동시적으로 머무는 경우가 점차 많아졌다. 조선인과 일본인의 경계가 흐려진 명

---

8 박태원, 『애경』 제8회, 《문장》, 1940년 11월, 85~86면

치정의 공간적 특성은 언어가 뒤섞이는 특이한 방식으로 표출된다. 작품 속에서 '일본인'은 실제로 등장하지 않지만, 도처에서 그 존재감을 은연중 드러낸다. 『애경』은 조선어와 일본어가 무의식 속에서 함께 작동하는 이 시기 조선인들의 자화상을 문체의 측면에서 재현한다.[9] 일제는 1937년 공문서에서 조선어 사용 금지, 1938년 조선어교육 폐지, 1940년 《조선일보》와 《동아일보》 폐간, 1941년 《문장》과 《인문평론》 폐간 및 일본어 잡지 《국민문학》 창간 등의 수순을 밟으며, 조선어를 말살하고 일본어의 위상을 강화해 나갔다. 민족적 경계를 허물고 식민지를 제국 안으로 적극적으로 포섭하려는 시도가 본격화된 것이다.

"난, 꼭, 안따 우와끼가 또 하지마루 했나 그랬지."

"죠오단쟈 나이와."

"그래두 가만히 보려니까, 긴상이 권허는대루 무한정허구 술을 먹으니 ……. 난, 밖에서 보면서 혼또니 하라하라시마시다요."

"흥!"

"긴상이, 그이가 여자한텐 아주 승오이거든."

"흥!"

"그런데다 안따는 내가 밖에 있는걸 알면서두 모른체 허구 술만 먹지? 어찌 골이 나는지 ……."

"난 들어 올줄 알았지. 누가 그렇게 청승맞게 밖에가 서 있을 줄이야 ……."

9 황지영, 「박태원의 "애경(愛經)" 연구: '사이'의 구성력과 미시정치의 재현 양상을 중심으로」, 『한국문학이론과 비평』 제59집, 2013, 282면

"허지만 그 집인 좃또 하이레나이."

"도오시떼?"

"아나끼가 아까두 감바루허구 앉었는걸."

"어디가?"

"난로 옆에서 저편으루 앉었든 사람 있지 않어? 아렝아 오레노 아니끼 다요."

"도오리데 ……."[10]

조선어와 일본어를 뒤섞은 이러한 표기방식은 매우 독특한 것으로, 박태원 특유의 정치의식을 드러내는 장치가 된다. 『애경』에는 "난, 꼭, 안따 우와끼가[あんた 浮気が] 또 하지마루[はじまる] 했나 그랬지."와 같이 일본어와 조선어가 한 문장 안에 구분 없이 뒤섞이는 구문이 나타난다. 이러한 혼성구문은 한 화자에 의해 발화되었지만 "실제로는 그 안에 두 가지 발언, 두 가지 어법, 두 가지 스타일, 두 가지 언어, 두 가지 세계관이 혼합되어 있는 발언"[11]이다. 이러한 구문에서는 주절과 종속절이 서로 다른 개념체계에 속한 채 하나의 문장으로 결합되어 나타나며, 경우에 따라서는 하나의 어휘가 상이한 두 언어에 동시에 속하는 경우도 있다. 대경성의 새로운 공간은 조선어와 일본어의 혼성구문의 형태로 상징화되어 제시된다.

박태원의 작품 속에서 일본어가 등장하는 것은 그리 낯설지 않다. 그렇지만 대부분의 경우 일본어는 조선어 소설 텍스트에서 매우 이질적인

10 박태원, 『애경』 제1회, 《문장》, 1940년 1월, 116~117면

11 미하일 바흐찐/전승희 외 역, 『장편소설과 민중언어』, 창작과비평사, 1998, 116면 참조.

존재로 쉽게 동화되지 못하며, 일본어가 등장함에 따라 서사적 긴장감이 고조되는 경우가 많다. 그런데 1940년대 식민지 조선에서 일본어는 유일한 공식 언어로서 확고부동한 지위를 갖고 있었다. 이 시기 '권위적인 말'로서의 일본어는 공식적 사용이 금지된 피식민인들의 언어인 조선어와 쉽게 뒤섞일 수 없었으며 대화적 관계에 놓일 수도 없는 말이었다. 그럼에도 불구하고 『애경』에서는 한 문장 안에서 조선어와 일본어가 기이한 형태로 결합되어 발화된다. 이러한 혼성구문은 북촌과 남촌의 내부경계가 사라진 대경성의 공간적 특성을 효율적으로 드러내는 장치라 할 수 있다. 언어에서의 혼성구문은 공간에서의 '내선인 혼주(內鮮人混住)', 즉 일본인과 조선인이 함께 동일한 구역에 거주하는 형태를 상징한다.

대경성의 총체적 재현과 내부경계의 와해

1930년대 후반 경성의 도시개발은 일본인 및 조선인 부유층이 주도했다. 특히 재경성 일본인 유산층은 '경성도시계획연구회'를 발족하여 자신들의 이익을 관철시키기 위해 주도적으로 움직였다. 경성부도 '내선융화'와 '내선일체' 정책에 부합하기 위해 신흥 주택지에 '일본인'과 '조선인'이 함께 거주하는 '내선인 혼주'를 유도하는 정책을 취했다. 대경성의 신흥 주택지는 한마디로 "내선일체 정신의 물리적 구현체"[12]였다. 『애경』에는 관동정과 신설정 등이 신흥 주택지로 등장한다.

『애경』에서 소설가 최신호의 집은 서대문 밖 관동정에 위치한 것으로 설정되었다. 작품에서는 친구 수진이 신호의 집을 찾기 위해 관동정 일

12 염복규, 「식민지 도시계획과 '교외'의 형성」, 『역사문화연구』 제46집, 2013, 57면

대를 헤매는 장면이 자세히 그려진다.

> 들어가며 또 살피어 보니, 같은 X번지의 호번이 '오십삼', '오십사'로 조금씩 늘어 가는 통에, 이대로만 한참 더듬어 가면 마침내 찾는 집이 나타나리라 하였던 것이, 얼마가다 다시 보니까, 호번은 그만 두고 정작 번지가 하나 늘어, 그는 여남은 집이나 되돌쳐 와서, 두부집 골목으로 새로 잡아들었다.
>
> 이번에는 어떻게 용하게 찾으려나 보다. '팔십구', '구십'으로, 호번이 '일백이십칠'에 차차 접근하여 가는 것이 마음에 반가웠으나, 그것도 잠시오, 대체 이동리 통호수는 어떻게 맥인 놈의 것인지, '구십오호' 이웃부터 '칠십팔', '칠십칠'로 다시 수짜가 줄어 들기 시작하여,
>
> "온, 빌어 먹을 ……."
>
> 제풀에 욕이 하마디 입술을 새어 나오며, 하어이가 없이 그는 오도 가도 못하고 그곳에가 잠시 우두머니 서버렸다.[13]

당시 지도를 살펴보면 실제로 이 일대의 주소가 체계적이지 않고 골목이 무작위적으로 뻗어 있음을 확인할 수 있다. 여기서 특이한 점은 작품 속 신호의 집주소와 박태원의 실제 집주소가 일치하지 않는다는 것이다. 박태원은「채가」(1941)에서 주인공의 집을 실제 자신의 집주소였던 "돈암정 487번지 22호"로 설정하는 등 텍스트와 현실 간의 간극을 줄이려는 일관된 경향을 보여 왔다. 그렇지만『애경』에서는 그렇지 않다. 관동정이『애경』의 주제에 좀 더 부합하는 장소였기 때문일 것이다.

---

13 박태원,『애경』제2회,《문장》, 1940년 2월, 63면

'관동정 4번지'에는 그 일대에서도 유난히 많은 집이 난립해 있었다. 그래서 대부분의 사람은 집주소를 알아도 쉽게 집을 찾을 수 없었고, 음식점에서는 배달하는 것을 꺼렸다. 작품에서 수진은 "밑에 달린 호번(戶番)이 집 찾는 이에게는 딱 질색"(제2회)이라고 말한다. 이처럼 작품의 주제를 표현하기 가장 적합한 장소를 물색하는 등, 『애경』에서도 박태원 특유의 고현학적 세밀한 재현이 이루어지고 있음을 알 수 있다.

"골목길은 골라 디딜 마른 곳 하나 없이 질적거"리고 수진의 구두는 "온통 흙투성이"(제2회)가 되었다. 일대의 도로가 포장되지 않은 상태임을 알 수 있다. 이처럼 길을 헤매며 신호의 집을 찾지 못하던 수진은 마침 '정회비'를 수거하는 순사를 만나게 된다. 순사의 안내로 마침내 신호의 집을 찾게 되는데, 그 집이 의외로 "도무지 신호와 같은 가난한 선비가 들어 있을 상 싶지 않은 당당한 건물"(제2회)임을 알고 놀라게 된다. 본래 도심인 가회동에 살던 신호는 두 달 전쯤 이곳으로 이사를 왔다. 일대의 건물들이 "맨 초가집"인 것과는 달리, 신호의 집은 비록 전세이지만 "새집", 즉 문화주택이었다. 빈민구역이었지만, 최근 새로운 건물들이 들어서기 시작한 것이다.

"얘애, 참, 예서 가깝지?"

구두는 벌써 아까 흙투성이가 다 된 것을, 그래도 연방 덜 진데를 골라 드디느라 자꾸 뒤로 처지며 골목을 나오던 수진이, 문득, 생각난 듯이 한마디 하였다.

"어디가?"

하고, 신호는 비로소 걸음을 멈추고 그를 돌아다 보았다.

"이왕 말이다. 예까지 나온 김이니 아주 약물이나 한바가지 들이키구

들어갈까 허구 …….”

“이사람, 정신 없는 소리 작작 허게. 악박굴 약물 없어진게 언제라구 …….”

“어?”

천변으로 나와 돌다리를 건너며, 수진이,

“아, 그, 약물터까지 없어졌나? 허기는 여기 나와 본지두 여러해 되는데, 그동안 변허기두 무던이 변했다.”

하고, 반은 혼잣말 같이 하는 말에는 대답을 않고, 준오[신호]는, 다시 아내를 괫심하다고 생각하여 본다.[14]

신호의 집을 나선 수진은 이 동네의 명물 ‘악박골 약물’, 즉 ‘영천(靈泉)’을 자연스레 떠올린다. 그렇지만 약수터는 이미 사라진 지 오래였다. 현저동과 관동정 일대는 1934년부터 ‘영천도시경영합자회사’에 의해 대규모 주택지로 개발되었다. 기하급수적인 인구증가 문제를 해결하기 위해 경성의 구역은 확장되었으며, 이 일대에까지 개발 열풍이 불어 수천 호의 주택이 들어서게 된 것이다. 그 여파로 급기야 이 지역 명물인 ‘악박골 약물’이 오염되어 사라지게 되었다. 이처럼 박태원은 단순히 도시개발의 양상만을 그리는 것이 아니라 그로 인해 발생한 사회적 문제들을 암시적으로 거론하고 있다. 약수터는 오염되어 사용할 수 없게 되었으며, 이 지역에 살던 대규모의 ‘토막민’들은 반강제적으로 쫓겨나게 된 것이다.

14 박태원, 『애경』 제2회, 《문장》, 1940년 2월, 74~75면

"아, 잡구 못잡구가 무슨 상관야? 그게 다아 취미 아니야?"

"자기두 그러지. 고기야 잽히든 안잽히든 그까짓건 문제가 아니라구 …… 교외에, 나가 신선한 공기 마시며 일광욕허니 건강에두 좋으려니와, 낚시질이라는게 정신수양두 많이 된다든가? …… 그저 헌다는 소리가 고리탑탑한 샌님이지 샌님이야. 그래두 아이들을 꼭꼭 데리구 나가니깐 부존 돼애. 좁아 터진 집구석에서 그것들 뭐 먹을꺼 달라구 보채지 않는 것 하난 ……."

"그럼, 큰따님, 자근따님이 아버지 따라 나갔구먼? 난, 또 어딜 나가 놀게 이렇게 안들어 오나 했지."[15]

『애경』에서 다음으로 중요한 장소는 동대문 밖 신설정이다. 이곳은 1940년 전후 대규모 주택지가 들어선 돈암지구의 일부다. 경성 동북부 지역은 경성제국대학, 경성의학전문학교, 경성고등상업학교 등 유수한 학교들이 몰려 있는 '교육 1번지'였다(그림 4-1). 관동정과 신설정은 모두 '문 밖' 성저십리에 속하는 교외 지구였다. 관동정은 버스에 의해, 신설정은 궤도차에 의해 도심과 하나가 되었다. 이 시기 '교외'의 중요성이 새롭게 부각되기 시작했다. 교외는 "신선한 공기 마시며 일광욕"도 즐길 수 있는 이상적 공간으로, "시골의 이점과 도시생활이 흠결 없이 결합된 총체적인 삶의 방식"을 시사한다.[16] 이제 경성의 '변두리' 지역은 '교외'라는 새로운 의미를 부여받게 되었다.

신설정은 땅값이 저렴하여 서민이 많이 살고 새로운 주택을 짓기도

15 박태원, 『애경』 제7회, 《문장》, 1940년 9월, 66면

16 이푸 투안/이옥진 역, 『토포필리아』, 에코리브르, 2011, 335면

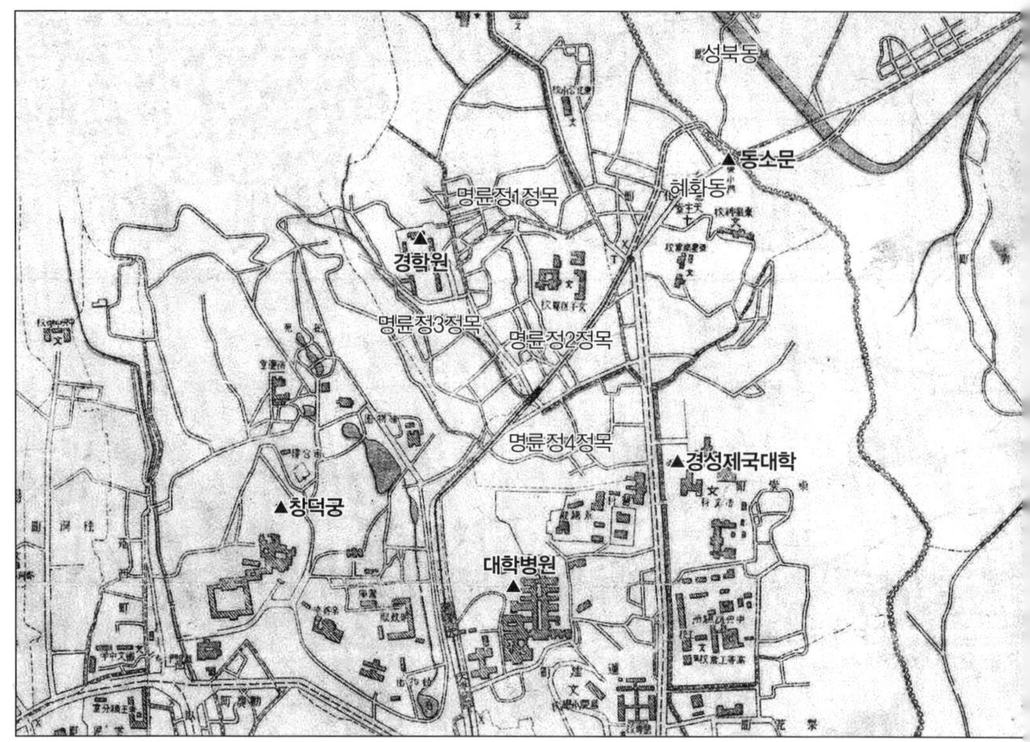

그림 4-1 경성 동북부(Ⓐ-2) 지도 성북동, 돈암동, 혜화동
(출처: 서울지도 홈페이지http://gis.seoul.go.kr/)

상대적으로 수월한 곳이었다. 당시 지도를 보면, 신설정 일대의 주요 건물로는 종방(鍾紡) 분공장과 경마장 정도가 있을 뿐이었다. 대부분은 논과 밭 등 농토였고, 궤도선 선로 부근으로 주택 필지가 조성되어 있었다. 이곳에는 일본인과 조선인이 함께 거주할 수 있는 '내선인 혼주' 형태의 주택이 건설될 예정이었다. 도심에 비해 이곳의 집값은 상대적으로 저렴했다. 작품 속 수진은 이 일대에 신축가옥을 13채나 지어 놓고 본격적인 '집장사'를 시작한다. 이전까지 박태원의 작품에서 이러한 유

형의 인물('집장사')은 거의 등장한 적이 없다.

"참, 그래 집 짓는 것은 다아 낙성이 됐나?"

"낙성이야 된지 오래지. 그런데, 도무지 팔려야 해먹지."

"값을 너무 호되게 부르는게지."

"값을 호되게 부르긴 …… 매간 오백오십원이면 그버덤 더 싼 집이 어딧니?"

"오백오십원? 어디, 저어, 신설정이라며?"

"그래."

"아, 그 건처두 집값이 그렇게 나가나?"

"아, 나가다 마다. 오히려 내가 덜 불르는 편이지. 너 가보면 알겠지만, 신설정이니 그렇지, 그게 명륜정 근처에만 갖다 놓드래두 칠백원 안짝엔 어림두 없을께다."

"그래두 무슨 험이 있게 그러지, 한 채두 아직 팔리지 않었다니 ……."

"험이 무슨 험이야? 은행이나 조합에서 도무지 대부를 안해 주는 통에, 그래 돈들이 없어 집을 못 사는게지. 이렇든 저렇든 곯긴 곯았는걸 ……."

"그래, 몇채나 졌게?"

"열세채."

"열세채? 그, 수짜가 불길해서 안팔리나 보군. 몇 간씩이나 되는 집이게?"

"그저 열댓간씩 ……, 아홉간짜리가 둘."[17]

---

17 박태원, 『애경』 제8회, 《문장》, 1940년 11월, 78면

1934년 6월 도시계획에 관한 한국 최초의 법령인 '조선시가지계획령'이 제정·선포된 후 대규모 신축 건물들이 본격적으로 지어지기 시작했다. 일제는 1937년부터 토지구획 정리사업을 실시하여 돈암지구 등 열개 지구에 신시가지를 개발했다. 작품에서 수진은 "은행이나 조합에서 도무지 대부를 안해 주는 통"에 집을 제값에 팔지 못한다고 불평을 한다. 이는 1939년 9월 18일에 실시된 '토지건물등가격통제령' 때문이었다. 수진은 자신이 지은 집이 "매간 오백오십원"으로 '열다섯 간'과 '아홉 간' 크기라고 한다. 그렇다면 집 1채 가격이 대략 5천 원부터 8천 원에 이르렀다는 의미이다. "단돈 천원이라도 얻어 가졌으면 하다 못하여 오막살이 초가집이나마 한 채는 될 것"(제2회)이라는 작품 속 표현을 고려하면, 당시 경성의 집값이 얼마나 폭등했는지를 알 수 있다. 박태원은 새롭게 대경성에 포함된 신주택지를 중심으로 발생한 건설 붐과 투기 자본의 양상을 그리려 한 것으로 보인다. 그리고 이러한 개발과정 중에 발생한 토막민 문제를 간접적으로 암시하고 있는데, 구체적으로 묘사하지는 않는다.

신흥 주택지가 주로 신혼부부들이 사는 장소라면 '정주사댁'이 위치한 계동은 전통적인 삶의 방식이 여전히 유지되는 곳이었다. 계동과 가회동 일대는 조선시대 때부터 "한양에서 가장 오랜 부자촌"[18]이자 북촌의 중심지였다. 신호 부부가 관동정으로 이사 오기 전에 살던 곳이 가회동이었던 것을 보면 그들은 그동안 처가 근처에서 생활하다 '문 밖'으로 분가한 것이다. "원고료 한가지 이외에는 달리 수입이라 할 수입이 없는"(제2회) 가난한 소설가이기에, 신호 부부는 처가에 금전적인 부분

18 전종한 외, 『인문지리학의 시선』(개정2판), 사회평론, 2012, 304면

을 많이 의지해서 살아왔다. 그들은 "자연히 처갓집 덕을 좀 볼 밖에 없는"(제2회) 처지였다. 정주사에게는 아들 셋, 딸 둘이 있다. 큰딸이 신호의 아내 정숙이다. 첫째 아들은 종로에서 잡화상을 경영하고, 둘째 아들은 시인으로 여급과 눈이 맞아 체부정에 살림을 차렸다. 막내아들 준길은 고등보통학교를 중퇴한 후 특별한 직업 없이 빈둥거리며 지내며 숙자와 어울린다. 둘째 딸 정희는 진명여고에 재학 중이다. 이 형제들은 작중 다른 인물들과 직간접적으로 연결되고 서사는 여러 갈래로 퍼져나간다.

> "명순인, 그저 사직동?"
>
> "아아니, 작년에 금화장으로 떠났지. 한번 놀러와요."
>
> 금화장(金華莊) 근처는 일즉이 가본 일이 없으나, 대개 어떠한 동리라는 것은 짐작이 있는 정숙이다. 그는 소쇄한 문화주택을 눈 앞에 그려 보았던 까닭에, 이번에는 명순이가,
>
> "정숙인 지금 어디야?"
>
> 하고 되물었을 때,
>
> "관동정."
>
> 하고 대답하는 말소리에 아무 자신이 없었다.
>
> "관동정? 관동정이 어디야?"
>
> "저어, 독립문 밖."
>
> 정숙은 일러 주며 저모르게 약간 얼굴을 붉혔다. 산꼭댁이에 게딱지처럼 옹기종기 집들이 붙어 있는 가난한 동리를, 응당 동무들은 지금 머리속에 생각해내고 있으리라 믿었던 까닭이다.
>
> "정숙이, 우리집이두 놀러 와요. 저어 명륜정이야. 동소문 종점서 내려

보성고보 들어가는 골목으로만 올라오면 대번 알어."

이번에는 문숙이가 말하였다. 명순이처럼 남편이 철학박사는 아니었지만, 시집이 충청도 부자라는 말은 정숙이도 누구한테선가 들어 알고 있는 터이었다.[19]

한편 정숙은 오랜만에 숙명여고 동창회에 나가 동창들을 만난다. 정숙은 동창들과 안부를 묻다가 자신이 "산꼭댁이에 게딱지처럼 옹기종기 집들이 붙어 있는 가난한 동리"에 산다는 사실에 위축된다. 다른 동기들은 대부분 금화장이나 명륜정 같은 고급 신흥 문화주택지에 살고 있다.

1930년대 후반부터 경성은 도시 전체로 볼 때 도심부는 상류층 및 일본인 거주지로, 주변부는 하류층 거주지로 상하 위계적인 공간 구조가 고착화되어 갔다. 문제는 주요 인물들이 거주하고 있는 신흥 주택지에는 본래 토막민이라 불리던 도시 빈민들이 살고 있었다는 사실이다.

1936년 4월 '경성시가지계획'의 시행에 따라 확장된 행정구역은 신시가지 개발지구로 편입되었으며, 이곳에 정착해 있던 토막민들은 강제 철거되었다. 금화장 주택지를 건설하면서 경성부에서는 토막민들을 구제하는 차원에서 죽첨정3정목의 금화장 주택지에 살던 주민뿐만 아니라 현저동 주민까지 포함해 약 2,000명을 아현리의 화광교원 등으로 이주시켰다. 유실이가 정숙에게 자신의 집을 "화광교원 바로 뒤"(제5회)라고 안내하는 대목에서, 당시 독자들은 금화장과 명륜정 등의 신흥 문화주택지가 토막민의 강제 철거 및 이주 작업 뒤에 건설된 것이라는 사

---

19 박태원, 『애경』 제5회, 《문장》, 1940년 5월, 45~46면

실을 충분히 환기할 수 있었을 것이다.

『애경』이 발표될 시점인 1940년에 이르면 경성부 전역에 걸쳐 토막민이 없는 곳이 없을 정도였으며, 그 규모는 전체 경성 인구의 2~3퍼센트에 해당하는 2~3만 명에 이르렀다. 1931년에 비해 토막민의 수가 약 여섯 배 증가한 것이다.[20] 『애경』에서 일본인과 조선인 토막민은 작품 속에 직접 등장하지는 않지만 텍스트 곳곳에서 존재감을 드러낸다. 일본인은 대경성 확장과 신주택지 건설의 거대한 움직임을 실질적으로 주도한 사람들이었으며, 조선인 토막민은 그러한 흐름 속에서 반강제적으로 거주지에서 내몰려 이주하게 된 사람들이다. 이처럼 『애경』은 다양한 인간 군상을 적재적소에 배치하여 1940년대 대경성의 공간재편 과정과 새로운 공간적 역학 관계를 탐색하고 그로 인해 발생한 사회적 문제들을 비판적으로 다루려 한 작품이라 평가할 수 있다.

『애경』은 확장된 경성의 여러 도시구역을 통합하여 총체적으로 재현하고자 한 작품이라 할 수 있다. 일반적으로 근대 도시는 경제적 계층에 따른 이분법적 분화를 토대로 발전하게 된다. 이를 반영하여 각 구역에 적절한 방식의 하위 소설 장르가 발생하기도 한다. 이러한 상이한 구역들이 한 텍스트에서 통합되어 총체적으로 구현되기 위해서는 어느 정도의 시간이 필요하다. 이러한 총체적인 작품은 기존의 각 구역을 각각 재현한 텍스트와는 차원이 다른 복잡하고 복합적인 텍스트라는 점에서 일종의 '제3의 이야기'라 할 수 있다.[21] 각각의 구역이 통합되면 그 결과는 각각을 합친 것 '이상'이 된다. 『애경』은 박태원이 1930년대부터 세밀

20 전남일 외, 『한국 주거의 사회사』, 돌베개, 2008, 126면

21 Franco Moretti, *Atlas of the European Novel 1800–1900*, Verso, 1998, p. 86 참조.

하게 관찰하여 작품화해 온 경성의 여러 도시구역을 총체적으로 재현하려 했다는 점에서 이전의 작품들과는 상당히 차이가 난다. 박태원의 '대경성'은 "안과 밖, 자아와 타자, 토착민과 이방인"[22]의 경계가 와해된 장소로 재현된다.

『애경』은 미완의 작품이므로 주제와 작가의식 등을 구체적으로 파악할 수는 없다. 그렇지만 상호텍스트적 관계인 『반년간』과 「구흔」을 일종의 하부텍스트 간주하면 이 작품의 고유한 특성과 작가의 의도를 어느 정도 짐작할 수 있다. 제목인 '애경'은 '성애의 경전'을 의미하지만, 등장인물들은 대부분 기혼자이고 원만하지 못한 결혼생활을 영위 중이다. 결혼한 부부가 이혼을 통해 갈라서고 새로운 '사랑'을 꿈꾸는 모습을 통해 조선인과 일본인 간의 민족적 경계가 붕괴되고 경제적 계층에 의해 도시 공간이 재편되는 현상을 암시한다. 또한 조선어와 일본어가 한 문장 안에서 뒤섞이는 '혼성 구문'은 대경성의 공간재편 양상을 상징적으로 드러낸다.

서로 다른 구역에서 살아가는 『애경』의 인물들은 서사가 진행되면서 다른 구역으로 이동하며 뒤얽히게 되고 여러 도시구역도 병렬적으로 연결된다. 특히 '명치정'은 중심인물들이 모이는 구심적인 장소라는 점에서 중요하다. 이전의 박태원 작품들에서 '종로'와 '청계천'이 담당했던 서사적 기능을 이 작품에서는 '명치정'이 담당하고 있다. 명치정이 남촌을 대표한다면, 관동정과 신설정은 경성의 도시구역이 확장되면서 새롭게 편입된 신흥 주택지이다. 주요 인물들은 대경성 확장 후 분화된 다

---

22 Andrew Thacker, *Moving through Modernity: Space and Geography in Modernism*, Manchester University Press, 2009, p. 212 참조.

양한 도시구역에 산포하여 살아가고 있다. 표면적으로는 이들이 서사를 이끌어 가지만, 심층적으로는 눈에 보이지 않는 '일본인'과 '조선인 토막민'의 존재가 암시되고 있다.

2. 식민자본과 악순환의 서사: 『사계와 남매』

신체제기 박태원의 시대인식

『사계와 남매』는 일제 말 경성의 변두리에서 힘겹게 살아가는 한 가족의 1년 동안의 삶을 다룬 작품이다. 이 작품은 '친일적' 성격의 잡지 《신시대》에 1941년 1월 창간호와 제2호에 두 번에 걸쳐 연재되었다는 점에서 문제적일 수 있다. 같은 시기 《삼천리》에서 실시한 설문 '신체제 하의 여(余)의 문학활동방침'에서 박태원은 "건전하고, 명랑한 것을 써보려 합니다."라고 말함으로써, '신체제'에 순응하는 듯한 태도를 보였기 때문이다.[23] 1940년부터 《조선일보》, 《동아일보》, 《문장》, 《인문평론》 등이 연달아 폐간되면서 식민지 조선 작가들이 조선어로 작품 활동을 할 매체가 거의 없어졌으며, 이때부터 박태원은 《신시대》 등에 중국 고전을 번역하여 연재하면서 그나마 생계를 유지할 수 있었다. 『사계와 남매』는 이 잡지에 실린 박태원의 유일한 소설로, 신체제기의 작가의 정치의식을 살필 수 있는 중요한 작품이다.

『사계와 남매』는 학계에서 지금까지 거의 논의되거나 분석되지 않은 작품이지만, 박태원의 주요 작품들과 여러 특성을 공유한다는 점에서 주목을 요한다. 이 작품은 조선인 빈민층의 삶을 구체적이고 사실적으로 그려냈다는 점에서 『골목 안』의 세계를 닮았고, 사계절을 서사적 시간으로 설정했다는 점에서는 『천변풍경』을, 사채가 걷잡을 수 없이 늘어나는 공포를 그렸다는 점에서는 「채가」를 연상하게 한다. 그리고 대

---

23 박태원, 「건전하고 명랑한 작품을」, 《삼천리》, 1941. 1.

경성 확장으로 인한 공간재편 양상을 살피고 있다는 점에서는 미완의 장편 『애경』과 관련지을 수 있다. 이 밖에 '엇사둥둥', '고리대금', '쌀배급', '예식부', '화장장' 등과 같은 동시대의 세태와 풍속이 자세히 그려진다는 점에서 세태소설로서의 특성도 나타난다. 이러한 점에서 『사계와 남매』는 일제 말 박태원의 시대인식을 좀 더 입체적으로 살필 수 있는 계기를 마련해 주는 작품이라 할 수 있다.

비슷한 시기 발표된 박태원의 사소설 계열의 작품들(「채가」, 「음우淫雨」, 「재운」, 「투도」 등)에서 작가의 내면이 인물의 의식을 통해 직접적으로 드러난 것과는 달리, 『사계와 남매』에서는 미성숙한 인물의 눈을 통해 시대적 분위기가 간접적으로 전달된다. 이는 무엇보다 이 작품의 서사가 신체장애가 있는 십대 소녀 옥순이를 중심으로 전개되기 때문이다. 서술자는 "공립소학교에서는 옥순이처럼 한쪽 다리를 절름거리는 아이를 받으려고는 않았다."(제1회)고 말한다. 그녀는 신체적 장애로 인해 '전시 총동원 체제'에서 배제되었지만, 역설적으로 그로 인해 시대적 흐름에서 어느 정도 자유로울 수 있는 인물이다. 또한 이 작품에는 독특한 시간의식이 나타난다. 박태원의 대표작인 『천변풍경』과 「소설가 구보씨의 일일」 등이 순환론적 시간의식에 기반을 둔 작품이라면, 『사계와 남매』에서는 돌이킬 수 없는 파국으로 치닫는 시간의식이 두드러진다. 이와 같이 결말 혹은 파국을 향해 나아가는 이야기를 종말론적 서사라 부르기도 한다.[24] 옥순이네 가족이 감당해야 하는 빚은 눈덩이처럼 불어나고, 옥순이 어머니의 예기된 죽음은 이미 확정된 것이나 다름없으며, 옥순이는 '사립 혜명학원'을 졸업하고 나면 '드난살이'를 하

24 Yuri M. Lotman, *Universe of the Mind*, Indiana University Press, 2001, p. 158

거나 다른 일을 찾지 않으면 안 되는 처지이다. 이와 같은 암울한 혹은 종말론적인 시대인식은 박태원의 다른 작품에서는 좀처럼 찾기 힘든 특성으로, 일제 말 '신체제'에 대한 작가의 생각을 대변하는 것으로 볼 수 있다. 이 시기 박태원은 "건전하고, 명랑한" 작품을 쓰겠다고 밝혔지만, 이 작품은 건전하지도 않고 명랑하지도 않다.

작가는 『사계와 남매』에서 종말론적 시대인식을 드러내기 위해 정교하게 시간을 설정하고 공간을 배치한 것으로 보인다. 작품은 총 네 개 장으로 구성되어 있으며, 각 장은 '봄', '여름', '가을', '겨울' 등 각 계절이 소제목으로 제시되어 있다. 작품의 제목과 구성은 '사계절'의 순환적 세계관에 기반을 두고 있는 듯이 보이지만, 실제 이야기는 파국적인 결말을 향해 나아간다. 주요 공간으로는 종로 일대와 예지동, 창신동, 성북동 등 '대경성'의 동북부 지역이 등장한다. 『애경』에서도 이 일대가 자세히 그려지는 것에서 알 수 있듯이, 박태원은 1940년대 대경성의 공간재편 양상에 큰 관심을 기울였다.

박태원은 1936년부터 관동정에서 살다가 1937년 하반기쯤에 처가인 예지동 121번지에 들어가 살았다. 이곳에 머물면서 박태원은 관동정의 집을 팔고 돈암동에 집터를 구입해서 직접 집을 지어 1940년에 이사한다. 그러므로 그가 예지동에 머문 시기는 3여 년에 불과하고, 이 시기의 경험을 바탕으로 한 작품도 거의 찾아볼 수 없다. 박태원 문학의 일종의 공백과도 같은 '예지동' 시절의 작가적 체험을 형상화한 작품이 바로 『사계와 남매』이다. 이곳은 박태원이 태어나서 자란 관철동에서 1킬로미터 정도 동쪽에 위치해 있으며 청계천 물줄기가 이어진 곳으로, 배오개 다리가 놓여 있어 '배오개(梨峴)'로 불리기도 했다.

작품 속에서 예지동은 사람들의 이주가 활발하게 이루어지는 서민층

거주지로 묘사된다. 얼마 전 복순이네가 떠나고 새로운 가족이 이사 왔으며, 영자네도 곧 성북동 일대의 새로운 문화주택지로 이주할 예정이다. 반면 서사의 중심을 차지하는 옥순이네는 빚에 허덕이다 동대문 밖 변두리 빈민 지역인 창신동으로 떠밀려 나게 된다. 당시 창신동은 숭인동, 신당리 등과 함께 경성의 대표적인 토막촌으로, 전차 노선이 연결되지 않아 교통이 불편했다. 작품은 옥순이가 영자네 집으로 '드난'을 들어가게 될 것을 암시하면서 끝이 난다.

박태원은 『천변풍경』에서도 사계절이 순환하는 1년을 시간적 배경으로 설정했다. 『천변풍경』의 주요 인물들은 여러 어려운 상황을 극복하고 희미하게나마 새로운 희망의 '봄날'을 기약하게 된다. 일반적으로 이러한 순환적 시간관은 "새롭게, 곧 다가오며, 갱생될 계기들이 긍정적으로 강조"[25]된다는 점에서 더 나은 결말을 예감하게 한다. 그렇지만 『사계와 남매』의 '사계절'은 『천변풍경』과는 성격이 다르다. 이 작품에서의 계절 변화는 '재생'과 '회복'의 순환을 의미하지 않는다. 시간이 흐를수록 빚은 기하급수적으로 늘어나고, 중심인물들은 더욱더 깊은 '악순환'의 늪에 빠져들게 된다. 이 작품에서 시간은 종말 혹은 만기(滿期; deadline)를 향해 흐르며, 인물들이 할 수 있는 것은 예기된 파국을 가능한 한 유예시키는 것 정도뿐이다. 그래서 등장인물들은 "좀 늦으면, 영구히 물를 수 없는 일이 생겨"(제2회)날 것이라는 공포에 사로잡혀 있다. 『사계와 남매』에서 나타나기 시작한 종말의식은 박태원이 일제 말 '신체제'가 파국을 향해 치닫고 있음을 예견하고 있었음을 보여 준다.

25 바흐찐/이덕형 역, 『프랑수아 라블레의 작품과 중세 및 르네상스의 민중문화』, 아카넷, 2001, 136면

자본주의 사회의 직선적 시간은 시간의 흐름에 대한 자각을 날카롭게 한다는 점에서 '서스펜스'를 유발하는 근본 원인이 된다. 그러한 점에서 시간의 흐름 자체가 『사계와 남매』에서는 갈등의 근본 원인으로 작동한다. 이 작품에서는 상충하는 두 가지의 대립적 시간의식이 충돌하여 긴장을 고조시킨다. 하나는 파국을 향해 거침없이 나아가는 종말론적 시간의식이며, 다른 하나는 파국의 순간을 무한히 유예시키려는 정반대의 시간의식이다. 작중 거의 모든 인물은 '시간'에 강박적인 반응을 보인다. 작품에서 '시계'가 반복적으로 언급되고, 시간이 빠르거나 느리게 흐른다는 시간 불일치의 느낌도 강박적으로 나타난다. 옥순이 어머니에게 죽음의 그림자가 서서히 드리워지듯, 옥순이네는 빚의 만기일에 쫓기는 신세라 할 수 있다. 옥순이 어머니가 할 수 있는 일은 자신의 예고된 죽음에 앞서 아들을 결혼시키는 것이며 빚의 만기를 연장시키기 위해 더 많은 돈을 빌리는 것 정도이다. 이들은 도래하는 악몽의 순간을 결코 피할 수 없으며, 단지 그것을 임시방편으로 유예시킬 수 있을 뿐이다. 이처럼 『사계와 남매』에서는 명확한 형태의 결말이 나타나지 않으며, 무한히 확장되는 위기로 인해 비결정적인 상태가 끝없이 이어지게 된다.[26]

고리대금과 악순환의 늪

작품의 서사는 전지적 작가시점을 유지하면서도 열네 살 소녀인 옥순이에 의해 초점화된다. 따라서 당시의 시대적 맥락은 언급되지 않거나 제한적으로 드러난다. 작중 인물들의 대화를 통해, 옥순이가 신체

26 폴 리쾨르/김한식·이경래 역, 『시간과 이야기』 2, 문학과지성사, 2013, 57면 참조.

적 장애가 있어 6년제 '공립소학교' 대신 4년제 '사립 혜명학원'에 4학년으로 다니고 있다는 사실을 알 수 있다. 동생인 열한 살 명순이는 6년제 소학교 3학년에 재학 중이다. 신체장애로 인해 정규교육을 받지 못하는 옥순이는 "졸업해야 별수 없는 노릇"(제1회)이다. 그에게는 올해가 '교육'을 받을 수 있는 마지막 기간(deadline)인 셈이다. 제7대 조선총독 미나미 지로(南次郎)는 1938년 2월에 '육군특별지원병령'을 공포한 후 바로 뒤이어 3월에 '조선교육령'(제3차)을 개정했다. 두 제도는 전시하에서 조선인을 전투병으로 양성하기 위해 취해진 조치이다.[27] '국체명징(國體明徵)', '내선일체(內鮮一體)', '인고단련(忍苦鍛錬)' 등의 3대 교육방침 아래 교육제도가 장래의 건장한 군인을 양성하는 방향으로 전환됨에 따라, 입시에서도 신체검사가 강화되었으며 신체장애가 있는 아동은 공립학교 입학이 제한되었다. 박태원은 이러한 교육제도의 변화에 비판적인 시각을 갖고 있었던 것으로 보인다.

한편 가난한 옥순이네가 그나마 의지할 수 있는 사람들은 이웃인 영자네이다. 영자네 부부는 부모와 함께 살고 있었는데, 얼마 지나지 않아 성북동으로 분가해서 나간다. 옥순이 어머니는 영자네에 사정하여 계(契)에서 '사사변[私債]'을 얻어다 쓰고는, 매달 원금과 이자를 갚아 나간다. 어머니의 심부름으로 옥순이는 동생 명순이와 함께 8원의 '돈뭉치'를 들고 영자네로 향한다. 이들의 대화를 통해 당시 '사채'의 이율이 얼마나 높았는지를 알 수 있다.

27 이명화, 「일제 황민화교육과 국민학교제의 시행」, 『한국독립운동사연구』 제35집, 2010, 318면

"작년에 사십 원 꿰 왔던거?"

"응."

"그걸 입때 못 갚었니?"

"이번이 다섯 달째 갚는거야."

"을마씩 갚는데?"

"팔 원씩이지 얼마야?"

"하찌엔 말이지? 다섯 번이면, 고하욘쥬우니까 ……. 옳지, 이번 갚으면 고만이구나?"

"뭬 이번이면 고만이야."

"아, 고햐욘준데 그래?"

"이자는 없니? 이자 안 받구 누가 돈 꿰 주던?"

"이자는 을만데?"

"처보렴. 로꾸하욘쥬하찌니까 ……."

"그럼, 저어, 하찌엔이 이자야?"

"요꾸 데끼마시다."

"아아, 으쩌면 아는 사이에 그러냐? 이자 없이서 꿰 주면 좀 어때서?"

"이게 어디 영자집에서 꿰 준 거냐? 영자 할아버지가 게에다 말을 허셔서 얻어 주신 게지."[28]

주변 사람들은 가난한 옥순이네 가족을 돕기 위해 돈을 빌려주지만, 옥순이네를 정작 힘들게 하는 것은 원금에 비해 지나치게 높은 이자였다. 위의 인용에서 사채의 이자 부분은 낯선 '일본어'로 표기되어 독자

28 박태원, 『사계와 남매』 제1회, 《신시대》 제1호, 1941년 1월, 299~300면

들의 관심을 불러일으킨다. 이들이 빌린 돈의 원금은 40원이지만, 6개월 동안 갚아야 하는 총금액은 48원으로 이자가 무려 8원에 달한다. 월 이자로는 3.3퍼센트, 연이자로는 39.6퍼센트의 고금리에 해당한다. 결국 옥순이 어머니는 아들을 장가보내고 새 집으로 이사를 가고 자기 약값을 대느라 빚이 점점 더 늘어나 "막대한 부채"(제2회)를 짊어지게 된다. 앞서 빌린 돈을 갚기가 무섭게 더 많은 빚을 지게 되는 것이다. 옥순이 어머니가 삯바느질 등으로 한 달에 벌어들이는 수입은 기껏해야 20여 원에 불과했다. 이처럼 『사계와 남매』는 경성의 빈민층이 빚의 굴레에서 도저히 벗어날 수 없는 절망적 상태에 빠져 있음을 사실적으로 그리고 있는데, 주변 조선인들의 '도움'이 이들을 더욱더 빚의 구렁텅이로 몰아넣게 되는 역설적 상황을 잘 보여 준다. 표면적으로는 어려운 이웃에게 도움을 주는 것이지만, 결국에는 그들을 경제적으로 착취하는 셈이다.

'사채'와 같은 개인대금업은 자기 자금에 의존하며 상대적으로 고금리에 빌려준다는 점에서 전근대적 성격이 강하다. 더욱이 조선인 간의 거래 금리가 일본인 간, 혹은 일본인-조선인 간의 금리보다 월등히 높은 것 역시 문제였다.[29] 옥순이네처럼 가난한 사람들은 담보가 없었기 때문에 은행과 같은 근대적 금융기관을 활용할 수도 없었다. 일제의 강점이 장기화되면서 조선인과 일본인 간의 민족적 경계뿐만 아니라 경제적 조건이 사람들을 계층화하는 또 다른 주요 요인으로 등장하게 되었다. 빈궁한 조선인은 일본인뿐만 아니라 부유한 조선인에 의해서도 배제되고 착취당하는 대상으로 전락했다. 이렇듯 사회적으로 배제된 가

29 정병욱, 「일제하 개인대금업과 전시경제」, 『한국근현대사연구』 제26집, 2003, 133면

난한 조선인들에게 일본식 예식은 일시적 위안과 새로운 소속감을 갖게 하는 매혹적인 대상으로 다가오게 된다.

제1장에서 자세히 묘사되는 '고리대금'의 폐해는 제2장의 화려한 신식 결혼식과 제3장의 마츠리(祭り)와의 대비 속에서 더욱 두드러진다. 신식 결혼식과 경성신사 마츠리는 식민지 조선인을 유혹하는 화려한 일본식 예식(禮式)이지만, 그것을 추종하면 할수록 조선인들은 더욱더 깊은 수렁에 빠져들게 된다. 신체제기에 접어들면서 일제는 일본식 예식을 통해 일본인과 조선인은 하나라는 '내선일체'를 공고히 하고자 했다. 그러한 점에서 옥순이네 가족이 이러한 일본식 예식을 치르느라 점점 더 빚의 수렁으로 빠져들어 가게 된다는 사실은 문제적이다. 여름에는 옥순이의 오빠 정순의 결혼식이 치러진다. 옥순이 어머니는 아들의 결혼 상대자를 아직 구하지 못했음에도 불구하고 결혼식을 추진하고, 같이 살 새 집을 얻기 위해 주변에서 100원을 더 빌린다. 이처럼 이들은 언제나 쫓기는 심정으로 모든 일을 서둘러 해결하려고 하며, 그럴수록 더 많은 빚을 짊어지고 파국을 향해 나아간다. "여름방학이 시작되기 전전날"(제1회), 마침내 오빠 정순의 결혼식은 거행된다. 시대의 세태와 풍속에 관심이 많았던 박태원은 여러 작품에서 당시 결혼식 풍경을 자세히 그렸다. 박태원의 작품들에는 근대 시기 거의 모든 종류의 결혼식이 망라되어 있다고 해도 과언이 아니다. 습작기 작품인 「무명지」(1929)에서부터 교회에서 거행되는 신식 결혼식이 묘사되었고, 『천변풍경』에는 이쁜이의 '전통혼례'와 하나꼬의 '신식 결혼식'이 함께 그려졌다. 「명랑한 전망」에서는 조선호텔에서 펼쳐지는 화려한 결혼식이, 『여인성장』에서는 부민관에서의 결혼식이 각각 그려졌다. 그리고 『사계와 남매』에서는 또 다른 형태의 결혼식이 펼쳐진다.

무슨 예식부라는 것이, 도무지 귀에 서툴렀고, 더구나, 안동 네거리에는, 혼인을 장하게 할 만한 크나큰 집이 별로 없었던 것만 같아서, 자세히 알아 보니까, 안동 육거리에서 동관 대궐 편을 바라고 가느라면, 설렁탕 집 하나 걸러, 간판에다 신랑 신부 거려 놓은 이층집이라고 한다. 그 집은 가 본 일이 없으니까, 자세히 알 수는 없지만, 간판에 신랑 신부 거려 놓은 이층집은, 명순이도 여러 군데서 보았다. 우선, 매일 학교 다니느라고 올 적 갈적 지내는 종묘 앞에도 그러한 집이 있는데, 아무리 보아도 부민관이나 그러한 곳하고는 비교가 안 되었다. 들어가 보지를 않었으니까, 그 안이 대체 얼마나 넓은지를 몰랐으나, 이층 밖에 없고, 문전이 또 그렇게 좁아서야, 안이 넓으면 얼마나 넓으랴 싶었다. 그래, 명순이는, 학교 가서도, 식장 어디로 정하였다는 말은 하지 않았다.[30]

예식부는 1930년대 후반부터 새롭게 등장한 신식 결혼식 장소이다. 이곳에서의 결혼식 비용은 40~70원이 들었다. 10여 원이 들던 경학원 예식에 비해서는 비용이 상당히 많이 드는 것이었으니 빚더미에 앉은 옥순이네 처지에서는 어울리지 않는 장소라고 할 수 있다. 그렇지만 정순은 당시 최신 유행인 예식부에서의 '사회식 결혼'을 고집한다. 『사계와 남매』에서 묘사되는 결혼식은 일본풍의 신식 결혼식이라는 점에서는 '내선일체'의 이데올로기에 부합하는 것이었지만, 호화로운 예식이라는 점에서는 전시 체제와 어울리지 않는 것이기도 했다. 국민정신총동원조선연맹(약칭 정동연맹精動聯盟)에서는 '건전하고 명랑한' 전시 생활 체제를 건설할 목적으로 '전시결혼신체제독본'을 제시했다. 이에 따

30 박태원, 『사계와 남매』 제1회, 《신시대》 제1호, 1941년 1월, 307면

르면, "피로연은 식후 수일이 지난 후에 범위를 가족 또는 근친자에 한하고 음식도 간소하고 다과정도로 행"할 것을 권고한다.[31] 그렇지만 옥순이네는 결혼식 당일 동네 주민들을 모아서 집에서 '잔치'를 연다. 옥순이 어머니는 "신식 혼인이라 허면, 어디 요릿집 가서 음식 대접은 못 허드래두, 과자 한 상자씩이래두 들려 보내야 섭섭지 않을"(제1회) 것이라고 말하는데, 이처럼 하객들에게 답례품을 주거나 피로연을 하는 것 등은 모두 일본의 혼례풍속에 속하는 것이었다. 이렇게 자신들의 처지에 맞지 않는 일본풍의 신식 결혼식을 치르느라 옥순이네는 경제적으로 더욱 어려운 처지에 놓이게 된다. 폐병을 앓은 지 이미 5~6년이 된 옥순이 어머니는 아들의 결혼식을 마친 직후부터 자리보전을 하게 된다. 이때 이들의 빚은 이미 140여 원에 달했으며 상황은 점점 더 악화되어 갔다.

"그게 언제야?"
"바루 엇사둥둥 허든 날인가, 그 댐인가, 그래 ……."
"그래, 너, 으떡했니?"
"이불 틈으루 눈만 가만히 내 놓구 보구 있었지, 으떡해에?"
"오줌두 안 누구?"
"참었지, 으떡해애?"
"일어나 눴드라면 얻어 먹어지? 자니까, 안 준 게 아니냐?"
"웨, 자면, 뒀다가 아침엔 좀 못 주나? …… 그러구 다 먹드니 허는 소

31 이영수·최인학, 「일제강점기 혼례문화의 지속과 변용」, 『아시아문화연구』 제30집, 2013, 239면

리 좀 봐라. 껍질을 그냥 놔 두면 아이들이 보구 먹구 싶어 헌다구 체 버리자구 …….”

“누가 그래?”

“오빠가-. 그러니까, 언니가 얼른 종이에다 싸 가지구 밖으로 나가겠지? …… 화는 나구, 오줌은 매렵구, 아주 혼났단다.”

“그래 어머니두 안 드리든?”

“하나 잡숴 보라구 첨에 그러나 보드라. 그래두 어머니가 은제 대번에 받으시니? 몇 번씩 잡수라구 그래야 겨우 한 쪽 잡숫는데, 으쩌면, 너이들이나 어서 먹어라- 그랬다구, 그냥 저이들만 먹니? …… 오빠가 아주 깍쟁이가 됐어. 언니두 깍쟁이구 …….”

“…….”[32]

제3장에서는 신혼인 오빠 내외와 함께 살아가게 된 옥순이 가족의 이야기가 그려진다. 여기에서는 ‘엇사둥둥’을 통해 당대의 역사적 맥락이 드러난다. ‘엇사둥둥’은 식민지 시기 동안 매년 가을 펼쳐졌던 경성 신사 마츠리(京城神社祭り)를 의미한다. 1920년대까지만 해도 조선 사람들은 이 행사의 의미를 제대로 이해하지 못했다. 일본 사람들이 행진을 하면서 북을 ‘둥둥’ 두드리며 “왓사왓사(영차영차)” 하는 구호 소리를 내며 지나갔기 때문에 조선 사람들은 이것을 ‘얼사둥둥’ 내지는 ‘엇사둥둥’이라 불렀다. 재경 일본인들은 일본의 전통 축제인 마츠리를 통해 경성을 일본화된 공간으로 재영역화하려 했다. 더 나아가 이러한 축제에 조선인들을 동원함으로써, 조선인들을 제국 일본에 동화시키려 했다.

32 박태원, 『사계와 남매』 제2회, 《신시대》 제2호, 1941년 2월, 287면

이 기간 동안 경성신사에서는 일본 기생들의 노래 공연이 있었으며 스모 대회 등이 개최되었고 밤에는 불꽃놀이가 펼쳐졌다.[33]

경성신사 마츠리는 주로 본정과 황금정 등 일본인 집단 거주구역인 '남촌'을 중심으로 이루어졌으나, 경복궁에 조선총독부 신청사가 준공되고 덕수궁 앞에 경성부청이 들어선 1926년부터는 조선인 구역인 북촌을 포함하여 진행되었다. 마츠리의 행렬이 북촌을 지나는 날 광화문통, 안국동, 종로통 등지에는 "그야말로 인산인해, 발 디딜 틈도 없이 남녀노소가 거리에 가득"[34] 찼다. 당시 마츠리의 순행 경로를 살펴보면, 행렬이 조선총독부를 지나 경복궁과 종로를 거쳐『사계와 남매』의 무대인 예지동 일대를 지나갔음을 알 수 있다. 이 일대는 조선인 서민층이 모여 살던 북촌의 중심으로 조선의 분위기가 강하게 나타나던 공간이었는데, 마츠리 행렬에 의해 남촌 지역과 상징적으로 하나로 통합된 것이다.

'엇사둥둥'은 박태원의 다른 작품들에서도 수차례 언급된다는 점에서 좀 더 상세히 살필 필요가 있다. 우선 동경에 거주하는 조선인 노동자 춘삼이의 이야기를 다루고 있는「사흘 굶은 봄달」(1933)을 살펴보자. 배고픔에 지친 춘삼이는 경성의 본정에서 펼쳐진 '엇사둥둥'을 체험한다. 그러고는 한 달 후부터 황금정4정목에 있는 일본인이 사장인 조그만 철공소에서 일을 하기 시작하고, 이후에는 아예 동경으로 건너가 일을 하게 되었다. 춘삼이는 '엇사둥둥'의 강렬한 체험을 통해 일본인처럼

---

33 김대호,「1910~1930년대 초 경성신사와 지역사회의 관계-경성신사의 운영과 한국인과의 관계를 중심으로」,『일본의 식민지 지배와 식민지적 근대』, 동북아역사재단, 2009, 121면

34「얼사둥둥 全市에 充溢한 歡聲 神輦北村御通過 경성을 직히시는 신령님이 순어 祝福된 大祭終日」,《매일신보》, 1928. 10. 19.

살고 싶다는 강한 욕망을 갖게 되었으며, 그것이 그를 동경으로까지 이끈 것이다. 「사흘 굶은 봄달」이 발표된 1930년대 초반까지만 해도, 경성에서 펼쳐지는 마츠리는 남촌 중심으로 일본인들만의 축제에 가까웠다. 그렇지만 마츠리는 점차 경성의 일본인과 조선인을 하나로 묶어 주는 통합의 기능을 담당하게 되었다. 「투도」(1941)에는 "'엇사둥둥' 구경 가느라 밖으로 문을 채우고" 나간 사이에 집안에 도둑이 든 이야기가 나오기도 한다. 이렇듯 일본인들의 '엇사둥둥'은 조선인들에게도 큰 구경거리였으며, 일본인들에 대한 동경 의식을 갖게 하는 계기가 되기도 했다. '엇사둥둥'을 구경한 방인근은 "4~5세 어린 아이로부터 청년, 노인까지 일심으로 단결적 행동을 하는 것과 그 규모의 조직적이오 사랑이 엉키고 신앙이 엉킨 것을 볼 때 부럽기가 한량 없었다."[35]는 감회를 남기기도 했다. 유진오의 「가을」(1939)에는 경성신사 마츠리가 끝나고 일주일 정도 지난 후 그것을 그대로 흉내 내면서 '오미코시(御神輿)' 놀이를 하는 조선 빈민층 아이들에 대한 묘사가 나온다. 이 대목은 『사계와 남매』의 시대적 맥락을 이해하는 데에도 도움이 된다.

> 벌서 바람은 꽤 찻으나 저녁을 먹은 바로 뒤라 동네 애들 좁은 골목이 뿌듯하도록 나와 이리저리 뛰놀고 있었다. 소학교 운동장을 떠다 논 것 모양으로 야단법석이다. 그 중에서 별안간,
>
> "왓쇼! 왓쇼!"
>
> 하는 여러 아이가 소리를 모아 지르는 함성이 유난스레 요란하게 들녀왔다. 기호는 자다 깬 사람 모양으로 거름을 멈칫하고 소리나는 편을 바라

35 방인근, 「최근견문(3)」, 《동아일보》, 1929. 10. 31.

보았다. 여러 아이들이 떼를 지어 떠들며 좁은 골목을 이편으로 뛰어오는 것이 보인다.

"왓쇼! 왓쇼!"

소리는 점점 가까워지며 내내 기호의 눈앞에 아이들 무리가 나타났다. '오미고시' 작난을 하는 것이었다. 맨 앞에 좀 큰 아이가 서고 새끼줄을 두 갈래로 느려 그 새끼줄에 좀생이들이 청어두름 모양으로 주렁주렁 매달녀서 왓쇼! 왓쇼! 소리를 치며 뛰는 것이었다. 새까마케 더러운 남누한 옷을 걸친 것으로 보아 소학교에도 다니지 몯하는 이 근처 행랑이랑 남의 집 곁방이랑에 사는 사람들의 애들임에 틀림없었다. 그러나 애들은 의기가 등등해 지나가는 어른들에게도 막 부디젔다. 기호는 아이들을 피하느라고 잠간 길 옆으로 비켜 섰었으나 웬 아인지 하나가 달녀들어 구두를 질컷 밟고 뛰어 지나갔다.[36]

유진오의 세태소설 「가을」은 박태원이 『사계와 남매』를 발표하기 약 1년 전에 나온 작품이다. 이 작품에는 "새까마케 더러운 남누한 옷을 걸친 것으로 보아 소학교에도 다니지 몯하는 이 근처 행랑이랑 남의 집 곁방이랑에 사는 사람들의 애들"이 모여 일주일 전에 펼쳐진 마츠리를 그대로 흉내 내면서 행진하는 대목이 나온다. 이 장면이 펼쳐지는 장소는 예지동 근처이자 미코시[神輿]가 지나가는 길목인 운니정(雲泥町, 현재의 운니동)이다. 이러한 맥락을 고려할 때, 『사계와 남매』가 마츠리의 주요 행진 경로인 예지동을 주 무대로 펼쳐지는 것은 결코 우연이 아니다. 마츠리는 일본 신(神)을 모신 거대한 가마(미코시)를 이고 참

36 유진오, 「가을」, 《문장》, 1939년 5월, 66~67면

가자들이 일사불란하게 혼연일체가 되어 행진하는 일본의 전통의식이다. 이를 통해 경성의 일본인들과 조선인들이 공통의 소속감을 느끼게 된다는 점에서 '전시 총동원 체제'의 이데올로기를 그대로 대변하는 행사였다고 할 수 있다. 의지할 데 없던 조선인 빈민층에게 경성신사 마츠리는 일시적 위안과 새로운 소속감을 불러일으키는 계기가 되었을 것이다. 축제 기간에 정순 내외가 동생들 몰래 "사과허구 배허구"(제2회) 사다 먹는 것으로 묘사되는 것에서 알 수 있듯, 조선인 빈민층도 이러한 축제의 분위기에 어느 정도 동참하고 있었던 것으로 보인다. 1940년대 민족 간의 경계는 희미해진 반면, 경제적 계층의 분화는 가속화되었다. '내선일체'의 통합을 강조하는 신식 결혼식과 경성신사 마츠리 등의 일본풍 예식은 사회적으로 배제된 조선인 하층민들에게 새로운 형태의 소속감을 제공해 주었을 것이다. 그렇지만 옥순이네 가족은 여름과 가을의 일본식 예식을 치르는 동안 돌이킬 수 없는 막다른 골목에 내몰리게 되며, 겨울을 맞아 중대한 결단을 내리지 않을 수 없는 상황에 처하게 된다. 겨울이 다가올수록 이들에게 닥칠 '파국'의 종말론적 분위기는 점점 더 고조된다.

가족의 해체와 초점의 변화

제1~3장까지의 서사는 옥순이를 중심으로 펼쳐지지만, '제4장: 겨울'에서는 초점이 주변 어른들로 이동한다. 이러한 '가변적 초점화'는 옥순이 어머니의 죽음과도 긴밀하게 관련되는 것으로, 어머니가 죽고 나서 십대의 장애 소녀 옥순이의 삶은 주변 어른들에 의해 좌우된다. 어머니가 살아 있을 때에도, 오빠 정순은 옥순이를 "남의 집에 주면 어떠냐"(제2회)고 거듭 주장해 왔다. 그렇지만 어머니는 그러한 아들의 말을 들으려 하지 않았고, 유언에서도 남매가 함께 힘을 합쳐 살아갈 것을 당부했다. 그렇지만 어머니가 돌아가신 후 가세가 더 어려워지면서, 남매는 자신들만의 힘으로는 더 이상 살아가기 어렵게 된다. 이처럼 『사계와 남매』에서는 해결되지 않은 채 과거에서부터 계속된 문제가 점점 더 악화되어 결국에는 인물들이 그 문제에 굴복하게 되고 가족은 해체의 위기를 맞는다.

이러한 초점의 변화는 신체제기에 주변부로 내몰린 조선인 빈민층의 상황과 처지를 상징적으로 보여 주기 위한 서사적 설정으로 볼 수 있다. 특히 제2, 제3장의 예식을 통해 갖게 되는 소속감은 일시적인 것에 불과하다는 것이 제4장에서는 좀 더 분명하게 나타난다.

> "기순이 말이야? …… 지가 싫다구 나가는 거야 으떡허누?"
>
> "갑년이년은 언덕비탈 오르내리기 싫다구 나가구, 기순이년은 제 에미가 진고개 식당으로 빼돌리구 ……."
>
> "그런 얘기 해도 소용없구 ……, 어서 다른 애를 하나 구해 와야만 ……."
>
> "그게, 어디, 그리 쉬우? 아이들이, 문안두 동이 났다는데, 문밖이야 누가 더군다나 나오려 드나? …… 그렇다구, 아무거나 함부루 둘 순 없는 게구 ……."
>
> "아아무렴, 함부루야 으떻게 둬어."
>
> "인젠 행랑이 안팎드난이니까, 아이만 누가 잘 봐줬으면 그만인데 ……, 아인 더군다나 아무안테다 뭇매껴요."
>
> "그럼, 정말, 진정으루 애를 귀여워 허는 기집애래야만 헐테니 ……."
>
> "그런 애가 어디 쉬워요?"

"옥순이나 걷으면 ……."

"옥순이? 옥순인, 참, 어른 이상이지. 애가 워낙 맘두 착허지만, 아이두 으떻게 잘 봐 주는지 ……."[37]

영자네 부부는 아이를 돌봐 줄 여자아이가 필요하다. 그렇지만 영자네 성북동 집은 언덕 비탈길에 위치해 있고 '문 밖'에 있어서 그들의 집에서 일할 만한 적당한 아이를 구하기는 쉽지 않다. 이 집에서 일하던 아이들이 계속 바뀐 것을 보면, 이들에 대한 처우가 그리 만족스러웠다고 보기는 어렵다. 그럼에도 불구하고 영자네 부부는 자신들이 드난살이 여자아이를 거두는 것이 일종의 시혜적 행위임을 강조한다. 이러한 위선적인 의식은 고금리의 사채를 빌려주면서 자신들이 이웃을 돕고 있다고 믿는 것과 일맥상통한다. 영자 할머니는 직업소개소를 세 번이나 찾아갔지만 일할 아이를 찾지 못한다. 결국 영자 아버지는 옥순이를 나중에 시집보내 주는 조건으로 데려다 기르고 싶다고 말한다. 옥순이의 새로운 '가족' 역할을 맡을 것을 자처하는 것이다. 그러는 중에 옥순이 어머니는 결국 숨을 거둔다. 영자 할아버지가 옥순이네의 딱한 사정을 보고 빚의 일부를 대신 갚아 주지만, 옥순이 남매에게는 여전히 70여원의 빚이 남아 있다. 오빠 정순의 월급은 30원 정도에 불과했기에, 4인 가족이 한겨울을 나기에는 턱없이 부족했다.

네식구 쌀값이 십이 원, 나무값도, 겨울이라, 쌀 값과 맞먹고 보니, 전 수입에서 쌀 나무 빼놓고 볼 말이면, 겨우 십 원 한 장이나 남을 뿐이다.

---

37 박태원, 『사계와 남매』 제2회, 《신시대》 제2호, 1941년 2월, 290~291면

찬은 정말 소곰만 찍어 먹기로 하더라도, 더구나 겨울에 벗고 살수는 없는 노릇이요, 그보다도 우선 방세부터, 십일 원이고 보니–(그나마도 전등료 오십 전은 그 속에 들지 않었다.)–, 아무 틈에서도 옥순이 형제의 학비와 같은 것이 나올 턱 없는 일이었다.[38]

결국 옥순이 가족은 생활비를 절약하기 위해 '문 밖'인 창신동에 단칸방 하나를 사글세 4원에 빌려 이사를 가게 된다. 초점의 변화로 옥순이가 서사의 중심에서 밀려나듯, 옥순이 가족은 공간적으로도 도심에서 변두리로 밀려나게 된다. 당시 창신동은 도시 빈민들이 모여 살던 지역이다. 이곳에 밀집한 움집도 대부분 한 달에 2원씩 세를 내야 하는데, "세를 못 내는 때에는 눈 덮인 거리로 쫓겨날 수밖에" 없었다.[39] 전차는 아직 이곳까지 연결되지 않아 동대문까지는 걸어서 이동해야 했다. "섯달 대목"(제2회)에 가난에 지친 오빠 내외는 결국 옥순이를 영자네 보내는 문제로 크게 부부 싸움을 하게 되고, 정순은 답답한 마음에 집을 나와 거리를 헤매게 된다. 그리고 그들의 대화를 우연히 엿듣게 된 옥순은 가출을 한다. 이때 거리 풍경은 다음과 같이 묘사되고 있다.

'불상헌 여자다 …….'

구차한 집에 태어나서, 구차한 집으로 시집 와서, 고생만 진저리나게 하고 있는 안해–불상한 그 안해를 나는 웨 그처럼 소리치고 욱박지르고 하였던가?–하고, 몇 번씩 그러한 것을 되풀이 뉘우칠 때, 그는, 문득, 지

38 박태원, 『사계와 남매』 제2회, 《신시대》 제2호, 1941년 2월, 294면

39 「霄壤二相(1): 富豪의 住宅과 極貧者의 住宅」, 《동아일보》, 1925, 1. 1.

금도 응당 방구석에가 엎드리어 설게 느껴 울고 있을 안해를 눈 앞에 그려 보고, 정한 곳 없이 함부루 내어 놓던 발길을 멈추었다. 그 사이, 대체 어디로 어떻게 왔던 것인지, 그의 몸은 경성우편국 앞, 넓은 거리 우에 있었다.

머리를 들어 우편국 시계를 쳐어다 보니, 이미 그 사이 두 시간이 경과된 듯 싶어, 바눌은 일곱 시 이십 분을 가리치고 있었다. 일곱 시면, 겨울에는 아주 완전한 밤이다. 정신 잃은 사람처럼, 잠깐 멀거니 시계를 쳐어다 보고 있다가, 그는 문득 가만한 불안을 안해의 몸 우에 느끼고, 거의 달음질치다싶이 전차 정류장을 향하여 뛰어 갔다.[40]

섣달 대목은 '섣달그믐'을 의미한다. 1940년의 마지막 날 저녁에 정순은 자신이 거주하는 창신동에서 동대문 안의 도심을 향해 걸어간다. 서사에는 파국을 향한 종말론적 분위기가 팽배해진다. 정순은 정신없이 길을 걷다가 자신도 모른 채 "경성우편국 앞, 넓은 거리" 위에 서 있는 자신을 발견하게 된다. 그는 아내와의 싸움 생각에 정신이 팔려 어디를 향해 걷고 있는지도 알지 못했던 것이다. 그의 의식을 사로잡은 것은 동생에 대한 미안함과 죄책감이었을 것이다. 그가 지금 서 있는 곳은 경성우편국 앞의 넓은 거리, 즉 '선은전 광장(鮮銀前廣場)'이다. 조선은행과 미츠코시 백화점 그리고 경성우편국으로 둘러싸인 이곳은 장곡천정의 조선호텔, 황금정의 동양척식회사 및 조선식산은행과 연계된 경성 경제의 중심지였다.[41] 정순이 무의식적으로 이곳까지 걸어온 것은 결코 우연

40 박태원, 『사계와 남매』 제2회, 《신시대》 제2호, 1941년 2월, 297~298면

41 김백영, 『지배와 공간(식민지도시 경성과 제국 일본)』, 문학과지성사, 2009, 378면

이 아니다. 이곳은 식민지 도시 경성의 실질적인 중심지로, 식민지의 자본(資本)이 집결되는 곳이기 때문이다. 정순은 자신이 이곳까지 빨려 오듯이 오게 된 것을 뒤늦게 깨닫고 "거의 달음질치다싶이" 전차 정류장을 향해 되돌아 뛰어가기 시작한다. 그런데 그가 창신동에서 동대문을 거쳐 선은전 광장으로 이동하는 것은 경성신사 마츠리의 순행 경로이기도 하다. 어느새 그는 일본인 구역인 남촌까지 이끌려 오다가 되돌아가는 것이다. 이처럼 『사계와 남매』에는 파국을 향해 치달으려는 순간에 그것을 되돌리거나 유예시키려는 정반대의 움직임이 나타난다. 그렇지만 그러한 움직임은 종말론적인 분위기를 반전시키기에는 역부족이다.

정순은 "경성의 전차가 그처럼 느리다는 것을, 평생에 처음으로 느끼"(제2회)게 된다. 사채의 수렁에서 좀처럼 벗어나지 못하는 것처럼, 그는 변두리를 쉽게 벗어나지 못한다. 간신히 집에 도착했지만, 옥순이는 집을 나가서 소식이 없다. 이후에는 가족들이 옥순이를 찾아 회기정(回基町, 현재의 회기동)과 성북동 등을 찾아 헤매는 서사가 이어진다. 가족들은 옥순이를 찾아서 영자네가 있는 성북동으로 향한다. 이때의 시각은 11시경이다. 결국 그들은 성북동 영자네 집에서 옥순이를 찾게 된다.

> 이미 자정도 넘었으리라. 바람조차 자는 밤거리에, 치위는 좀더 독하였고, 어둠 속에 울리는 발소리가, 스스로 듣기에 한없이 외로웁다. 그러나, 셋이서 손들을 꼭 잡고, 같은 길을 걸어갈 때, 사랑은 서로 서로의 마음을 껴안아, 몸조차 추위를 깨닫지 못하였고, 발은 비록 어둠을 더듬으나, 생각은 멀리 광명을 찾았다 …….[42]

42 박태원, 『사계와 남매』 제2회, 《신시대》 제2호, 1941년 2월, 303면

옥순이 가족이 성북동에서 길을 나선 때는 '자정'이 넘은 시각이다. 해가 바뀌어 1941년 1월 1일이 되었다. 어느새 시간이 원점(原點)으로 되돌아온 것이다. 그렇지만 이들의 현실적인 문제 중에서 해결된 것은 아무것도 없다. 『사계와 남매』의 결말은 근본적인 문제가 해결되어서 끝이 나는 것이 아니라, 만기가 도래했기 때문에 인위적으로 끝나는 것과 같은 느낌을 준다. 어머니는 이미 돌아가셨고, 이들에게는 여전히 감당할 수 없는 엄청난 빚이 남겨져 있으며, 영자 아버지는 옥순이를 자신의 집으로 데려가려고 한다. 옥순이는 결국 영자네 집에서 드난살이를 하게 될 것이며, 그것이 서로에게 현실적인 해결책이 될 것임을 암시하고 있다. 이러한 상황을 고려할 때, "셋이서 손들을 꼭 잡고, 같은 길을 걸어갈 때, 사랑은 서로 서로의 마음을 껴안아, 몸조차 추위를 깨닫지 못하였고, 발은 비록 어둠을 더듬으나, 생각은 멀리 광명을 찾았다 ……."라는 마지막 문구는 이들이 처한 현실과 이상 간의 괴리감을 잘 보여 준다. 한겨울의 추운 날씨였지만 "서로 서로의 마음을 껴안아, 몸조차 추위를 깨닫지 못하였고", 그들이 살고 있는 현실은 비록 어둡지만 언젠가 그들에게 찾아올 밝은 미래를 기약하는 듯하다. 그렇지만 마지막 문장의 '말줄임표'는 그러한 희망이 쉽게 찾아오지는 않을 것이라는 사실을 또한 암시한다.

박태원의 다른 작품들이 대부분 순환론적 시간관에 기반을 두고 있다면, 이 작품은 파국을 향해 치닫는 종말론적 시간의식을 드러내고 있다. 이는 신체제기에 대한 박태원의 의식이 비판적이고 비관적이었음을 암시적으로 보여 준다.

박태원은 식민지 조선인들이 전시 총동원 체제에 협력하는 것이 일시적인 위안과 소속감을 줄 수도 있지만 결국에는 모두를 파멸로 이끌게 될 것이라는 비판적 시각을 갖고 있었던 것으로 보인다. 『사계와 남매』는 경성의 빈민층이 빚의 굴레에서 도저히 벗어날 수 없는 절망적 상태에 빠져 있음을 사실적으로 보여 주는데, 주변 사람들의 '도움'이 이들을 더욱더 빚의 구렁텅이로 몰아넣게 되는 역설적 상황을 잘 보여 준다. '고리대금'의 폐해는 화려한 신식 결혼식과 마츠리 등 일본식 예식과의 대비 속에서 더욱 두드러지게 나타난다. 일본 예식을 추종할수록 조선인들은 더욱더 깊은 수렁에 빠져들게 된다. 옥순이 어머니가 가족을 돌보고 있을 때만 해도 작중 초점화자는 옥순이였다. 그렇지만 어머니가 돌아가시고 옥순이를 보호할 존재가 없어지게 되자, 옥순이는 초점화자에서 초점의 대상으로 전락하게 되고, 옥순이 가족은 공간적으로도 도심에서 변두리로 밀려나게 된다. 옥순이 어머니가 돌아가신 후에는 가세가 더 어려워지고, 남매는 자신들만의 힘으로는 더 이상 살아가기 어렵게 되며, 가족은 해체 위기에 직면하게 된다. 이러한 비관적 결말은 신체제기에 대한 작가의 비판의식을 반영한 것으로 볼 수 있다.

5 세계문학 속 경성 모더니즘의 의의와 과제

본래 '모더니즘'은 서구를 중심으로 19세기 말부터 20세기 초까지 나타난 혁신적인 예술 운동을 이르는 개념으로, 문학뿐만 아니라 회화, 음악, 건축, 영화 등 예술의 전방위를 아우른다. 피터 게이는 모더니즘 문학을 대표하는 작가들로 제임스, 조이스, 울프, 프루스트, 카프카 등을 꼽았지만, 모더니즘의 범위는 서구 사회에 한정되는 것이 아니라 '인도'나 '한국' 등으로까지 확대될 수 있을 것이라고 주장했다.[1] 제국 열강의 식민지였던 '인도'나 '한국' 등은 모더니즘 문학이 발생하기에는 가장 어울리지 않을 것 같은 국가들이지만, 그는 그러한 곳에서도 모더니즘적인 문학적 혁신은 가능했을 것으로 보았다. 모더니즘은 본질적으로 '범세계적인 운동'이었기 때문이다. 근대화는 세계의 흐름을 주

1 피터 게이/정주연 역, 『모더니즘』, 민음사, 2015, 337면

도하는 소수의 국가를 중심으로 발생한 이후, 20세기에 접어들어 "세계의 가장 먼 구석에 있다 하더라도 어느 누구도 피할 수 없는 망(網)"[2]이 되었다. 근대화가 누구도 피해 갈 수 없는 필연적 과정이었던 것처럼, 모더니즘 문학도 전 세계적으로 동시다발적으로 발생한 범세계적 움직임이었다. 다만 각국의 모더니즘 문학은 각각의 상황에 따라 유사하면서도 차별화되는 '가족유사성'의 관계를 갖는다.

경성 모더니즘은 식민지배의 경험 속에서 발생한 한국의 문학적 혁신과 독특한 기법 등을 경성(京城)이라는 구체적이고 역사적인 시공간적 맥락과 20세기의 범세계적인 모더니즘 운동의 맥락 속에서 살피려는 시도이다. 이 책에서는 박태원의 작품을 중심으로 논의를 전개했지만, 이상, 이태준, 이효석, 채만식, 김남천, 김유정 등 동시대 다양한 작가들을 대상으로 확장될 수 있는 개념이기도 하다. 특정 작가군(群)을 명확하게 상정하지 않는 이유는 모더니즘이 언제나 새롭게 해석될 수 있는 유동적인 개념이기 때문이다. 지금까지는 모더니즘과 별다른 상관이 없는 것으로 간주되어 온 작가도 언제든지 모더니즘의 관점에서 재해석될 여지가 있다. 경성 모더니즘은 식민지 조선에서 제한적이나마 근대화의 혜택을 받은 공간인 '경성'이 역사적으로 존재한 1910년부터 1945년까지의 기간을 대상으로 하며, 그곳을 중심으로 활동한 식민지 조선의 작가들을 포괄적으로 다룬다.

모더니즘 예술은 경제적·정치적·문화적 조건의 뒷받침이 있을 때에만 영향력 있는 문화적 현상으로 자리 잡을 수 있다.[3] 일반적으로 모더

2 마샬 버만/윤호병 역, 『현대성의 경험』, 현대미학사, 2004, 56면

3 피터 게이/정주연 역, 『모더니즘』, 민음사, 2015, 789면

니즘 예술의 '필수적 선행조건'으로 자유로운 사회적 분위기와 산업화, 도시화를 통한 경제적 풍요로움 등을 들곤 한다. 20세기 초에 그러한 조건에 부합하는 도시들은 파리, 런던, 뉴욕 등 소수에 불과했다. 이러한 전제를 고려하면, 식민지 도시 경성은 '모더니즘' 예술이 자생적으로 발생하는 것이 거의 불가능한 도시에 가까웠다. 식민지 조선의 작가들은 정치적·사회적 자유를 누리지 못했고 식민지 수탈로 인해 경제적인 궁핍에서 벗어나지 못한 환경에 놓여 있었기 때문이다.

그렇지만 반드시 그러한 대도시 공간에 속해 있어야만 모더니즘 문학을 창작할 수 있었던 것은 아니다. 그 예외적 존재로 조이스, 카프카, 마르케스 등을 꼽을 수 있다. '아일랜드', '체코', '콜롬비아' 등 식민지배 경험을 공유한 국가들은 모더니즘 문학과는 어울리지 않았지만, 조이스, 카프카, 마르케스 등은 독서와 여행 등을 통한 간접 체험을 자양분 삼아 자신들만의 모더니즘적 혁신을 이룩했다. 특히 마르케스의 문학은 흔히 '마술적 리얼리즘'의 관점에서 다루어져 왔지만, 남미 콜롬비아라는 독특한 공간이 만들어 낸 모더니즘적 변주에 가깝다.[4] 근대화가 충분히 이룩되지 못한 국가들에서의 문학은 리얼리즘보다는 환상적인 성격을 갖게 마련이다. "사회적인 현실에 바탕을 두어 발전하는 것이 아니라 공상, 신기루, 몽상 등에 바탕을 두어 발전하도록 강요"[5]받기 때문이다. 이들 국가에서 발생한 모더니즘 문학은 물질적 풍요로움에 기반을 둔 것이 아니라 근대적 하부구조의 불완전함과 결여에 의해 발생했다는 특징이 있다. 경성 모더니즘의 작가들도 대부분 동경 유학과 독

4 피터 게이/정주연 역, 『모더니즘』, 민음사, 2015, 789면

5 마샬 버만/윤호병 역, 『현대성의 경험』, 현대미학사, 2004, 351면

서 등을 통해 식민지 도시 경성의 결여된 부분을 어느 정도 보완할 수 있었으며 서구와는 차별화되는 독특한 형태의 모더니즘 문학을 발전시켰다.

한국 모더니즘의 물질적 토대로서의 경성

마르케스의 문학은 '마술적 리얼리즘'의 관점에서 논의되어 왔다. 그렇지만 정작 마르케스는 자신의 문학이 철저하게 '리얼리즘'에 기반을 두고 있다고 주장했다. 그의 문학이 '마술적'이라고 느껴지는 이유는 콜롬비아가 겪은 스페인의 식민지배와 식민지 근대화 과정이 사실이라고 믿기 어려울 정도로 가혹했고 왜곡되었기 때문이었다. 콜롬비아에서는 "다른 곳에서라면 일어나지 않을, 그리고 일어날 수도 없는 일들"[6]이 발생했던 것이다. 마르케스의 문학은 카리브해에 위치한 콜롬비아의 역사적 시공간이 만들어 낸 독특한 산물이다. 한편 경성 모더니즘은 '경성'이라고 하는 도시가 식민지배와 근대화 과정을 거치면서 발생시킨 문학적 경향을 가리키는 개념이다. 그러므로 경성 모더니즘을 이해하기 위해서는 무엇보다 '경성'의 공간적 특성을 이해할 필요가 있다.

이 책에서는 경성을 공간적으로는 북촌, 서촌, 남촌 (및 용산) 등의 구역으로 구분하여 살폈으며, 시간적으로는 1936년을 기준점으로 경성과 대경성을 구분하여 논의했다. 경성의 가장 중요한 특징은 식민지배자인 일본인들과 피식민지인인 조선인들이 각각 남촌과 북촌을 거점으로 자신들의 구역을 이룬 '이중도시'를 형성했다는 점이다. 이러한 이중도시적 특성은 1936년 대경성 확장 이후에는 다소 약화되기는 하지만 여

6 피터 게이/정주연 역, 『모더니즘』, 2015, 770면

전히 경성의 주요한 특성 중 하나였다. 이러한 특성은 도시구역의 재현 양상에 결정적인 영향을 미쳤다. 이 책에서 분석한 바와 같이 박태원의 문학작품들은 경성의 도시구역에 따라 재현 양상이 변화하는 특성을 잘 보여 준다.

북촌의 거점인 '종로'는 한국 근대소설에서 가장 중요하게 다루어진 장소다. 이광수의 『무정』에서부터 박태원의 『천변풍경』, 나도향의 『환희』(1922~1923), 채만식의 「종로의 주민」(1941) 등 수많은 작품이 '종로'를 중심으로 펼쳐진다. 계동, 삼청동, 관철동, 재동, 안국동, 청진동 등 종로 일대의 지역은 실제로 조선인들의 주요 거주지였으며 소설에서도 자주 등장한다. 조선인들의 일상생활이 펼쳐지는 공간이었던 만큼 이 구역을 배경으로 한 작품들은 리얼리즘적 경향이 두드러진다. 이 책에서는 중앙부와 동북부를 구분하여 설명했지만, 좀 더 세분화하여 구역적 특색을 살필 필요가 있다. 중앙부의 경우에도 경복궁과 창경궁 사이에 위치한 계동, 삼청동, 가회동 등 조선시대부터 지체 높은 양반들이 모여 살던 주거지역과 관철동, 안국동, 청진동 등 주거 및 상업 지역은 구분할 필요가 있다. 또한 청계천 일대는 북촌과 남촌을 나누는 경성의 내부 경계이자 조선인 서민층이 거주하는 공간으로서의 독특한 특성을 갖고 있었다.

서촌은 대한제국의 중심이자 고종 황제가 기거했던 덕수궁을 중심으로 한 지역으로, 법원, 서대문형무소 등 경성의 주요 기관들이 위치한 곳이다. 이 지역을 배경으로 한 작품들에서는 정치적 성격이 두드러지게 나타나며, 검열을 피하기 위해 알레고리적으로 쓰인 작품이 많다. 이 책에서는 정동 일대와 서대문형무소 주변의 관동과 현저동 일대까지를 모두 포함하여 '서촌'으로 간주했지만, 이 구역도 앞으로 좀 더 세분화하여 살필 필요가 있다. 정동 일대는 덕수궁과 각국의 대사관, 주요 학교가 위치했던 근대적 공간이었던 반면, 서대문형무소 일대는 음울하고 헐벗은 빈민가에 가까웠기 때문이다.

남촌은 일본인들이 집단으로 거주하는 일본적 색채의 공간이자 미츠코시 백화점과 선은전 광장이 펼쳐지는 근대화된 공간이다. 본정, 명치정, 황금정 등 전차가 운행하고 백화점이 위치한 대로변의 구역은 식민지 조선의 작가들의 작품에서도 종종 등장한다. 신정 등의 유곽 지역을 배경으로 한 작품들도 있다. 그렇지만 이러한 일부의 상업지구를 제외하면 남촌의 대부분 지역은 온전하게 재현되지 못했다. 북촌과 서촌의 재현 양상과 비교해 보면, 남촌 및 용산의 불완전한 재현 양상은 좀 더 두드러진다. 남촌을 배경으로 한 작품들에서는 시각적 이미지보다는 후각이나 청각 등 '비시각적' 이미지가 두드러지게 나타난다.

흥미로운 것은 경성을 재현한 일본인 작가들의 작품에서는 정반대의 현상이 나타난다는 점이다. 재경성 일본인들은 자신들이 거주하는 남촌을 세세하고 정밀하게 재현했지만, 조선인들의 구역인 북촌은 피상적으로 언급하는 수준을 벗어나지 못했다. 일본인 작가의 작품 중 경성의 "고가네마치(黃金町)에서 와카쿠사초(若草町), 에이라쿠초(永樂町)부터 메이지마치(明治町), 그리고 남산초(南山町)에서 야마토초(大和町)로"[7] 하루 종일 두부를 팔러 다니는 일본인 두부장수의 이야기를 다룬 작품이 있다. 이 인물은 두부가 잘 팔리지 않더라도 일본인 구역을 벗어나 북촌으로 올라가지는 않는다. 그가 두부판을 들고 헤매는 공간은 조선인 작가들의 작품에서는 좀처럼 등장하지 않는 장소들이다. 이렇듯 일본

7 마쓰모토 요이치로(松本與一郎), 「봄의 괴담-경성의 새벽 2시」, 《조선공론》, 1922년

인 작가들의 작품에서 조선인들이 모여 사는 곳은 "조선인 마을"[8]이나 "조선인 거리"[9] 등으로 피상적으로 언급될 뿐이며, 서술자도 그러한 곳으로 다가가려 하지 않는다. 문학 속 경성은 실제 경성보다 '이중도시'적 성격이 두드러지게 나타나며, 일본인들이 재현한 경성은 조선인 작가들이 그린 경성과는 확연히 다르다. 재조선 일본인 작가들의 경성 재현 양상을 고려하여 식민지 조선의 작가들의 경성 모더니즘의 성격을 살펴볼 필요가 있다.

경성의 지도 그리기를 보완하기 위한 과제들

경성 모더니즘은 지리적 특수성을 중심으로 모더니즘 문학의 특성을 살피는 '지오-모더니즘'의 방법론을 활용했다.[10] 지오-모더니즘은 해당 지역을 기반으로 하는 모더니즘 문학의 독특한 특성을 살피는 효율적인 방법이지만, 텍스트 분석이 공간적 차원을 중심으로 이루어진다는 점에서 다소 한계가 있다. 이 책에서는 박태원의 문학 텍스트를 경성의 도시구역별로 구분하여 분석했지만, 이러한 범주에 포함되지 않는 일군의 작품들도 있다. 인물의 내면 심리 변화에 초점을 맞춘 '심리주의 소설' 계열의 작품들로, 「거리」, 「방란장 주인」, 「악마」 등이 여기에 해당된다. 이 작품들에는 '의식의 흐름'과 '장거리 문장' 등 다양한 모더니즘 기법이 활용되어 미학적 관점에서도 중요한 의의가 있다. 또 다른 대표적 모더니즘 작가인 이상의 작품들도 대부분 이러한 범주에 포함될

8 다츠노 유진(龍野幽人), 「경성의 7대 불가사의」, 《조선체신협회잡지》, 1930년

9 시노자키 조지(篠崎潮二), 「통탄의 문신 여급 김짱의 기구한 운명」, 《조선급만주》, 1923년

10 Laura Doyle and Laura Winkiel, *Geomodernisms*, Indiana University Press, 2006 참조.

수 있다. 이러한 내성적 혹은 심리주의적 소설들은 지리적 특성이 분명하게 드러나지 않기 때문에 이 책에서 구체적으로 다루지는 않았지만, 경성 모더니즘의 또 다른 중요한 축을 담당하는 작품들이다.

또한 박태원 이외의 작가들에서 경성이 어떠한 방식으로 재현되고 어떠한 심상지리적 장소로 기능하는지 등을 분석할 필요가 있다. 이태준, 이상, 이효석, 김남천, 채만식, 김유정 등도 경성을 중심으로 한 다양한 작품을 남겼으며, 저마다의 독특한 모더니즘적 기법을 활용하여 공간 재현을 시도했다. 이태준, 이상, 이효석 등 구인회 작가들은 모더니즘의 관점에서 논의되어 왔지만, 채만식이나 김남천 등은 그렇지 못하다. 이들의 작품들을 토대로 경성 모더니즘 논의를 좀 더 구체화하고 확장시킬 필요가 있다.

끝으로 1945년 해방 이후 경성 모더니즘이 소멸해 간 과정에 관한 논의가 필요하다. 1945년 해방 이후 '경성'의 명칭은 '서울'로 변경되었으며 한국전쟁 이후 분단되면서 서울은 오늘날 남한 사회의 수도로 자리매김하게 되었다. 경성 모더니즘의 유산이 이후의 한국 문학에 어떠한 흔적을 남겼으며 어떻게 계승 발전되어 왔는지에 대한 연구도 필요할 것이다.

보론
경성의 모더니스트, 박태원

박태원의 삶

구보(仇甫) 박태원은 1909년 경성에서 태어나 1986년 76세의 나이로 평양에서 생을 마쳤다. 박태원은 월북 후 잠시 평양문학대학 교수로 재직한 것을 제외하면, 글 쓰는 것 외에 다른 직업을 가져 본 적이 없는 투철한 전업작가였다. 그는 소설가로 알려져 있지만 소설을 비롯하여 시, 번역, 아동문학, 삽화 등 다방면에서 출중한 능력을 과시했다. 그가 애초에 등단한 것은 시를 통해서였다. 그는 헤밍웨이와 캐서린 맨스필드와 같은 영어권 작가들의 작품을 번역했을 뿐만 아니라, 『삼국지』, 『수호전』, 『서유기』 등 중국 한문고전 작품들도 번역했다. 박태원은 영어, 일본어, 한자 등 다양한 언어에 능통했지만, 창작은 오직 '조선어'로만 한 민족주의적 작가이기도 하다. 「오감도」 연작 등을 일본어로 먼저 창작한 후 조선어로 번역했던 이상과는 근본적으로 차이가 난다. 더 나아가 박태원은 『반년간』과 「적멸」 등의 작품에서는 직접 삽화를 그리기도 했다. 여기에 「방랑아 쭈리앙」, 「영수증」, 「소년탐정단」 등의 아동소설도 남겼다. 해방 후에는 『중등문범』, 『중등작문』 등의 작문교과서를 출간하여 국어교육에 대한 열의를 보이기도 했다.

박태원에 대해 이야기하면서 춘원(春園) 이광수를 떠올리는 것은 그리 친숙하지는 않다. 일반적으로 한국 근대소설은 1917년 《매일신보》에 연재되었던 이광수의 『무정』에서 시작되는 것으로 본다. 다른 말로 하면, 이광수에게는 본받을 만한 문학적 스승이 적어도 식민지 조선 내에는 없었다는 의미다. 1910년대까지 조선에는 대학이 없었기 때문에 초창기 문인 대부분이 동경 유학생이었던 사정은 충분히 이해할 만하다. 그들은 일본어와 일본문학을 통해 간접적으로 서구 문학을 받아들였지만, 문학을 제대로 전공한 사람은 드물었다. 이러한 문학 불모지였던 식민지 조선이었지만, 박태원은 어린 시절부터 작가로서의 꿈을 키워 온 문학소년이었다. 그는 동시대의 다른 작가들과 사뭇 다른 유년시절을 보냈다. 일반적으로 당시 작가들이 독학으로 문학을 접하거나 동경 등지로 유학을 가서 접하게 된 것과는 달리, 박태원은 어렸을 때 이미 당대의 유명한 문학계 인사들로부터 문학을 배울 수 있었다. 이 중에서 박태원에게 가장 영향을 미친 인물로 이광수를 들 수 있다. 지금까지 학계에서 박태원과 이광수의 관계는 그리 크게 주목받지 못했다. 이광수를 박태원의 '의전적(儀典的)인 스승' 정도로 취급하는 것이 일반적이었다. 그렇지만 여러 자료를 토대로 볼 때 이 두 작가의 관계는 의외로 상당히 친밀했던 것을 발견할 수 있다.

박태원은 어려서부터 많은 책을 두루 읽었는데, 특히 이광수, 염상섭, 현진건, 김동인 등의 작품들을 흥분과 감격 속에서 여러 번 거듭 읽었다고 한다. 그는 이광수와 김동인 등 한국 근대문학 개척자들의 작품들을 읽으며 자라난 첫 세대에 속한다. "구상은 일본말로 하고 쓰기는 조선글로"[1] 했던 앞선 세대 작가들이 척박한 환경 속에서 어렵게 만들어 놓은 한국의 근대문학적 토대 위에서 박태원은 성장했다. 그는 이광수와의 첫 만남을 다음과 같이 회고한다.

> 내가 춘원 선생의 문을 두드린 것은 아마 소화 2년[1927년]인가, 3년 경의 일이었던가 싶다. 두 번짼가 세 번째 찾아뵈었을 때, 나는 두어 편의 소설과 백여 편의 서정시를 댁에 두고 왔다. 그중 수 편의 시와 한 편의 소설이 동아일보 지상에 발표되었다. 이 소설이 이를테면 나의 처녀작이다. 항우(項羽)를 주인공으로 한 4백자 40매 전후의 것으로 표제는 「해하(垓下)의 일야(一夜)」. 물론 시원치 못한 것이나 그나마, 당시에 발표된 나의 다른 글과 함께 스크랩하여 두었던 것이 분실되어, 과연 어떠한 정도의 것이었던지 지금은 알 길조차 없다.[2]

박태원을 문단에 등단시킨 사람이 바로 이광수였다. 박태원은 「춘원 선생의 근저 '애욕의 피안'」에서 이광수를 "우리 문단의 선달(先達)"이라고 했다. "독자가 친히 이 책을 볼 때 느끼는 자 많을 줄 믿거니와 하여튼 근래에 드물게 보는 좋은 작품임을 나는 분명히 말하여둔다."고도 했다. 「이광수 단편선」에 관한 서평에서는 "우리는 「무명」을 가지고 있는 이상, 외국 문단에 대하여도 구태여 과히 겸손할 필요가 없다."고 했다.

1 김동인, 「문단 30년의 자취」, 『김동인 전집』 8, 홍자출판사, 1968, 395~396면
2 박태원, 「춘향전 탐독은 이미 취학 이전」, 《문장》, 1940년 2월

심지어 박태원은 자신의 작품에서 이광수를 언급하거나 그의 작품을 소개하기도 했다. 『금은탑』과 『여인성장』, 「피로」 등에서 '이광수'가 언급되고 있다. 이처럼 박태원은 작가로 등단한 이후 언제나 이광수에 대한 예(禮)를 갖추는 것을 잊지 않았다. 그는 자신의 첫 단편집 『소설가 구보씨의 일일』(1938)도 이광수에게 바쳤다. 첫머리에 다음과 같이 적었다.

> 가르치심을 받아옵기 十年-
> 이제 이룬 저의 첫 創作集을
> 세번 절하와 삼가
> 春園 스승께 바치옵니다.

등단 후 10년 동안 박태원은 이광수를 자신의 '문학적 스승'이라 생각했으며 그러한 사실을 공공연히 드러내고자 했다. 이에 이광수는 『천변풍경』의 서문에서 이 작품을 "시간과 공간을 초월한 생명"을 가진 작품이라 극찬하며 박태원에게 화답했다.

> 朴泰遠 氏의 『川邊風景』은 내가 一生에 읽은 文學 中에 가장 印象 깊은 것 中의 하나다. …… 나는 朴泰遠氏의 『川邊風景』에서, 톨스토이의 晩年의 作品에서 받는 것과 彷佛한 感動을 받는다. …… 그 어느 것으로 보든지 나는 이 作品을 時間과 空間을 超越한 生命을 가진 人類의 文學的 作品들 중에 參與할 것으로 믿는다.[3]

3 이광수, 「序」, 박태원, 『천변풍경』, 박문서관, 1938, 2~3면

이처럼 박태원과 이광수의 관계는 상당히 돈독했으며 오랫동안 지속되었다.

이광수가 박태원의 문학적 스승이었다면 이태준은 '멘토'에 가까운 인물이었다. 박태원은 1929년 이광수에 의해 문단에 데뷔했지만, 실질적인 작가활동은 짧은 동경 유학을 다녀온 1931년 이후에 시작되었다. 박태원이 모더니즘 작가로 꽃을 피운 것은 이태준이 활동하던 '구인회'에 합류한 이후의 일이다. 구인회는 박태원의 삶과 문학을 이해하는 데 매우 중요하다. 다른 회원들이 이미 문단에 영향력을 행사하고 있던 문인들이었던 데 비해, 구인회 가입 당시 박태원은 '무명'에 가까웠다.

이태준은 '한국 단편소설의 완성자'라고 불린 작가이다. 북한에서는 "러시아에는 체호프, 프랑스에는 모파상, 미국에는 오 헨리, 조선에는 이태준이 있다."는 말이 전설처럼 전해지고 있다고 한다. 그는 작가로서도 명성이 높았지만, 박태원과 이상 등 후배들의 든든한 후견자이기도 했다. 이태준과 박태원의 단편소설은 서로 빼다 박은 것과 같이 닮았다는 평가를 받기도 한다. 박태원은 이태준을 자신의 문학세계를 잘 이해해 주는 지음(知音)으로 꼽았다. 그는 이태준이 호의를 가진 단평(短評)을 써준 것을 제외하면 자신의 문학 세계를 제대로 이해하는 사람이 없다고 불만을 토로하기도 했다. 박태원의 『여인성장』에는 이태준이 언급되고 있으며, 이태준의 『문장강화』에는 박태원의 글이 예시로 제시되었다. 이태준이 이상과 박태원 등의 구인회 후배들을 얼마나 아꼈는지는 1936년 발표된 자전적 소설 「장마」의 한 대목에 잘 나타난다.

> 아직 열한점, 그러나 낙랑(樂浪)이나 명치제과(明治製菓)쯤 가면, 사무적 소속을 갖이 않은 이상이나 구보(仇甫) 같은 이는 혹 나보다 더 무성한

수염으로 코피-잔을 앞에 놓고 무료히 앉었을넌지 모른다. 그리다가 내가 들어서면 마치 나를 기다리나 하고 있었던 것처럼 반가히 맞어줄넌지도 모른다. 그리고 요즘 자기들이 읽은 작품 중에서 어느 하나를 나에게 읽기를 권하는 것을 비롯하야 나의 곰팡이 쓴 창작욕을 자극해 주는 이야기까지 해줄런지도 모른다.[4]

이태준은 《조선중앙일보》 학예부장 당시 이상의 「오감도」와 박태원의 「소설가 구보씨의 일일」을 신문에 실었으며, 1939년 창간된 《문장》의 편집장을 맡으면서 박태원에게 다시 지면을 제공했다. 이태준이 《문장》지를 주관하면서 제일 먼저 창작집을 내준 것도 박태원의 단편집 『소설가 구보씨의 일일』이었다. 이태준이 《조선중앙일보》와 《문장》의 지면을 안정적으로 박태원에게 제공함으로써, 박태원은 주류 작가로 성장할 수 있었다. 이후 박태원은 이태준이 참여하는 일에는 거의 언제나 함께 했다. 이태준이 해방 직후 '조선문학건설본부' 중앙위원회 조직임원으로 선정되었을 때에도, 박태원은 함께 참여했다. 그래서 박태원이 1950년에 월북을 감행한 것도 이태준의 영향이 큰 것으로 알려진다.

그런데 박태원을 생각할 때 가장 먼저 떠오르는 사람은 사실 그와 절친한 사이인 천재 시인 이상(李箱)일 것이다. 두 사람은 1930년대 경성 모더니즘의 대표적 작가들로, 한국 문학의 수준을 한 단계 끌어올렸다는 평가를 받는다. 박태원은 1909년생, 이상은 1910년생으로 둘은 동년배다. '천재 시인' 이상의 극적인 삶은 많은 후배 작가에 의해 추앙받았으며 종종 소설화되었다. 김연수의 『꾿빠이 이상』(2001)과 임종욱의

4 이태준, 「장마」, 《조광》, 1936년 10월, 315면

『이상은 왜?』(2011) 등이 나오기도 했다. 그렇지만 오늘날 요절한 천재 시인 이상의 이미지 중 상당 부분은 박태원에 의해 형성된 것이라 할 수 있다.

박태원은 「소설가 구보씨의 일일」, 「애욕」, 「염천」 등의 소설에서 이상을 모델로 한 인물을 등장시켰으며, 이상을 주제로 한 「제비」, 「이상의 비련」 등의 수필을 쓰기도 했다. 이상이 죽고 난 후에 발표된 「염천」의 후기에서 박태원은 "이 작품을 죽은 이상에게 주고 싶다."고 적었다. 1933년 둘은 '구인회'에 함께 가입했으며, 박태원의 「소설가 구보씨의 일일」과 이상의 「오감도」 연작은 《조선중앙일보》에 동시에 연재되었으며, 이상은 '하융(河戎)'이라는 이름으로 「소설가 구보씨의 일일」의 삽화를 그리기도 했다. 이상의 「봉별기」에는 'P군'이라는 인물이 등장하는데, 이는 박태원을 의미한다. 이상은 "나는 금홍의 오락의 편의를 돕기 위하여 가끔 P군 집에 가 잤다."고 이야기했다. 「김유정론」에서는 "좋은 낯을 하기는 해도 적이 비례를 했다거나 끔찍이 못난 소리를 했다거나 하면 잠자코 속으로만 꿀꺽 업신여기고 그만두는, 그러기 때문에 근시안경을 쓴 위험인물이 박태원(朴泰遠)이다."라고도 했다. 박태원이 좋은 인상을 하고 있지만, 속마음을 쉽게 드러내지 않는 성격이라는 것이다. 한편 두꺼운 근시안경을 써야 할 정도로 박태원의 시력은 젊은 시절부터 좋지 못했다.

월북한 이후 남한 사회에서 '박태원'은 오랫동안 금기시되어 온 이름이었다. 한국 문학사에서 그의 이름과 작품들은 공백으로 남겨져 있었다. 그러한 박태원을 한국 문학사에 다시 불러들인 것은 후배 작가인 최인훈이다. 박태원이 월북작가였다면, 최인훈은 월남작가였다. 둘 다 분단에 의해 고향으로 돌아가지 못하는 숙명을 짊어지고 살아가는 처지였다.

최인훈의 『소설가 구보씨의 일일』이 발표될 시점인 1970년 전후에 '월북작가' 박태원은 한국 문학사에서 완벽하게 사라진 존재였고, 일반 독자들이 박태원의 「소설가 구보씨의 일일」을 접하는 것 역시 용이하지 않았다. 최인훈도 "1970년 현재에서 볼 때 [박태원의] 「소설가 구보씨……」는 과거에도, 현재에도, 미래에도, 우리 문학사에는 없는 존재"라는 생각에서 자신의 『소설가 구보씨의 일일』 연작을 발표한 것이라 밝힌 바 있다. 그래서 최인훈의 소설 속 구보도 '월북 작가들'의 "특별히 이데올로기 냄새가 나는 것도 아닌 작품"들을 남한 사회에서 출판할 방법을 모색하기도 한다.

최인훈은 단순히 박태원의 텍스트를 패러디한 것이 아니라, 문학사적 맥락에서 사라진 텍스트를 재기입하고 동시에 재서사화했다. 그는 박태원의 영혼이 자신의 육체를 빌려서 환생한 듯한 느낌으로 이 작품을 썼다고 밝혔다. 거의 육체적인 빙의(憑依)의 감각에 따른 것이지, 무슨 기술적 양식을 차용한다는 정도의 착상에 의한 것은 아니라고 밝히고 있다. 그것은 "자기 상황과 같은 모양의 상황에 있었던 지난 세월을 산 자기 나이 또래의 사람을 몸으로" 느끼는 것이다. 말하자면, 최인훈의 소설은 일종의 복화술에 의해 다시 쓰인 텍스트라고 할 수 있다. 이후 주인석 등 다양한 작가에 의해 '구보'는 여러 형태로 되살아나고 있다.

이처럼 박태원은 한국 근대문학의 시작을 알린 이광수를 스승으로 삼아 작가의 길을 걸었다. 이태준이 수장을 맡고 있던 '구인회'에 들어가면서 주류 작가로 발돋움하게 되었으며, 평생의 벗인 이상을 만나 우정을 쌓아 갔다. 안석영과 안회남 등의 평가를 보면, 박태원은 당대의 유명한 '스타일리스트'이자 기교가 뛰어난 작가였다. 그는 소설뿐만 아니라 번역과 삽화 등 다양한 분야에서 능력을 과시하기도 했다. 해방 후 월북한 박태원은 '역사소설가'로 변모하여 '북한 최고의 역사소설'로 손꼽히는 『갑오농민전쟁』을 병마와 싸우면서도 완성시켰다. '월북작가'라는 낙인으로 인해 남한의 문학사에서 그의 존재는 오랜 세월 '공백'으로 남아 있었다. 1970년대 초에 후배 소설가 최인훈이 『소설가 구보씨의 일일』이라는 동명의 작품을 발표함으로써, 사라졌던 박태원은 극적으로 부활한다. 이후 여러 작가에 의해 '구보'는 반복적으로 패러디됨으로써 한국 문학에서 가장 유명하고 생명력 있는 인물이 되었다.

박태원의 문학세계

박태원 소설의 특징은 한 도시 공간 안에서 대부분의 이야기가 펼쳐진다는 점이다. 이태준의 장편소설이 경성과 동경, 철원 등 여러 도시를 무대로 펼쳐지고 이효석의 상당수 작품이 경성에서 만주 방면으로 뻗어나가는 구성을 취하고 있는 것과는 차이가 난다. 그래서 박태원 문학은 '도시 소설'로 간주되기도 한다. 그렇지만 박태원 소설의 공간을 보통명사화된 '도시'로 일반화해서는 안 된다. 박태원 소설은 작가가 태어나 자라 온 식민지 도시 '경성'을 주요 무대로 삼고 있으며, 그렇지 않은 작품들에서도 '경성'은 서사적으로 중요한 비중을 차지한다. 그래서 박종화는 박태원 문학을 "순수한 경알이 문학(서울 문학)"이라고 극찬하기도 했다.[5]

'저런 데를 한번 가 봤으면 …….'

5 박종화, 「천변풍경을 읽고」, 《매일신보》, 1939. 1. 26.

'저런 데 가 살았으면 …….'

하고, 그러한 생각을 마음 한구석에 갖지 않었든 것도 아닌 듯싶으나 決코 대단치 않은 이제 살림에도 자로 속셈을 쳐 보지 않으면 안 되는 몸으로서 잠깐 그러한 생각을 하여 보는 것만 해도 이제는 至極히 부질없는 일로, 亦是 서울서 나서 자란 이 몸은, 그래도 서울서 지내는 밖에는 아무 달은 道理도 없는 듯싶어, 또 그것을 別로 애타게 생각하는 일도 없이, 그대로 이 땅에서 안해를 길으고 또 將次는 子息들을 길으며 저는 저대로 힘 및이는 데까지 文章道를 닦고 싶다 생각합니다.[6]

박태원은 1936년 실시한 한 설문조사에서 서울에서 태어나 자라 온 자신은 앞으로도 '경성'에서 가족들과 함께 지내며 창작활동을 하고 싶다는 소망을 피력하기도 했다. 그는 자신이 직접 체험하거나 머무르지 않은 낯선 장소를 무대로 해서는 제대로 글을 쓰지 못했다. 프랑스 파리를 배경으로 한 「방랑아 쭈리앙」과 가상의 국가인 '트레모로'를 배경으로 하는 「최후의 억만장자」 등의 예외적인 경우가 있기는 하지만, 이 작품들은 본격적인 창작이라기보다는 '콩트'에 가까운 소품이었으며, 공간 묘사도 구체적으로 드러나지 않는다. 박태원의 작품 거의 대부분은 자신에게 친숙한 경성을(그리고 일부는 동경을) 무대로 하여 펼쳐진다.

도시의 '모더니스트'였던 박태원은 서울 토박이여서 농촌에 대해서는 잘 알지 못했기에 농촌소설 혹은 농민소설을 구상하는 것은 엄두를 내지 못했던 것 같다. 그는 농업국인 조선에서 농민소설을 쓰려는 문인들이 극히 드물다고 주장하면서, "나와 같이 모르면 그만이거니와 알고도

6 박태원, 「내 자란 서울서 文章道를 닥다가」, 《조광》, 1936년 2월, 49면

안하시는 분에게는 힘써 권하여 보고 싶다"[7]고 말하기도 했다. 그는 자신을 농촌소설을 쓸 수 없는 작가로 생각하고 있었다. 그런 박태원이 자신의 문학세계의 주요 장소로 줄곧 '경성'을 선택한 것은 자연스러운 귀결이라 할 수 있다. 그는 자신이 언제나 '근대성'을 포착하는 것에 관심을 기울여 왔다는 사실을 고백하면서 '모더니스트'로서의 면모를 드러낸 바 있다.

> 가장 간략하게 말하자면 이제까지 생이 현대에 느껴 온 흥미는, 생의 이제까지의 작품에 시원치는 않으나마 나타났었고 이제부터의 흥미는 생의 이제부터의 흥미에 조곰은 시원하게 나타날 것입니다. 언제나 전부터 계획중의 작품을 제작하게 될지 그것은 스스로 예측할 수 없는 것이나 하여튼 생은 이 시대에 있어서의 사람들의 생활과 그들의 인정이라든 의리라든 그러한 것을 '이 작품'에서 좀 소상하게 생각하여 보려합니다.[8]

'작가로서 현대에 대해 느끼는 매혹'에 대해 말해 달라는 주문에, 박태원은 지금까지 자신이 발표한 작품에는 현대에 대해 자신이 느껴 온 흥미가 반영되어 있으며, 앞으로의 작품들에서는 현대에 대한 지금부터의 흥미가 나타나게 될 것이라고 했다. 그의 문학은 거의 언제나 '근대'라는 새로운 시기의 변화 양상에 대한 탐구에서 출발했다고 할 수 있다. 이처럼 박태원은 언제나 동시대 현실에 관심을 기울였고 그것을 정확하게 포착하기 위해 곧 와지로의 '고현학'을 창작방법론의 일환으

7 박태원, 「3월 창작평」, 《조선중앙일보》, 1934. 3. 26~31.
8 박태원, 「일 작가의 진정서」, 《조선일보》, 1937. 8. 15.

로 활용했다. 또한 그는 동시대 최신의 해외문학에도 관심이 많아 '해외 신문예 소개'라는 표제하에 헤밍웨이와 맨스필드 등의 20세기 영문학 작품을 번역하기도 했고, '현대 소비에트 프로레 문학의 최고봉'인 알렉산드르 파데예프와 리베딘스키, 표도르 글랏코프 등의 러시아 문학작품을 소개하기도 했으며, 다양한 일본 문학작품을 통해 근대문학의 동시대적 흐름을 받아들였다.

1931년 동경 유학에서 돌아온 후 본격적인 창작활동을 시작한 박태원은 경성 근대화의 특성과 발전 속도를 다른 도시와의 비교를 통해 충분히 알고 있었다. 『적멸』에는 "발자크의 『인간희극』이 19세기 불란서의 완전한 사회사라 할 것 같으면 내 눈에 비친 희극(?)은 '20세기 경성의 허위로 찬 실극(實劇)'"이라는 대목이 나오기도 한다. 박태원에게 경성의 근대화 양상은 그리 놀라운 것이 아니었으며, 서구 대도시나 동경에 비해서는 여전히 낙후된 상태로 인식되었다.

> 경성도 시구(市區) 확장을 하여, 그 면적과 인구와 시설에 차차 대도시의 면목을 갖추어 가고 있거니와, 세계의 개화한 도시마다 반드시 무뢰배들이 깃들이고 있는 예에 빠지지 않고, 장안 거리에도 적은 파락호들이 떼를 지어 횡행함은 통탄할 일이 아닐 수 없다.[9]

경성이 시구(市區)를 확장하여 '대경성'으로 거듭난 것은 1936년 이후의 일이다. 그러므로 박태원의 대표작인 「소설가 구보씨의 일일」과 『천변풍경』 등은 '대경성 확장' 이전의 경성을 배경으로 한 작품들이다.

9 박태원, 「항간잡필」, 《박문》, 1939년 9월

「소설가 구보씨의 일일」에서 구보가 느낀 것은 "낡은 서울의 호흡"이었다. 박태원은 구역이 확장된 이후에야 경성이 차차 대도시의 면목을 갖추어 간다고 평가했다. 다시 말해, 그가 판단하기에 경성의 근대화 속도는 느리고 지체된 상태였던 것이다. 당시 경성 사람들의 인식도 전근대적인 상태에서 그리 나아가지 못했다. 박태원은 과도기 상태인 조선에서 청춘남녀가 신체적 접촉을 시도하는 것은 군중의 주목과 야유와 조소를 피할 수 없을 것이라고 경고하기도 했다.[10] 그렇다고 해서 박태원이 다른 나라의 대도시를 맹목적으로 동경하거나 부러워한 것은 아니었다. 그는 "거듭 말하며는 누가 나를 뉴욕으로 다리고 가 마천루라고 떠드는 55층 울워스 빌딩 앞에 세워 놓았다고 하드라도 나는 그 웅대함에 놀랄른 지는 모르지만 그 앞에 머리를 숙이는 일은 없으리라."[11]고 다짐하기도 했다. 비록 식민지 도시 경성이 다른 대도시들보다는 발전이 느렸지만, 대부분의 도시에서 발생하는 사회적 변화는 비슷한 방식으로 나타났다.

> 진애(塵埃)·매연·굉음·살풍경·몰취미–
>
> 모–든 실답지 않은 것만을 소유하고 있는 도회 가운데서 폐병환자로 신경이 극도로 과민하여 가지고 살아가려니 첫째 위생이니 무에니 하는 것이 다– 헛소리려니와 통계표를 보지 않고도 적어도 10년쯤 단명할 것은 환한 일이다. 더구나 허위란 놈은 사람이 사는 곳이면 어댈른지 따라 다니는 것이지만 특히 도회에서 가장 많이 발견되는 바이라는 것은 누구나

10 박태원, 「이상적 산보법」, 《동아일보》, 1930. 4. 1.

11 박태원, 「백일만필」, 《조선일보》, 1926. 11. 24~27.

아는 바이다. (…)

이것은 한 조고마한 도회거주 비관론이다.

신경쇠약은 20세기 유행병이라 한다. 일명 문명병. 또한 신체의 외부에 아모런 변화도 없거니와 외견 아모런 고통도 제삼자에게는 인식되지 않는 까닭으로 말매암아 '하이카라' 병이라고도 한다. 그 요법으로는 전지요양, 적당한 운동, 독서집필 일절 폐지, 3B水 복용 등이 일반 의가(醫家)의 말하고 있는 바이다.[12]

경성에서도 흙먼지와 매연과 소음 등 도시 일반의 문제가 발생했고, 경성 사람들은 폐병이나 신경쇠약 등으로 고통을 받았다. 그러한 도시 공간을 박태원은 매일같이 도보로, 혹은 전차로, 혹은 버스로 배회하고 다녔다. 그는 전업 작가였기 때문에 일정한 근무처를 가지고 있지는 않았지만, 그래도 매일같이 밖에 나갈 일이 생기게 된다고 토로했다.[13] 그의 글쓰기가 철저하게 도시 공간에 대한 탐색에 기반을 두고 있기 때문이었다. 박태원 문학의 특징은 '글쓰기'와 '도시 공간의 탐색'이 불가분의 관계에 있다고 할 만큼 긴밀히 연결되어 있다는 점이다. 그는 몸소 체험한 공간을 대상으로 하지 않고서는 글쓰기를 온전히 전개시켜 나가지 못했다.

작가로서 건강이 필요하다면 혹은 나만치 그것이 절실하게 요구되는 이도 드물 것이다. 비록 펜을 잡고 원고지를 향하는 것은 그야 역시 실내

12 박태원, 「병상잡설」, 《조선문단》, 1927년 1월

13 박태원, 「만원전차」, 《박문》, 1940년 2월

에서지만 그곳에 이르기까지에 나는 얼마든지 분주하게 거리를 헤매들지 않으면 안 된다.[14]

이처럼 박태원이 부지런히 도시를 헤매고 다닌 이유는 그의 문학작품이 철저하게 현장답사를 한 후에 얻은 자료를 토대로 구상되기 때문이었다. 그의 낡은 대학노트에는 "1931. 7. 26. 오후 3시에 왕십리역 대합실 시계는 오전 (혹은 오후) 11시 5분 전을 가르킨 채 서 있음……."[15]과 같은 메모가 적혀 있었다. 시간과 장소를 구체적으로 적고 그곳에서 파악한 정보를 기입하는 방식은 곧 와지로의 '고현학'의 방법과 그대로 닮았다.

가만히 생각하여 보면 작가로서의 나의 '상상력'이라는 것은 다른 이들에게 비하여 확실히 빈약한 것인 듯싶다. 내가 한때 '모데로노로지오'-고현학(考現學)이라는 것에 열중하였든 것도 이를테면 자신의 이 '결함'을 얼마쯤이라도 보충할 수 있을까 하여서에 지나지 않는 일이다.

나의 작품 속에 나와도 좋음직한 인물이 살고 있는 동리를 가령 나는 내 마음대로 머릿속에 그려보고 그리고 이를 표현함에 있어 나는 결코 능한 자가 아니다. 나는 그럴 법한 골목을 구하여 거리를 위선 헤매지 않으면 안된다.[16]

박태원은 자신의 빈약한 상상력을 보완하기 위해서 '고현학'을 자신

14 박태원, 「옹노만어」, 《조선일보》, 1938. 1. 26.
15 박태원, 「6월의 우울」, 《중앙》, 1934년 6월
16 박태원, 「옹노만어」, 《조선일보》, 1938. 1. 26.

의 창작방법론으로 활용했음을 밝힌 바 있다. 또한 박태원은 동시대 식민지 조선의 작가들에게 부족한 점으로 지식 혹은 교양이 부족한 것을 꼽기도 했다. 이는 작가들이 소설을 사실적으로 그리기 위해서 해당 분야에 대한 연구를 하거나 장소를 탐색하는 등의 노력을 게을리하는 것을 비판한 것이다.[17] 박태원은 자신의 소설 속에 등장할 인물이 거주할 만한 장소를 그려 내기 위해서 실재의 도시 공간을 먼저 탐색하지 않으면 안 되었던 것이다. 박태원은 특정 인물에게는 그에 적합한 장소가 있다고 생각했고 철저하게 실재 공간을 반영하여 창작을 실행했다.

> 수히 내가 간수하려는 장편 속의 젊은 주인공은 7월 하순경에 철원 부근까지 도보 여행을 하기로 예정이다. 나는 내 자신 그보다 앞서서 경원가도를 답사하여야만 옳을 게다.[18]

박태원은 1938년 초에 발표한 「옹노만어」에서 자신이 현재 구상하고 있는 작품에서 "젊은 주인공은 7월 하순경에 철원 부근까지 도보 여행을 하기로 예정"이라고 밝힌 바 있다. 해당 작품은 『우맹』으로, 1938년 4월부터 《조선일보》에 연재될 예정이었다. 박태원이 충분히 이야기를 구상한 이후에 연재를 시작했음을 알 수 있다. 그는 먼저 제목을 결정하지 않고서는 글을 시작할 수 없고, 세세한 대화나 자연 묘사 같은 것을 몇 번이나 머릿속으로 반복하여 본 후 완전한 자신이 생기기 전에는 글을 시작할 수 없었노라고 밝히기도 했다.[19] 『우맹』 연재 직전인 1938년

---

17 박태원, 「문예시감」, 《조선중앙일보》, 1935. 1. 28~2. 13.
18 박태원, 「옹노만어」, 《조선일보》, 1938. 1. 26.
19 박태원, 「문예시평-소설가를 위하야·평론가에게·9월창작평」, 《매일신보》, 1933. 9.

2월에는 실제로 황해도 일대를 여행한 후 기행문인 「해서기유」를 발표하기도 했다.

> 나의 원래 생각에는 나의 주인공이 나의 부주인공과 백천온천에서 만나 부주인공이 인도하는 대로 그의 고향 해주로 같이 가는 것으로부터 소설이 시작될 듯 싶었다. 그래 백천과 해주만 보면 우선 붓을 들 수 있을 것 같이 생각하고 집을 나섰든 것이다. 그러나 두 곳을 보고 나자 나는 생각을 고치지 않으면 안 되었다.
>
> 나는 신천 온천을 들러 그곳이 백천보다는 나의 소설을 위하여 얼마쯤 합당한 곳이라 느꼈다. 그러나 두 사람이 서로 만나는 곳은 그것으로 좋다 하드라도 이번에는 부주인공의 집을 어데로 정하느냐가 문제다. 나는 재령이 어떠할까 가상하여 보았다. 그러나 급기야 가 보니 별로 구미가 당기지 않는다.[20]

박태원은 '백천'과 '해주'를 배경으로 『우맹』을 시작할 수 있을 것이라 판단했지만, 실제로 그곳을 살펴본 후에 그곳이 자신의 소설의 무대로는 적합하지 않다는 결론에 도달하게 된다. 그곳보다는 신천 온천이 자신의 소설에 합당하다고 생각하게 된 것이다. 이처럼 그는 자신의 소설에는 그에 합당한 장소가 있다는 확고한 생각을 했으며, 그러한 장소를 찾고 나서야 비로소 창작을 시작할 수 있었다.

20~10. 1.

20 박태원, 「해서기유」, 《조선일보》, 1938. 2. 15~22.

학수는 얼굴에 목덜미에 흥건히 흘러내린 땀을 씻을 것도 잊고, 멀거니 다시 창밖을 바라보고 있다가, 문득 깨닫고 미친 듯이 기차 시간표를 다시 손에 든다.

요다음 역이 전곡(全谷). 전곡에 이 차가 닿는 것이 영시 이십칠분. 그곳에서 내리면 다음에 서울가는 열차를 두시 십육분에 붙잡아 탈 수 있다.

'그러나 그 차가 서울에 닿는 것은 다섯시 십 오분. 정순이가 서울역을 나간 지 한 시간이나 뒤.'

하지만 학수는 자기가 하려만 들면 얼마든지 그곳에 방도가 있는 것을 알았다. 서울역에는 다섯시가 넘어야만 도착이지만 청량리에는 네시 십구분 착. 정순이가 서울역에 도착하는 시간보다 겨우 이분이 늦을 뿐. 역 앞에서 즉시 자동차라도 불러서 탄다면 응당 계동 자기 하숙에서 그와 만날 수가 있을 것이다 …….

그러나 그는 용이히 그 생각을 실행에 옮기지 못하였다. 전곡도 그냥 지나치게 연천도 그대로 지나 마침내 대광리에서도 차를 내리지 않은 학수는 그 다음 역 철원(鐵原)에서 경성행 오백육십사호 열차와 엇갈리면서도, 오직 핏기 없는 얼굴에 식은 땀만을 줄줄 흘리며 이를 악물고 제자리에 그대로 눌러 앉아 있었다.[21]

박태원은 당시의 철도 운행표를 토대로 인물들이 공간 이동을 위해 탑승해야 하는 편명과 이동 시간까지도 구체적으로 고려할 정도로 치밀하게 창작을 했다. 여기에서 박태원이 가지고 있던 독특한 지리학적 상상력을 확인할 수 있다. 그는 실재 장소를 살펴보지 않고서는 소설을

21 박태원, 『금은탑』, 깊은샘, 1997, 178~179면

쓸 수 없었으며, 소설이 펼쳐지기 위해서는 그 이야기에 적합한 장소가 먼저 존재해야 한다고 생각한 작가였다. 그로 인해 경성을 배경으로 한 박태원의 작품들에서는 북촌, 남촌, 서촌 등의 구역에 따라 성격이 서로 다른 작품들이 등장하게 된 것이다. 그는 경성 토박이로서 각 구역의 지역적 특성을 잘 알고 있었다.

> 또 장소를 국한하는 것도 아니다. 제군이 광화문 근처를 배회하든 본정통으로 진열장 순회를 가든 혹은 (제군의 취미가 그러한 곳에 있었다 하면) 본정 오정목 부근을 탐험하든 그것은 제군의 자유인 것이다 …….[22]

박태원은 시가지를 산책하는 것을 근대적 행위라고 생각했다. 그러면서 "광화문 근처"나 "본정통"이나 "본정 오정목 부근" 등을 탐험 내지는 배회하는 것에는 각각의 다른 목적과 의미가 있다고 주장했다. 그는 경성의 각 구역이 갖고 있는 공간적 성격을 잘 알고 있었다. '광화문'은 조선총독부 신청사와 경복궁이 위치한 정치적 장소이며, 본정통은 근대적 백화점이 즐비한 화려한 장소이며, 본정5정목 부근은 병목정과 신정 등의 유곽으로 연결되는 지점이다. 이처럼 경성은 여러 구역으로 세분화되어 발전했으며, 각각의 구역은 저마다의 어울리는 이야기를 가지고 있었다.

또 주목할 것은 박태원이 보여 주는 세밀한 관찰력과 풍부한 어휘력이다. 그는 사람들이 계층이나 성별에 따라 서로 다른 취향을 갖고 있으며, 그것이 그들의 사회적 특성을 보여 주는 지표가 될 수 있다는 사실을 알고 있었다. 그래서 그는 '담배'를 피는 장면을 묘사할 때에도 단

22 박태원, 「이상적 산보법」, 《동아일보》, 1930. 4. 1.

순히 '담배'라고 말하지 않고 상황에 맞는 다양한 담배 상표를 제시하곤 했다.

> 물론 사람에 따라서 취미는 다르오마는 아마도 우리 젊은이의 입에는 '피존'이나 '마코-'가 알맞을까 보오. '카이다'를 좋아하는 사람도 있소.
>
> '수도'라든 '조일'. 이러한 '구찌쯔게'는 섬나라 사람에게나 맞을까 하오. 프롤레타리아트는 '마코-'를 입에 물어야만 하는 이야기도 그럴 듯하게 드릴 것 같소.[23]

박태원은 작중 인물의 사회적 지위나 성향 혹은 계급을 드러내기 위해서 담배와 같이 사소한 사물을 묘사할 때에도 특별히 공을 들였다. 그는 자본주의의 상품화 경향에 민감하게 반응한 작가였다. 그는 자신의 소설 속 인물이 프롤레타리아 계급이라면 '마코'를 입에 물어야 그럴 듯하다고 생각했다. 이러한 특성이 잘 반영된 것이 「명랑한 전망」의 한 장면이다.

> (A) 희재는 이날도 다른 때나 한가지로 아랫목에가 멀거니 드러누워 애꿎은 담배만 태우고 있었다. 담배도 이제는 마코다.
>
> 가난한 살림에 쪼들리는 몸은 좀처럼 활기를 띄울 수 없다. 아까부터 희재는 눈만 멀뚱멀뚱 뜨고는 천정만 치어다보고 있었다. 그는 오늘도 밖에 나갔다가 조금 전에 들어온 것이다.[24]

23 박태원, 「기호품 일람표」, 《동아일보》, 1930. 3. 18~25.

24 박태원, 「명랑한 전망」 제22회, 《매일신보》, 1939. 5. 6.

(B) 희재는 말없이 주머니 속에서 담배를 찾았다. 그러나 손이 망살거렸다. 혜경이 앞에서 마코를 끄내는 것이 암만하여도 희재에게는 용기가 안났던 것이다. 그것을 알아차리기라도 한듯이 혜경이가 곧 핸드백 속에서 웨스트민스터를 꺼내 탁자 위에 놓으며

"참 담배 태시죠."

그리고 생긋 웃으며

"참 저번에는 감사하였습니다. 만년필을 그렇게 전해주셔서 ……."

희재는 역시 말없이 앉아있었다. 그러면서 새삼스러이 하여튼 혜경이의 만년필을 자기가 집었다니 그렇게 생각하여본다.

물론 그는 그 만년필이 혜경이의 것이 아니오 사실은 숙경이가 그날 그곳에 떨어뜨렸던 것을 나중에 찾아 혜경이가 그처럼 자기에게 엽서를 보냈다는 사실을 알 턱이 없었다.[25]

다니던 회사에서 정리해고가 된 희재는 점점 더 경제적 상황이 어려워진다. 그러한 상황은 "담배도 이제는 마코다"[(A)]라는 문장으로 압축되어 제시된다. '마코'는 당시 시판되던 담배 중 가장 저렴한 5전짜리 담배다. (B)에서 희재는 헤어진 전 애인이며 'XX주식회사' 사장 딸인 혜경 앞에서 '마코'를 꺼내는 것을 망설인다. 그러자 혜경은 그것을 알아차리고는 최고급 수입 담배인 '웨스트민스터'를 꺼내면서 희재에게 권한다. 이러한 장면만으로도 혜경과 희재의 경제적 상황과 심리 상태를 암시하는 것이 가능해지는 것이다.

또 박태원은 어휘와 어휘의 다양한 결합을 통해 독특한 '어감'과 '신

25 박태원, 「명랑한 전망」 제28회, 《매일신보》, 1939. 5. 12.

경'을 독자들에게 전달하는 것에 대해서도 고민했다. 그는 유의어인 '아름다운', '아리따운', '어여쁜', '예쁜' 등은 저마다의 미묘한 어감을 갖고 있으며, 이것이 또 다른 유의어인 '여성', '여인', '여자', '계집' 등과 결합하면 열여섯 가지 정도의 미묘한 차이가 나는 유의어들이 생겨날 수 있다고 주장했다.

> 가령 '아름다운'과 '아리따운'과 '어여쁜'과 '예쁜'과 ……. 그리고 '여성'과 '여인'과 '여자'와 '계집'과 ……. 이렇게 늘어놓았을 따름으로 독자는 이것들이 저마다의 '어감'과 저마다의 '신경'을 가지고 있다는 것을 깨달으시리라 믿습니다.
>
> 이제 네 개의 형용사와 네 개의 명사로 도합 열여섯 명의 미녀를 구하여 봅니다.
>
> '아름다운 여성', '아리따운 여인', '어여쁜 여자', '예쁜 계집', '아름다운 계집', '아리따운 여자', '어여쁜 여인', '예쁜 여성' …… (…)
>
> 이것들의 세세한 설명은 이곳에서는 불필요하리라 믿습니다. 따로 기회를 보아 이 종류의 조고마한 연구를 발표하려니와 독자는 몸소 이 우에 들어 말한 것들의 그 하나 하나의 '어감'이며 '신경'을 음미하여 보소서. 혹은 가르쳐 이러한 것은 지엽의 문제라 할런지도 모릅니다. 그러나 작품이 문장의 형식을 갖추어 비로소 되고 문장의 기본은 개개의 용어에 있음을 알 때에 우리는 좀더 이 문제에 신경을 날카로웁게 하여도 좋을 줄 압니다. 더욱이 창작에 뜻 둔 이로서 이 방면의 것은 거의 완전히 무시하고 있는 듯싶은 느낌이 있는 조선에서의 일입니다.[26]

26 박태원, 「3월 창작평」, 《조선중앙일보》, 1934. 3. 26~31.

흔히 모더니즘 작가들은 기존의 문학적 전통에 반기를 들고 저항한 인물들로 거론된다. 그렇지만 식민지 조선에서는 서구적 의미의 '문학' 자체가 근대적 산물이었으며, 그러한 근대문학을 전문적으로 창작하는 행위 자체가 기존 사회에서는 좀처럼 찾기 어려운 새로운 현상이었음을 기억해 둘 필요가 있다. 박태원이 창작을 하던 시기만 하더라도 변변한 '한글 사전' 한 권조차도 제대로 마련되지 않았던 때였다. 그러므로 그에게 시급한 것은 서구 모더니즘 작가들처럼 기존의 언어 문법을 파괴하고 기존의 질서를 붕괴시키는 것이 아니었다. 그에게 필요한 것은 식민지 조선의 표준 한국어를 시급히 정착시키는 것이었다.

> 그것이 참말 '글이 될 수 없는 글'인지, 또는, 어느 지방의 방언인지, 혹은 훌륭한 표준어로 경성 태생인 내가 반드시 알고 있지 않으면 안되는 그러한 종류의 것인지, 그러한 것을 쉽사리 분간하지 못하는 곳에, 나의 슬픔이라면 슬픔, 갑갑함이라면 갑갑함, 그러한 것이 있는 것이다.
>
> 대개 그러한 경우에는 그러한 것을 능히 아는 이에게 물어 배우는 수밖에 위선 별 도리가 없겠으나, 그러나, 누구나 다 자기 주위에 그러한 이를 항상 가지고 있는 수는 없을 것이요, 또 오즉 몇 마디의 말을 우리가 늘 염두에 두고 있을 수도 없는 일이라, 그래 이야기가 한 번 여기 미치면, 우리는 아무래도 권위 있는 한글 사전이라는 것에 생각이 가지 아니할 수 없는 것입니다.
>
> 그러나 우리는 이제까지에 있어, 권위 '있는' '없는'이 문제가 아니요, 위선 한 개의 "한글사전"이라는 물건을 가져본 일이 없지만, 들으면, 우리들이 서슴지 않고 존경할 수 있는 분들의 지극한 정성과 또 노력으로 하여, 수히 가장 믿음직한 우리말의 옥편이 나오리라 하니, 이것은 오직 어

휘에 궁한 한 작가만의 기쁨이 아닐 것입니다.[27]

조선어학회에서 〈한글 맞춤법 통일안〉을 발표한 것은 1933년 10월이었다. 이후 '조선어사전'을 편찬하기 위한 여러 노력이 있었지만, 실제로 사전이 발행된 것은 해방 이후인 1957년이었다. 박태원은 한글 맞춤법을 통일하여 쓰자는 사회적 합의가 시작되던 시기에 변변한 '한글 사전'도 없이 창작을 했던 것이다. 박태원은 창작을 할 때 지방색을 효과적으로 나타내기 위한 경우가 아니면 반드시 표준어로 글을 써야 한다고 주장하기도 했다.[28]

지금까지 살펴본 것처럼, 박태원의 문학은 도시 공간에 대한 실증적인 탐색에 기반을 두고 있다. 그의 작품들은 식민지 도시 경성의 물리적 토대 위에서 펼쳐지며, 지리적 공간의 특성이 서사적 특성과 긴밀히 연관된다. 박태원은 고현학을 토대로 하여 동시대 근대성을 세밀하게 관찰하고 기록했으며, 그것을 풍부한 어휘와 특유의 묘사 능력을 통해 재현했다. 따라서 그의 문학세계를 온전히 이해하기 위해서는 동시대의 시공간적 맥락에 대한 역사적 이해가 병행되어야만 한다.

27 박태원, 「문예시감」, 《조선중앙일보》, 1935. 1. 28~2. 13.
28 박태원, 「3월 창작평」, 《조선중앙일보》, 1934. 3. 26~31.

참고문헌

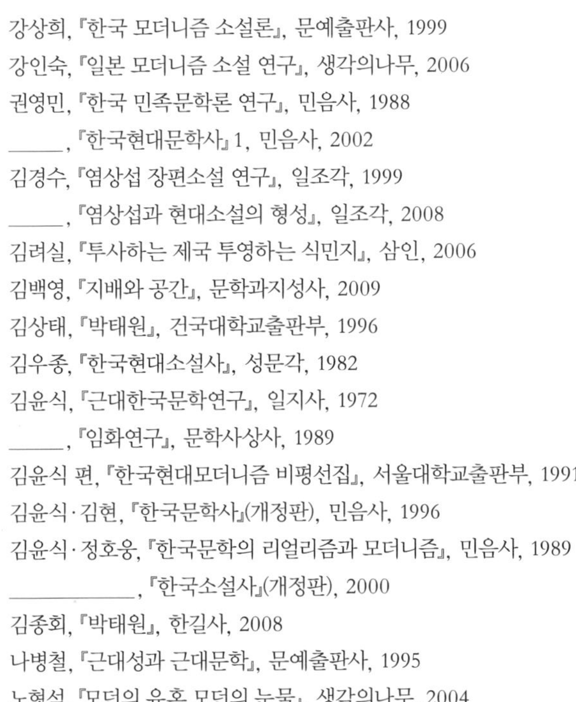

1. 국내 저서

강상희, 『한국 모더니즘 소설론』, 문예출판사, 1999
강인숙, 『일본 모더니즘 소설 연구』, 생각의나무, 2006
권영민, 『한국 민족문학론 연구』, 민음사, 1988
______, 『한국현대문학사』 1, 민음사, 2002
김경수, 『염상섭 장편소설 연구』, 일조각, 1999
______, 『염상섭과 현대소설의 형성』, 일조각, 2008
김려실, 『투사하는 제국 투영하는 식민지』, 삼인, 2006
김백영, 『지배와 공간』, 문학과지성사, 2009
김상태, 『박태원』, 건국대학교출판부, 1996
김우종, 『한국현대소설사』, 성문각, 1982
김윤식, 『근대한국문학연구』, 일지사, 1972
______, 『임화연구』, 문학사상사, 1989
김윤식 편, 『한국현대모더니즘 비평선집』, 서울대학교출판부, 1991
김윤식·김현, 『한국문학사』(개정판), 민음사, 1996
김윤식·정호웅, 『한국문학의 리얼리즘과 모더니즘』, 민음사, 1989
____________, 『한국소설사』(개정판), 2000
김종회, 『박태원』, 한길사, 2008
나병철, 『근대성과 근대문학』, 문예출판사, 1995
노형석, 『모던의 유혹 모던의 눈물』, 생각의나무, 2004

_____, 『한국 근대사의 풍경』, 생각의나무, 2006
문흥술, 『한국 모더니즘 소설』, 청동거울, 2003
박선미, 『근대 여성 제국을 거쳐 조선으로 회유하다』, 창비, 2007
방민호 편, 『박태원 문학 연구의 재인식』, 예옥, 2010
백낙청, 『리얼리즘과 모더니즘』, 창작과비평사, 1983
식민지 일본어문학 문화연구회, 『제국일본의 이동과 동아시아 식민지문학』, 문, 2011
신형기, 『분열의 기록』, 문학과지성사, 2010
윤정헌, 『박태원 소설연구』, 형설출판사, 1994.
이재선, 『한국소설사: 근현대편 1』(개정판), 민음사, 2000
전남일, 『한국 주거의 공간사』, 돌베개, 2010
정호웅, 『문학사 연구와 문학 교육』, 푸른사상, 2012
조동일, 『한국문학통사』(제2판), 지식산업사, 1989
최병택 외, 『경성리포트』, 시공사, 2009
최석영, 『일제의 조선연구와 식민지적 지식 생산』, 민속원, 2012
최시한, 『소설, 어떻게 읽을 것인가』, 문학과지성사, 2010
최혜실, 『한국모더니즘소설연구』, 민지사, 1993

2. 연구 논문

강상희, 「'구인회'와 박태원의 문학관」, 『상허학보』 제2집, 1995
_____, 「1930년대 모더니즘 소설론 연구」, 『관악어문연구』 제18권, 1993
강인숙, 「일본 모더니즘 소설에 대한 고찰」, 『구보학보』 제1집, 2006
김경수, 「염상섭 소설의 전개과정과 '광분'」, 『작가세계』 7(3), 1995
김미지, 「박태원 소설의 담론 구성 방식과 수사학 연구」, 서울대학교 박사학위 논문, 2008
_____, 「박태원의 '금은탑': 통속극 넘어서기의 서사 전략–'우맹'과 '금은탑'의 판본 비교를 중심으로」, 『어문연구』 통권 제143호, 2009
김백영, 「일제하 서울에서의 식민권력의 지배전략과 도시공간의 정치학」, 서울대학교 박사학위 논문, 2005
김종욱, 「일상성과 역사성의 만남–박태원의 역사 소설」, 『상허학보』 제2집, 1995
김종회, 「박태원의 〈구인회〉 활동과 이상과의 관계」, 『박태원과 모더니즘』, 깊은샘, 2007

박헌호, 「'구인회'를 어떻게 볼 것인가」, 『상허학보』 제3집, 1996
윤대석, 「경성의 공간분할과 정신분열」, 『국어국문학』 제144호, 2006
이경훈, 「박태원의 소설에 대한 몇 가지 주석」, 『구보학보』 제5집, 2010
전우용, 「종로와 본정-식민도시 경성의 두 얼굴」, 『역사와현실』 제40권, 2001
정현숙, 「박태원 연구의 현황과 과제」, 『상허학보』 제2집, 1995
차혜영, 「한국문학의 근대성과 모더니즘에 관한 연구사 다시 읽기」, 『민족문학사연구』 제16권, 2000
최혜실, 『1930년대 한국모더니즘 소설 연구』, 서울대학교 박사학위 논문, 1991

3. 외국 원서

Begam, Richard et al.(EDT), *Modernism and Colonialism*, Duke University Press, 2007
Bradbury, Malcolm et al.(EDT), *Modernism: A Guide to European Literature 1890-1930*, Penguin Books, 1991
Brooker, Peter et al.(EDT), *Geographies of Modernism*, Routledge, 2005
Brooks, Peter, *Reading for the Plot*, Harvard University Press, 1992
__________, *Realist Vision*, Yale University Press, 2008
__________, *The Melodramatic Imagination*, Yale University Press, 1976
Buckler, Julie A., *Mapping St. Petersburg: Imperial Text and Cityshape*, Princeton University Press, 2007
Casanova, Pascale/Debevoise, M.B.(TRN), *The World Republic of Letters*, Harvard University Press, 2004
Chakrabarty, Dipesh, *Provincializing Europe*, Princeton University Press, 2007
Childs, Peter, *Modernism*(2nd Edition), Routledge, 2008
Ching, Leo T.S., *Becoming "Japanese": Colonial Taiwan and the Politics of Identity Formation*, University of California Press, 2001
Dirlik, Arif, *Global Modernity*, Paradigm Publishers, 2006
Gaonkar, Dilip Parameshwar(EDT), *Alternative Modernities*, Duke University Press, 2001
Gardner, William, *Advertising Tower: Japanese Modernism And Modernity in the 1920s*, Harvard University Press, 2007

Giddens, Anthony, *The Consequences of Modernity*, Stanford University Press, 1991

Golley, Gregory, *When Our Eyes No Longer See: Realism, Science, and Ecology in Japanese Literary Modernism*, Harvard University Press, 2007

Harding, Desmond, *Writing the city*, Routledge, 2003

Jameson, Fredric, *Archaeologies of the Future*, Verso, 2007

____________, *Marxism and Form*, Princeton University Press, 1974

____________, *Modernist Papers*, W W Norton & Co Inc, 2007

____________, *Postmodernism, Or, the Cultural Logic of Late Capitalism*, Duke University Press, 1992

____________, *Political Unconscious*, Cornell University Press, 1982

Jameson, Fredric et al.(EDT), *The Cultures of Globalization*, Duke University Press, 1998

Kermode, Frank, *The Sense of an Ending*, Oxford University Press, 2000

Lewis, Pericles, *Modernism, Nationalism, and the Novel*, Cambridge University Press, 2007

__________, *The Cambridge Introduction to Modernism*, Cambridge University Press, 2007

Lippit, Seiji M., *Topographies of Japanese Modernism*, Columbia University Press, 2002

Loomba, Ania, *Colonialism/Postcolonialism*, Routledge, 1998

MacKay, Marina, *Cambridge Introduction to the Novel*, Cambridge University Press, 2010

Maeda, Ai, *Text and the city: essays on Japanese modernity*, Duke University Press, 2004

McLaughlin, Joseph, *Writing the Urban Jungle*, University Press of Virginia, 2000

Moretti, Franco, *Atlas of the European Novel 1800-1900*, Verso, 1998

____________, *Distant Reading*, Verso, 2013

____________, *Signs Taken for Wonders*, Verso, 1987

Morris, Pam, *Realism*, Routledge, 2003

Parsons, Deborah L., *Streetwalking the Metropolis*, Oxford University Press, 2000

Pratt, Mary Louise, *Imperial Eyes*(2nd Edition), Routledge, 2007

Tally, Robert T. Jr., *Spatiality*, Routledge, 2013

__________(EDT), *Geocritical Explorations*, Palgrave Macmillan, 2011
Thacker, Andrew, *Moving Through Modernity: Space and Geography in Modernism*, Manchester University Press, 2009
Thornber, Karen Laura, *Empire of Texts in Motion*, Harvard University Asia Center, 2009
Uchida, Jun, *Brokers of Empire: Japanese Settler Colonialism in Korea 1876–1945*, Harvard University Press, 2011
Westphal, Bertrand/Tally, Robert T. Jr.(TRN), *Geocriticism: Real and Fictional Spaces*, Palgrave Macmillan, 2011
Williams, Raymond, *Politics of Modernism*, W W Norton & Co Inc, 2007
__________, *The Country and the City*, Oxford University Press, 1973

4. 번역서

가와무라 미나토/요시카와 나기 역, 『한양 경성 서울을 걷다』, 다인아트, 2004
게오르그 짐멜/김덕영 역, 『짐멜의 모더니티 읽기』, 새물결, 2005
게오르크 루카치/김경식 역, 『소설의 이론』, 문예출판사, 2007
__________/황석천 역, 『현대 리얼리즘론』, 열음사, 1986
고마고메 다케시/오성철 외 역, 『식민지제국 일본의 문화통합』, 역사비평사, 2008
나리타 류이치/서민교 역, 『근대 도시공간의 문화경험』, 뿌리와이파리, 2011
데이비드 하비/김병화 역, 『파리 모더니티』, 생각의나무, 2010
로버트 영/김용규 역, 『백색신화』, 경성대학교출판부, 2008
리어우판/장동천 역, 『상하이 모던』, 고려대학교출판부, 2007
마샬 버만/윤호병 역, 『현대성의 경험』, 현대미학사, 2004
미셸 푸코/박혜영 역, 『정신병과 심리학』, 문학동네, 2002
__________/심세광 역, 『주체의 해석학』, 동문선, 2007
__________/오생근 역, 『감시와 처벌』, 나남출판, 2003
바흐찐/이덕형 역, 『프랑수아 라블레의 작품과 중세 및 르네상스의 민중문화』, 아카넷, 2001
발터 벤야민/반성완 역, 『발터 벤야민의 문예이론』, 민음사, 1983
빌 애쉬크로프트/이석호 역, 『포스트 콜로니얼 문학이론』, 민음사, 1996
사이토 마레시/황호덕 외 역, 『근대어의 탄생과 한문(한문맥과 근대 일본)』, 현실문화,

2010
앙투안 콩파뇽/이재룡 역, 『모더니티의 다섯개 역설』, 현대문학, 2008
에드워드 렐프/김덕현 외 역, 『장소와 장소상실』, 논형, 2005
에드워드 사이드/박홍규 역, 『문화와 제국주의』, 문예출판사, 2005
A. 아이스테인손/임옥희 역, 『모더니즘 문학론』, 현대미학사, 1996
오카 마리/김병구 역, 『기억 서사』, 소명출판, 2004
요시미 순야 외/연구공간 수유 역, 『확장하는 모더니티』, 소명출판, 2007
이매뉴얼 월러스틴/이광근 역, 『세계체제 분석』, 당대, 2005
이언 와트/강유나·고경하 역, 『소설의 발생』, 강, 2009
이푸 투안/심승희·구동회 역, 『공간과 장소』, 대윤, 2007
조앤샤프/이영민·박경환 역, 『포스트 식민주의의 지리』, 여이연, 2011
팀 크레스웰/심승희 역, 『장소』, 시그마프레스, 2012
프란츠 파농/남경태 역, 『대지의 저주받은 사람들』, 그린비, 2004
프랑코 모레티/성은애 역, 『세상의 이치』, 문학동네, 2005
__________/조형준 역, 『근대의 서사시』, 새물결, 2001
프레드릭 제임슨/김유동 역, 『후기 마르크스주의』, 한길사, 2000
____________/여홍상·김영희 역, 『변증법적 문학이론의 전개』, 창작과비평사, 1997
____________/조성훈 역, 『지정학적 미학』, 현대미학사, 2007
프레드릭 제임슨 외/김준환 역, 『민족주의, 식민주의, 문학』, 인간사랑, 2011
피에르 부르디외/하태환 역, 『예술의 규칙』, 동문선, 1999
피터 포크너/황동규 역, 『모던이즘』, 서울대출판부, 1980
하시야 히로시/김제정 역, 『일본제국주의, 식민지 도시를 건설하다』, 모티브, 2005
해리 하르투니언/윤영실·서정은 역, 『역사의 요동』, 휴머니스트, 2006
호미 바바 외/ 류승구 역, 『국민과 서사』, 후마니타스, 2011

* 주요 작가와 작품은 색인에 표시했다.

찾아보기

경성 모더니즘

식민지 도시 경성과 박태원 문학

1판 1쇄 펴낸날 2018년 4월 20일

지은이 | 권 은
펴낸이 | 김시연

펴낸곳 | (주)일조각
등록 | 1953년 9월 3일 제300-1953-1호(구 : 제1-298호)
주소 | 03176 서울시 종로구 경희궁길 39
전화 | 02-734-3545 / 02-733-8811(편집부)
02-733-5430 / 02-733-5431(영업부)
팩스 | 02-735-9994(편집부) / 02-738-5857(영업부)
이메일 | ilchokak@hanmail.net
홈페이지 | www.ilchokak.co.kr

ISBN 978-89-337-0742-5 93810
값 30,000원

* 이 도서의 국립중앙도서관 출판예정도서목록(CIP)은 서지정보유통지원시스템 홈페이지(http://seoji.nl.go.kr)와 국가자료공동목록시스템(http://www.nl.go.kr/kolisnet)에서 이용하실 수 있습니다.
(CIP제어번호 : CIP2018011251)